KB111908

랭커를 위한
바른 생활 안내서

A RANKER'S GUIDE TO THE GOOD LIFE

1부

랭커를 위한
바른 생활 안내서

A RANKER'S GUIDE TO THE GOOD LIFE

1부 VOL.4

테제 장편소설

초판 1쇄 찍은 날 | 2023년 10월 4일
초판 1쇄 펴낸 날 | 2023년 10월 10일

지은이 | 테제
발행인 | 이진수
펴낸이 | 황현수

기획 | 정수민
편집 | 윤수진

펴낸곳 | 주식회사 카카오엔터테인먼트
등록번호 | 제2015-000037호
등록일자 | 2010년 8월 16일
주소 | 경기도 성남시 분당구 판교역로 221 6(일부)층

제작·감수 | KW북스
E-mail | paperbook@kwbooks.co.kr

ⓒ 테제, 2020

ISBN 979-11-385-8717-4 04810

A RANKER's GUIDE TO THE GOOD LIFE

랭커를 위한 바른 생활 안내서 1부

A RANKER'S GUIDE TO THE GOOD LIFE

테제 장편소설

VOL.4

CONTENTS

9장
금적금왕 下

4

[오너먼트가 도착하였습니다!]

스르르릉-!
테이블이 지상으로 올라간다. 홍해야는 마른침을 삼켰다.

[▶CAUTION: 잊지 마세요! 오너먼트는 오직 키 플레이어가 지닌 '**열쇠**'로만 열립니다. 아군이 발견한 오너먼트여도 상대 키 플레이어가 먼저 찾아내어 오픈할 시, 권한은 상대 팀에게로 넘어갑니다.]

[테이블이 오픈됩니다.]

[황금 열쇠의 악령이 깨어납니다. 다시 해가 뜰 때까지 살아남으세요.]

[히든 스테이지: 그림자 사냥 **START!**]

공간은 18세기의 원형 감옥, 판옵티콘을 빼닮은 구조.

차이점이라면 가운데 위치한 감시 타워가 2개. 또 그것이 타워 형태가 아닌 [테이블]이라는 것 정도였다.

묵직한 기계음과 함께 두 개의 포커 테이블이 위로 솟아났다. 각각 놓인 위치는 거대한 원형 공간의, 서로 마주보는 끝과 끝.

결국 [테이블 오픈]은 스테이지의 이동을 말하는 거였다. 키 플레이어 홀로 어둠 속에서 마주하던 [테이블]을 모두가 지켜보는 무대로 옮겨 오는 것⋯⋯.

'이건, 너무 많잖아.'

홍해야는 원형 공간을 빼곡하게 둘러싼 수천 개의 문을 아연히 올려다보았다.

그 문마다 수납되어 있는, 자물쇠 굳게 달린 정사각형의 박스들.

저 수많은 박스들 중에, 미션 필드에서 전송된 [오너먼트]가 숨겨져 있다. 그걸 반드시 먼저 찾아내 열어야만 했다.

이것이 최하 등급 각성자인 '키 플레이어'의 몫이요, 숨겨진 시험.

"……제길."

지금 들려오기 시작한, 저 소름 끼치는 귀곡성까지 포함해서 말이다.

정면, 상대 팀의 키 플레이어가 서둘러 테이블에서 뛰어내리는 모습이 보였다. 홍해야도 생각을 제쳐 두고 따라 달렸다.

'토너먼트 탈락이고 뭐고, 여기서 죽으면 개죽음이야……!'

[축하합니다! 당신은 채널 '국가 대한민국'의 키 플레이어로 선정되었습니다.]

[키 플레이어Key-player는 49층의 와일드카드로서, 선별 대표 9인 이외 현시점 가장 유력한 디렉터 후보입니다.]

[진흙 속에 묻혀 있는 황금이여! 당신의 가치와 가능성을 탑과 별들에게 증명하세요.]

「……뭐, 뭐야! 이게 무슨 소리, 여기 어디야! 누구 없어요? 여기 사람 있어요, 내보내 주세요!」

[《제로베이스》컷 신 — '시네마틱 무비: 열쇠를 쥔 소년'이 시작됩니다.]

프롤로그 영상이 끝난 뒤, 홍해야는 멍하니 제 손을 바라보았다. 현실감이 흐렸다. 방금까지 그는, 영상 속에 나오는 '소년'이 됐었다.

「……이게.」

캄캄한 밀실 안에서도 손에 쥔 황금 열쇠의 존재감은 조금도 옅어지지 않았다. 영상 속의 소년이 아득바득 쥐고 있었던 바로 그 열쇠였다.

「이게 왜 내 손에……?」

[황금 열쇠 획득! 숨겨진 **오너먼트**를 찾아 황금 열쇠로 오픈하세요! 족쇄에 묶인 영웅들이 당신의 도움을 기다립니다.]
[그러나 쉽지 않을 것입니다. 오랜 시간 마룡왕의 저주를 받아 낸 황금 열쇠에는 떼어 낼 수 없는 악령이 깃들어 있습니다.]
[긴 잠에서 깨어난 그림자는 집요한 사냥꾼처럼 황금 열쇠의 주인을 쫓을 것입니다. 밤이 시작되면 절대 눈을 감지 마세요!]

[▶Tip: 미션 필드의 아군이 **오너먼트**를 **테이블**로 전송하는 데 성공하면, 해당 **오너먼트**는 랜덤으로 근처 박스에 수납됨

니다. 적보다 빠르게 **오너먼트**가 수납된 박스를 찾아 오픈하는 것이 게임의 관건!]

　여기가 어딘지, 자신이 왜 여기 있는지 따져 가며 정신 차릴 새 없었다. 수많은 일이 부지불식간에 흘러갔다.

　수백 장의 카드 더미에서 캐릭터 카드를 골라내 랭커들에게 배정하는 것부터, 원격 모니터로 아군인 제국군의 병력과 진영 경계를 조정하는 일까지.

　혼자 앉아 있는 포커 테이블은 무슨 1인 컨트롤 타워라도 된 것 같았고, 메시지가 하라는 대로 하는 와중에도 홍해야는 의문을 지울 수 없었다.

　테이블 위에 떠오른 여러 개의 화면 속.

　거기 보이는 랭커들은 한창 목숨 건 서바이벌을 찍고 있는데, 그는 혼자서 전략 게임이라도 하는 듯했으니까. 하지만.

　'제기랄, 서바이벌 맞았네……!'

　홍해야는 계단 난간을 붙잡고 아래층으로 휙 뛰어내렸다. 등 뒤로 방금까지 서 있던 층계가 와그작, 부서져 내리는 게 느껴졌다.

　사나운 이빨 달린 그림자들이 다시 몸집을 부풀린다.

　"허억, 헉! 하아."

　홍해야는 거칠어지는 숨을 필사적으로 가다듬었다.

　'절대 먼저 지치면 안 돼.'

밤은 길고, 저들은 지치지 않으므로!

다시 달려 나가는 소년의 눈에서 황금빛이 반짝였지만…… 알아볼 수 없을 만큼 찰나였다.

·· ✦ ✶ ✦ ✶ ✦ ··

《축하합니다!》

《오너먼트 언록! 암흑 열쇠를 쥔 소녀가 족쇄 해방의 대상을 지목합니다.》

《채널 '국가 ■■■■'의 첫 번째 족쇄가 해제되었습니다!》

《봉인 해제封印解除! 마룡군 메인 공격수 '데빌 스트라이커'가 깨어납니다!》

《해방된 적의 랭킹은 스테이지 종합 순위, 2위입니다.》

《테이블이 닫힙니다.》

[〈성간星間 토너먼트 | 제로베이스〉 1일 차 종료]

[현재 미션 필드 내 생존 인원 17명, 탈락 1명입니다.]

"……탈락? 벌써 탈락이라니. 설마 우리 쪽에서 탈락자가 나온 건 아니겠죠?"

"야이 씨. 가뜩이나 마음 심숭삼성한데 재수 없는 소리 하고 자빠졌어!"

"심숭삼성이 아니라 싱숭생숭이겠죠. 무슨 삼×맨도 아니고."

"아, 그거나 저거나! 확 씨. 따지지 마."

거칠게 뒷머리를 흩트리는 최다윗의 눈이 토끼처럼 빨갛다. 받아치는 청희도 쪽도 마찬가지였다.

둘 다 뜬눈으로 밤을 꼬박 새운 탓이다. 최다윗이 무거운 한숨을 내뱉었다.

"밤마다 계속 이런 식이면 잠자긴 글렀네, 샹……. 저기서 쟤 혼자 피 철철 흘리면서 뛰어다니는 꼴을 보여 주는데 맨정신으로 어떻게 자냐?"

"매일 뜨진 않을 겁니다. 여기서 우리가 오너먼트를 전달해야 테이블도 열리는 듯하니."

말은 차분히 해도 청희도 역시 여간 찝찝한 게 아니었다. 아무리 성격 나쁜 마법사라도, 그런 광경을 1열에서 라이브로 보고 마음 편할 순 없는 노릇이니까.

'뭐, 물론 아닌 사람도 있어 보이지만.'

"……건지호 씨는 안에서 아직도 자는 겁니까?"

"어엉? 글쎄다. 야, 어디 가?"

"깨우게요. 테이블 시작하자마자 바로 들어가더니, 태평한 것도 정도가 있지. 이 정도면 감성이나 본능이 짐승

수준 아닙니어억……!"

턱! 갑자기 열린 문에 거하게 얻어맞은 청희도가 코를 부여잡았다. 말도 못 하고 쭈그려 앉아 끙끙 앓더니 냅다 소리 지른다.

"이보세요! 눈을 대체 어디에 달고 다니는!"

'……어?'

없다. 문가에는 아무도 없었다.

하지만 방금 분명히 문이 열렸는데……? 어리둥절한 얼굴로 청희도가 안쪽을 들여다보자…….

"흐음."

움막 안, 문에서 멀찍이 떨어진 창가. 그 위에 걸터앉은 견지오가 느긋이 두 발을 흔들었다.

아침의 햇살이 역광으로 그녀를 비춘다. 그리고…… 남김없이 타올라 제 색을 잃고 진회색으로 변한 청희도의 마법진까지도.

"쓸 만하더라, 너."

지오가 씨익 웃었다. 청희도는 멍하니 그녀를 바라봤다.

《제로베이스》 2일 차 아침.

더할 나위 없이 경쾌한 바람이 불기 시작한 이곳, 지금 그의 눈앞에 있는 것은…… 5계급 마법사였다.

"이건 미쳤어. 아무리 생각해도 너무 가혹하잖아요!"

"목소리 낮추십쇼. 기껏 얻은 기회를 망치고 싶은 게 아니면."

담담한 투로 백도현이 경고했지만, 나조연은 아랑곳하지 않았다. 분기탱천해 무릎을 내려친다.

"어떻게 그렇게 태연해요? 홍해야는 고작 고등학생이라고요! 화성 훈련소에선 그렇게 못 챙겨서 안달이더니, 이 앞뒤 다른 가증스러운 인간!"

"……후우. 잘 아는 만큼 믿는 거라는 생각은 전혀 안 듭니까? 자기 편한 대로 남을 판단하는 그 점은 나아지질 않는군요."

'이 사람들, 하루 이틀 싸워 본 솜씨가 아냐…….'

다그닥, 말발굽이 바삐 도로를 박찬다.

고급 마차라 들은 것에 비해 안정감은 형편없었다. 불편한 승차감과 불편한 분위기 속에 낀 채 권계나는 한숨을 삼켰다.

첫 번째 [테이블]이 종료된 후부터다. 그때부터 이어진 두 사람의 언쟁은 도통 그칠 기미가 없었다.

물론 나조연의 심정을 이해 못 하는 것도 아니다.

열여덟 살짜리가 피투성이로 기어가는 꼴을 손 놓고 지켜보고만 있어야 하는데 분노하지 않을 어른은 없을 터니. 다만…… 백도현의 말 또한 반박할 여지 없이 정확했다.

현 상황은 우연과 기연 끝에 만들어 낸 기회. 흠 하나라도 잡혔다간, 이런 기회가 또 오리란 보장이 없다.

상인의 중개가 아니었다면 세 사람이 제국 귀족과 만날 일은 요원했을 테니까. 그것도 타인을 황궁에 들여보내는 일이 가능할 만큼의, 고위 귀족과 말이다.

"기가 막혀. 내가 언제 남을 나 좋을 대로 판단했어요?"

"몰라서 묻습니까?"

"네! 전혀 모르겠으니 어디 그 잘난 입으로 한번 말해 봐요!"

"완전무결한 구원자. 전지전능한 구세주."

"……!"

"제가 보는 나조연 씨는 항상 '어떤 분'을 그렇게 바라보고 있던데요. 철저하게 당신 입맛대로."

그 말이 예상치 못한 기습이었던 것은 권계나의 눈에도 확실해 보였다. 나조연은 쉽사리 입을 떼지 못했다.

"……내, 내가 언제."

"아니라고 말할 수 있습니까?"

"……."

나조연이 손을 꽉 말아 쥔다. 감정싸움으로 이어질 기미가 보여 권계나는 불가피하게 끼어들었다.

"두 분…… 싸움은 제발 나중에 따로 하시죠. 국가 대표로 선별된 이상, 여기 일은 공무입니다. 공과 사는 구분하셔야죠."

"……실례했습니다."

그제야 백도현이 등을 뒤로 물렸다. 심히 예민해져 있는 것은 그도 마찬가지였다.

'누가 누구를 책망하고 있는 건지…….'

사실 가장 제 입맛대로 그 사람을 보고 있는 건 그 누구도 아닌, 백도현 저 자신 아니었던가?

백도현은 다소 신경질적인 한숨과 함께 앞머리를 쓸어넘겼다. 돌아가는 상황이 영 답답하기만 했다.

회귀의 나비 효과가 무섭다는 걸 알지만, 이렇게까지 예상 밖으로 튈 줄은 몰랐으니까.

난이도가 확 올라간 49층도 그렇고, 외부 채널 소속 이계인들과의 조우도 분명 수년 뒤에나 닥치는 일이었는데…….

걷잡을 수 없이 흐름이 빨라지고 있는 가운데, 정작 키도의 실마리는 아직도 오리무중.

'이래서야 무슨 자격으로 옆에 서겠다는 건지.'

"방금은 제가 말이 심했습니다, 조연 씨. 나도 모르게 화풀이를 했어요. 미안합니다."

"……아뇨. 썩 틀린 말도 아니니까."

다행히 마차는 권계나가 어색함으로 질식하기 전에 도착했다. 마부석에서 짧은 대화가 오간다.

"나으리들, 아론 님의 지인분들을 모셔 왔습니다. 서신으로 미리 허락을 구하셨다고 하던데, 여기 서찰입니다요."

"아. 얘기 전해 들었네. 이봐, 문을 열어."

나조연은 힐끔 커튼 사이를 벌려 엿봤다.

대문 너머로 아득하게 펼쳐진 길. 제도 중심가에 위치했다고는 믿기지 않을 만큼 거대한 규모의 대저택이었다.

「마룡군의 허가 없이 황궁을 마음대로 드나들 수 있는 귀족은 현 제국에선 공작가뿐이야.」

세 사람이 정성스러운 설득 끝에 회유한 상인, 아론은 턱수염을 매만지며 설명했다.

「개국 공신이자 한때 이 나라의 상징과도 같았던 가문이니……. 다들 제국의 자존심이라 여길 만큼 그 위상이 높거든.」

「음, 그런 분이 뒤를 봐준다면 황궁에 들어가는 건 확실히 일도 아니겠군요.」

「거 말은 쉽지. 그만큼 군의 감시나 압박도 심해서 가문 자체가 몹시 폐쇄적이라네. 자네들이 사라진 [공작가의 인장 반지]라도 갖고 있다면 또 모를까…….」

물론 그 루비 반지는 저기 머나먼 서쪽 늪지대에서 쓸모

없이 반짝거리는 중이셨다.

「하지만! 걱정 말게. 내가 말했지? 자네들은 운이 좋아. 공작 각하께서 내 오랜 고객이시거든.」

"기다리시면 각하께서 곧 내려오실 겁니다. 그럼."

달칵, 문을 열어 준 집사가 군더더기 없는 몸짓으로 퇴장했다. 나조연은 긴장한 눈치로 주변을 둘러봤다.

"저기 여러분, 있잖아요. 저 사실 귀족 저택 처음 와 봐요……."

"조연 씨, 그건 누구나 그렇지 않을까요……? 21세기 대한민국 국민이라면……."

저택이라기보다는 싸늘한 고성 같은 느낌이었다. 그럼에도 잘 관리되어 화려하기 그지없었지만.

용과 검을 직조한 태피스트리는 시선을 떼기 어려울 만큼 위압적이고, 곳곳에 순은으로 된 갑옷들이 장식처럼 서 있다.

"오랜 부의 축적이란 이런 거겠죠. 더러운 특권층들, 세금은 제대로 냈을까……?"

"계, 계나 님, 그거 너무 현대 사회 공무원의 시점 아니에요?"

세 사람 모두 호화로운 소파에 느긋하게 앉아 차를 즐

길 성격은 아니었다. 일어나 쑥덕거리면서 이곳저곳 둘러보기 바쁜 그때.

스르륵, 쿵!

"헉! 깜짝이야, 뭐예요?"

"……저도 당황하는 중입니다."

백도현이 어깨를 으쓱였다. 장식된 검들을 구경하고 있었을 뿐인데…….

무심코 짚었던 옆쪽 벽이 어느새 문처럼 돌아가 있었다.

"호, 혹시! 이게 바로 그 영화에서만 보던 비밀 공간 그런…… 금고라든가…… 어?"

겁 없이 들어가던 나조연이 멈칫했다. 문 안쪽으로 시선을 고정하며 백도현이 대신 이었다.

"금고는 아니고, 초상화네요."

비좁은 밀실 정면, 그 한가운데 걸려 있는 건 오래되어 보이는 초상화였다.

그림 속 주인공은 상당한 미남자.

목 위로 다듬은 머리칼은 살짝 흐트러져 있고, 비스듬히 올라간 입가는 자신만만했다.

잿빛 도는 백금발로 보이는 혈통의 화려함 때문인지, 아니면 느긋하게 기울어진 자세나 눈빛 때문인지……. 각잡힌 제복을 차려입었음에도 기사 특유의 단정함보다는 오만함이 확 와닿았다.

"여기 액자 끝에 뭐가 적혀 있어요. 이거 읽을 수 있겠는데……?"

[캐릭터]를 부여받은 덕에 언어 쪽은 큰 문제가 없었다. 세월에 지워져 희끗해진 글자였지만, 권계나는 더듬더듬 읽어 나갔다.

"음…… 나의, 연……."

"[나의 위대한 연인, 친애하는 윈터에게.]"

타악.

화들짝 놀라 돌아보자 백발노인이 지팡이를 짚은 채 거기 서 있었다. 고목나무 같은 눈으로 그들이 보던 방향을 함께 바라본다.

꿈결을 헤매듯, 아련한 시선이었다.

"겨울 공公, 녹턴 윈터-가르트. 영원한 바람이자 가장 위대한 마법사요, 단 한 분만의 기사였던…… 제국과 함께 사라진 영웅."

"……."

"폐하께서 손수 그리신 작품이네. 명예 대공 작위를 내리시던 그날, 연인에게 선물하고자 하셨지. 공께서 본인 모습을 남기는 걸 워낙 꺼리셔서 그때까지 초상화 한 점 없었거든."

노인이 웃었다. 쓸쓸하게.

"결국 이게 처음이자 마지막 한 점이 되었지만."

"예를 갖추십시오. 비텔-가르트 공작 각하십니다."

겨울 공은 후손을 남기지 않았다. 자식을 두지 않은 탓에 공작위는 먼 방계에게로 넘어가 '비텔-가르트'가 되었다.

황제의 직계가 이어지지 않은 것과 동일한 이유로.

"아, 그……."

몰래 구경하다가 갑작스럽게 집주인과 맞닥뜨린 상황.

당황한 두 사람이 눈을 굴리는 와중에도, 백도현은 초상화에서 쉬이 빠져나오지 못하고 있었다. 같은 남자의 얼굴을 보고 넋 놓는 취미 따윈 없지만, 기분이 이상했다.

'어디서 본 듯한 느낌인데…….'

"아아, 됐네. 어렵게 설명할 필요 없으이. 전후 사정은 아론에게 충분히 들었으니. 그 친구 말이라면 들어줄 가치가 충분하지."

나이 탓에 오래 서 있기 힘들었다. 공작은 옆의 소파에 앉으며 길게 침음했다.

"꼭 그게 아니더라도, 오전에 성전聖殿으로부터 계시를 받기도 하였고."

"성전…… 네? 성전이요?"

"그래. [이름 없는 세 사람이 제국의 유산을 찾아 나타나거든 성실히 도우라.] 기막힌 우연 아닌가? 아직 신들이 이 나라를 버리지 않은 겐지……."

우연 정도가 아니라, 좀 수상할 만큼 정확하다. 세 사람은 영문을 몰라 서로를 바라봤다.

'대체 누가……?'

지금으로부터 스물 몇 시간 전.

[해당 캐릭터는 스타팅 포인트의 설정이 불가능합니다.]
[선택지가 고정됩니다.]
[제국 심저, 영원의 섬 '성전聖殿 실베스트라'를 선택하셨습니다!]

[신성으로 보존되는 제국 최후의 심저입니다. 방어조의 의무에 따라 해당 구역을 이탈할 수 없습니다.]
[주의 요망! 나갈 수 없습니다. 금지된 시도를 지속할 시 의무 위반으로 대미지를 받을 수 있습니다.]

"……씨발. 그럼 나보고 계속 여기 있으란 소리야? 저조폭 새끼랑?"
"저, 점마 지금 내보고 그러는 기가? 와 나…… 허 참! 마! 누군 좋은 줄 아나!"
한껏 과장해 콧방귀 낀 황혼이 허리춤을 짚었다.

"녹용 저거 진짜 웃긴 새끼네. 안 글나? 태엽 햄아, 어? 안 글냐고 내 지금 묻잖아요."

"네? 네에……."

"와 또 존댓말하고 난리고? 나이 차가 몇인데 그냥 편하게 하라고."

'안 편해, 하나도……'

"으, 으응. 어어. 감사합니다."

"그래요, 그래요. 편하게. 알았제?"

한쪽 어깨를 툭툭 두드리는 24세의 연하와 공손히 허리 숙여 인사하는 31세의 연장자.

이렇게 편하게 하니 얼마나 보기 좋으냐며 황혼이 너털웃음 지었다. 이태엽은 쓰디쓴 눈물을 삼켰다.

'내가 대체 무슨 죄를 지어서……'

나한테 화가 많이 났으면 바벨아, 대화로 풀어도 되지 않았을까? 이렇게 사람을 산지옥에 쑤셔 박을 게 아니라……

공무원 아버지와 가정주부 어머니 아래 2남 1녀 중 장남. 육군 만기 전역. 4수 끝에 리더십 전형 공채로 〈은사자〉 길드 입성.

대한민국 랭커 평균의 삶을 우직하게 걸어온 탱커. 그게 바로 이태엽이었다.

평일에는 할부가 덜 끝난 자동차와 함께 출퇴근하고, 휴일에는 치킨 뜯으며 축구 경기를 보고…… 꿈이라곤 소박한 한강 뷰 펜트하우스가 전부인 평범남.

'물론 요새 기세가 좋아 제로베이스 기대를 아예 안 했던 건 아냐.'

하이 리스크, 하이 리턴.

바벨탑은 고생하는 만큼 돌려주기로 유명하다. 저번 39층 결과만 봐도 각이 나오지 않나? 나조연만 해도 그 공략 한 번에 바로 1번 채널로 직행.

그녀가 신흥 강자로 주목받기 전, 으뜸 유망주로 손꼽히던 여강희가 아직도 2번 채널에 머물며 성장이 지지부진한 것과 비교하면 실로 엄청난 떡상이었다.

그러니 최근, 성실한 탱커로서 한창 주가를 올리고 있던 이태엽으로선 은근히 기대할 수밖에. 주변에서 바람을 넣기도 했고 말이다.

「이야~ 이태엽이 너 인마! 요즘 잘나가더라.」

「얘 혹시 우리랑 이렇게 술 먹다가 바벨한테 불려 가고 뭐 그러는 거 아냐? 결국 국가 대표 뽑기 아냐! 탱커 쪽은 우리 태엽이가 요즘 아주 꽉 잡고 있는데.」

「하하. 됐어, 됐어! 당장 바빌론에 도미 님도 있고, 나보다 대단한 탱커들이 얼마나 많은데.」

「새끼, 겸손 떨기는.」

하지만 다 한때였다.

내심 웃음 지었던 이태엽도, 친구들도 점점 미소가 어색해졌다.

「어어, 봤냐? 어제 나조연 뽑혔더라. 우리나라 유일 AA급 힐러…….」

또 그다음 날은.

「미, 미친, 권계나? 김시균 후계자 그 권계나? 대한민국 최상위 국가 엘리트?」

「와 씨. 뭐냐? 태엽이가 낄 군번이 아니었네……. 개천용이 어따 비벼.」

「조용히 해, 새꺄. 태엽이 듣잖아. 고기 굽는 척해, 빨리.」

꿈도, 희망도 사라지게 만드는 초호화 황금빛 라인업.

첫 순번부터 S급을 뽑아 가는 데서 눈치챘어야 했는데……. 급도 안 되는 새끼는 얼씬도 말라는 듯 도도하기 그지없는 라인업이었다.

친구들의 뒷담을 흘려들으며 이태엽은 마음 정리를 끝냈다. 그래. 접자. 내 팔자에 무슨, 저긴 애초에 내 자리가 아니다…….

'……아니라고오, 분명 아니라고 했잖아……!'

이태엽은 속으로 울부짖었다.

오른쪽엔 황혼, 왼쪽엔 견지록. 우조폭, 좌밤비.

평생 마주치기도 힘들다는 S급이 둘씩이나 현재 그의 옆에 있었다. 그것도 자력 탈출이 불가능한 밀폐 장소 안에서.

깡, 까앙-!

허공을 두드리는 소리가 청명하다. 이태엽은 불굴의 의지로 창을 휘두르는 견지록을 멍하니 바라봤다.

"씨발, 왜 안 되는 거야."

'구역 이탈 금지라 안 된다잖아, 미친놈아……. 바벨이 계속 친절하게 설명하잖아…… 안 된다고. 좀 들어. 제발.'

"이거 이거. 이 완전 날로 먹는 거 아닌가? 내 미식가라 날거 잘 안 먹는데, 와, 진짜 싫은데 방법 있나? 어쩔 수 없지 뭐."

'너 이미 꿀 빨 준비 다 끝냈잖아. 좀 일어나서나 말해……. 내 무릎이 네 베개냐…….'

"빌어먹을!"

'까, 깜짝이야.'

저 밤비 새끼, 소문은 약과였다. 실제로 보니 인소 속 사대천왕 같다던 소문들보다 실물이 훨씬 더 무섭고 살벌했다.

드디어 포기했는지 성질대로 집어 던졌던 돌창을 다시

한번 세게 걷어차질 않나.

'구석에 앉아서 정성스레 다듬을 땐 언제고, 취급 봐라…….'

목을 뒤로 젖힌 견지록이 신경질적으로 앞머리를 훅, 불었다. 잠시 그렇게 서서 허공을 바라보다가 이쪽으로 걸어온다.

"이태엽 씨."

"……네, 넷!"

'무서워, 너 스무 살인 거 대국민 거짓말이지…….'

"오브Orb는 살펴봤습니까? 그쪽 캐릭터가 '크루세이더'니까 우리 중에선 기본 지력 스탯이 제일 높을 텐데."

견지록은 '숲지기', 그리고 황혼은 '문지기' 당첨.

별 쓸모없어 보이는 두 캐릭터보다야 이태엽 쪽 사정이 나은 것은 사실이었다.

"그게…… 딱히 수확이랄 건."

잔뜩 쫄아 더듬거리는 이태엽을 뒤로하고 견지록은 성전 가운데로 걸어갔다.

저벅. 그의 발소리가 공간을 울린다.

부유섬들은 중앙의 가장 큰 공중대륙을 제외하면 대개 크기가 엇비슷했다. 그러나 이곳 [영원의 섬]만큼은 예외였다.

섬의 면적 대다수를 성전聖殿이 차지한 곳.

규모가 어찌나 협소한지 성전 끄트머리에 서면, 섬 전역의 풍경과 이곳을 둘러싼 천공天空 세계가 고스란히 보였다.

세 남자가 성전 안에서 깨어난 시각은 저녁 어스름이 질 무렵.

월광이 쏟아지고 있는 성전은 고대 그리스 신전과 닮은 부분이 많았다. 오래 관리가 되지 않았다는 점까지도.

근처 숲에서 날아온 낙엽이 바닥을 구른다. 걸을 때마다 짓밟힌 잎들이 바스라졌다. 견지록은 성전의 중앙, 유리막에 갇힌 [오브]를 물끄러미 응시했다.

이 심장 모양의 조그만 오브가 아직까지 제국을 유지하는 힘이라고 바벨은 설명했다.

[✚ 오브(The Orb): 고대부터 전해 내려온 제국의 신성 코어. 이곳에 신과 별들이 존재했다는 증거이자 공중대륙의 유지 장치. 최후 성력의 정수가 담겨 있으며, 오브가 파괴될 시 천공 세계를 유지하는 부유력이 완전 상실된다.]

/※ 성전 내에서 **오브**를 통해 제국으로 **메시지(계시)** 전송 가능. 1일 1회 한정이므로 사용에 신중하세요./

'왜 방어조인지 맥락만은 확실하네.'

"메시지 기능은? 우리 쪽 랭커들과 연락 가능하다든가."

"아. 그건 확실히 안 되는 것 같았습니다. 그러니까

NPC? 이쪽 세계 원주민, 그것도 중요 인물에게만 보내도록 되어 있더라고요."

"목록 받아 적었으면 줘 봐요."

견지록이 검지를 까딱였다. 건방지기 짝이 없었지만, 전혀 위화감을 못 느낀 이태엽이 허겁지겁 두루마리를 그에게 건넸다.

[오브]의 발신 가능 목록은 고대어로 출력되며, 여기서 그걸 읽을 수 있는 사람은 [고대 문자] 스킬을 지닌 이태엽뿐이었다. 그가 없었으면 이마저도 못 해 절절매고 있을 뻔했다.

'알맞게 캐릭터를 배치한 게 우연인지, 능력인지……. 후자면 현이 형이 말했던 그 디렉터란 애가 아예 재능 없는 건 아니란 소리인데.'

"뭐꼬, 와 점마만 보여 주는데? 햄아 거 서운하네. 어디 내도 좀 봅시다."

"이게 답니까?"

"아, 그…… 네!"

"어이. 내도 좀 보자고."

"제국 신전, 제국 황궁, 제국 공작가, 제국 봉화대……. 4군데가 다라고? 시발, 장난하는 것도 아니고."

"녹용 니 내 말 안 들리나!"

'완전히…… 아니, 완벽히 무시하고 있어. 투명 인간도 아니다. 저건 거의 존재조차 인식을 안 하는 지경……!'

역대급 먹금 실황 목격. 경지에 오른 황혼 씹기 달인과 마주한 이태엽이 감탄을 감추지 못했다.

'밤비와 야식킹이 견원지간이란 사실은 익히 들었지만, 이 정도일 줄이야.'

황혼이 툭툭 어깨를 치려고 하자 견지록이 물 흐르듯 마르세유 턴을 선보이며 손이 닿는 범위에서 빠져나간다.

저, 저건 조금 불쌍한데……? 이태엽이 저도 모르게 다독이려 황혼에게 팔을 뻗는 순간이었다.

쿵, 크르릉, 컹, 컹!

"……!"

[경고! 적군이 침입을 시도 중입니다.]

[▶Tip: 일몰 후에는 마룡왕의 지배력이 한층 강력해지니 주의하세요. 기회를 노리던 적이 가까운 주변에 있을지도 몰라요.]

성전의 나란한 열주 사이사이로 거뭇한 그림자가 비치기 시작했다. 조금씩 드러나는 모양은 긴 주둥아리와 돌출된 이빨…….

달밤의 사나운 사냥꾼들. 라이칸스로프Lycanthrope 떼다.

묘하게 가라앉은 표정의 황혼이 검지로 턱을 긁적였다.

"……초장부터 쎄게 나오는데. 만다꼬 이래 짤 없이 구노? 살살 가자, 살살. 지금은 쪼렙 아니가."

"아, 아니. 쟤들이 여기로 들어올 가능성은 전혀 없는 거 아닙니, 아니야? 결계가 있잖아. 왜 전투라도 벌어질 것처럼……."

허둥지둥 당황하는 이태엽. 바닥에 집어 던졌던 석창을 다시 주우며 견지록이 황혼 대신 대답했다.

"맛만 볼 거였으면 경고를 안 보냈겠죠. 가성비 추구하는 우리 바벨께서."

'다만 이러면 오브가 위험한–'

[위기를 감지한 '오브'가 적용 범위를 좁혀 보호 결계를 강화합니다!]

"하, 자기 살길은 있다 이거지."

견지록이 비릿한 실소를 머금었다.

은은한 빛으로 성전 전체를 감싸고 있었던 은막 크기가 순식간에 확 줄어들었다. 한층 색이 짙고 단단해진 결계 덕에 [오브]는 모습이 보이지 않았다.

견지록은 창을 들어 반 바퀴 휘둘러보았다. 견갑골이 조여들며 익숙한 느낌으로 등 근육이 움직였다.

"……튜토리얼 때 생각나는데."

그때도 맨몸으로 창만 집었다.

마음은 급한데 당장 눈앞에 보이는 거라곤 창대밖에 없었으므로. 그리고 그때 당시 견지록의 등 뒤에는……

"마, 이럴 때만 튜토리얼 운운하지 마라. 싸가지 다 디진 새끼야."

"진짜 놀고만 있으면 쳐 죽일 뻔했다."

"어차피 니 맨날 내한테 화나 있지 않나?"

"더러운 조폭질 하고 다닐 때 그 정도 각오는 했어야지."

"가업이다, 새끼야. 가, 업!"

투덜거리며 황혼이 짧은 도끼를 고쳐 잡았다.

'문지기'의 기본 지급 아이템은 할버드. 견지록이 창의 날을 가파르게 깎아 세울 동안, 황혼은 한쪽에서 손잡이를 꺾어 가다듬어 두었다.

어릴 적부터 나이프질이 익숙한 그에게 무기의 잡는 부분은 짧을수록 좋았으니까.

물론 엄밀히 따지자면 무기 사용 자체가 그의 입맛에 썩 맞진 않지만…… 지금도, 그때도 물불 가릴 처지는 아니다. 황혼이 개구지게 웃었다.

"아. 이 운동화 웃돈 거하게 주고 뉴욕에서 공수한 신상인데."

이태엽은 등을 맞대고 서는 두 사람을 멍하니 바라봤다.

잠깐 잊고 있었으나 저 모습을 보니 생생히 기억났다.

바벨탑 29층이 열렸던 그해의 골든 듀오.

세간으로부터 '황금 세대'란 칭호를 최초로 부여받고, 또 그들이 소리 높여 칭송하도록 만들었던 두 소년들.

"뭐 하노, 탱커! 후딱 안 오고."

대한민국 제30차 튜토리얼 차석次席, 황혼.

"명심해. 넌 내 뒤에 붙어서—"

"안다! 나대지 말고 니 등 뒤만 비지 않게 빠릿빠릿 마크하라고! 그때처럼!"

"조폭질에 뇌까지 망가진 건 아닌가 봐."

대한민국 제30차 튜토리얼 수석首席, 견지록.

"뭐, 뭐라! 니 짐 뭐라 했노!"

"아직 쓸 만한지는 두고 봐야겠지만."

농담은 여기까지.

호흡을 가다듬고 자세를 미세하게 낮췄다. 더 이상 그곳에 장난 같은 웃음기는 없었다.

옥죄인 공기가 팽팽히 근육을 당긴다. 영리한 적들은 이미 그들 주변을 둘러싸며 접근하고 있었다.

실로 오랜만에 느껴 보는 필사의 긴장감이다.

청년이 된 소년들은 저도 모르게 웃었다.

응수하듯 라이칸스로프가 우짖고, 그대로 튀어나온다!

월광에 반사된 창날이 소름 끼치는 빛을 토해 냈다. 둘은 동시에 달려 나갔다.

그 옛날 견지록 15세, 황혼 19세. 그로부터 장장 5년 만에 이뤄진 튜토리얼 듀오 재회였다.

·· ✦ ✳ ✦ ✳ ✦ ··

《테이블이 닫힙니다.》

하아, 하아……

거칠고 불규칙한 호흡이 피로 젖은 적막을 메꾼다.

밤새도록 이어진 전투의 여파로 인해 성전 안은 처참했다.

하지만 그보다 더 참혹한 것은 E급의 고등학생이 혼자 고군분투하는 꼴을 무력하게 지켜만 봐야 했던 그들의 기분일 터다.

"……도우미. 그걸 써야겠어."

늑대들과의 밤샘 전투도, 갑자기 눈앞에 떴던 [테이블]도 종료됐다. 소강상태에 접어든 성전 안, 하얀 콜로네이드 너머로 점점 해가 떠오르고 있었다.

죽은 듯이 바닥에 드러누워 있던 세 남자.

견지록의 말에 나머지 시선이 일제히 그를 향했다.

불로 지진 옆구리의 상처를 부여잡으며 황혼이 일어나 앉았다. 고통에 찡그리면서 말한다.

"마, 거 생략 좀 하지 말고 말해라. 알아듣게."

"[테이블]은 별도의 특수 스테이지고, 우리 쪽에서 간섭이 불가하지. 저 더벅머리가 저기서 구를 동안 이쪽이 할 수 있는 일이라곤 [오너먼트]를 빨리 찾아 최대한 기회를 많이 만들어 주는 것뿐이야."

견지록의 차분한 설명에 이태엽이 갸웃거렸다.

"하지만 우린 여기서 탈출이 불가능해서 도울 수가 없는…… 아. [메시지]! 그래서 도우미를?"

"후방이 평소 하는 일과 오브의 계시 기능을 연결해 보면 말이 돼. 우린 결국 다른 곳에서 움직이는 동료들을 서포트해야 하는 입장인 거지."

바삐 오너먼트를 찾아다닐 그들이 탈락하지 않게끔, 일의 진행이 조금 더 수월해지도록.

견지록은 창대를 이용해 바닥에 원을 그려 표시했다.

차례로 제국의 신전, 황궁, 봉화대, 개국 공신 공작가.

오브의 발신 목록에 저장되어 있던 이름들이다. 그러니 도우미를 통해 네 곳과 가까이 있는 랭커들의 위치만 파악해도, 상당히 유용하게 써먹을 수 있다.

"관건은 도우미가 순순히 알려 주느냐, 겠지만…… 이쪽은 셋. 기회는 충분할 만큼 있으니까."

"자, 잠깐! 내, 내는 이미 써 버렸는데……?"

당황해 외치던 황혼의 목소리가 점점 기어들어 간다. 라이칸스로프에 버금가는 살벌함으로 견지록이 그를 노려보고 있었다.

"슨증흐그 스응흐릁즌으. 느 붕슨으느?"

"저기! 바빌론 길드장! 어금니에 힘은 좀 빼고! 무서우니까!"

"아, 아니! 내는 여기 와 왔는지도 궁금하고! 토너먼트가 뭔지도 모르겠고, 방법 있나!"

"한심하게 안 보기가 힘에 부친다, 이 덜떨어진 조폭 새끼야. 그런 히든카드는 제일 나중에 쓰는 게 기본 아냐? 너 도대체 랭커가 맞긴 해?"

어딘가의 제 혈육은 도우미 기능을 알게 되자마자 홀라당 까먹었건만⋯⋯. 그 사실을 알 리 없는 밤비가 경멸에 찬 눈빛을 던졌다.

"⋯⋯아무튼, 그럼 기회는 두 번. 비상 상황에 대비해 하나는 남겨 둔다고 치면, 결국."

견지록은 길게 한숨을 뱉었다.

"한 번 안에 어떻게든 족쳐서 수확을 얻어 내야겠네."

불행 중 다행으로 신문訊問에는 제법 재주가 있는 편이다. 이어진 의논은 짧지 않았지만, 누구의 기회를 먼저 쓸지는 분명했다.

도우미와의 연결로 견지록이 잠시 의식을 잃는다.

쓰러진 그를 황혼과 이태엽이 한쪽으로 눕히던 바로 그때.

"[⋯⋯역시 누가 있을 줄 알았지. 이런 중요해 보이는 섬에는.]"

처음 들어 보는 구조의 언어였다. 빠르게 인기척을 눈치 챈 황혼이 정확한 방향을 응시한다.

성전 실베스트라의 동쪽 결계 바깥.

주랑 너머로, 검은 눈자위의 이방인이 그들을 보며 히 죽 웃고 있었다.

·· ✦ ✳ ✦ ✳ ✦ ··

"야. 찐따 쉑끼 너 뭔데 아까부터 울 도쳬 야리고 난리 냐? 드디어 해 보자는 거?"

"……제가 뭘요?"

"어쭈, 이게? 음침한 방구석 스토커처럼 계속 훔쳐보고 있으면서 어디서 닭발을 내밀어?"

"오리발이겠죠. 여튼, 무슨 소린지 모르겠네요. 저한테 제발 관심 좀 꺼 주시죠? 그쪽은 상상도 못 할 만큼 심오 한 고민에 빠져 있으니까."

청희도는 눈가를 꾹꾹 눌렀다.

각성한 마법사의 성장은 보통 세 구간으로 나뉜다.

1단계 견습(1~2).

2단계 정식(3~5).

3단계 고위 마법사(6~).

고등 단계의 초입인 6계급부터 각국의 상위 랭킹 안에 들어간다고 보면 됐다.

숫자로는 고작 한 계단 차이일지라도, 실제로 이 사이의 간격은 어마어마했다.

운 좋게 잘난 성위를 만났대도 예외가 아니었다.

마법계가 괜히 극소수 축복받은 재능충들만의 리그라 불리겠나? 마력 특화 재능을 타고나고, 마력의 메커니즘과 세계 질서 및 만물 법칙에 대해 이해하고자 차근히, 꾸준히 연마하지 않는다면 결과는 정해진 제자리걸음.

'단계를 건너뛰는 건 이론상 절대 불가능해.'

그러니 정말 상식적으로 불가능한 일이 그의 눈앞에서 벌어진 셈이다.

단 하룻밤 새에 단계를, 하나도 아니고 넷을 뛰어 5계급까지 도달하다니?

공들인 마법진을 홀라당 강탈당했음에도 청희도는 억울하지 않았다. 직접 그렸던 그 자신이 더 잘 알고 있으니까.

'말은 그럴듯하게 했어도 보조 마석도, 탈리스만도 없이 척박한 조건에서 그려 낸 마법진이다. 조악하기 짝이 없는 수준이야. 잘 뽑아 먹어도 2계급까지가 최대치……'

1단계까진 비교적 올리기 쉽다. 그러니 거기까지라면 그도 애써 납득했겠지만……. 청희도는 앞서 걸어가는 견지오의 등을 빤히 바라봤다.

'저 괴물은 대체 뭐란 말인가?'

까만 단발이 짧게 흔들렸다.

늪지에 발 닿기 귀찮다고, 유유자적 한 뼘 위 공중에서 걷고 계시는 괴생명체.

청희도는 저게 무슨 마법인지 정확하게 안다.

'4계급 중급 변형 레비테이션. 마력 통으로 잡아먹는 연비 최악의 비행 주문인데……!'

"저핸테 계별 갠심 좀 깨 주시져? 예이예이, 위대한 마법사님. 비록 눈앞에 동종을 두고도 못 알아볼 만큼 등신이시지만, 알겠습니다요."

'저, 저 무식한 야만인이……!'

턱을 쭉 내밀고 조롱하는 최다윗. 백만 안티를 거느리고 있는 랭커계 핫 셀럽다운 어그로였다.

청희도는 억지로 미소 지었다. 뺨이 부들부들 떨렸다.

"……잊으셨나 본데, 처음부터 발도제가 마법사이리라 예측한 건 이쪽이었습니다. 아니라고 부득불 우긴 '누구' 덕분에 덩달아 혼동했을 뿐이죠."

"……커허험."

"본인께서도 저한테 잘도 '검사'라 소개해 놓고, 왜 갑자기 마음을 바꿔 먹으셨는지 모르겠지만……. 누가 끼리끼리 아니랄까 봐."

'쟤 화났네.'

아닌 척하지만, 퍽 자존심이 상한 게 분명했다. 지오는 쯔쯔 혀를 찼다.

'솔직히 이쯤 되면 눈치 깔 줄 알았는데.'

좀 의외긴 하다. 초면에 나눈 실미도 인상과 다윗의 친구라는 사실이 생각보다 임팩트가 센 모양이었다.

뭐, 그럴 수도 있긴 하지.

대외적으로 '죠'는 독고다이의 이미지가 강하고, 〈은사자〉를 제외하면 누구와도 관계를 맺지 않는다 알려져 있으니까.

최다윗과 친구가 된 것도 아주 최근. 그 전까지는 다윗 쪽에서 일방적으로 들이대다가 공공연하게 무시당하기 일쑤였으므로…… 흠. 납득한 지오가 짐짓 다정히 달랬다.

"세상이 넓다고 삐지지 마, 우물 안 희동아."

"……젠장, 그쪽이 제일 열 받습니다! 태연한 얼굴로 레비테이션 작작 쓰라고요. 대체 그쪽 같은 괴물이 어떻게 여태 무명인 겁니까?"

"무명이 아닐 수도 있지."

"마법사로서의 명성 말입니다. 그 이상한 오타쿠 같은 발도제 따위가 아니라요!"

'이 자식 말본새 보소?'

암만 망한 부캐라도 남이 까면 속상하지오. 반박할 수 없을 땐 더욱 그랬다. 지오는 즉시 턱의 각도를 비스듬히 틀었다.

"너무해……."

긴 속눈썹이 내리깔리며 퍽 처연한 얼굴이 된다. 얼굴 하나는 어디서도 지지 않는 월랭 1위의 미인계.

"이 쉐키가 찬밥, 더운밥 못 가리고!"

0.1초 만에 넘어간 최다윗이 매처럼 날아가 청희도를 걷어 찼다. 첨벙! 물보라 소리에 놀란 새 떼가 푸드덕 날갯짓했다.

"……아뇨. 방수 마법은 공격계가 아닙니다. 왜 자꾸 여기에 공격 수식을 더하는 겁니까? 무슨 전생에 쌈닭이었어요?"

5계급 마법사가 전력에 추가됐겠다, 빠르게 늪지를 벗어나자던 계획은 최대한 [오너먼트]를 찾아보자는 쪽으로 기울었다.

그렇게 열심히 뒤지다 보니 어느덧 늪지대의 끝자락에 다다를 무렵, 막간의 휴식 시간.

주문서나 수식이 담긴 스펠 북은 없어도, 눈앞에는 걸어 다니는 현대 마법 사전이 있지 않나?

청희도의 지적에 지오는 끄덕이며 수인手印을 다시 그렸다. 한 손을 간단히 휘저은 다음, 마지막으로 대상을 툭 건드리자…….

"……완벽하네요."

뽀송해진 로브 자락을 들어 올리며 청희도가 피식 웃었다.

"잘했습니다, 견지오 씨. 별로 안 어려웠겠지만."

"그렇긴…… 응? 님 방금 나 뭐라고 불렀음?"

"괴물 같은 재능충 깡패라고 불렀습니다만. 뭐 합니까? 슬슬 이동하죠. 미스 야만인도 그만 돌아오세요!"

인정해야 이름을 제대로 불러 준다니 지가 무슨 만화 주인공이야? 하여간 저거 싫은 놈은 아니라니까. 지오는 절레절레 고개를 저었다.

타악!

나무 꼭대기에 올라갔던 최다윗이 날렵히 착지한다.

"뭐가 좀 보였습니까?"

"아니! 진짜 여기가 끝인데? 좀만 더 가면 늪은 완전 끝이야. 그리고 이 앞에 엄청 큰 강이랑 웬 협곡 같은 게 있는데, 아마 그 너머가 도시 같아. 길이 있더라고."

"흠. 이곳에서 소득 없이 계속 시간을 지체할 순 없습니다. 오너먼트를 찾지 못한다면 동료들과 합류라도 어서 해야 해요."

청희도가 진지한 투로 말했다.

"스테이지 종합 순위 2위……. 그게 계속 찝찝합니다. 튜토리얼 때처럼 PK로 포인트를 얻는 싸움도 아니니, 아마 참가자들 간의 서열을 정보로 제공하는 걸 텐데."

"참가자들?"

"어젯밤에 말씀드렸잖습니까. 상대 팀이 있다고. 그리고 우리가 저쪽보다 강한 '시드' 팀이라 했으니 저쪽에 종합 1위가 있을 가능성은 없어요."

그럼 적군의 최대 전력이 해방됐다고 봐야 한다.

그의 설명에 최다윗이 지오를 힐긋거렸다. 견지오의 정체를 아는 최다윗에겐 사실 너무나도 당연한 얘기였다. 탑의 범위가 갑자기 외계 단위로 확장되었다고 한들, 얘보다 강한 자가 있을 거란 생각이 감히 들지 않으므로.

"입장을 바꿔 한번 생각해 봅시다. 이런 상황에서 우리 팀의 최대 전력이 해방되었다면…… 제일 먼저 뭘 할까요?"

제 말에 빠져 청희도가 생각에 잠긴다.

뭘 물어? 지오는 툭 내뱉었다.

"기습."

적이 저항할 전력을 갖추기 전에 박살 낸다. 확실한 우위에 선 강자가 약자를 짓밟는 방식은 대개 비슷했다.

한평생 강자로서 살아온 자의 답.

청희도가 반짝 깨달은 얼굴로 고개를 들었다. 필드 입장 직전 봤던 [패배 조건]이 빠르게 그의 머릿속을 스치고 지나갔다.

[✦ 제국군 패배 조건:

1. 아군 인원 과반수의 전력 상실

2. 신성 코어 '오브'의 파괴]

공격조가 있다면 방어조도 있기 마련이다.

정황상 [오브]는 방어조가 지키고 있을 확률이 높으며, 그들이 어디 있는지는 현재 아군조차 파악이 불가능. 따라서 현시점에서 적군이 택할 만한 선택지는 오로지 하나.

"맞아, 그래, 기습. 습격이야……. 제국부터 전면으로 빠르게 치고 들어가겠지."

청희도의 낮은 중얼거림에 최다윗이 파드득 어깨를 세웠다.

"어? 자, 잠깐만. 그럼 내가 아까 위에서 본 게!"

"……뭘? 뭘 말입니까? 뭘 봤는데요!"

다그침을 무시하고 최다윗은 서둘러 나무 쪽으로 돌아섰다. 올라가 다시 제대로 확인해 볼 심산이었다.

"그럴 필요 없어, 다윗."

[적업 스킬, 4계급 중급 주문(확장)
— '매의 눈Hawk-Eyes']
[적업 스킬, 5계급 보조 주문
— '미러링Mirroring']

거대한 도시 전체를 내려다보던 [마법사의 눈]과는 질적으로 다르나, 그렇다고 효율이 아주 떨어지지도 않는다.

지오는 검지를 까딱여 두 개의 주문을 합성했다.

확장된 [매의 눈]이 [미러링]과 결합해 거울처럼 그들 전면에 떠올랐다.

'주문 합성……!'

청희도가 경악에 차 쳐다봤지만, 오래 이어지지 않았다.

"저기!"

최다윗의 재빠른 가리킴에 거울 한 곳이 확대된다.

짐승처럼 발달한 그녀의 시력이 아니었다면 절대 발견하지 못했을 정도로 머나먼 곳, 협곡의 너머.

"샹, 맞네! 내가 잘못 본 게 아니었어!"

여러 줄기의 연기가 피어오르고 있었다.

현대처럼 공장이 존재하지 않는 이곳에서 저 풍경이 뜻하는 바는 하나뿐이다. 청희도가 신음처럼 탄식했다.

"이미 시작됐……!"

스- 샤아아악!

그러나 그의 말은 끝까지 매듭지어지지 못했다.

그들이 서 있던 거목의 뿌리 위를 돌연히 뒤덮는 그림자. 그제야 청희도는 그들이 한곳에 지나치게 오래 머물렀다는 걸 자각했다.

델파마의 늪 끄트머리, 늪지대를 빠져나가는 마지막 경

계선.

'보스 몹이 나타날 적소였는데……!'

먼 곳의 기습에 정신이 팔려 가까운 기습을 눈치채지 못했다.

세 개의 머리가 달린 대형 뱀목 괴수. 어느 때보다 은밀히 다가온 적이 코앞에서 혀를 날름거렸다. 흉악한 그 생김새만으로도 전신에 소름이 끼쳐 왔지만…… 이상하다.

'이상하게 난 왜……'

이 소름의 방향이 다른 쪽인 것 같지?

청희도는 홀린 듯이 옆을 돌아봤다.

그의 시선이 향한 그곳. 이 공간에 있는 어떤 생명체보다 작지만, 가장 거대한 흐름이 요동치는 곳.

견지오가 웃고 있었다. 고요히.

'경험치 잘 먹겠습니당.'

[필드 보스 출현! 토착계 변이종 '델파마의 삼두사(Lv.48)'가 강한 적의를 표출합니다.]

이 토너먼트의 웃긴 부분은 레벨 따위가 표시된다는 점이다.

각성자의 타고난 그릇은 S급, A급 등으로, 상세한 능력치는 [상하], [극상] 따위로 애매하게 수치화되던 지오의 세계와는 달랐다.

'이렇게 알려 주면 서로 얼마나 편해? 어?'

어느 정도 차이가 있는지 확실한 가늠이 되잖아. 지오는 캐릭터 창에 표시된 제 레벨을 보고 피식 웃었다.

[▷ '드래곤 스트라이커' Lv.10]

'얼마나 재밌겠냐고, 이런 사기극이.'

5계급까지 도달한 현재의 마력은 청희도의 마법진을 통하여 순수하게 견지오 스스로 얻어 낸 능력치다.

따라서 여태 획득한 레벨 경험치와는 간극이 있을 수밖에 없으며, 표시되는 레벨 또한 지닌 능력에 비해 미미할 수밖에 없었다.

키캬아아악!

삼두사三頭蛇의 머리 한 개가 짙은 독무를 내뿜고. 늪지대에 독 안개가 낮게 깔린다.

전투 시작 신호 따위는 없다.

부웅-!

난폭하게 공기를 가르는 파공음과 함께 배틀 액스를 한 손에 거머쥔 최다윗이 당연하다는 듯 제일 먼저 달려 나갔다. 지오는 그 앞 바람의 방향을 틀어 주며 말했다.

"야, 희동이."

"······네, 네?"

"방어 주문 수식 핵심만 불러. 5계급 안에서 제일 쓸 만한 걸로."

"여기서, 지금 말입니까? 무슨 말도 안 되는!"

모든 적업 스킬이 응당 그렇겠으나 마법은 정말로 어린애 장난이 아니다.

수인手印과 진언, 연산, 마력 회로 등등, 이 모든 것이 동시에 이뤄져야 하는 고도의 종합 기예였다.

수인 하나에 익숙해지기 위해선 수십, 수백 번 똑같은 궤적을 그려 보아야 하며, 세계의 질서와 자신의 마력 회로가 알맞게 맞물리려면 한 치 오차 없는 연산이 필요하다.

이 복잡한 과정을 건너뛰고자 여러 각성자들이 마협에서 간편 키트Kit나 변형 스킬을 사들이곤 하지만······.

제대로 된 마법사라면 마탑에 처박혀 몇 날 며칠 수련을 반복하는 것이 보통.

그런데 고작 남이 읊어 주는 수식만 대충 듣고 마법을 실현하겠다고? 이 상황에?

'이게 말이나 되는 소리인가?'

다시 거부하려는 그를 지오가 돌아봤다. 급박한 주변 상황과 달리 그저 평온한 얼굴로.

"그래서. 안 할 거야?"

샤아, 파가각!

부서진 나뭇조각이 얼굴로 튀었다. 뺨이 화끈해진다. 청희도는 붉은 생채기가 그어진 얼굴을 부여잡으며 눈앞 광경을 바라봤다.

늪에 내던져진 최다윗이 간신히 옆으로 구르자마자 삼두사의 거대한 꼬리가 그 자리에 내리꽂히고, 물보라가 거칠게 사방으로 튀어 오른다.

캬아아아–!

뱀들이 날카롭게 우짖었다. 바람은 마치 그것들을 밀어내듯 뒤로 불고 있다.

이 작은 여자가 바꿔 낸 방향이었다.

"……알고 있는 것 중에 쓸 만한 건 5계급 상위 주문 [케라이아]뿐입니다."

뿔 모양의 마력 보호막이 적으로부터 충격을 받을 때마다 한 겹씩 더해 가는 반응형 방어막.

"하지만 절대 불가능합니다. 효과적이긴 하지만 난이도가……!"

"넌 좀 이상해. 마법을 쓴다는 놈이."

최다윗을 물어뜯으려는 뱀의 눈알에 물기둥을 처박으며 지오가 중얼거렸다. 그를 힐긋 본다.

"언제부터 마법사가 '불가능'을 말했대?"

"……!"

"불러. 바빠 죽겠는데 그만 놀고."

청희도가 질끈 이를 악물었다.

'제기랄, 나도 모르겠다.'

"……약속된 진언 체계는 고대 히브리 문자입니다. 리액션 타입이라 예비 객체마다 값을 지정. 위치해야 하는 기본 구성 요소는 바람, 방출 전류, 회전……."

그의 말이 빠르게 이어졌다.

마법사들이 필수적으로 보는 성도星圖와 문자표 없이 기억에만 의존해 불러야 하는 것은 그 역시 마찬가지.

한껏 집중한 청희도의 목소리가 정신없이 빨라지자 지오의 연산에도 속도가 붙는다.

"매개 중개자는 북쪽 드라코. 적경 15h 24m 55.7747s. 적위 +58° 57' 57.836". 거리는-"

"됐어."

돌아보지 않고 지오가 말을 잘랐다.

수인을 그리던 손끝이 역삼각형의 꼭짓점을 마무리 짓고, 짝! 세게 한 번 맞물렸다가 펼쳐진다.

역방향의 바람이 불고 있었다. 나부껴 넘어간 머리칼 옆으로 왕의 눈이 별처럼 빛났다.

금빛 마력 회로의 가동, 이세계의 마력이 복종한다.

견지오가 명령했다.

"[율법의 사나운 뿔에는 빈틈이 없으니.]"

[적업 스킬, 5계급 상위 주문(강화)

— '케라이아 모테트Keraia Motet']

우우우우-!

늪지를 채운 얕은 수면 위로 파문이 번진다.

성가대의 다중 합창처럼 소리가 하나둘 겹치어 울려 퍼지고, 견지오의 발밑에서 생성된 황금색 원이 확장되어 일대로 광활히 뻗어 나갔다.

[변이종 '델파마의 삼두사'가 격노에 차 몸부림칩니다!]

캬악! 쿠궁, 쿠구궁!

분노한 뱀들이 머리와 몸통으로 부딪칠 때마다 뿔의 형태를 한 보호막이 더욱 단단해졌다. 점점 날을 세우는 뿔 모서리에 삼두사의 거대한 몸에도 유의미한 상처가 늘어난다.

'얼씨구, 체급에 비해 항마력은 형편없나 보네.'

안됐다.

지오가 지루한 시선으로 괴물의 발악을 구경했다.

"……하아, 하! 이게 웬."

튕겨져 물가에 주저앉아 있던 최다윗이 견지오와 삼두사를 번갈아 바라봤다. 헛웃음을 내뱉더니, 이내 이가 빠진 배틀 액스를 한 손으로 들어 올린다.

어깨 위로 걸치며 이쪽을 보는데, 갈색 눈이 살기와 희열로 번들거리고 있다. 돌아가는 상황을 완전히 파악한 눈치.

"씨발. 그럼 이제 저 기형 뱀 새끼 내 마음대로 뒈지게 조져도 된다는 거지?"

분할 만도 하셨다.

본신의 능력이었으면 저까짓 뱀이 〈해타〉의 야차에게 놀잇감이나 되었겠는가?

와중에도 허락을 구하는 게 기특할 지경. 지오는 느긋하게 마력을 재정비했다. 이어 짧게 턱짓한다.

"기꺼이."

마음껏 날뛰어, 워 로드.

네 보조는 이 킹께서 할 테니까.

"천혜天惠의 재능, 세기의 천재."

"……."

"그런 수식어조차 모자라게만 느껴지는 분이셨지, 대제께서는. 겨울 공도 대단하였지만, 조금 전 말하였다시피 공께서 인간이 아니란 것은 제국인 모두가 아는 사실이었거든."

늪지의 전투로부터 몇 시간 전, 제국 공작가.

접객실 테이블 위 찻잔에서 김이 피어오른다. 낯선 생김새의 이방인 셋을 앞에 두고 공작은 찻잔을 홀짝였다.

"천년 동안 겨울 산맥의 주인으로만 계시던 그분을 인간들 틈에 데려와 황제의 용으로 만든 것도 폐하셨으니."

"와. 대륙 통일도 모자라 용까지……. 진짜 혼자 해냈다고는 믿기지 않을 만큼 엄청난 업적이네요. 그쵸?"

"네. 정말 대단합니다."

어느새 진심으로 감화한 듯한 권계나. 그녀의 탄성에 기계적으로 호응하며 백도현은 시계를 힐긋거렸다.

초상화 앞에서부터 이어진 대화가 벌써 1시간째. 저 찻잔도 이미 세 번이나 바뀌었다.

"음. 실로 제국인들이 마땅히 우러러볼 인간의 왕이시며, 신과 별들이 총애해 마지않는 천공 세계의 '진정한' 주인이셨지."

슬슬 제동을 걸어야 하나 망설이던 백도현이 멈칫했다. 내내 느긋하기만 하던 노공작의 어조가 바뀌고 있었다.

"저 씹어 죽여도 시원찮을…… 저주받은 악마 새끼들이 아니라!"

"……."

살기에 가까운 적의, 뼈에 사무친 원한.

그들을 이곳으로 인도한 상인 아론도 공작과 비슷했다.

「적군? 하하. 마룡군은 적이라는 단어로 정의할 만한 놈들이 아니지.」

「그럼……?」

「이것부터 분명히 알아 두게. 우리 제국인들은 진심으로 폐하를 존경하고 사랑했다네.」

「…….」

「어린 그분은 저 아름다운 백조 황궁이 세워지고서도 저곳에 한 달 이상 머무르신 적이 없어. 늘 전장, 최전선에만 계셨지. 몸 바쳐 우리를 지키시고자. 그런 분을 참살한 마룡왕을 어떻게 고작 '적' 따위로 부르겠나?」

대제가 일찍이 부모를 여의고 홀로 남았던 소녀왕 시절부터, 어엿한 성인으로 자라나 대륙의 정복자로 군림하던 그날까지.

사람들은 빠짐없이 그녀를 지켜봐 왔다.

인간의 왕이자 제국의 어버이였으며, 동시에 또 제국인들의 자식이었다.

「그 악마 새끼들은 내 부모의 원수요, 내 자식을 도살한 살인마라네.」

"각하. 마룡군을 이 땅에서 몰아내고 싶은 건 저희들도 마찬가지예요. 진심으로요."

마수와 악마들로 이루어진 악의 군대.

보다 높은 자리에 도달하고자 죄 없는 인간들을 학살한 마룡왕과 그들에게 억압받는 제국인들의 모습은 선인의 공감을 이끌어 내기에 충분했다.

나지막한 목소리로 전하는 나조연의 진심에는 진실한 힘이 있었다. 노공작은 한참 그녀를 물끄러미 바라보다가 잔을 내렸다.

"……본의 아니게 옛날얘기가 길어졌군. 그래, 듣자 하니 그대들은 제국의 유산을 찾는다고?"

'이런. 설마 일부러 시간을 끈 거였나? 이쪽의 의중을 파악하려고.'

그랬다면 나조연 나이스다. 백도현은 얕게 한숨 지었다.

"예. 자세히 설명드릴 순 없지만, 저희에게 현재 상황을 반전시킬 키Key가 있습니다. 하지만 그게 제대로 성사되려면 어떤 물건이 필요한데……."

"그게 아마 이 제국에 중요한 물건, 황궁에 있는 유산이 아닐까 저희는 짐작하고 있어요. 아, 제국 영웅과 관련된 걸로요!"

오프닝의 시네마틱 무비를 떠올린 나조연이 황급히 덧붙였다.

노공작이 턱수염을 쓸어내린다. 제국의 영웅이라면 폐

하의 사람들을 말하는 것일 테다. 하지만.

"폐하와 관련한 물건들은 전부 마룡군 쪽에서 파괴한 지 오래라네. 식민 정책의 일환으로."

"아……."

"다만, 실망하긴 일러. 생각나는 것이 하나 있거든."

"……!"

"황궁 예배당."

기대감에 찬 세 사람을 보며 노공작이 미소 지었다.

"신의 숨결이 진하게 남은 성소聖所에선 놈들이 감히 난동 부릴 수 없지. 충심 깊은 시녀들이 폐하의 소장품들을 그곳에 모아 뒀다고 들었네."

됐다! 셋은 시선을 교환했다.

찾았다. 저곳이야. 랭커의 직감이 옳은 길로 왔다고 알리고 있었다.

"그럼 이제 자네들에게 필요한 것은 황궁으로 들어갈 기회겠군. 적의 눈에 띄지 않을 만큼 은밀하게."

인자한 웃음을 머금으며 노공작이 작은 종을 들어 올렸다. 이들이 무사히 들어갈 수 있도록 제 사람을 붙여 줄 심산으로.

그러나 바로 그다음 순간이었다.

쾅!

"가, 각하!"

"……아치볼트? 무슨 일인가?"

흐트러진 모습으로 집사가 다급하게 문을 열어젖혔다. 그러자 무장한 군복 차림의 기사가 그 사이로 달려 나와 공작 앞에 무릎을 꿇는다.

당황스러운 그림.

하지만 세 남녀는 거기에 집중할 수 없었다. 강렬하게 울리는 경종과 함께, 눈앞에 알림창이 떠올라 있었으므로.

[전쟁이 발발勃發하였습니다!]

"각하, 당장 피하셔야 합니다! 적의 돌발적인 공격으로 황궁과 신전에서 충돌이 빚어져 추기경께서 사망하셨습니다!"

"뭐라!"

"델 장군이 급히 제국군과 독립군 전력을 총 소집 중입니다. 어서, 각하!"

[적군이 기습 공격을 시작하였습니다. 제국군에 합류해 아군을 지키세요!]

적군 출현. 그를 알리는 새빨간 적색의 알림이었다.

5

불시의 기습. 그러나 제국 또한 오랫동안 기다리고 염원해 온 기회였다.

공작의 안전을 무사히 확보하자 제국군은 조금도 지체하지 않았다. 원래부터 대규모 쿠데타를 계획 중이었던 만큼, 독립군과 재빠르게 결집하여 황궁 및 수도를 장악하는 데 성공했다.

"거기 누구냐! 여기서 뭘 하는 거지?"

"가르트 기사단 소속입니다. 각하께 단독 행동을 명 받아 수행 중입니다."

착!

백도현은 한 손으로 두루마리를 펼쳤다.

비텔-가르트 공작의 직인이 찍힌 명령서. 그들의 소속과 현재 임무 수행 중임을 확인해 주는 내용이었다.

날 섰던 군인들의 눈초리가 내용을 확인하고 즉시 누그러졌다. 그들은 세 사람이 입은 기사단 제복을 한번 훑고 비켜 주었다.

"아직 궁내에 적들이 남아 있을지 모르니 주변을 잘 살피시오."

"조심하겠습니다. 그럼."

시간이 없다. 아군 전력은 명백히 열세였다.

황궁을 내줬음에도 수도의 마룡군은 조금도 당황하지 않고 성문 밖 평원에서 여유롭게 본대를 기다리고 있었다.

그나마 다행인 점은 덕분에 황궁 진입이 쉬워졌다는 것.

노공작은 반전의 키가 있다는 그들의 말을 한번 믿어 보겠다며, 세 사람의 소속을 본인 직속으로 바꿔 주었다. 사실상 제국 내 프리 패스였다.

"도현 씨, 저쪽 길은 막혔습니다! 전투가 있었던 모양이에요."

"어차피 그렇게 대놓고 드러나 있는 곳은 아닐 겁니다. 폐쇄되었다고 했으니."

황족 전용 기도실이었다던 예배당은 궁전 깊숙이 자리해 있었다. 원체 비밀스러운 장소가 폐쇄까지 되었으니, 연결된 통로를 찾기란 결코 쉽지 않은 일.

백도현은 응접실의 벽을 신중하게 더듬었다. 그러나 두드리고, 밀어 보고 별짓 다 해 봐도 소득은 영 시원찮다.

'공작이 귀띔해 준 바에 의하면 분명 이곳 서편 어딘가에 비밀 통로가 남아 있다고…….'

"헉! 까, 깜짝이야!"

쿠르릉!

나조연 쪽이다.

급히 돌아보자 그녀 앞, 상반신을 조각한 토르소가 반

쯤 틀어져 있었다. 틈새로 빛이 새는 걸 보니 정답이다.

'……저 스토커 여자, 운 능력치가 대체 어떻게 생겨 먹은 거야.'

"아, 아니. 그저 이분 몸이 너무 좋길래 살짝, 아주 사알짝 터치해 봤을 뿐인데……."

"그런 사심까진 굳이 알려 주지 않아도 됩니다……."

성화 페르페투아부터 비밀 통로까지. 운빨 하나만 놓고 봐도 제법 쓸 만한 동료임을 슬슬 인정해야 할 듯싶다. 백도현은 고개를 저으며 통로 안으로 들어갔다.

"분수가 있네요. 비주얼이 약간 호러긴 하지만."

윽, 메마른 분수대 안에 득실한 거미 떼를 보고 권계나가 목을 움츠렸다.

오랜 시간 관리되지 않은 중앙의 분수대.

그 아래 바닥으로 네 갈래의 물길이 움푹 파여 있고, 길들 끝에는 아치형의 열주들이 위치해 있었다.

"당시엔 엄청 아름다웠을 거예요. 분위기가 스페인에서 본 알람브라 궁전과도 살짝 비슷하고……."

장식이 벗겨진 백색 대리석 기둥을 쓸어내리며 나조연이 중얼거렸다. 안타깝다는 어조다.

"39층 때처럼 여기도 어딘가에 존재하는 세상인 거겠죠? 이 정도의 문명을 지닌 곳이 파괴되다니."

"글쎄요. 그거야말로 바벨만이 알 문제라. 감상은 나중에 하고, 어서 오너먼트부터 찾죠."

백도현은 덤덤히 대꾸하고 기둥 안쪽 실내를 살폈다.

주인이 떠나 전부 흰 천으로 뒤덮여 있는 공간. 천을 잡아들어 올리자 훅, 먼지바람이 인다. 권계나가 짧게 기침했다.

"괜찮으십니까? 여기."

"……아, 콜록, 네! 고, 고맙습니다."

"별말씀을."

가벼운 눈인사와 함께 돌아서는 백도현. 건네받은 손수건을 쥐고 권계나는 그의 등을 뚫어져라 바라봤다.

꼿꼿한 자세로 선 장신의 미남자.

햇빛 속 부유하는 먼지와 예배당의 침전된 공기가 그 주변을 고요히 맴돈다. 흑발과 제국군 소속을 뜻하는 각진 흑색 제복이 한 폭의 그림처럼 잘 어울렸다.

차분히 가라앉아 곳곳을 살피는 눈빛은 무슨 생각을 하는지 쉬이 가늠할 수 없다.

선릉역에서 처음 봤던 그날로부터 몇 달 지나지도 않았건만, 그때와 달리 부쩍 성숙해 보였다.

'좋아하는 이가 있다, 라…….'

「사귀냐고요? 누가…… 네? 저욧? 저 무능한 멍멍이랑?」

지급된 제복으로 갈아입던 자투리 시간. 권계나는 나조연에게 문득 물었다. 혹시 두 분, 그렇고 그런 사이냐고.

　나조연은 즉각 정색했다.

「죽었다 깨어나도 그럴 일 없어요. 절대. 저런 껍데기만 멀쩡한 미친놈이랑 무슨!」

「미친놈은 말이 좀 심하─」

「계나 님, 설마 쟤한테 관심 있어요?」

「아아뇨! 그럴 리가요. 그냥!」

「어휴. 멍멍이 새끼, 낯짝은 쓸데없이 번지르르해서 순진한 분 홀리기나 하고. 어디 가서 확 중성화 수술이나 당해 버렸으면.」

　농담이 약간 지나치다, 웃어넘기려는 그녀의 손을 턱 붙잡는다. 권계나는 움찔했다.

　어느 때보다 진지한 눈빛으로 나조연이 말했다. 나직하게.

「그러지 마요. 저 자식 겉만 멀쩡하지, 여기가 제대로 회까닥 돌아 있는 놈이에요.」

「……..」

「저 남자와 제가 왜 서로를 싫어하는지 알아요? 닮았거든.」

　한 사람을 구원으로 삼고, 그것을 동력으로 살아가는

자들. 이를테면 동족 혐오에 가까웠다. 하지만.

「마차 안에서 들으셨죠? 부끄럽지만, 저한테도 문제는 있어요. 하지만 제가 두 눈을 어떻게든 뜨려고 애쓰는 쪽이라면, 저쪽은.」

맹목. 목적도, 방향도 잃어버린 채 한 사람만 바라보는, 눈먼 미아.

「……그러니까 지금, 사랑을 얘기하시는 거 맞죠? 도현 씨가 어떤 분을 좋아한다는…….」
「사랑이요? 하, 아뇨.」

나조연은 웃으며 단언했다.

「포장을 그렇게 해도 솔직히 그냥, 미친 거죠.」
「…….」
「알아요. 무슨 말을 하나 싶겠죠. 근데 지금은 이해가 안 되더라도, 보게 되면 아실 거예요. 미치기 전엔 이유가 있었을지 몰라도 미치고 나선 이유 같은 거 없어요. 아마 자기가 어쩌다가 저렇게 됐는지도 이젠 모를걸요. 묵인해 주는 그분이 대단한 거지…….」

말마따나 이해도, 상상도 되지 않았다.

저런 단정한 얼굴을 한 남자가 누군가에게 단단히 미쳐 있다는 얘길 듣는다면 누구나 그럴 것이다.

"찾았어요!"

권계나는 화들짝 상념에서 깨어났다. 기둥 뒤 바깥에서 나조연이 그들을 부르고 있었다.

"나와 봐요, 빨리! 여기 있어요. 페르페투아! 그 성화요!"

"아! 또 조연 씨가 제일 먼저 찾았나 봐요, 가시…… 도현 씨?"

부름에도 우두커니 그대로 서 있는 백도현. 의아해진 권계나가 그쪽으로 걸음을 뗐다.

"저, 도현 씨?"

"……저도."

낮게 깔리는 음성. 살짝 목이 멘 듯한 목소리였다.

이상을 감지한 권계나가 가까이 다가갔다. 그러자 기둥의 그늘이 걷히며 순간 보이는 그의 얼굴이…….

"저도, 찾은 것 같습니다. 오너먼트."

부자연스러운 미소로 백도현이 돌아선다. 감추듯 펜던트를 꽉 손에 쥐었다.

동시에 표면에 새겨진 문장이 그의 지문과 맞닿고.

[축하합니다!]
['오너먼트 No.2 — 아타나스의 펜던트'를 발견하였습니다.]

"……! 저, 정말 찾았잖아요!"

알림음이 영롱하게 울렸다.

깜짝 놀란 나조연이 후다닥 안으로 뛰어 들어왔다. 드디어! 두 사람이 환희에 차 얼싸안았다.

하지만 백도현은 그들처럼 웃을 수 없었다. 잘못 본 게 아니라면 펜던트 안에 있는 그림은 분명…….

'지오 씨였어.'

황금으로 된 관을 쓴, 흑발의 젊은 황제.

알고 있는 얼굴보다 다소 성숙했지만, 외양이 조금 달라졌다고 그가 견지오를 못 알아볼 리 없었다. 절대로.

띠링!

['오너먼트 No.9 — 울버의 건틀릿'을 발견하였습니다.]
[해당 아이템은 불완전한 상태입니다.]
[▶NEXT STEP → 제국 곳곳에 높이 위치한 '타워'를 찾아 아이템을 테이블로 전송하세요! 키 플레이어가 기다립니다!]

/※발견한 **오너먼트**는 타워와 접촉할 시 자동으로 완전화 되어 **테이블**로 전송됩니다./

"시발! 타, 뭐? 장난해? 러시아제 장난감도 아니고 무슨 까도 까도 계속 나와, 이 사기꾼들아─!"

고래고래 악쓰며 최다윗이 허공에 삿대질했다.

드디어 건졌다고 헤벌쭉 웃고 있던 마당에 뒤통수를 맞았으니 그럴 만도 하다. 청희도가 푹 한숨을 내쉬었다.

"……삼두사의 배를 갈라 보는 건 옳은 선택이었던 듯한데."

필드 보스 몹이 빈털터리인 게 말이 되냐, 바벨이 양심 있으면 이딴 식으로 하면 안 된다.

S급 괴물들의 강경한 주장에 떠밀려 갈라 본 배였다. 야만적이라고 질색했던 게 머쓱할 만큼 [오너먼트]가 바로 툭 튀어나왔으나…….

"산 너머 산이군요. 타워라. 테이블로 '전송'해야 한다고 계속 강조하길래 뭔가 있겠거니 싶긴 했지만……."

"했지만? 근데 님 아까부터 왤케 기어들어 가는 투로 말해? 깨끗이 씻김당한 생쥐처럼."

"허얼, 도쳬! 나도 느꼈어. 캬, 이것이 바로 프렌십 텔레파시?"

"엘리트답게 어? 재수 없고 당당하게 주장을 펼쳐 보라구. 어깨 딱! 펴고.”

“…….”

‘너라면 하겠냐?’

좀 주눅 들어 보여도 어쩔 수 없다. 실제로 그랬으니까.

‘세상은 넓고, 재능충은 많다더니…….’

대한민국 마법계의 2인자가 되겠다는 포부가 눈앞에서 산산조각 난 상태였다. 바로 저기 몬스터 사체 위에 앉아 건달처럼 건들거리는 저 단발머리 깡패에 의해.

‘언젠가 죠를 만나면 제가 당신의 살리에리입니다, 당당히 소개하겠다는 내 세련된 야망이…….’

퉤! 살리에리조차 되기 힘든 이 더러운 헬조선 경쟁 사회…….

“에그머니나. 갑자기 왜 침을 뱉구 그래?”

“이게 어디서 바닥에 침을 찍찍, 너 혹시 길빵충이냐? 추잡한 습관 못 버리고 이 새끼가!”

“됐습니다. 이런 심난한 기분에 감수성 뒤떨어진 여러분과 길게 말 섞고 싶지 않군요. 결정이나 하시죠.”

“무슨 결정?”

“목적지요.”

청희도가 턱을 까딱였다.

늪지대의 마지막 수풀을 헤쳐 나오자 널따란 강가가 나타났다. 큰 바위 위에 올라서며 청희도는 한쪽 방향을 가리켰다.

"비행에 능란한 마룡군 측에서 일찍 장소를 찾아내 오너먼트 전송에 성공한 것과 연결해 보면 확실합니다. 타워는 꼭꼭 숨겨져 있기보단 시야에 도드라지는 외부에 위치해 있을 거예요. 그럼……."

제국 '곳곳에 높이' 위치한 타워라 했다.

장소도 하나가 아니라는 얘기.

그렇다면 지면을 기준으로 가장 높은 곳만 짚어 볼 때…….

"저곳."

델프강 너머, 협곡의 돌출한 끄트머리.

"이런 다지선다형 문제에선 제일 가능성 높은 답부터 조지는 게 정공법이죠. 십중팔구 저곳에 하나 있을 겁니다. 그러니 저쪽으로 가 오너먼트부터 전송하느냐, 아니면."

그가 손가락을 옮겨 다시 가리키는 방향은 반대편의 평원이다.

거리가 멀어 이곳에선 잘 보이지 않지만, 연기들이 높이 피어오르고 있는 곳.

"저곳. 적의 기습으로 엉망이 되고 있을 아군 쪽에 합류하여 자세한 상황을 먼저 파악하느냐."

어쩌겠냐고 시선으로 묻는다.

차게 반사되는 안경과 계산을 마친 눈빛이 완벽한 엘리트의 그것이었다. 지오는 피식 웃었다.

'이미 결정해 놓고 묻기는.'

"질문이라고 해? 당연히……."

··✦✳✦✳✦··

"여기서 높은 곳이 어디예요!"
"네?"
"안 들려요? 제일― 높은― 곳―! 여기 제국에서 제일! 높은 곳이요!"

두웅, 둥, 두웅―!

북소리가 계속 울리고 있다.
아군 방향에서 시작된 게 아니었다.
성벽 너머의 대평원大平原.
들판이 제 색을 잃고, 어느새 흉측한 색으로 빼곡히 물들어 있는 저곳에서부터 울려오는 위협이다.
마수들 사이사이, 온몸을 붉게 칠한 야만인 전사들이 북을 내려칠 때마다 땅이 진동했다. 그에 맞춰 전열의 가장 앞줄, 마인 라이더를 태운 거대 하이에나들이 기괴한 울음을 토해 낸다.
흉흉한 그 광경에 성곽 쪽 병사들은 이미 잔뜩 긴장한 눈치였다. 사람이라면 당연한 반응이다.

고작 몇 시간 새 성벽 앞에 도열한 마룡군의 본대는 시각적으로도, 수적으로도 그들을 압도했으므로.

성내의 민간인들은 모두 내성으로 대피한 지 오래.

이방인들이 자력으로 답을 찾기엔 시간이 촉박했다. 나조연은 병사를 다시 한번 다그쳤다.

"얼른! 시간이 없다고!"

"지금 여기서 이러시면……."

병사가 말을 흐렸다. 협조할 생각이 요만큼도 없는 표정. 옆에 있던 권계나가 답답한 눈치로 혀를 찼다.

[제국 높이 위치한 타워를 찾으시오]

이러고 있을 시간이 없는데! 나조연은 바벨이 준 힌트를 상기하며 이를 악물었다.

'아! 잠깐.'

"여기! 혹시 이거면 협조할 마음이 드나요?"

진작 꺼낼걸. 괜히 프리 패스가 아녔다. 명망 높은 공작의 직인을 확인한 병사들이 즉각 허리를 고쳐 세웠다.

그러곤 저들끼리 무어라 속닥이더니 조심스레 되묻기를.

"혹시 3대 숨마를 말씀하시는 겁니까?"

"3대 숨마?"

"별과 닿는 곳이라 해서 다들 우러러 그렇게들 부릅니

다. 제국의 가장 높은 곳이라고요."

"헉! 맞아, 맞는 것 같아요! 그, 그게 어딘데요?"

어린 얼굴의 병사는 손가락을 접어 가며 답했다.

"바르나하 협곡의 봉화대. 제국 신전의 제단. 그리고 또…… 황궁 첨탑. 이렇게 세 곳입니다."

"좋았어! 그중에 여기서 가장 가까운 곳은요? 어디예요?"

"아무래도 음, 신전이지만, 현재 제단은 성하가 돌아가신 이후 추기경께서만 출입 가능하신데……."

애석하게도 그 추기경은 성내에서 빚어진 충돌로 몇 시간 전 사망했다. 일행도 공작과 함께 보고를 들어 아는 내용이었다.

바르나하 협곡 역시 적들로 꽉 찬 대평원을 넘어야 하니 패스.

그렇다면 그들에게 남은 선택지는, 하나.

나조연은 황궁 쪽을 바라봤다. 한 무리 백조처럼 순결한 색의 궁궐 외곽, 그곳에 까마득하리만치 높이 솟아 있는 첨탑을.

"그럼 저기밖에 없네요. 어서 가요, 계-"

키아- 아아아악-!

"헉……!"

나조연은 귀를 틀어막으며 풀썩 주저앉았다. 그녀뿐만이 아니다. 병사들도 모두 등을 굽히고 신음했다.

모골이 유리 깨지듯 쨍하니 울린다. 소름 끼치는 고주파가 날카롭게 그들의 고막을 후벼 팠다.

"마, 마룡 부대다!"

공포에 질린 비명이 곳곳에서 터져 나왔다. 쿵, 쿠르릉! 성벽 위로 부서진 낙석 더미가 연이어 충돌했다.

발톱을 휘두르면서 나타난 적색 와이번들은 인간 병사들을 비웃듯 위협적으로 선회한 뒤 빠르게 시야에서 사라졌다.

길지 않은 등장이었으나, 사기를 꺾어 놓기에는 충분했다.

"……."

긴장된 전운이 감돌던 성벽은 순식간에 숨 막히는 침묵에 빠져들었다. 누군가 두려움과 허탈함에 젖어 중얼거렸다. 우리 모두 죽을 거야…….

"[두렵나?]"

바로 그때.

마법으로 증폭된 목소리였다.

모두가 한쪽을 향해 올려다본다. 성벽 위, 가장 높이 두드러진 곳에서 장년의 사내가 몸을 내밀고 있었다.

비텔-가르트 공작과 쌍벽을 이루는 제국의 정신적 지주. 데레디우스 아벨, '델 장군'이었다.

나조연은 권계나의 부축을 받아 비틀비틀 일어섰다. 반

백의 장군 곁에는 아까 헤어진 백도현이 서 있었다.

"[묻겠다. 절망스러운가, 제군들?]"

"……."

"[탓하려 함이 아니다. 본인 또한 그렇거든. 내 부관은 압도적인 적을 맞이할 제군들의 사기를 돋우도록, 그럴싸한 말이라도 지껄여 보라 재촉했지만 어쩌겠나? 난 뼛속까지 무관 나부랭이라 무대 체질은 못 된다네.]"

장군의 형편없는 농담은 분위기를 풀진 못했지만, 자연스럽게 이목을 모으는 효과는 있었다. 병사들이 하나둘 귀를 기울였다.

어리고, 젊고, 늙고…… 병사들의 다양한 면면을 둘러보며 장군이 웃음 지었다.

"[어린 친구들이 많군. 이 전쟁의 의미조차 제대로 모를 나이지. 본관이 첫 출정을 나갈 때도 딱 그즈음이었다.]"

그리고 그로부터 50년이 흐른 지금.

"[저 배부른 귀족 양반이 무슨 개소리를 지껄이려나, 그 시절의 나와 똑같은 얼굴을 한 제군들을 보고 있군.]"

"……."

"[어린 내가 그랬듯, 갑작스럽게 제군들에게 닥친 이 전쟁이, 이 죽음이 억울하고 이해되지 않는 자도 분명 있을 것이다. 이해한다. 설득할 자신도 없다. 그러니.]"

"……."

"[그때 내 앞에 섰던 지휘관의 연설을 그대로 전하도록 하지.]"

장군은 잠시 숨을 고른 뒤 외쳤다.

"[……들어라! 우리가 이 땅의 마지막 인간이다.]"

장면이 바뀐다.

병사들은 동일한 환상을 목격한다.

백색의 성벽 위, 투구 아래로 짧은 흑발이 휘날렸다.

수만의 군대를 내려다보며 황제가 말하고 있었다.

「물러날 곳은, 없다. 도망칠 곳도, 없다. 거부하고 싶나? 그럴 수 없다. 귀를 틀어막고 눈을 감아도 그대들이 이 세계, 대륙 역사의 최후 종장에 서 있음을 감히 부정하지 못할 것이다!」

「그러니 받아들여라! 눈앞의 저들을 똑바로 보아라! 저들의 흉측함을 제대로 보아라.」

병사들은 지엄한 명에 따라 적들을 바라봤다.

일그러진 가죽, 돌출한 송곳니, 흉악한 발톱…….

「저 송곳니가 나의 가족을 죽이고, 저 발톱이 나의 땅을 찢었으며, 저들의 잔학성이 나의 조국을 난도질하고 파괴하였다.」

전부 끔찍한 악마와 괴물들이었다. 그들과 조금도 비슷한 점이 없는.

「오늘 우리 앞의 이 전장은! 명예를 위한 싸움도, 누군가의 목적에 의한 싸움도 아니다. 오늘 이것은, 이 싸움은ㅡ! 인간이기에 맞서는, 인간으로서 나를 지키는 투쟁이다!」

인간의 존엄성과 인간다운 삶 그 자체를 위한 성전聖戰.

「다시 한번 말하노라. 그대들이 바로 이 땅의 최후 인간이다!」

꽈악, 창대를 쥔 병사들 손에 힘이 들어갔다.

「죽어 가는 이 땅에 조의를 표할 마지막 인심이며!」

검게 죽어 간 땅을 보며 기도했던 날.

「갈기갈기 찢기는 조국에 눈물 흘릴 마지막 분노이자!」

짓밟히는 조국을 보며 분루를 삼켰던 날.

「이 모든 것에 맞서 내 부모, 내 가족, 내 친우 앞을 지켜 낼 마지막 창날이다!」

　그 모든 날들과 사랑하는 사람들이 눈앞을 스쳐 갔다.
　누가 먼저인지 알 수 없다.
　쿠웅, 쿵, 쿵−!
　내려찍는 창대가 같은 울림으로 거대하게 성벽을 울리
고 있었다. 황제가 말했다.

　「두렵나? 기꺼이 두려워하라. 그대들이 붉은 피가 흐르는
인간임을 알리는 바로 그 두려움이 우리 인간의 꺾이지 않는
자긍심이 될 터이니.」

　「그래도 두렵다면, 생각하라.」

　황제가 웃었다. 투구를 벗는다.
　놀랍도록 젊은 얼굴, 차가운 별빛의 눈.
　작은 체구에서 나왔다고 믿기지 않을 만큼 패도적인 기
운으로 그녀가 외쳤다.

　「이 아타나스의 군대는 단 한 번도 패배한 적이 없느니!」

　대륙 통일의 제위에 올라 하늘로부터 내려 받은 칭호였

다. 불멸Athanas과 황금Aurel의 황제.

「나는 결코 지지 않으리라!」

헤아 술라파! 헤아 임페라토르!

뿌우우우우-!

뿔나팔이 운다.

거세게 지축이 흔들렸다. 군기가 뜨겁게 솟아올랐다.

그에 응답하듯 불과 돌, 그리고 화살로 이루어진 비가 쏟아져 내린다.

"전군, 발사-!"

"쏴! 제 위치에서 벗어나지 마라! 철포 각도 고정해!"

"조연 씨! 가요!"

공중대륙의 단점은 창공에 사각이 없다는 점.

전투 시작과 동시에 벌 떼가 몰리듯 하늘 한편이 새까맣고, 붉게 물들었다.

저 아래선 사다리를 든 적들이 갈고리를 성벽으로 던지고 있었다. 성문 앞쪽은 어느새 마수들로 뒤덮여 제 모습이 보이지도 않았다.

'가야 해! 당장 할 일을 하자.'

나조연은 어금니에 힘을 주고 아군의 반대 방향으로 돌아섰다. 달리는 그녀의 목 주변에서 펜던트가 흔들렸다.

·· + ✳ ✴ ✳ + ··

[레벨이 올랐습니다!]
[레벨이 올랐습니다!]

어디선가 날아온 쇠뇌가 그의 귓바퀴를 스친다. 전쟁 중 화살에는 눈이 없다. 알아서 피해야만 했다.

백도현은 돌가루 섞인 침을 뱉고 홱 몸을 틀었다. 빈 공간으로 거대한 도끼가 내리꽂힌다. 그리고.

'등 뒤.'

멈춰선 안 된다. 단 한 순간도.

피할 공간이 여의치 않아 뛰어올랐다. 몸집보다 큰 도끼 위를 밟아 달린다.

당황한 오거가 괴성 지르며 반대편 주먹을 내질렀다. 빠르게 그곳으로 발돋움하며 동시에 검날을 휘둘렀다.

쿠궁!

선홍빛 궤적과 함께 거체가 쓰러진다. 레벨 업 알림이 또 한 번 울렸다.

'불행 중 다행인가.'

덕분에 점점 속도가 돌아오고 있었다. 본래 속력에는 한참 못 미치지만.

"경! 성문 쪽이 위험하오!"

"제가 가죠."

전장만이 주는 편리한 점 하나는 신뢰를 얻기 쉽다는 것이다. 누가 내 편인지 복잡한 대화가 필요 없었다.

어느새 제국군 보병 전투의 흐름은 백도현 쪽으로 옮겨 오고 있었다. 나쁘진 않다.

'오히려 익숙해.'

회귀 직전의 세계는 매일이 이와 비슷했다.

무너진 도시 위에서 사람들은 구시대 무기를 들고 치열하게 싸웠고, 그곳에는 사람만이 있지 않았다.

이처럼 온갖 것들이 모여 뒤섞인 전장은, 그가 살아가던 곳이었다.

"으아아악! 사, 살려……!"

'물론 이런 형편없는 능력치론 거의 처음인 것 같지만……!'

방금의 일격은 그 또한 막아 내기 아슬아슬했다.

크르르-! 변종 하이에나가 살의로 들끓는 침을 흘린다.

낙마한 백작의 앞을 간발의 차로 가로막으며 백도현이 전신에 힘을 주었다. 검을 쥔 손등 위로 핏줄이 곤두선다.

"……모시고 가십쇼."

"하지만! 경! 혼자서!"

"어서!"

이히이잉!

백작을 태운 군마가 다급히 전장을 빠져나갔다. 육체 능력이 다소 떨어지더라도, 전장에서 장교는 중요했다. 살릴 가치가 충분하다.

이마에서 후두둑 땀이 떨어졌다. 어느새 주변에는 살아 있는 아군이 없다. 점점 더 기우는 전세戰勢가 피부로 와닿았다.

'조연 씨, 빨리……'

"[키익, 키익! 멍청한 놈!]"

"큭!"

옆구리가 불붙듯 뜨겁다.

백도현은 악문 신음과 함께 화살촉을 뽑아냈다. 그대로 반동을 실어 던지자, 휘익!

쿠웅!

이마 정중앙에 화살이 처박힌 라이더가 추락하고, 기수를 잃은 거대 하이에나가 포효하며 넘어진다.

'제길!'

육중한 무게가 주는 충격에 백도현도 그대로 휩쓸려 밀려났다.

가까스로 검을 박아 빠져나왔지만…… 한계다. 일어나지 못한 채 백도현은 턱까지 차오른 숨을 몰아쉬었다.

키아— 아아아!

머리 위 하늘에서 비룡들이 울음을 토한다. 저들이 아까부터 계속 무얼 찾는지는 그 역시 알고 있었다.

'이쪽 참가자들을 찾는 거겠지.'

그리고 이쯤이면 아마 찾았겠지 싶다. 아군 하나 없이 적 틈에 홀로 고립된 지금의 그는 지나치게 눈에 띄었으니까.

아니나 다를까 무리 중 한 놈이 방향을 튼다.

붉은 점이 빠르게 이쪽으로 가까워졌다.

백도현은 실소했다. 핏물 때문인지, 바닥난 체력 때문인지 시야가 흐렸다.

"여기서 죽어 줄 생각은 없는데……."

키야아아아아악!

어떻게 되돌린 시간인데, 겨우 여기서.

그럴 순 없다. 청각을 아프게 찌르는 괴성에 그가 놓친 검을 찾아 땅을 더듬는데.

'……아니, 잠깐. 달라.'

아까와는 다른 종류의 울음이다!

백도현은 번쩍 눈을 떴다. 그와 동시였다.

화르르륵!

비현실적인 푸른 불꽃이 지면에서 솟구친다.

쿵, 쿵, 쿵.

심박이 거세게 요동쳤다. 백도현은 서둘러 일어났다.

'설마. 설마……!'

"흐아아아아아―!"

분노에 울부짖는 맹수와 같은 포효. 멀지 않은 저편에서 매섭게 전장을 쩌렁쩌렁 울린다. 원초적이나 분명한 '사람'의 것.

백도현도 익히 아는 목소리였다.

'6계급 전사 초절 기예, 광폭狂暴 각성……!'

"안심해. 흔해 빠진 광폭화 같아도 이 내가 만진 각성 주문이니 우리 야차께서 이성을 잃는다거나, 그딴 허접한 부작용을 겪는 일은 없을 테니까."

쿵, 쿵!

심장이 터질 듯이 뛰었다.

그대로 몸이 굳어 돌아볼 수가 없었다. 이곳에서 절대 들을 수 없으리라 생각했던 목소리가 그의 귓가에 들리고 있었다.

"어쭈. 요것 봐라. 인사 안 함? 또 구해 줬더니. 이젠 받는 게 당연하시다 이거지?"

급박한 전장조차 감히 앗아 가지 못한 여유. 특유의 고저 없는 평온함.

한 공간에 함께 있다는 것만으로도 일어설 용기를 주

는 사람.

그의 위대한 마법사.

백도현은 천천히 돌아봤다.

"안뇽."

견지오가 손을 까딱였다.

손짓 한 번에 달려드는 마인들을 자비 없이 불태우며 공중에서 착지한다. 발이 땅에 닿자마자 또 한 번의 마법적 불길이 치솟았다.

"어떻게⋯⋯."

"전쟁이 터졌다는데 최전방 공격수가 자리를 비울 수야 있나."

전장을 느긋하게 한 번 둘러보고, 지오가 씩 웃었다.

귀빈은 늦게 납시는 법.

"드래곤 없는 드래곤 스트라이커 등장이오."

6

두근, 두근.

온몸에 전율이 돌았다.

목 뒤로는 잔소름이 가시지 않는다. 백도현은 떨리는

몸에 힘을 주며 눈앞의 믿기지 않는 현실을 바라봤다.

해가 저물고, 화살비가 쏟아지는 전장 위.

이질적인 현대복 차림의 견지오가 손짓으로 다시 한번 마물들을 튕겨 냈다. 힐긋 돌아본다.

그 모든 게 슬로 모션처럼 느껴졌다. 그녀가 비죽 웃는다.

"정신 안 차려? 왜 놀아?"

"……어떻게, 대체 어떻게 여기 계신 겁니까!"

"어허, 소리 지르지 마. 이 몸이라고 좋아서 왔겠음? 님이 예상 라인업을 첫 타부터 조지고 가서 S급이란 S급은 정신도 못 챙기고 모조리 끌려오셨다구."

S급? 모조리?

투덜거림에서 용케 키워드를 잡아낸 백도현이 눈을 홉 떴다.

"지금…… 설마 한국 S급이 다 불려 왔다고 말씀하시는 겁니까? 지록이랑 여명 길드장까지 전부 다요?"

"어. 듣고 나니 내 회귀자 유통 기한은 완죠니 맛이 갔구나 싶지?"

크르르르!

자잘한 마물들이 타 죽자 제대로 자극당한 주변 놈들이 불의 벽을 앞뒤 안 가리고 뛰어넘었다.

항마속성을 지닌 한 등급 위의 마수들이다. 지오는 뒤로 몸을 물리며 짧게 수인을 맺었다.

아래서 위로 휘두르는 강한 손짓에 지면에서 검은 가시가 솟아났다.

[적업 스킬, 5계급 공격계 상위 주문
— '그림자 송곳Shadow Drill']

발밑에서부터 몸을 관통당한 적들이 분노와 고통에 찬 비명을 지른다.

촤아아악!

그리고 그런 그들을 순식간에 베어 내는 백색 칼날.

바닥으로 떨어진 적의 수급을 걷어차며 백도현이 확인처럼 물었다.

"지록이와 같은 조는 아니신 듯한데, 맞습니까?"

물으면서 시선이 힐긋 다른 쪽을 스친다.

적진 한가운데 고립된 이곳의 너머, 성문 앞에서 아직도 광폭의 아우성이 울리고 있었다.

"보면 알잖아. 누구랑 왔는지."

난폭한 신화神話를 제 몸 안에 가둔 최다윗이다.

이성만 잘 유지해 준다면 [광폭화]는 그녀의 더할 나위 없는 무기가 되어 줄 터. 질 거란 생각이 요만큼도 들지 않았다.

지오는 최다윗 쪽에서 눈을 떼며 실소했다.

"나머지 한 놈은 제 사명을 다하러 가셨고."

「제가 가겠습니다.」

마법사는 모험성을 경멸하는 족속들이다.

주어진 선택지는 두 개.

모든 것이 확실치 않은 가운데, 하나만 선택하는 모험을 그들이 택할 리 없었다.

전력을 나누고, 누가 어디로 갈 것인지 정하던 도중, 청희도가 자진해 손을 들었다.

「삼두사의 막타를 제가 먹어 3계급까지 원을 채우긴 했어도, 전장에서 그다지 쓸모 있는 전력은 아닐 겁니다.」

「찐따 새끼 너……. 야, 잘 생각해. 딱 봐도 협곡 쪽도 존나 위험해 보이거든? 안 그러냐, 도줴야?」

「설마 걱정해 주는 겁니까?」

허둥지둥 부정하는 최다윗과 말없이 그를 물끄러미 응시하는 지오. 두 여자를 향해 청희도는 똑바로 허리를 세웠다. 의연하게.

「마법사는 흔히 조커 패로 여겨지죠. 언제 어디서든, 승기勝機를 쟁취할 가장 유용한 패여야 합니다.」

협곡이 험준하고 험난해도, 은신과 속도 마법만 도와준다면 목적지까진 어떻게든 도달할 수 있을 것이다.

먼 방향을 보며 청희도는 씩 웃었다.

「희생심 따위로 가는 게 아니에요. '마법사'라는 나의 자긍심과 사명을 위해 갑니다.」

언제나 가장 쓸모 있는 패여야 한다는, 마법사의 사명.

왕의 길과 다른 듯하면서도 또 비슷했다.

쇄골 부근에서 흔들리는 펜던트를 느끼며 지오는 또 다른 마법사와 닮은 미소를 안면에 띠었다.

"밤비는 별 이상 없어. 없을 거고. 그러면 난 지금 당장 내가 할 일부터 해야지."

뜨거운 불바람에 머리칼이 흩날렸다.

희고 깨끗한 목, 그 위로 얕게 흔들리는 흑단발, 그리고 나날이 성숙해져 가는 뺨. 당당하게 정면을 보는 그 시선은 그가 봤던 초상화와 놀랍도록 닮아 있었다.

'아타나스······.'

추락한 신격의 연인이었으며, 빠르게 반신의 경지에까지 도달했으나 스스로 땅에 남기를 택한 비극의 황제.

유독 긴 이름의 유래를 묻는 백도현에게 델 장군은 웃

으며 답했다.

「정확히는 '아우렐-지오'라고 발음하네. '아타나스 아우렐'은 위로부터 받은 황제의 이름이고. 인간의 몸으로 받은 폐하의 진명은…….」

……'지오'.

'설마…… 탑 안의 세계들이 랭커들의 전생에서 비롯하기라도 한다는 건가?'

하지만 이 가설은 나중에.

지금은 한가하게 의문이나 해소하고 있을 때가 아니다.

백도현은 달려드는 적의 몸에 박은 검을 거칠게 빼냈다.

"외차원 얘기는 미리 못 드려서 죄송합니다. 놀라셨을 텐데. 아직 때가 아니라 세계율에 위반될 사항이라고 생각했습니다."

"알아. 님도 예상 못 한 거잖아. 그런 것도 안 봐줄 만큼 매정해 보여?"

세계율을 어기면 성계에 속한 성약성과의 관계부터 직격타를 입는다. 화신 된 입장에선 조심할 수밖에.

대수롭잖은 지오의 말투. 설핏 미소 짓다가 백도현은 빠르게 움직여 화살을 쳐 냈다.

휘이익!

지오를 향해 날아가던 화살이 그대로 두 동강 난다. 충직한 기사처럼 그 옆에 서며 그가 물었다.

"그래도, 회귀자 타이틀은 반납해도…… 당신 등은 아직 제가 맡도록 해 주시겠죠?"

주홍빛 해가 저물고 있는 전장.

그림자와 석양이 오래된 기억을 불러일으켰다. 백도현이 생전 처음으로 누군가에게 반했던 그날의.

무심코 백도현을 돌아보던 지오가 순간 멈칫한다.

피와 먼지로 얼룩진 꼴을 한 주제에 회귀자가 웃고 있었다. 첫사랑에 빠진 소년처럼, 맑게.

"……허 참, 이 와중에 그런 웃음이 나와?"

"이런 와중이라 웃는 겁니다."

사람이란, 어둠 속에서 한참 절망하다가도 한 줄기 빛에 결국 웃고 마는 속없는 동물이니까.

등이 맞닿는다.

지오의 거대한 마력이 느껴졌다. 위압적이며 패도적이나, 아래로는 지극히 너그러운 힘이다.

드디어 만난 두 개의 조.

맞물린 시간 속에서 전쟁은 이제 막 시작이었다. 백도현은 성벽 쪽을 바라봤다.

'이제 관건은 저쪽……!'

누가 와 있는지 부디 그 광신도가 알아야 할 텐데.

·· + ✳ ✦ ✳ + ··

"조연, 조연 씨! 그만 울어요!"

"죄, 죄송해요. 하지만……!"

어허어엉! 눈물 콧물 범벅된 얼굴로 나조연이 아이처럼 끅끅 울음을 토했다.

"그분이, 정말 그분이 오셨……! 허어어, 으허어엉."

의지와 상관없이 눈물이 그치지 않았다. 안도, 반가움, 고마움, 미안함 등등. 온갖 것이 한데 뒤섞여 쏟아져 나왔다.

첨탑의 꼭대기로 향하는 긴 나선형 계단.

끝이 보이지 않을 만큼 아득한 계단을 바삐 오르던 도중 목격한, 전장 위에서 피어난 푸른 불꽃.

누가 일러 주지 않았음에도 보자마자 본능적으로 알았다. 나조연의 세상에서 저만큼 강렬한 색을 띠는 것은 오로지 한 사람뿐이므로.

"아흑, 흐으으, 지오, 지오 님이……!"

"아니, 힘 빠지니까 제발! 오열을 해도 올라와서 해! 너 죽는다고, 이 여자야!"

꿍, 차! 참지 못하고 욕설을 짓씹은 권계나가 강한 힘으로 나조연을 확 당겨 올렸다. 그에 추락 직전, 대롱대롱 매달려 있던 몸이 가까스로 끌어 올려진다.

"윽, 죄송해요. 계나 님……!"

정말 한 끗 차이였다. 지오의 등장을 발견한 것과 동시.

공중에서 무차별로 떨어져 내리던 적군 투석기의 돌덩이들이 이번엔 두 사람이 오르던 첨탑 방향을 향했다.

뒤따르던 나조연 앞의 계단이 부서지고, 권계나가 아슬아슬하게 그녀를 낚아챈 것도 모두 순식간.

'진영 버프로 이쪽 레벨까지 오르지 않았으면 이조차도 불가능할 뻔했어.'

전장에서 열심히 싸우고 있는 아군에게 새삼 고마워진다. 정신 차리고 연신 사과하는 나조연을 보며 권계나가 한숨을 내쉬었다.

"그보다…… 진짭니까?"

"정말 죄송, 네? 어떤……."

어리둥절한 표정. 그녀의 손을 잡아 일으켜 주던 권계나가 한쪽 눈썹을 찌푸렸다.

"방금 조연 씨가 그러셨잖아요. 죠 님이 오셨다고. 제가 아는 그 '죠' 말씀하신 거 맞죠?"

"……아."

울며 빠르게 말한 탓에 '지오'를 '죠'로 들은 모양이었다.

당황한 나조연이 무어라 더듬거리기 전, 권계나가 먼저 깔끔히 잘랐다.

"걱정 마십쇼. 어떻게, 는 궁금하지 않습니다. 그분이 들어

오신 게 확실하다면 우리의 일이 더 중요해졌을 뿐이니까요."

권계나는 첨탑의 위쪽을 올려다봤다.

지난 3월, 한정식집에서의 만남. 죠의 강함은 그녀 또한 직접 맛본 적 있기에 누구보다도 잘 알고 있었다.

"이제 정말, 오너먼트가 단 하나만 열리면 게임 종료란 얘기니까."

질끈, 펜던트를 꽉 쥐며 나조연이 무언으로 긍정했다.

먼저 해방됐던 적군의 메인 공격수가 왜 스테이지 종합 순위 2위에 그쳤는지 비로소 이해가 갔다.

대한민국 1위, 세계 1위.

시드가 된 곳의 1위께서 입장했는데 비교적 약체인 팀에서 1위가 나올 리 없었던 것이다.

방금 계단이 부서졌던 소동으로 주변의 적들도 이쪽의 존재를 슬슬 눈치챘다. 두 여자는 서둘러 계단을 다시 오르기 시작했다.

"조연 씨!"

"[담대하게 외치기를, 나는 주께서 내린 조력자이며, 그러한 나의 동반자는 무엇을 행함에 결코 두려워하지 않을지어다!]"

여기서 묵주나 십자가처럼 성력이 깃든 의식 도구를 바라는 건 사치에 가깝다. 나조연은 나뭇가지 두 개를 대충 덧대 만든 임시방편을 단호히 앞으로 내밀었다.

[적업 스킬, 프리스트 3계급 신성 축문
— '조력자의 축복된 기도Paraclete's Benediction']

은은한 성령의 백광이 전신의 활력을 돋운다. 연달아 버프를 받은 권계나가 돌아보지 않고 외쳤다.

"먼저 가요! 얼른!"

"……조심하셔야 해요!"

흉흉한 도마뱀 수인들 틈에 동료를 두고 가는 게 불안해도 어쩔 수 없다. 들이닥친 적들과 쫓고 쫓기는 추격 끝에 고지가 코앞이었다.

절뚝이는 다리를 질질 끌며 나조연은 마지막 층계를 올랐다.

'제발. 제발 여기가 맞기를……!'

"아!"

[별과 닿는 곳, '타워'에 도착하셨습니다.]

감동과 안도가 뒤섞인다. 그녀는 홀린 듯이 걸어갔다. 빛을 향해.

샤아아아…….

반듯한 고대 석판 위로, 여러 색채의 빛으로 이루어진 원기둥이 신기루처럼 내리고 있었다.

투명한 오로라 같기도, 작은 은하수 같기도 한 풍경.

[▶FINAL STEP → **오너먼트**를 지정된 위치에 알맞게 올리세요! '**열쇠**'에 맞게 변형되어 **테이블**로 즉시 전송됩니다.]

그러나 지체할 여유 따위 없다.

떠오른 가이드 알림창을 읽자마자 나조연은 즉각 목의 펜던트를 떼어 내 손을 뻗었다.

하지만.

"……!"

타앙, 데구르르-!

비명을 내지를 수조차 없었다.

정확히 그녀의 손등을 꿰뚫은 한 줄기 화살! 입술을 뜯어 간신히 신음을 삼킨 나조연이 바닥을 필사적으로 기었다.

'아, 안 돼……!'

붉게 흐른 피가 석조 바닥 틈에 고인다. 비룡에서 뛰어내린 적이 그녀를 향해 저벅저벅 걸어오고, 아찔한 고통에 시야가 흐려졌으나…… 오로지 한쪽.

계단 쪽으로 굴러간 펜던트에만 온 신경이 쏠렸다.

이대로 허무하게 끝낼 순 없었다. 안 돼.

'안 돼, 제발, 일어나……!'

"[다 끝났다. 미련은 버……!]"

쒸에에엑, 탁!

뭐지? 나조연은 눈물로 흐려진 눈을 깜빡였다.

후욱, 훅. 거친 숨소리가 들리는 쪽을 돌아봤다. 첨탑 문간에 기대앉은 권계나가 도마뱀들에게서 앗은 쇠뇌를 내려놓으며 사납게 이를 드러냈다.

"……끝나긴 뭘 끝나? 아직 조커는 써 보지도 못했는데, 억울하게."

그러나 저 지친 몸으로 갑옷 사이 좁은 틈새에 정확히 꽂아 넣기란 불가능.

다가오던 적의 목을 꿰뚫어 절명시킨 것은 권계나의 쇠뇌가 아니었다. 나조연은 조금 떨어진 발치에서 구르는 쇠뇌를 발견한다.

'그럼 대체 누가……?'

의문을 풀어 주듯, 깜빡이는 시야로 그림자가 하나가 성큼 들어왔다.

뒷세계 특유의 소리 없는 발걸음, 그와 대비되는 요란하고 화려한 색의 운동화.

"괜안나?"

저음이 귓가를 묵직하게 누른다.

나조연은 떨리는 눈으로 위를 올려다봤다. 환청이 아니라면 분명 한국말이다. 그렇다면…….

휘리릭, 손가락 사이로 단검을 돌리며 황혼이 씩 웃었다.

"마이 아프겠는데."

그리고 바로 그 순간이었다.

순식간에 벌어진 일들로 인해, 그들이 미처 펜던트를 주워 석판 위로 올리기도 전에.

《채널 '국가 ■■■■'가 오너먼트를 획득하였습니다.》
《채널 '국가 대한민국'이 오너먼트를 획득하였습니다.》

《테이블 오픈!》

[2개의 오너먼트가 도착하였습니다.]
[테이블이 오픈됩니다.]

덜컹! 스르릉-!

굵은 쇠사슬이 풀리는 소리와 함께 테이블이 위로 솟는다. 어둠이 걷히며 무대로 빛이 쏟아졌다.

채널 '국가 대한민국'의 키 플레이어, 홍해야는 눈을 떴다.

·· ✦ ✸ ✦ ··

석양이 저무는 하늘로 예의 그 거대한 스크린이 뜬다.

[테이블].

다른 세상에서 온 참가자들에게만 보이는 화면이다.

"지오 씨!"

"알아."

다발의 얼음 창을 거두며 지오가 한 발 뒤로 훌쩍 물러섰다.

동시에 떠오른 알림은 2개.

양쪽 팀 모두에서 각각 [오너먼트]를 획득한 거다.

키 플레이어들이 웬만큼 무능하지 않은 이상, 상대 전력에서 한 명 이상의 능력치 해방은 이제 정해진 수순. 이를 모를 리 없는 상대 팀도 기세가 가파르게 사나워지기 시작했다.

키이이이이─!

전방 창공에서 공격과 경계를 일삼던 마룡 부대가 날카로운 공명과 함께 일제히 물러난다.

전술적인 움직임. 기민하게 알아챈 백도현이 외쳤다.

"조심하세요. 전열을 내리고 있습니다!"

'공격선을 내린다, 라······.'

지오는 생각했다.

그다지 좋은 조짐은 아니다. 최전방 공격수들의 포지션 변경은 보다 위협적인 것이 나타난다는 징조에 가까웠다.

'위치가 별론데.'

두 사람의 현재 위치는 성문에서 조금 떨어진 적진 한 가운데. 성문 바로 앞에 위치한 최다윗과의 거리를 최대한 좁혀 나가는 중이었다.

후우우우우우–!

그때. 아군의 것과 다른, 적군의 뿔나팔 소리가 울렸다.

심상치 않은 바람이 분다.

느껴진다. 지오는 굳은 표정으로 지평선을 응시했다.

어둑히 땅거미가 진 지평선 너머, 거대한 그림자가 몸을 일으키고 있었다.

촤아아악!

하늘을 뒤덮듯 펼치는 날개 한 쌍에는 역병과 망자의 냄새가 가득하다. 옆에서 백도현이 침음했다.

"언데드…… 본 드래곤."

사룡邪龍.

크기로 짐작하건대 궁극형에 가깝다. 지오는 입가를 비틀었다.

'왜 데빌이신가 했더니!'

누가 친절하게 알려 주지 않아도 단번에 알겠다.

저놈이 바로 견지오와 동일 포지션, 적군 최전방 공격수. 데빌 스트라이커다.

타다닥!

"허억, 헉! 야! 지오! 뭐가 어떻게 되는 거야? 저거 괜찮은 거 맞아?"

"다윗 씨! 어떻게 오신 겁니까? 저희가 길을 뚫고 있었는데……!"

"나도 몰라, 갑자기 놈들이 물러나서……! 그보다 저거 뭔데? 괜찮은 거 맞느냐니까!"

흙먼지와 피로 뒤엉킨 머리칼, 내구성이 다 닳아 너덜너덜한 갑옷. 거친 숨을 몰아쉬는 최다윗에게선 감출 수 없는 전투 피로가 엿보였다.

티 내지는 않지만 공격조가 합류하기 전부터 한참 전장을 구르고 있었던 백도현 쪽도 마찬가지.

지오는 당황과 피로감이 섞인 얼굴의 동료들을 바라봤다.

'할 수 있을까?'

계산 빠른 대마법사는 가진 제 전력을 셈해 보았다.

레벨 업으로 올려놓은 현재 위계는 6.5계급. 당장 즉시 운용 가능한 마력량은 약 2만.

필요한 여타의 보조 주문을 제하면 중대형 마법을 두

어 번 갈기고 끝날 수준이다.

그리고 적군에서 출전한 상대는 견지오의 니드호그가 최대치로 현현했을 때와 엇비슷한 크기.

안 되겠는데, 라고 말할 생각이었다. 분명히.

그러나.

"뒤로 전열을 물리고, 재정비하게 해. 홍해야가 저쪽에서 오너먼트를 언록할 때까지만 버티면 되니까. 그 정도는 거뜬하겠지."

극도로 차분한 목소리였다.

백도현이 놀라 퍼뜩 돌아봤다. 인상을 와락 구기며.

"무슨, 지금 무슨 소리를 하시는 겁니까!"

"응. 뭐긴, 가라는 소리죠. 백 씨는 가서 전군 총공격에 대비하라 알리고, 다윗 넌 왜 왔어? 성문 앞에 있어야지. 거기 무너지면 쟤들 다 죽는 거 잊었음?"

"야…… 하하, 너 왜 그래……? 그럼 저건, 저 괴물은 누가……."

알면서도 물을 수밖에 없는 순간이 있다. 불안한 눈빛으로 최다윗이 머뭇거렸다.

어쩔 줄 모르는 친우를 보며 지오는 피식 웃었다.

"내가 해."

"……"

"약해 빠진 것들한테 뭘 맡겨?"

수많은 것을 등 뒤에 두는 것은 익숙한 일이다.

한평생 그래 왔으므로.

거대한 것을 눈앞에 두는 것 또한 익숙한 일.

언제나 제 몫이 아니었던 적 없으므로.

떠다니는 부유섬들로 이뤄진 세계답게 대평원 너머는 깎아지른 절벽이다. 그쪽으로 적색의 와이번들을 위시한 사룡이 육중한 날개를 펴고 있었다.

대지에 발붙인 적들은 몸을 낮춰 전세를 가다듬고 있다.

쿵, 쿵, 쿠웅-!

들끓는 그들의 움직임에 지축이 천둥처럼 울었다.

견지오는 모든 것을 뒤로하고 홀로 걸어갔다.

세찬 바람이 그녀가 걷는 방향으로 불어왔다.

이히이잉!

"……워, 워! 경! 어찌 된 일인가? 저 사람은 어찌하여 혼자 저리……!"

급변한 전황에 기사단을 이끌고 황급히 달려왔던 델 장군이 멈칫했다. 쫓아가 저지하려는 기사들을 장군이 팔을 들어 막아 세운다.

왜 그러시냐, 물으려던 부관이 입을 다물었다. 고삐를 악세게 쥔 노장군이 눈을 부릅뜨고 있었다. 마치 유령이라도 목격한 듯이.

"그럴, 그럴 리 없어……."

입술에서부터 시작된 떨림은 이어 전신으로 퍼져 나갔다. 사시나무처럼 부들부들 떨며 장군이 앞을 바라봤다.

"⋯⋯주군?"

「전열을 물러라. 항변은 받지 않아. 짐이 홀로 가겠다.」

「울지 마라, 델. 나는 죽지 않아. 설령 오늘 여기서 죽는다 해도⋯⋯.」

저 하늘의 별이 빛나는 한.
나는 몇 번이고 내 사람들에게 돌아올 터이니.

·· + ✳ ✦ ✳ + ··

"[진정하고 들어요. 우린 당신들이 생각하는 것처럼 한편이 아니에요.]"

지원군 황혼은 당연히 딜렁 혼자 오지 않았다.

그러나 그의 동행은 이쪽에서 기대했던 인물과는 거리가 멀었다.

기대 밖의 이방인.

검은 눈자위를 지닌 다른 세계의 참가자. 상대 팀 선별 대표, '키난'은 그렇게 말문을 뗐다. 어쩔 수 없이 같은 팀이긴 하나 저기서 당신들을 공격하는 쪽과 뜻을 같이하지 않는다면서.

물론 그 말을 바로 신용할 순 없다. 두 여자는 자연스럽게 그나마 친근한 지구인 쪽을 돌아봤다.

황혼이 뒷머리를 긁적인다.

"아. 그, 풀 스토리를 설명하긴 엥가이 복잡한데. 진짜니까 믿어도 된다."

"……."

"뭘 그래 보노…… 알았다. 그기, 우리 쪽에 오브라고 무지하게 귀찮은 물건이 하나 있어가 그걸 지켜야 했거든. 그런데 야덜이 갑자기 난데없이 나타나가 같이 지켜주고, 아무튼, 막 그런데?"

"……."

"근데 있다이가, 거 그 오브에 알고 보니까 그 막 거짓말 탐지기 기능 같은 게 있어 갖고. 바로 막 해 봤지! 해 봤는데 참 트루? 아니, 이 뭐라 하지? 내 설명 같은 거 진짜 몬하는데."

나조연이 납처럼 굳은 표정으로 긍정했다. 예.

"누가 봐도 못하는 거 같아요."

"하 나, 돌아 삐겠네……. 아! 그래, 밤비! 금마 그 의심 많은 녹용 놈도 믿었다 아니가!"

"믿을 만한 분인가 봐요. 잘 부탁드립니다."

"정말 다행이에요, 조연 씨! 키난 씨라고 하셨나요? 반갑습니다. 번역기가 성능이 아주 뛰어나네요."

"……."

'시발, 뭔데 이 굴욕감……?'

황혼은 떨떠름한 기분으로 두 여성을 바라봤다.

조폭 보스가 묘한 굴욕감에 젖어 들어가든 말든, 두 명의 지구인과 한 명의 이계인은 침착한 대화를 이어 갔다.

"[미안하지만, 우리가 아는 것을 전부 말할 순 없어요. 특히 바벨과 관련된 질문은요. 성전에서 저분들과 처음 만났을 때 우리 쪽 팀원이 한번 시도해 보긴 했는데, 필터링돼서 들리는 모양이더라고요.]"

"그렇군요. 그럼 왜 키난 씨 팀이 갈라졌는지, 그 정도는 얘기해 주실 수 있을까요?"

키난의 얼굴이 어두워졌다.

"[들어 보니 여러분의 세계는 '디렉터 선발 과정'을 처음 겪는 것 같더군요. 그럼에도 어째서 당신들이 시드 팀인 줄은 모르겠으나…….]"

키난이 첨탑 너머, 지평선 쪽을 응시했다. 사룡의 날갯짓이 바람을 찢고 있는 방향을.

"[디렉터는…… 49층 토너먼트의 승리 팀 안에서 선출됩니다. 즉, 선별 대표와 키 플레이어가 곧 '디렉터'가 될 후보들인 거예요.]"

"……."

"[바벨에게 관리 권한을 넘겨받은 디렉터는 그곳 채널의 길잡이나 마찬가지예요. 우리 세계의 선두 채널들은 모두 그런 '디렉터'를 잘못 만나 무너졌어요. 그러니 아무리 우리가 침몰하는 배에 탔다 해도…… 저 끔찍한 범죄자들에게 핸들을 맡길 순 없는 노릇이죠.]"

범죄자들.

저쪽 팀에 선별된 인원 중에는 범죄자도 포함된 모양이었다. 그 말에 어째서 시작하자마자 탈락자가 발생했는지도 자연스럽게 추측할 수 있었다.

시작하자마자 상대 팀에서 내부 충돌이 발생했을 확률이 높았다. 《제로베이스》 전개와 전혀 상관없이.

키난은 무너진 자신들의 세계에 대해 간략히 설명했다.

생존자가 얼마 남지 않아 범죄자들이 주도하는 세상.

이미 최악을 달리는 그들에게 디렉터 권한까지 넘겨줄 순 없다며 키난이 이를 악물었다. 그럼 자신들의 세상은 정말 끝장이라면서.

최악을 면하고자 차악을 택하는 기분이란, 과연 어떤 것일까?

그들에게 토너먼트 승리는 결코 반가운 수가 아니었으리라.

나조연은 진심으로 안타까워하며 그를 위로했다.

"걱정 마세요. 이 싸움은 곧 끝날 거예요. 그쪽이 바라는 방향으로. 우리 세계의 최강이 여기 와 있거든요. 그니까 우리 키 플레이어가 오너먼트를 하나라도 열어 주기만 하−"

"[저런.]"

이번에 안타까움을 표하는 것은 상대 쪽이었다.

"[쉽지 않을 겁니다.]"

"네?"

"[키 플레이어는 이 안에 누가 들어왔는지 전혀 알 수 없어요. 그게 이 《제로베이스》의 제1규칙이에요.]"

"……!"

테이블에 착석한 키 플레이어에게, 참여한 랭커들의 모습은 오직 캐릭터로서만 노출된다.

드래곤 스트라이커, 황궁 마법사, 워 로드, 크루세이더 등등……. 실제 그들과는 이름도, 모습도 전부 다르게 비쳤다.

"[그것을 짐작해 조율하는 것까지가 키 플레이어의 시험…….]"

랭커들이 소환되기 전, 가장 먼저 키 플레이어부터 입장당하는 이유였다.

키난이 깊게 한숨 쉬었다.

"[누가 누구인지 알 수 있었다면, 우리 쪽의 그 아이가 저 살인마를 제일 먼저 풀어 줬을 리 없죠……. 자기 형제를 죽인 사람이거든요.]"

잊어선 안 된다. 바벨은 자비와 거리가 멀다.

'키 플레이어'는 밑바닥에서 선출된 후보.

그만큼 다른 랭커들에 비해 시험받는 영역도 까다롭고 다양했다. 제 관리 권한 일부를 넘겨줄 후보를 고르는데 바벨이 절대 호락호락할 리 없으므로.

옆에서 듣고 있던 황혼이 탐탁찮은 저음으로 부연했다.

"내도 놀랬다. 기막히게 캐릭터를 우리랑 맞게 골라 줘 가 금마가 당연히 아는 줄 알았는데. 설마 그게 단순 운빨 뽑기였을 줄 알았나."

"그럴 수가……."

암담한 표정으로 권계나가 하늘 쪽 스크린을 돌아본다. 뻣뻣이 굳어 있던 나조연이 창백해져 난간으로 달려갔다.

첨탑에서 멀찍이 떨어진 전장 한복판.

진창으로 뒤엉켜 싸우는 아군과 적군 사이, 사룡과 비룡들 틈에 홀로 분투하는 불꽃과 뇌전이 있었다.

검고, 푸르고…… 또 황금빛.

견지오의 색깔이다.

"거짓말…… 거짓말이야. 안 돼……."

화살에 꿰뚫린 손등이 고통스러운 줄도 몰랐다. 꽈악, 나조연은 저도 모르게 힘껏 난간을 거머쥐었다.

어느새 눈물이 가득 고인 얼굴로 스크린을 올려다본다. 간절함 탓인지 무릎이 저절로 꿇렸다.

제발, 제발…….

'이름을 불러. 제발 그 이름을 불러야 해……!'

·· ✦ ✴ ✦ ✴ ✦ ··

"[그쪽 세계도 수준 알 만하군. 이딴 걸 행성 대표라고 내세우다니.]"

외계의 상대는 흰자위까지 온통 새까만, 기괴한 외양을 지닌 자들이었다. 사룡의 거체에서 뛰어내려 착지한 남자가 한껏 비웃으며 다가온다.

파지직!

아직 잔마력이 남아 있는 땅에서 전류가 튄다.

끈질기긴……. 성가시다는 듯 혀를 찬 그가 피로 흠뻑 젖은 지면에 쓰러진 등을 툭, 툭 걷어찼다.

"[어이, 정신 차려. 너 몇 살이지? 너희 기준으로 성년이 되기는 했나? 이봐, 쉰사나!]"

"[응?]"

"[진짜 얘가 챔피언이 맞아? 시드 팀 1위? 이렇게 작아서야 목도 제대로 못 따겠잖아.]"

"[어어. 당연하지. 확실해! 방금 내가 내 도우미한테 확인한 거니까. 헤헤…….]"

"[네놈 말을 믿을 수가 있어야지. 한심한 자식.]"

비굴하게 미소 짓는 부하를 흘겨본 마룡군 스트라이커

가 쯔쯔 고개를 내저었다. 그대로 허리를 굽혀 앉아 지오의 머리채를 휙 잡아 들어 올리는데.

"[……하. 이것 봐라?]"

꺼지지 않은 안광, 조금도 꺾이지 않은 눈빛.

그와 눈이 마주치자 견지오가 비식 실소한다.

순간 기세에서 밀린 스트라이커가 억지로 이를 내보였다.

"[맞네. 맞으셔. '챔피언'……. 넌 내가 꼭 예술처럼 죽여 주마. 그 거창한 격에 걸맞게.]"

다른 세계의 살인마가 상한 자존심을 감추며 웃었다. 저열한 욕망이 번들거리는 눈으로.

"[극적으로 네 봉인이 풀린다거나……. 그런 헛된 기대는 버리는 게 좋을 거야. 보아하니 너도 도박 따위에 목숨 거는 성격은 아닐 거 아냐?]"

피 묻은 턱을 가까이 당기며 속삭인다.

설령 운이 좋아 오너먼트를 찾는다 해도…….

"[그쪽 키 플레이어가 귀신 눈깔이라도 갖고 있지 않은 한, 절대 불가능하다고.]"

그 말에 견지오는…… 환히 웃었다.

[ORNAMENT DETECTED!]

[오너먼트를 1개 발견하였습니다. 박스가 해체됩니다!]

"하아, 하아……."

핏줄을 제대로 스쳤는지 눈썹 위 찢어진 상처에서 계속 피가 흘러내렸다.

그러나 아프다고 주저앉아 울 시간 따위 없다. 악령이 그를 다시 찾아내기 전에 서둘러야 했다. 틈새 어두운 공간으로 끌듯이 몸을 숨기며 홍해야는 축축한 눈가를 닦았다.

품속에서 키를 꺼낸다.

'드디어……!'

황금 열쇠가 기이한 열로 뜨겁게 달아오르고 있었다.

나를 어서 저곳에 꽂으라 아우성이라도 치듯이.

그에 호응하듯 검은 사각 박스가 열리고, 이어 안쪽에서부터 호화로운 빛줄기가 터져 나오는 [오너먼트].

완전화까지 마친 그것은 열쇠 모양의 홈이 파인 원구였다. 투명한 원구 안에서 여러 색의 가루가 모였다가 흐트러지길 반복한다. 그건 마치.

'사람의 영혼 같아…….'

아름답다.

무의식중에 감탄한 숨을 들이키며 홍해야는 열쇠를 힘껏 꽂아 넣었다. 동시에.

달칵! *좌르르르-!*

홈이 알맞게 맞물리는 소리와 함께 주변 공간이 급변한다.

지그시 눈을 감았다가 뜨자, 나타나는 벽장 속과 닮은 암흑 공간.

홍해야가 선별된 랭커들에게 《제로베이스》의 [캐릭터]를 최초 부여할 때와 동일한 밀폐 공간이었다.

다른 점이 있다면 이제 그를 둘러싼 캐릭터 카드가 수백 장이 아닌, 단 9장이라는 것뿐.

그리고 9장의 카드 위에 떠오른 랭커들의 현재 모습…….

바벨로부터 자신과 같은 채널 소속의 한국인 랭커들이라 듣긴 했지만, 누가 누군지 육안으로는 알아볼 수 없었다.

전부 처음 보는 낯선 외양들이었으니까. 하지만…….

천천히, 홍해야는 산산조각 난 뿔테 안경을 벗어 내렸다. 피로 젖은 더벅머리를 쓸어 넘기자.

'……이제 알 것 같아. 달야가 내게 무엇을 남겨 주고 갔는지.'

어둠 속에서 황금안이 빛난다. 마법적인 힘과는 또 다른, 황금률黃金律의 금빛이.

짧은 시간 동안 생사선을 수없이 누비었다.

소중한 것을 잃고, 또 잃었다.

누군가 합당한 자격을 논한다면, 소년은 충분히 가질 자격이 있었다.

처음에는 스치듯 찰나였고 순간이었으나…… 그 간격이 점점 길어지고 반복된 끝에, 마침내 홍해야는 제가 가진 능력을 깨달았다.

그는 '읽을' 수 있다.

[삶과 죽음의 경계에 도착하셨습니다. 영웅들이 긴 잠에서 깨어날 준비를 합니다.]

[족쇄에서 벗어날 영웅의 이름을 호명하세요.]

[현재 선택 가능한 영웅은 9명. 한번 지목하면 되돌릴 수 없습니다.]

미운 건 사실이다. 적잖게 원망한 것도 사실이었다.

그러나 그 모든 것을 뛰어넘어서 '보이고', 또 '읽혔다'.

지금 가장 중요한 것이 무엇이며, 눈앞에 있는 사람들이 누구를 바라는지.

소년은 간절히 기도하는 여자에게서 마지막으로 시선을 뗐다.

"……지목하겠다."

1회 차 대한민국 바벨탑 디렉터, 홍해야.

이명은 '황금률黃金律.'

남이 대접하는 대로 대접하며, 가장 이상적이며 안정적인 룰로 존재한다는 그가 지닌 능력은⋯⋯

세상의, 사람의 마음을 읽는 것.

[해방의 이름을 부르세요.]

"드래곤 스트라이커."

전장 위의 모두가 간절히 바라고 있었다. 하여 홍해야는 불렀다.

"⋯⋯견지오─!"

"⋯⋯어디다가 비벼."

"[뭐?]"

「내가 '눈' 하나는 타고났거든.」

「그래서 홍씨들은 좋은 눈을 타고난다더라, 뭐 그런 거지.」

잔뜩 위축되고 주눅 든 와중에도, 제가 눈 하나만큼은 타고났다며 미소 짓던 홍가의 그 소년. 그리고 불행하고 가여운 홍가의 '모든 것'을 승계한 유일무이한 생존자.

피에 젖은 머리칼 사이로, 견지오는 날카로운 웃음을
터트렸다.

"귀신 눈깔 따위와 어딜 비비냐고."

《축하합니다!》
《오너먼트 언록! 황금 열쇠를 쥔 소년이 족쇄 해방의 대상
을 지목합니다.》

구우우우우!
여기 있는 현실의 괴물들과 종이 전혀 다른 우짖음이었
다. 우레 울듯 하늘을 찢고, 공간을 찢는다.

차라라라락-

【마음껏 날뛰어. 나의 왕.】

느껴졌다.
별의 제한이 일시적으로 풀린다.
클래스 특성으로 '용'의 특전이 부여됐다는 알림이 뒤
따라 울렸다.
익숙한 목소리. 익숙한 세계 마력…….
익숙한 권위權威.

마술사왕 '죠'가 웃었다.

《채널 '국가 대한민국'의 첫 번째 족쇄가 해제되었습니다!》

《봉인 해제封印解除! 제국군 메인 공격수 '드래곤 스트라이커'가 깨어납니다!》

《해방된 아군의 랭킹은 스테이지 종합 순위, 1위입니다.》

·· ✦ ✶ ✦ ✶ ✦ ··

《봉인 해제封印解除! 제국군 메인 공격수 '드래곤 스트라이커'가 깨어납니다!》

《해방된 적의 랭킹은 스테이지 종합 순위, 1위입니다.》

"[……미친.]"

"[저, 정말 1위라고?]"

1위라는 사실을 모르진 않았음이다.

다만 전해 듣는 것과 직접 겪는 것에는 크나큰 차이가 있었다. 그들은 머저리가 아니었으나 힘을 억누른 족쇄는 시야를 충분히 어둡게 하고도 남았다.

빈사 직전이었던 적이 눈앞에서 몸을 일으키고 있었다.

눈앞에 떠오른, 소름 끼치는 문구가 누구를 가리키는지 이제 모른 체하긴 힘들다.

종합 순위 1위.

이 단순한 여섯 글자가 가리키는 의미는 그 글자 수만큼 단순하지 않았다.

인터스텔라 토너먼트, 현 라운드에 참가한 전원을 통틀어 가장 강한 사람. 시드 팀의 일인자. 그 말인즉슨…….

'이게, 성계에서 손꼽히는 우승 후보……!'

현실을 자각한 자들이 본능적으로 뒷걸음쳤다. 눈치를 살피다가 앞다투어 도망치기 시작한다. 적군 스트라이커의 얼굴에서 웃음기가 걷혔다. 하지만.

"늦었어."

너무도 희고 깨끗하여 일견 공포스럽기까지 한 얼굴.

온몸의 상처가 씻은 듯이 사라졌다. [초속 재생]. 마력이 원 상태로 돌아왔다는 증거다.

"충분히 즐겼지? 생애 마지막 유흥이었을 텐데."

특전 알림을 다시 읽으며, 견지오는 입가를 사납게 비틀었다.

[▷ 특수 영웅 | 드래곤 스트라이커: 클래스 전용 특전에 의해 '용'과 관련된 제한이 특수 해제됩니다.]
[· 현재 소환 가능한 권속 목록: **1개체**]

그대로, 고저 없는 언령이 내려앉았다.

"[권속 임시 구현화具現化]. 적의의 학살자…… 라그나로크의 악룡 '니드호그Níðhöggr'."

·· ✦ ✳ ✸ ✳ ✦ ··

─────!

제국의 가장 높은 곳, 바르나하 협곡 봉화대.

[타워]가 있는 곳이니만큼, 여기서도 격전은 예외 없이 치러졌다. 극적인 지원군이 없었더라면 결과는 좋지 않았을 터.

견지록은 마지막 남은 적의 몸에서 창을 빼내다가 획 고개 돌렸다.

창공과 지축을 적시는 긴 포효.

듣는 이들을 원초적인 공포로 밀어 넣는 이것은 분명…….

'드래곤 피어……!'

그의 예상이 정답이었다.

청희도에게 묻어 있던 마력은 정말 제 누이 것이 맞았던 것이다. 피식, 매끈한 입가로 실낱같은 웃음이 샜다.

"드디어 시작됐네. '반격'이."

"……"

바닥에 드러누워 있던 청희도 또한 같은 것을 들었다.

먹먹해진 고막 따위가 문제가 아니다. 그는 지친 몸을 억지로 끌어 기다시피 일어났다.

마법사기에 더더욱 민감하게 느낄 수 있었다. 세계의 마력이 폭풍처럼 출렁이고 있었다.

'마, 말도 안 돼……!'

드높이 돌출한 봉화대의 끄트머리에선 대평원의 장관이 고스란히 보였다. 아니, 사실 거기까지 시선을 옮길 필요도 없었다.

부유섬, 천공의 세계.

그 종착지 없는 하늘 위에서 적들을 맹렬히 가로지르는 금흑색의 강렬한 창이 있었다.

육중한 뼈로 이루어진 망령을 짓밟고 일어나, 벌 떼처럼 모여든 붉은 와이번들을 삼키고 찢어 내는 단 한 마리의 흑룡이.

문자 그대로, 도륙屠戮.

먹이 사슬이 완벽히 뒤바뀌는 광경이었다.

청희도는 넋을 놓고 바라봤다.

전율? 경탄? 경악?

어떤 단어로도 감히 빗댈 수 없었다, 현재 그의 심정을.

"구경만 하고 있을 순 없죠. 우리도 빨리 움직이는 게 좋겠는데. 청희도 씨, 듣고 있어?"

"마술사왕……."

나오는 목소리가 형편없이 떨렸으나, 그조차 자각할 새가 없었다.

"제가 보고 있는 게 정말, 정말 그 '죠'…… 가 맞습니까?"

"하. 처음 봅니까? 뭘 그렇게까…… 이봐, 당신 울어, 지금?"

"저 사람이 그럼, 그러면……! 내, 내가…… 내가 대체 무슨 짓을!"

정신 나간 미치광이의 눈이다. 저도 모르게 한 발 물러나는 견지록을 덥석 붙든 청희도가 울부짖었다.

"내가 대체 무슨 짓을 한 겁니까아ー!"

비통에 찬 메아리가 협곡 사이로 길게 울려 퍼졌다.

·· + ✦ ✦ ✦ + ··

"끼에에에엑!"

늘상 창공을 여유롭게 군림하던 비룡들이 겁에 질려 필사적으로 날갯짓한다. 그러나 마른하늘에서 내리친 우레가 놓치지 않고 그대로 그들의 날개를 물어뜯었다.

쿠르릉ー!

새파란 뇌전이 산발하는 전장은 편평한 대지를 바다처럼 보이도록 만든다. 이름 모를 병사가 중얼거렸다.

"인간의 싸움이 아니야……."

델 장군은 내심 긍정했다. 그렇다.

이건 보다 신화神話에 가깝다.

그것도 그들이 기록으로, 또 눈으로 질리도록 보아 생

생히 기억하고 있는, 흑룡과 적룡의 전쟁.

"인마대전人魔大戰……."

부관의 넋 나간 중얼거림에 장군이 꽉 주먹을 움켜쥐었다.

그의 부관뿐만이 아니다. 어느 정도 연배가 찬 이라면 누구나 잊지 않은 장면이었다.

50년이 지났다.

그럼에도 기억하는 자들은 무수했다.

파문이 작지만 확실하게 그들 사이에서 퍼져 나갔다. 하나둘, 끝끝내 차오른 격정을 참지 못한 이들이 핏대 세워 악쓰기 시작했다.

모두가 잊지 않은 그 약속을. 그들의 황제가, 주인이 이 땅에 마지막으로 남겼던 유언을.

울음 섞인 목소리들이 한 겹씩 더해 두터워진다.

쌓인 염원들 위에서 장군도 따라 외쳤다.

"[긴 어둠 속에서, 나는 죽지 않는 희망이 되리라!]"

"강해……. 대체 어떻게?"

승패가 압도적으로 갈린 전장.

명운이 결정된 패자들은 무력하기만 했다.

키난은 '저것'을 보자마자 이태엽과 제 일행이 있는 성전 방향으로 떠났다. 뜻한 대로 패배가 확실해졌으니, 승리의 종이 울릴 때까지 목숨이나 부지하고 있겠다면서.

첨탑 위. 혼절한 나조연을 눕히고 일어난 권계나가 중얼거렸다. 얼굴에 혼란스러운 기색이 역력했다.

홍해야가 [테이블]에서 극적으로 외쳤던 그 호명을 듣지 못한 아군이 없으니까.

'견지오'라면, 그녀 역시 알고 있는 이름이었다. 그 견지록의 가족⋯⋯.

"마, 누군지가 그래 중요하나. 쥑이게 강한 우리 편이란 게 중요하지."

첨탑 난간에 걸터앉으며 황혼이 실소한다. 가볍지만, 진심이 담긴 목소리로.

그녀가 담당한 파트는 아니어도 두 사람은 공무원과 조폭 사이. 서로 마주칠 기회는 충분할 만큼 있는 편이었다.

그리고 권계나가 여태 겪어 온 황혼이란 남자는 누군가를 쉽게 인정하는 성격이 아니다. 워낙 승부욕과 질투가 강한 사람이라서.

"웬일입니까? 순순히 인정을 다 하고."

"원래 잽도 안 되는 상대한텐 호승심도 안 드는 법이다. 모르면 알아 도."

"아⋯⋯."

"물론 꼭 그뿐만은 아니고."

황혼은 장난기 많은 소년처럼 씩 웃어 보였다.

"어린 시절 우리의 영웅 아니가."

"······영웅?"

"어. 쟈가 데뷔한 게 벌써 10년도 넘었다. 우리 땐 다 저 사람 보고 동경해가 헌터 하겠다고 달려든 기라."

뻐근한 어깨를 기지개 켜며 황혼이 농담처럼 덧붙였다.

"어릴 적 동경하던 히어로한테 우예 불온한 생각을 갖노, 건방지게. 공무원님은 안 글나? 내랑 동갑인 걸로 아는데."

"듣고 보니······."

권계나가 다시 정면을 바라봤다. 어렸을 때부터 보고 자랐던 그 풍경과 비슷했다.

흑룡과 위대한 마법사.

무섭고 흉악한 괴물들이 아무리 나타나도 아이들이 절대 두려워하지 않게끔 해 주었던 그들의 영웅, 절대적인 구원자.

'그게 누구인지 정말 중요했던가, 단 한 번이라도?'

"······그러네요. 제 영웅이에요. 그때나, 지금이나."

혼란을 거두고 권계나가 슬며시 웃었다. 어린 시절처럼 약간 쑥스러운 미소로.

밤이 찾아오는 전장 위로 별들이 하나둘 뜨고 있었다.

황혼은 잠깐 그것을 올려다보다가 고개 돌렸다.

애써 태연한 척 중이지만, 사실 그도 딱히 남 챙겨 주고 있을 군번은 아니었다. 아까부터 심장이 주체할 수 없을 만큼 뛰고 있었으니까.

"후. 망했네······."

"예?"

"아이, 아이다. 신경 *끄라*……."

· · ✦ ✳ ✦ ✳ ✦ · ·

"[저, 저리 가……. 오지 마!]"

단 한 사람의 출현만으로 전세가 역전된다니, 말도 안 되는 사기극이다. 데빌 스트라이커는 부정하고 싶었다.

그러나…… 그는 희게 질린 얼굴로 주변을 둘러보았다.

산산이 부서진 사룡의 뼛조각들, 형체도 알아볼 수 없이 짓이겨진 와이번 사체들.

1만에 가까운 대군도 거인의 발에 찍힌 개미 떼처럼 무너졌다.

모든 게 순식간에 끝난 전장은 소름 끼치게 고요했다. 정적이 이리 무섭게 다가오기도 한다는 걸 그는 지금 난생처음 깨달았다.

"[이러지 마. 나, 나도 채널 대표야……. 행성 대표도 해 봤다고……!]"

구우우우-!

거대한 날개를 접고 앉은 흑룡이 비웃듯 공명했다.

저벅. 강처럼 고인 핏물 사이를 걸어 다가온다.

비틀대는 패잔병들이 의미 없이 달려들었지만, 닿지도

못한 채 마력에 찢겨 나갔다.

허스키한 목소리가 고요히 울려 퍼졌다.

"……'해 봤어'? 이 몸께선 현직이야. 개×밥 새끼야."

그다지 목소리와 어울리는 대사는 아니었지만.

"평생 수련에 미친 단군 손주 노친네랑 엄빠처럼 구는 별들 주렁주렁 달고 있는 왕자를 꺾고 차지하신 귀한 옥좌란 말이다. 이 개×밥 새끼야."

"[무, 무슨 소리를……!]"

"애비 없이 홀어미께서 딸을 이만한 거물로 키워 내기가 얼마나 힘든지 알아? 이 ×밥 새끼가 그런 박 여사도 못 잡아 본 내 머리채를 감히."

고저 없이 건조하고 지루한 말투라서…… 순간 이자가 장난을 치고 있나 생각했다.

그러나 착각.

눈이 마주치자마자 스트라이커는 깨닫는다.

'죽는다……!'

나는 여기서 반드시 살해당한다. 저자의 손에!

"뭐랬더라, 예술처럼 죽여 주겠다? 예술이 뭔데, 개×밥 새끼가. 그걸 몰라서 삼수하고 있는 나도 아직 배우는 중인데 너 따위가 뭘 알아."

마룡군 잔챙이는 다 처리했다.

일부러 목숨만 붙어 있게 살려 둔 것은 상대 팀의 참가

자들뿐.

총 다섯. 지오는 손을 뻗었다.

번거로운 수인이나 영창 따위 이제 필요 없다.

[적업 스킬, 9계급 살상계 초절 주문

— '콘켄의 작살Gáe Bolg']

휘이이이이– 콰가각–!

연달아 네 번, 네 개의 창.

짙디짙은 심해의 냄새가 자욱이 장막처럼 드리우고, 몰려온 먹구름 사이.

그대로 낙하한 짐승의 송곳니 같은 흑색 거창이 황급히 피하려는 참가자들의 몸통을 정확하게 꿰뚫었다. 단말마의 비명조차 없이 절명한다.

시체로 쌓아 이루어진 높은 산 속, 부지불식간에 생겨난 네 개의 거대한 무덤. 잔혹을 넘어서 일견 하나의 예술 작품처럼 보였다.

"커허억!"

경악한 피식자의 목을 짓밟는 포식자.

내려다보는 얼굴, 까만 머리칼 사이의 두 눈이 가시지 않는 분노로 타오르고 있었다.

돌아온 폭군이 속삭였다.

"어때, 내 예술이."

내가 배운 예술은 이런 식인데.

"너. 금적금왕擒賊擒王이라고 들어 봤어?"

"[아, 아니…….]"

"작년 수능 국어 영역 기출 문제 9번에 보기 4번이었는데 모르면 어떡해, 이 멍청한 새끼야."

적을 칠 때는 우두머리부터 죽여라.

"내가 1위인 걸 안 순간, 나부터 끝냈어야지. 현판의 이런 기본 법칙도 모르니까 처발리는 거예요, 우리 멍청한 외계인 친구."

견지오는 발을 떼고 물러났다.

그럼 이만. 이제는 우리가 헤어져야 할 시간.

"다음에 또 만나지 마요."

콰가가각!

남겨 둔 마지막 신화 속 작살이 내리꽂힌다.

재와 먼지만이 휘날리는 전장 그 가운데, 크리스털로 된 [종]이 나타난 것은 동시였다.

[현재 적 팀 생존 인원 3/9명]

[적군 인원 과반수의 전력 상실이 확인되었습니다.]

[마룡군, 채널 '국가 ■■■■'의 패배 조건 (1)을 충족하셨

습니다.]

[제국군의 압도적인 대승大勝입니다!]

[인터스텔라 토너먼트 제3구역 본선 32강 B조
— WINNER: '국가 대한민국' —]

승패 알림이 떴으나 제대로 눈에 들어오지 않았다. 솔직히 너무 이르게 뜬 것도 같다.

죽음은 빠르고 허무한데, 분노는 여운이 길었다.

지오는 근처 바닥에 떨어진 검을 아무렇게나 주워 들었다. 저놈 모가지 정도는 베어서 광장에 걸어 둬야겠다는 심산으로.

타악!

"그만해."

그러나 그것을 가로막는 팔.

감히 어떤 새끼가…… 돌아보던 지오가 그대로 검 자루를 던져 놨다. 툭.

"눈에서도 힘 빼."

"……."

"힘 빼라고, 견지오."

"……언제 왔음?"

천적 만나 얌전해진 킹지오가 눈을 동그랗게 떴다. 순

진무구 가식적 눈빛 발사.

평상시로 돌아온 그 얼굴을 보며 견지록이 짧게 한숨 쉬었다. 꽉 부여잡았던 손 대신 지오의 양 뺨을 잡아 꾹꾹 누른다.

"아까. 홍해야가 두 번째 오너먼트 열어서 나 풀어 준 것도 못 들었지?"

"아하……."

"정신 똑바로 안 챙길래, 너? 여기가 집이야?"

"하, 하지만 정당방위 무죄지오. 쟤가 먼저 내 등 마구마구 밟고, 내 머리채 이케이케 휘어잡아서 휘모리장단에 상모 돌리기 하듯 돌리고 막 그랬다니까. 어휴, 아파라. 아구구."

"……뭐?"

'아니, 절대 그 정도는 아니었던 것 같은데……!'

슬그머니 다가가던 최다윗이 삼수생식 과장법을 듣고 경악했으나 백도현이 옆에서 조용히 고개를 저었다.

'내버려 두세요. 지금 건드리면 안 됩니다.'

'왜?'

'시스콤 시동 걸렸습니다.'

"이런 씨발, 스포츠맨십 다 뒈진 잡종 새끼들을 봤나……."

"……잠까아안! 리더! 리더, 진정해, 그건 아니지. 다 끝났는데 롱기누스를 왜 꺼내!"

"나 봐요, 현이 형. 이건 아니잖아. 저 조그만 애를 때릴 데가 어디 있다고, ××. 저 ×× 새끼들이."

"다, 다윗 씨! 뭐 합니까! 종! 빨리 승리의 종 치세요!"

"어어! 으, 응!"

갑자기 이 무슨 개판······!

눈깔 제대로 뒤집힌 미친 사슴과 모르쇠 시전 중인 눈물점 양아치.

아직 깽판에 적응 덜 된 최다윗이 후다닥 종 앞으로 달려갔다. 중간에 크리스마스 거리의 솔로처럼 제 존재감을 필사적으로 죽이고 있는 마법사 청 모 씨를 목격했지만, 일단 무시하고.

'으, 종은 오랜만인데······.'

하얀새 없이는 탑 등반을 극도로 자제하는 터라 거의 몇 년 만이라 봐도 무방했다.

최다윗은 묘한 기분을 누르며 영롱한 크리스털의 종을 힘 있게 밀었다.

대앵- 댕- 대앵!

《승리의 종이 울립니다!》

《승자에게 별들의 가호를!》

《바벨탑 49층 공략에 성공하셨습니다.》

《49th 플로어. 메인 시나리오 ─〈성간星間 토너먼트 | 제로 베이스〉 종료》

다가오던 제국인들이 멈추어 제자리에서 그 종소리를 들었다.

혹자들이 주장하는 가설이 사실이라면, 저들은 지금 울리는 이 종소리에 의해 목격했던 모든 것을 잊게 될 것이다.

무심코 그들 쪽을 돌아보던 지오가 멈칫했다.

뚫어져라 저만을 바라보고 있는 노장이 있었다. 구슬피 울고 있는 그 입 모양은…….

'주군……?'

기이한 기분에 사로잡힌다. 어떤 의심이 확신으로 바뀌는 순간이었다.

그래. 견지오는 이곳을 안다.

독특한 구조의 부유섬들, 눈에 익은 흑색 제복, 그리고 낯익은 외형을 지닌 이곳 사람들.

'서왕모의 수반…… 거기서 봤던 그곳이 맞아.'

"왜 광장으로 이동한다는 알림이 안 뜨지? 잠깐 있어 봐."

미간을 확 좁힌 견지록이 종이 있는 곳으로 걸어갔다. 생각에 잠겨 있던 지오도 무심결에 따라 걸음을 떼던 찰나.

콰악!

"……!"

헉! 지오는 급히 숨을 들이켰다.

분명히 죽었다고 생각한 데빌 스트라이커의 손이 제 발

목을 억세게 잡아당기고 있었다. 이게 무슨……! 경악해 돌아봤지만.

"[어딜가이번에도네년혼자떠나려고!]"

그건, 절대 인간의 것이 아니었다.

귀청을 찢는 듯한 귀곡성.

푹 파인 눈에서는 귀기와 마기가 넘실거린다. 그에 지오는 본능적으로 깨닫는다.

'마, 룡왕……!'

"[이번에도네년혼자떠나려고그렇게는못한다용서못해너를저주한다증오해여기가애초에버려진세계란걸알았더라면가증스러운것너는알고있었지알고있었지!]"

"누나!"

"지오 씨!"

검붉은 마기가 삽시간에 그녀를 뒤덮는다. 누가 무엇을 해 볼 틈도 없었다.

이대로 빨려 들어가나, 무의식중에 생각하는데.

【말해 두건대, 시험 끝났다.】

【그러니 이건 반칙 따위가 아니라고.】

샤아악!

숨통이 트인다.

어느 때보다 짙게 부는 바람이 몸을 감쌌다. 하나뿐인 제 화신을 품에 당겨 안은 그가 날카로운 적의를 실어 웃었다.

【불편해 하시잖나. 건방지긴.】

"[개새끼씹어죽일새끼언제까지네놈뜻대로될줄아느냐 가만두지않을……!]"

【음. 말이 길어.】

[시나리오가 종료되었습니다.]
[49층 통과. 최종 확인된 후보 총 10명.]
[50층 해금 완료. 특수 구간입니다. 해당 후보들을 50층으 로 즉시 이동 준비 중…….]
[최후 시련을 위한 초월 공간, 50층 '**인터림**Interim'으로 이 동합니다.]
[5초…… 4초……]

의식이 유지된 건 딱 거기까지.
견지오는 눈을 감았다.

[50th 플로어. 탑의 틈, '**인터림**'에 입장하셨습니다.]

['**인터림**'에서는 무기 및 능력 사용이 엄격히 제한됩니다.]

아바타 모드나 《제로베이스》의 초기화와 얼핏 비슷해 보여도, 아예 궤가 달랐다.

맨몸에 맨손. 비유하자면 세속의 모든 것이 홀라당 벗겨져 영혼만 끌려 들어온 기분에 가깝다.

이 끔찍한 곳에서 저 알림을 들은 지도 벌써 1시간째.

견지록은 신경질적으로 풀을 쥐어뜯었다.

깨어나 보니 같이 들어온 일행들은 흔적도 없이, 덩그러니 혼자.

다들 어디로 **빼돌린** 거냐, 죽고 싶냐 한참 깽판 친 끝에 얻어 낸 대답은 원래 이건 개인전이라는 허무한 말뿐이었다.

"……점수도 형편없고, 디렉터는 광탈이니 꿈도 꾸지 말라며. 이미 판정은 다 난 걸 대체 언제까지 여기 처박아 둘 건데?"

[성위, '숲과 달의 젊은 주인'이 그만 좀 징징거리라며 이마를 짚습니다.]

"뭐…… 뭣, 징징? 지금 나보고 징징댄다고 했어? 애 취급하지 말라 그랬지!"

[성위, '숲과 달의 젊은 주인'이 애를 애 취급할 뿐인데

뭐가 문제냐며, 그럼 털 숭숭 난 아재 대접이라도 바라냐고 떨떠름해합니다.]

"됐고. 여기서 나 꺼내. 당장."

[어린 사슴아, 내가 언제 네게 해가 되는 일을 벌인 적 있느냐며 성약성이 꾸짖습니다.]

"그건!"

'없지……'

풀 죽은 밤비가 애꿏은 바닥의 풀만 쥐어뜯었다.

누구네 삼수생만큼은 아니지만, 이들도 퍽 사이좋은 성위와 화신 관계였다.

'숲과 달의 젊은 주인'은 총애하는 사슴을 달래듯 주변 초목의 생기를 돋우었다. 신록의 숲이 그를 부드럽게 감싼다.

[너 하나 빼돌리느라 이쪽도 상당한 손해를 감수했으니, 감사한 줄 알고 쉬기나 하라고 성약성이 한숨 쉽니다.]

"……빼돌렸다고?"

[성위, '숲과 달의 젊은 주인'이 그럼 이렇게 평화로운 곳이 인터림이겠냐며 황당해합니다. 인터림은 엄연히 시련 공간. 성약을 맺지 않았거나 성위 잘못 만난 녀석들의 애도나 빌어 주라며 코웃음 칩니다.]

그 말을 듣고 견지록이 궁금한 것은 하나뿐이었다.

"그럼 견지오! 우리 누나는?"

정적이 이어진다.

'숲과 달의 젊은 주인'은 한참의 침묵 끝에 응답했다.

그걸 질문이라고 하느냐는 기색으로, 별들이 촘촘히 수놓인 천장을 가리켜 일러 주었다.

더 위에.

더 위로 갔노라고.

··•·✦·✳·✦·•··

육신의 감각이 기이했다.

몸이 무거운 건 아닌데, 어딘가를 둥둥 떠다니는 기분. 마치 꿈속으로 들어온 듯한······.

'이런 거 경험해 본 적 있어.'

지오는 번쩍 눈을 떴다.

정답이라는 듯 백색 공간이 빠르게 변화했다.

어릴 적, 처음 성흔星痕을 개문하던 날. 10여 년 전의 바로 그 공간이다.

다른 점은 그때가 작은 연구실 같은 공간이었다면, 이곳은······.

"도서관?"

[라이브러리화] 스킬의 효율을 위해 견지오는 수많은 도서관들의 이미지 트레이닝을 해 왔다. 이미지를 구체적으로 떠올려 낼수록 운용이 보다 쉬워지기 때문.

그리고 지금 발 디딘 이곳은 그간 구상했던 이미지, 그 모든 것들을 혼합해 실현한 듯한 거대 도서관이었다. 아일랜드의 트리니티 칼리지, 이집트의 알렉산드리아, 미국 워싱턴의 의회 도서관 등등······.

자박.

차가운 기운에 흠칫 놀라 지오는 발밑을 내려다봤다. 투명한 유리 바닥 아래로, '우주'가 비치고 있었다.

'그러고 보니 천장도······.'

천체. 수억 개 별들의 공전公轉.

은하수가 내리고 있다.

"흐음."

판이 이렇게 깔린다면 이곳으로 부른 범인은 뻔할 뻔자. 알겠다. 지오는 얕게 코웃음 쳤다.

"언니, 나와."

다 들켰으니까 나오시라고. 시련이라며, 무슨 인테리어 이렇게 호화로워요. 웃기지도 않아.

하지만 되돌아오는 답은 없었다.

위를 향해 외쳐 보고, 아래로 속삭여 봐도 익숙한 바람은 불어오지 않는다.

'뭐야······.'

지오는 할 수 없이 거대한 도서관 안을 누비기 시작했다.

그렇게 천천히 시작된 걸음이었으나······ 불안해지는 만큼 점점 속도가 붙는다. 조금 시간이 지나자 지오는 어느새 달리고 있었다.

"……어딨어? 나오라고! 야!"

아무런 능력도 쓸 수 없는 곳이다. 마력으로 보조받지 못한 체력은 금세 바닥났다.

한참 뛴 탓에 거칠어진 숨을 가다듬으며 지오는 가까운 책장에 기댔…….

'응? 저런 게 언제…….'

확 트인 공간이 숨겨져 있었다. 건너 책장과 책장 사이사이 틈 속에.

그리고 또 누군가…… 있다. 거기에. 그곳에.

지오는 홀린 듯이 그쪽으로 걸어갔다.

사아아…….

바람 한 조각이 불어왔다.

그를 따라 사내의 머리칼이 흔들렸다.

아치형으로 짜인 주랑 아래의 낮은 계단. 비스듬히 기대앉아 눈을 감고 있는 젊은 미남자. 신화라도 재현해 놓은 듯한 장면이었다.

두근, 두근-

기이하고 낯선 감각이다.

심장이 달음박질치고, 숨을 쉬기 버겁고, 눈꺼풀 하나
제대로 깜빡이지 못하는 순간.

그러나 그 모든 것을 자각조차 못 한 채 지오는 그저 걸
어갔다. 탁 트인 중앙을 지나 그늘진 그의 공간으로.

가까워지자 발치에 얇은 천이 걸렸다. 그가 걸치고 있는
가운이다. 고대의 신들, 혹은 오래된 제국의 지배자 같은.

"……."

어깨 근처에서 흔들리는 은회색 머리칼은 망국의 잿빛
같기도, 쇠한 별들이 흩뿌린 유흔 같기도 했다.

지오는 손을 뻗었다.

충동적이었다. 저 단단해 보이는 턱을 왜인지 만져 보
고 싶어서. 그리고.

타악-!

"……!"

위치가 바뀐다.

그대로 시야가 뒤집혔다.

끌어안긴 정면, 지오는 장난기로 빛나는 심연의 눈과
마주친다. 더없이 익숙하고, 또 낯선…….

턱을 가까이 내린다. 이어 숨결이 얽히고, 그가 나른한
저음으로 속삭였다.

【안녕, 내 사랑.】

그대를 나는 아주 오래 기다렸어.

지오의 별, '운명을 읽는 자'가 웃었다.

7

【숨 쉬어야지.】

달래듯 별님이 웃음기를 담아 속삭였다.

지오는 느릿하게 숨을 내쉬었다.

뒤집힌 자세 덕에 그의 머리칼이 뺨으로 와 닿는 촉감까지, 비현실적이리만치 생생했다.

긴 침묵이 내려앉는다.

그저 서로의 눈을 뚫어져라 응시하며, 숨소리 하나에 온 신경이 담기는 시간이었다.

【무슨 말이라도 해 봐. 이래 봬도 몹시 긴장되거든.】

"……져."

【음?】

"만져지네."

멍한 얼굴로 중얼거린 지오가 팔을 뻗었다.

바로 닿는 그의 콧등부터, 단단한 턱, 그녀 손길이 닿자 급히 힘을 빼는 눈가까지. 오랫동안 잃어버렸던 것과 마주한 사람처럼 천천히 더듬어 봤다.

처음 보는 모습이란 것은 전혀 문제가 되지 않았다. 보자마자 알 수 있었으니까.

그동안 성흔星痕을 통해 깊게 얽혀 왔던 영혼이, 아니, 그보다 더 본질적인 곳에서부터 부르짖고 있었다.

이자가 너의 '별'이라고.

【잠깐. 겁도 없이 이리 계속 만져 대면 곤란-】

"……."

짓궂은 농담을 더 이을 수 없었다. 성위는 가라앉은 눈빛으로 지오를 응시했다.

그의 작은 화신이 울고 있었다.

인형처럼 표정 없는 얼굴 위로 소리 없는 눈물이 떨어져 내린다.

한참 그것을 바라보다가 그는 손을 들었다. 부드럽게 눈가를 훔쳐 내는 손길과 눈빛은 빈틈없이 다정했고.

【울고 싶은 건 나거늘.】

목소리는 쓸쓸했다.

【무얼 안다고 우나…….】

지오도 영문을 알 수 없었다.

왜 이렇게 서러운 기분이 들고, 가슴이 답답한지……. 또 왜 이렇게까지 처음 보는 이 자식이 반가운지. 그에 성위가 웃듯이 한쪽 눈썹을 찡그렸다.

【그 생각까지 내게 다 들린다는 것쯤은 알고 있겠지?】

"……반반한 몸뚱어리 좀 생겼다고 그 스토커 정신이 어디 가겠어?"

【반반한 몸뚱어리, 라. 다행히 합격선인가 보군. 안심이야. 혹 그대 취향이 아니라면 갈아 끼우려고 했거든. 열심히 커스터마이징한 보람이 있어.】

……네? 방금 굉장한 소리를 들은 것 같은데 착각이겠지. 지오는 모르쇠로 되물었다.

"커스터마이징이요?"

【그러엄.】

자랑스러운 기색으로 성위가 말했다.

【다년간 수집해 둔 빅 데이터를 분석해 가장 미학적으로 구현해 본 외모다만, 어떠한가? 네가 좋아하는 북부 대공부터, 싱글처럼 싱싱하지만 알 건 다 알아야 하는 판타지 이혼남, 존재 자체가 모순인 순애보 술탄, 다 가진 황제, 현대 로맨스 클래식 이사님까지.】

지오의 손을 잡아 제 뺨에 갖다 대더니 씩 웃는다.

【봐라. 이 얼굴 하나에서 전부 보이지 않는가? 이 몸이 최종 완성형이니라.】

"로, 로판 남주 궁극형……?"

【음음.】

자신 있게 끄덕이시는 그 얼굴.

뭘 잘했다고 끄덕여? 솔직히 미친 개소리가 타당성 있게 들릴 만큼 잘난 미모긴 했지만…… 지오의 눈이 가늘어졌다.

"결국, 이것도 진짜는 아니란 거네?"

태연한 물음에 감춰진 서운함까지 못 읽을 정도로 그는 미련한 사내가 아니다. 잠깐 지오를 바라보더니 그대로 획 일어난다.

갑자기 안겨 들리는 자세. 엉겁결에 지오가 그의 목을 꽉 끌어안았다.

'바람 냄새…….'

익숙한 향에 긴장이 풀린다. 지오는 경직된 힘을 풀고 그의 어깨에 턱을 걸쳤다.

"저기요. 어딜 가는지 모르겠지만 님 옷이 너무 얇은데. 누가 변태 아니랄까 봐. 왜 이러고 다녀? 노출증이야?"

【모르는 소리. 자기 PR 시대에 이만한 몸을 꽁꽁 싸매고 다니는 것도 인류적 손해다.】

말하는 와중에도 걸음은 이어졌다. 체격만큼이나 시원한 보폭으로 그가 걸어 도착한 곳은 웬 화원.

울긋불긋한 열매들이 무수히 달린 중앙의 하얀 나무

는 아득한 천장에 닿을 만큼 크나컸다.

도서관 한가운데 흰 나무라니. 괴상한 듯하면서도 어울린다.

지오를 내려 둔 그가 아무렇게나 주저앉았다. 무심한 손길로 근처의 열매를 툭툭 따 건넨다.

【진짜고, 가짜고……. 따져 봐야 무슨 의미가 있겠느냐. 내가 너한테 보이고자 한다는 것이 중요할 뿐.】

"뭔 궤변이야?"

【궤변 같은 게 아니라.】

피식 웃더니 바닥을 짚어 상체를 숙인다. 또 한 번 얼굴이 가까워졌다.

【당장 네 눈앞에 있는 나보다, 내 앞에 있는 너보다 더 중요한 건 없다는 고백이자 호소지. '견지오'.】

음, 아주 전형적인 개새끼 멘트였다.

중요한 진실을 흐려 순진한 것들의 신세를 망치려고 작정한 사기꾼 같은 말.

그러나 가장 위험한 사기꾼들의 공통점은…… 속는 걸 알면서도 속아 넘어가 주고 싶어지게 만든다는 것.

혹은, 모른 척 덮어 주거나.

지오는 들이대는 별의 낯짝을 퍽 밀치며 말을 돌렸다.

"그럼 탑에 가라 맨날 노래 부르고, 제로베이스에서 지나가는 길이니까 빨리 끝내라던 게 다 이것 때문이었어?"

【너와 이렇게 만나려 그랬느냐고?】

"응."

【당연한 말을.】

실소한 그가 모로 드러누웠다. 손장난하듯 붉은 열매를 지오의 무릎에 살살 굴리며 웃는다.

【나는 언제나 너를 쫓건만, 의미 없는 질문을 하는구나. 천문도 괜찮긴 하나 거긴 보는 눈이 많아서. 타임 리밋이 걸려 있거든. 구멍투성이인 인터림이 대목이지.】

이번을 놓치면 속 좀 쓰릴 뻔했다.

【그래서 반칙이니 뭐니, 짖어 대는 것들의 말을 듣는 시늉이라도 해 줘야 했고……】

'운명을 읽는 자'가 설핏 인상을 구겼다.

말하다가 생각났는지 지오의 발목을 쥐어 다시 한번 살핀다. 《제로베이스》 막바지, 마룡왕에게 잡혔던 부위였다.

"아는 사이인가 봐?"

서로의 얼굴이 눈에 보인다는 건 생각보다 의미가 컸다. 읽히는 것들이 전과는 비교도 안 된다. 지오는 멈칫하는 그의 얼굴을 물끄러미 관찰했다.

"잘 아는 사이 같던데."

짧은 침묵 끝에 그가 고개를 들었다. 발목을 감싸듯 한번 쥐었다가 놓으며 입가를 비튼다.

【격 떨어지게. 한낱 탑의 미물과 어찌 알겠느냐. 하찮은 것이 헛소리를 지껄인 것일 뿐이다.】

"그래?"

【그래.】

"그럼 말고. 난 왠지 거기가 되게 익숙해서. 내 전생? 뭐 그런 거라도 되는 줄 알았어."

'⋯⋯흠. 이 말엔 별 반응이 없고.'

생각을 오래 하면 안 된다.

바깥에서보다 더 잘 읽히는 것 같으니까. 지오는 얼른 생각을 지워 내고 질문을 바꿨다.

"근데 나 언제까지 여기 있어야 하는데? 인터림인지 뭐시긴지, 결국 디렉터 뽑는 거잖아. 그거 이미 홍해야 거 아냐? 누가 봐도 걔 자리죠. 안 뽑히면 바벨 취업 비리야, 이거."

【허. 차분하게 애틋한 재회의 기쁨을 나눌 생각은 일절 없으시군, 우리 화신께선.】

"⋯⋯? 맨날 같이 있는데 재회는 뭔 재회야. 헛소리 말고, 나 월욜에 순옥드 봐야 해. 본방 놓치면 님 뒈져."

요즘 인싸들의 핫 토픽을 놓칠 순 없다. 《제로베이스》의 판타지 경험을 빠르게 삭제하고, 현대인 사고방식을 모두 회복한 킹지오가 보채기 시작했다.

"아. 보내 달라고! 나. 원한다. 집. 컴백!"

【⋯⋯뭐지, 이 머리 아픈 데자뷔는.】

이름: 견지오, 로맨스 공략 난이도: ★★★★★(x99)

살짝 환멸 섞인 얼굴로 제 사랑스러운 연인을 보던 별이 푹 한숨 쉬었다.

【보채지 말거라. 일이 진행될 때는 다 적법한 절차란 게 존재하는 법. 너 같은 예외가 많다면 세상이 제대로 굴러가겠느냐?】

"이건 또 안 어울리게 뭔 소리야?"

【최종 '시련', 인터림.】
【하여 다른 것들은 바벨이 안배해 둔 바에 따라 합당한 자격을 시험받는 중이라 이거다. 최소 이틀은 걸릴 테지.】

무정하고, 느리게 말을 맺는다.

지오를 대할 때와 달리 건조한 그 어조에는 아무런 감흥도 실려 있지 않았다. 지나가는 길가의 개미도 저것보단 영혼 있게 말하겠다.

가까이 맞닿은 육신 덕에 좁혀져 있던 거리감이 확 멀어졌다.

그를 보는 지오의 얼굴에서 표정이 사라졌다. 되묻는 목소리는 차가웠다.

"내 동생 어딨어."

【……하아.】

"어디로 보냈냐고, 개새끼야. 두 번 묻게 하지 마."

'운명을 읽는 자'도 미소를 지웠다. 우주의 심연을 그대로 옮겨 둔 것 같은 그의 눈에선 어떤 것도 쉽게 읽히지 않는다.

그러나 이런 절대자도 감정 앞에선 일개 약자일 뿐.

어쩔 수 없나. 그는 상한 속을 감추고 태연히 웃었다.

【그대가 미치도록 아끼는 혈육이지. 내가 어찌했을 것 같나?】

"……."

【안전한 '숲'으로 보내 두었다. 너와 마찬가지로 인터림이 끝날 때까지 무사하니 안심해.】

되었냐고, 성위가 손등으로 지오의 무릎을 장난스럽게 툭 친다. 다시 예의 능글맞은 그 표정이었다.

낮게 부는 바람에 그들 위로 드리운 나무에서 잎들이 떨어졌다. 우수수 떨어지는 백색 나뭇잎들, 그 아래 느긋이 누워 그녀를 바라보는 초월자.

그림 같은 광경이다.

그러나 견지오는 이 감상에 속없이 취하고 싶지 않았다. 어쩌면 그녀 자신도 모르게 원해 왔던, 꿈같은 만남일지라도.

"다른 애들은?"

【……】

"최다윗, 나조연…… 백도현. 황혼, 권계나, 청희도, 이태엽, 그리고 홍해야. 걔네는? 내 떨거지들 다 어디 처박았는데."

바람이 멎는다.

소리가 사라진다.

성위가 말없이 지오를 응시했다. 상체를 일으켜 앉는 것만으로도 시선의 위치가 바뀌었다.

【……이런 형편없는 남자 같은 말까지 하고 싶진 않았는데.】

"……"

【난 정말 네 안중에도 없군. 얌전히 기다리면, 내 순번

이 돌아오긴 하나?】

"하. 진심으로 하는 말은 아니지? 유치하게. 대답이나 해."

유치하게…….

어쩌면 저렇게 배알 뒤틀리는 말만 골라서 하는지 모르겠다. 기가 찬 웃음을 흘리며 그가 답했다.

【말했잖나. 이틀은 걸린다고. 인터림의 시련은 제 삶을 돌아보고, 정신력을 시험하기에 더할 나위 없이 적격인 시간이지.】

지난 삶을 돌이켜 보고, 지닌 정신력을 시험한다.

말도 안 되는 얘기였다. 참가자들 중엔 당장 지오가 알고 있는 하드 코어 인생만 둘이고, 갓 각성한 뉴비에 최근 가족을 잃은 미성년자까지 껴 있다.

'백도현은 몰라도 최다윗…… 나조연은 못 견뎌. 어쩌면 홍해야도.'

"안 돼. 꺼내."

【나는 바벨이 아니다만.】

"못 꺼내면 당기기라도 해. 이틀은 너무 길어."

【막무가내로 군다고 해결될 일로 보이나? 이건 성계 규율에 따른 시험이니, 이쪽에서 급하게 굴 것 없다. 단념하고 기다려.】

"아니. 가능할 거 같은데."

지오는 한쪽 눈썹을 치떴다.

"할 수 있잖아. 틀려?"

차가운 확신이 담긴 눈. 거기엔 일말의 의심도 없다.

아무것도 모르던 어릴 때와는 다르다. 견지오는 이 공간에 와서야 제대로 느낄 수 있었다.

눈앞의 이 남자는 '뭐든' 할 수 있다.

천천히, '운명을 읽는 자'의 한쪽 입꼬리가 느릿하게 비틀렸다. 비스듬히 턱을 괴며 그가 웃었다.

【하기 싫다면.】

"이 '내가' 부탁해도?"

【자신이 가진 특권을 잘 알고, 잘 써먹는 모습이 참으로 귀엽고 기꺼우나…… 특권도 남용하면 화를 부르지.】

뜻대로 안 풀리자 지오가 와그작 얼굴을 구긴다.

저러면 더 심술부리고 싶어지는 게 또 이쪽 마음인데.

성위는 짐짓 오만하게 등을 뒤로 기댔다. 짓궂은 웃음기와 은근한 어조로 제안했다.

【하다못해 내게 변명거리라도 있어야 하지 않겠나? 받은 것도 없이 '맨입으로' 사고를 쳤다간 나 혼자 바벨의 화를 어찌 감당하라고.】

맨입으로, 에 강조가 실린 건 절대 착각이 아니리라.

얼빠진 표정으로 지오는 그를 쳐다봤다.

아무렴, 저렇게 나오셔야지. 어린것을 다루듯 성위가 뻔한 실소와 함께 일어났다.

【싫으면 말-】

일어나려고 했다.

그러나.

미처 반응하지 못한 것은 한 명에게만큼은 완벽하게 무방비하기 때문.

바람이 분다. 흑색과 은회색이 순간 뒤엉킨다. 제 무게를 그대로 실어 오는 것을 감히 밀어낼 수 없었다.

【······.】

"······."

【······무슨 짓이지.】

넘어져 바닥 위로 흐트러진 머리카락. 잠겨 가라앉은 목소리.

한 끗 차이였다. 가까스로 지오의 입술을 손으로 막아낸 그가 인내심을 끌어모아 중얼거렸다.

내내 여유롭던 낯에는 웃음기가 싹 걷혀 있었다.

흔들리는 별빛을 보며 지오가 가로막은 그의 손을 치워냈다.

"왜."

【······.】

"입으로 하는 거래라고 하면 내가 못 할 줄 알았어?"

그리고······ 끌어 잡히는 멱살과 당겨 맞물리는 입술은 바로 다음 순간이었다.

처음부터 키스를 잘하는 사람은 바쁘게 일하는 국회의원이나 다름없다. 상상 속 동물이라는 얘기.

경험도 없는데 잘할 리가 있나. 첫 번째 입맞춤은 어설프고 빠르게 끝났다.

'이게 맞나……?'

누가 봐도 방탕하게 살았을 것 같은 경험 만렙의 상대에게선 이렇다 할 반응이 없었다. 그저 그녀를 물끄러미 쳐다본다.

결국 지오는 아리송한 얼굴로 입술을 서툴게 갖다 대길 반복했다. 쪽, 쪽…….

한참을 그랬던 것 같다.

처음에는 약간 눈치가 보여서. 다음에는 왜 아무런 반응이 없나 의아해서. 그리고 지금은…… 왜인지 부아가 치밀어서.

'이 자식 왜 아무런 반응이…….'

입술도 피곤하고, 슬슬 짜증 난다. 인상을 팍 구기며 지오가 그의 몸 위에서 일어나려던 찰나.

【……이제 와서 그만두면 어쩌자고.】

늦어도 너무 늦잖아.

거기까지가 그가 지닌 모든 인내심의 한계였다.

귀엽다고 어물쩍 넘어가기엔 그는 지나치게 오래 기다렸고, 또 오래 참았다.

단단하고 강건한 손바닥이 여린 뺨을 감싸 쥐었다. 핏줄이 두드러진 왼손이 턱선을 어루만지듯 타고 넘어가 하얀 목덜미를 덮는다.

그것이 시작이었다.

'자…… 잠, 깐…….'

목소리를 낼 수 없었다. 언어가 혀 위에서 무너진다.

필사적으로 그의 옷자락을 그러쥔 지오의 손에 꽉 힘이 들어갔다. 어쩔 줄 모르는 작은 뺨을 쥐고 그가 턱을 깊숙이 기울인다.

타악. 바닥을 손으로 거칠게 짚는 소리가 났다.

언제 자세가 또 바뀌었는지도 몰랐다. 등에 막다른 바닥이 닿았다.

이상해지는 느낌이 들어 맞물린 입술을 떼려고 할 때마다 더 몰두한 숨소리가 되돌아왔다.

지오는 팔을 뻗었다. 뻗는 곳마다 그가 있었다.

본능적으로, 제 허리를 받친 그 팔뚝을 더듬어 타고 올라간다. 손끝에 닿아 오는 근육이 뜨겁다.

단단히 선 핏줄 아래로 그의 거센 박동이 느껴졌다.

지오는 이 오만해 보이는 초월자가 제게 무섭게 집중한 것을 온몸으로 느낄 수 있었다. 그리고 어느새 자신 또한.

【……이번에는 또 어떤 씹어 죽일 개새끼가 네 처음을 가져가나 했더니.】

녹진한 목소리, 흐트러진 눈빛.
가시지 않은 열기를 억지로 눌러 낸 저음으로 성위가 낮게 웃었다.

【고맙게도 개새끼 당첨이군.】

입가를 다정히 훔치는 손길에 비로소 제정신이 든다.
지오는 쥐고 있던 그의 머리칼에서 화들짝 손을 뗐다.
"개새…… 크흠! 큼!"
타이밍 시발…….
도도하게 너 개새끼 맞다고 쏴붙이려 했건만, 하필 또 거기서 삑사리가 날 게 뭐람. 지오는 고개 돌려 헛기침했다.
그 무표정한 얼굴에서 나눈 교감의 흔적을 발견하는 것은 또 다른 재미. '운명을 읽는 자'는 불긋한 홍조에서 눈을 떼지 않으며 감싼 허리를 제 쪽으로 더 가까이 당겼다.

【매정하기는. 열렬한 키스가 끝나면 파트너의 눈을 봐야지. 그게 매너 아니던가?】

"그, 그런 거야?"

【……음.】

"……웃음 참지 마. 이런 방탕한 똥별 개자식이 순진무구한 스무 살을 희롱하고 있…… 이거 안 놔? 저리 꺼져."
분노한 냥아치의 주먹질.
결코 가볍지 않은 잽이 퍽퍽 날아와 꽂혔다. 키스는 뭔데 또 이렇게 잘하냐는 말이 섞여 있는 걸로 봐서 복합적인 듯싶다.
뜻하는 대로 맞아 주며 성위가 대꾸했다.

【흠, 몰랐나? 사실 진정한 내 이름은 '운명을 읽는 키스 마스터'인데.】

"이 새끼 진짜 미친 건가?"
손등으로 헛소리하는 턱주가리를 날리며 지오가 인상 구겼다. 잠깐 분위기에 말렸으나 농담이나 하고 있을 때가 아니었다.
"닳고 닳으셔서 태평한 건 잘 알겠는데, 받을 거 받았으면 내놓을 것도 내놔."

【……태평?】

내가? 별은 미묘한 얼굴로 그녀를 바라봤다.

가끔 얘가 눈치가 좋은 건지, 나쁜 건지 헷갈린다. 그는 헛웃음을 뱉으며 뒤로 등을 기댔다.

【그렇게 보인다니 다행이군. 난 내가 지금 제정신으로 대화하고 있는 게 신기할 지경인데.】

너무나도 오래 걸린 만남이다.

가까이서 지오를 보는데, 그 스스로 생각했던 것보다 태연하여 긴 기다림에 둔해졌나 싶기도 했다.

하지만 아니었다.

그는 실감하지 못했을 뿐이다. 입술이 맞닿는 순간까지도. 그리고…….

【어려 무지한 그대는 모르겠으나 쾌감이 가진 단점은 그 강렬함만큼, 짧다는 거지.】

의미심장한 말이다. 지오는 이상을 느끼고 번뜩 돌아봤다. 둘러싼 공간의 느낌이 방금 전과 달랐고, 그 원인을 발견하기까지 오래 걸리지 않았다.

광활히 도열한 책장들의 끝.

그 끝에서부터 미세한 균열이 가고 있다.

'운명을 읽는 자'가 은근한 웃음기를 담아 중얼거렸다.

【반성해 둬, 화신.】

【내 정신력이 무너진 데는 그대의 공이 실로 만만치 않으니.】

순간 감각이 곤두선다.

지오는 멍하니 바라봤다. 팽창하듯 그의 '격'이 몸집을 부풀리고 있었다.

'전부가 아니었어.'

거의 다 알았다고 생각했건만 그조차 일부에 불과했다.

경이로운 초월자가 다가와 손끝으로 지오의 머리칼을 넘긴다. 이렇게 가까운데…… 또 이렇게나 멀었다.

【약속은 지킬 터이니 염려 말고. 헤어질 시간인데, 남길 말은?】

백색 성계에 홀로 선 잿빛.

위대한 별.

전지한 허공록의 전능한 주인.

무정한 절대자이자 이름 없는 미지의 계약자이며 또…… 견지오의 유일한 성약성.

많고 많은 이름을 거느린 그였으나 지금 이 순간에는 그저 외로운 한 사람으로만 보였다. 경악할 존재감으로 장악한 이 공간에서조차.

그래서 견지오는 말했다.

"……어디 가지 말고 내 옆에 있어."

【…….】

"언제나."

【……그래, 언제나.】

오래 살아 이득인 점 한 가지는 울고 싶어도, 울지 않는 것에 더 능숙하다는 것이다.

끝말을 곱씹은 그가 느릿하게 고개 숙였다.

정중한 입맞춤이 작은 이마와 눈꺼풀, 콧등을 거쳐 입술 위로 부드럽게 내려앉았다.

조금 전의 격정적인 교감과는 달랐다. 그러니까 이건 '인사'다.

지오는 눈을 감았다.

이윽고, 서서히 그의 감각이 사라져 갔다.

·· ✦ ✳ ✦ ✦ ··

『궁극 성위, '■■■■' 님이 몸을 일으켜 바벨탑을 바라
봅니다.』

끼이이익.

끝없는 심연 속에서 수억 개의 허공 문이 열리고······.

『상급 권리 행사, 확인 중.』

『상위 성계 권한에 의해 '내부 테스트: 인터림'이 강제 조기
종료됩니다.』

·· ✦ ✳ ✦ ✦ ··

회귀자 백도현은 자신이 무의식 세계에 들어와 있음을
아주 빠르게 알아차렸다.

「······드장, 바빌론 길드장!」

「······예.」

「내 말 듣고 있습니까? 아니, 이쪽 말을 제대로 듣고 있긴 한 건가요?」

회귀 전의 기억이다.

백도현은 무표정으로 상대를 바라봤다.

쏘아붙이던 정부 쪽 인사는 그 삭막한 얼굴과 마주하고서야 그가 어제 동료들의 장례를 치렀다는 사실을 기억해 낸 듯했다. 아차 싶은 기색이더니 주저하며 말을 잇는다.

「후우…… 집중 좀 하세요. 심정은 이해하지만, 모두가 힘든 시기 아닙니까?」

「주의하죠.」

입이 제멋대로 움직였다.

이 무의식 세계에서 몸은 뜻대로 통제할 수 없는 모양이다. 백도현은 정면을 바라봤다.

여러 얼굴이 떠올라 있는 화상 회의. 익숙한 센터의 지하 회의실이었다.

원래는 정부 측에서 은밀하게 쓰던 공간이었으나 협회 및 길드가 더 이상 제구실을 못 하게 되자 한곳으로 응집하게 됐다.

「아무튼, 동부 전선 쪽이 시끄럽습니다. 임시로 북쪽에서 해타가 내려와 틀어막고 있다지만, 북부도 아슬아슬하긴 마찬가지 아닙니까.」

「자리를 잡아 가는 과정이겠죠. 큰일 치른 지 얼마 되지 않아서 그렇지, 바빌론도 차차 수습해 나갈 겁니다. 그렇죠? 허허.」

「하, 임시 길드장이 서울에 있는데 무슨 수로요? 남은 길드원들도 지휘 체계가 잡혀야 수습을 하든 말든 할 거 아닙니까? 백도현 헌터부터 당장 내려보내는 게 맞습니다!」

「거 소리 지르지 마세요! 그럼 수도는 어쩌고, 이 사람아! 전사한 김시균 팀장 자리는 누가 채우나! 당신이 채울 거야?」

「수도에는 아직 은사자가 있잖습니까! 북쪽에서 동쪽까지 내려와 막으면, 두 전선 모두 한꺼번에 무너집니다!」

「이 사람이…… 다 죽고 사라진 은사자에 누가 남아 있다고! 수도가 무너지면, 국가도 무너집니다. 예? 내가 이런 기본적인 것까지 일일이 설명해야겠어요? 쯔쯔.」

나이 먹은 의원들이 보란 듯이 크게 고개를 내젓는다. 저래서 경험 없는 애들은 안 된다느니, 혀를 차면서.

열심히 반박하던 관리국 소속 요원이 욕설을 뱉으며 화면에서 사라졌다. 답이 안 보인다는 그 표정은 백도현도 익히 아는 종류였다.

'언제부터 이따위로 되었더라……?'

투명한 정부, 정의로운 정치 등등. 꿈꾸던 이상은 아닐지라도 봐 줄 만큼은 기능하던 국가는 정말 압도적인 힘에 의해 억지되었을 뿐인 모양이다.

'그녀'가 사라진 후로, 나라는 빠르게 안에서부터 곪아 갔다.

죠의 정체가 강제로 밝혀진 뒤…… 어린것이 큰 힘을 얻어 안하무인이다, 중요한 걸 모른다 덮어두고 맹비난하던 여론도 뒤늦게 후회하기 바빴으니 오죽할까.

장내의 목소리들이 점점 커지고 있었다. 백도현은 참을 수 없어 일어났다.

「의미 없는 논의는 이쯤 하시죠. 어차피 돌아갈 생각이었습니다. 동부 전선으로.」

「어, 왔어?」

「늦어서 죄송합니다.」

「아냐. 서울에서도 일 많았잖아. 꼰대들 안 봐도 뻔하지. 고생했어, 루키. 피곤할 텐데 바로 투입이야?」

길드에 들어온 지도 한참이 지났지만, 도미를 비롯한 길드원들은 아직도 그를 '루키'라 불렀다.

「왜 혼자 계세요, 누님. 세종 형은 어디 가고요?」

「그 페인을 뭐 하러 찾아. 어디 가서 또 술 퍼마시면서 영 보스 타령이나 하고 있겠지.」

21세기 최고의 킹 메이커, 〈바빌론〉의 '장자방'이라 불리던 그 사세종도 충성하던 리더의 부재 앞에선 멀쩡하지 못했다.

죽었는지 살았는지 모를 견지록의 행방을 파고들며 허송세월할 뿐.

쓸쓸히 웃음 짓는 백도현을 보고 도미가 화제를 돌렸다.

「컨디션 괜찮으면 좀 도와줄래? 태풍 때문에 유속이 빨라져서 오늘따라 시신 수습하기가 더 힘드네.」

「어제 오전에 게이트 폐쇄했다고 들었는데, 아직도 다 못 찾은 거예요?」

「그게, 이쯤 찾았으면 원래 유실로 분류해야 맞지만…… 전사자가 그렇게 떠나보내면 안 되는 애라서.」

「누구길래?」

「어…… 못 들었어?」

관자놀이를 지그시 누르며 도미가 돌아봤다. 흐리게 웃는다.

「개같아. '고요한 밤'…… 나조연.」

기분이 이상했다.

현재의 인연을 과거의 죽은 모습으로 만나다니.

엊그제 나조연도 그렇고, 오늘도 마찬가지다. 백도현은 TV 화면을 넋 놓고 바라봤다.

『각성자 관리국, 아우터 게이트 오픈 9시간 만에 한반도 북부 전선 전멸 확인. "길드 〈해타〉 생존자 없어"』

『각국 길드장들 "세계 협회발 국제 연합 재소집, 거부는 않겠지만 회의적"』

나조연을 비롯한 저들은 순수하게 그의 동료라 보긴 어렵지만, 모두 한 사람을 통해 이어져 온 관계들이었다. 그러니 넓은 의미로는 동료라고 칭해도 무방할 것이다.

백도현은 두통이 일기 시작한 머리를 감싸 쥐었다.

'대체 언제 끝나는 거지, 이 과거 회상은?'

쾅—!

거센 문소리에 백도현은 천천히 고개를 들었다. 도미가 서 있다. 까무룩 죽은 사람 같은 낯. 백도현이 아는 표정이다.

'오늘 날짜가 그러니까…….'

「……흐, 흐윽.」

「…….」

「사, 사, 사세종, 그 멍청…… 그 멍청이가……!」

부길드장이 자살한 그날이 맞나 보다.

비통에 젖은 울음소리를 들으며 백도현은 꽉 눈을 감았다.

[입장 자격을 확인 중입니다. Loading…….]

[승인 완료 – 각성자(B)]

[랭커 확인 – 2위 '심판의 검' 백도현]

[97th 플로어. 구간 '연옥'에 입장하셨습니다.]

아직 기능을 상실하지 않은 것은 한국의 바벨탑뿐.

남은 희망 또한 소문의 99층이 유일했다.

누군가 '파수꾼'에게 들은 바에 의하면 바벨탑의 99층에 도달할 시 포상으로 어떤 [시계]가 나온단다.

장르물에 익숙한 한국인이 그 뜻을 못 알아들을 리 없었다. 혹시 시간을 돌릴 수 있는 게 아니냐, 하는 추측이 무섭게 번져 나갔다.

지푸라기라도 잡아야 하는 때였다.

바닥난 국내 전력을 닥치는 대로 긁어모아 97층, 연옥에 도전했다. 백도현도 그중 한 명이었다.

95층부터 99층까지 이어지는 탑의 '연옥' 구간.

97층에선 전력 대다수와 도미를 비롯한 길드원들을 잃었다.

98층에선 한국의 마지막 불꽃이었던 황혼이 적과 함께 공멸했다.

셀 수 없는 희생과 아까운 목숨들을 딛고 올라온 99층.

무너지지 않은 것은 오로지 어떤 오기 때문이었다.

'이건 환상이야, 기억일 뿐이다……'

백도현은 끊임없이 되뇌었다.

전부 지나간 일이다. 나는 지금 50층 인터림에 있고, 이건 그 과정에 불과하다.

「이것들은 전부 지난……」

「……전 괜찮아요. 오빠가 쓰세요.」

「……아냐, 이건 다 환상-」

「운이 좋아 여기까지 온 거지, 사실 제 실력으로 온 게 아니잖아요. 저 같은 어린애가 돌아가 봤자 뭘 어쩌겠어요? 어떻게 봐도 저보다 오빠가 쓰는 게 맞아요.」

「…….」

「제 역할은 여기까지예요.」

99층에서 마침내 발견한 회중시계의 발동 조건은 [한 사람분의 목숨]이었다.

그에게 시계를 건네는 아이는 일행이 목숨 걸고 지켰던 정령사였다. 뭣 같은 세상이지만, 이 어린아이만큼은 꼭 살려서 보내자고.

예컨대, 그들이 아직 '인간'이라는 증거…….

'아, 안 돼. 안 돼…… 제발, 그만해!'

콰직!

「……더, 도, 도움이 못 돼서…… 죄, 죄송…….」

「…….」

어린 생명은 쉽게 사그라졌다.

작은 몸에서 흐른 피가 회중시계를 적신다. 백도현은 침착하게 주워 들어 최후의 제단으로 걸어갔다. 걸음마다 핏물이 묻어났다.

정면을 보는 눈은 공허했다.

천문이 열린다. 별들의 시선이 느껴졌다. 그중 가장 강렬한 것은 이 시계의 주인.

백도현은 들끓는 감정으로 불렀다.

「약속을 이행해, ……'카이로스'.」

시간선이 돌아간다.

강하게 옭아맨 성약성과의 연결이 희미해졌다.

백도현은 안도의 숨을 내뱉었다. 다 끝이야. 이걸로 악몽은 전부 끝났다.

'이제 눈을 뜨면 지오 씨가 있고…….'

모든 것은 제자리로 돌아가 있을 것이다.

키도를 찾는 일은 아직 진척이 더뎠지만, 지오만 있으면 괜찮다.

이 세계도, 그를 둘러싼 것들도, 또…… 그 자신도 망가지는 일은 절대 없으리라.

'아.'

눈을 뜨자 한낮의 햇살이 망막을 찔렀다.

눈부셨다.

파릇파릇한 길거리, 평화로운 사람들. 그리고 앞서 걸어가는…… 낯익고 작은 등.

백도현은 아이처럼 환히 미소 지었다.

망설임 없이 걸어가 잡았다. 윤기 나는 단발머리가 익숙한 샴푸 향으로 흔들리고…….

「지……!」

「뭐야.」

「……」

「너 나 알아?」

무생물을 쳐다보는 듯한 시선.

아…….

괜찮다. 익숙하다.

처음 만난 날도, 견지오는 저렇게 그를 쳐다봤으니까. 그런데.

'왜…… 아프지?'

스르륵, 백도현은 멍하니 지오의 손을 놓았다.

도미노처럼 그의 세상이 빠르게 무너져 내리기 시작했다. 급격히 어두워지는 공간에서 그가 기우뚱 균형을 잃는데.

타악!

[씨바. 알지 왜 몰라. 쟤 누군데?]

「……」

[야, 백도현. 정신 안 차려?]

"……형! 현이 형! 정신 들어? 나 알아보겠어?"

테두리가 진한 눈동자. 치켜 올라간 눈썹, 날카로운 눈매.

제 시야로 들어온 것들을 하나하나 인지해 나가던 백도현이 중얼거렸다.

"……견지록?"

"아. 됐네. 정신 들었네. 그럼 팔자 좋게 그만 누워 있고 일어나요. 사람들 깨우려면 나 혼자 벅차."

견지록은 백도현의 뺨을 두들기던 손을 몰래 뒤로 감추며 일어났다. 그러게 누가 불러도 안 일어나래?

"어떻게 된 거야? 아, 뺨은 왜 이렇게 얼얼해……."

"……그을쎄? 일어나 보니 광장이던데. 뭐, 다 끝난 거지. 저것만 봐도."

고갯짓으로 슥 가리킨다. 백도현도 따라 위를 올려다봤다.

은하수가 흐르고 있는 광장의 높은 천장. 그 아래로 반투명한 글자들이 떠올라 있었다.

《바벨 네트워크, 로컬 채널 '국가 대한민국'

디렉터 최종 선발 완료》

《바벨탑 대한민국 디렉터 ― 홍해야(E)》

[디렉터가 관리자로부터 부분 권한을 인계받는 중입니다.

이 프로세스를 수행하는 데에는 약간의 시간이 소요될 수 있습니다.]

[작업 완료까지 남은 시간: ??분]

'정말 다 끝났구나.'

홍해야가 근처에 보이지 않는 것도 저 탓인 듯했다. 백도현은 일어나 주변을 둘러봤다.

광장 바닥 곳곳에 쓰러져 누운 사람들. 몇몇은 악몽을 꾸듯 인상을 찡그리고 있지만, 심각할 정도로 괴로워 보이진 않았다.

아마 그가 겪었던 것과 비슷한 과정을 거치고 있겠지.

백도현은 손목을 매만져 봤다. 깨어나기 직전 붙잡혔던 촉감이 아직 남아 있었다.

'그러고 보니 지오 씨는⋯⋯.'

"아 씨발. 왜 안 일어나. 어이. 조폭 새끼, 당장 안 일어나? 잠은 죽어서 자든가, 너희 집 가서 자라고."

퍽, 퍽. 가차 없이 황혼의 옆구리를 발로 까는 견지록.

백도현은 저도 모르게 뺨을 매만졌다. 이 통증의 원인이 뭔지 깨달은 기분⋯⋯ 아니, 그보다. 난 '저걸' 왜 지금 발견했지?

"리더⋯⋯ 너 그."

"⋯⋯? 왜요."

반항적으로 쏘아보는 눈빛.

물론 쟤가 무슨 억하심정이 있어서 남을 저렇게 보는 게 아님을 그는 알지만…….

'다 큰 누나를 새끼 캥거루처럼 품에 들고 있는 주제에 쏠 눈빛은 아니지 않나?'

고목나무의 매미처럼 알기 쉬운 비유를 놔두고 굳이 새끼 캥거루에 갖다 댄 것은 정말 견지록이 지오를 그렇게 안고 있기 때문이었다. 무슨 배낭을 앞으로 메듯…….

대체 왜 저렇게 메고 있는 거지? 태아에게 심장 소리 들려주는 것도 아니고, 누가 뭐 훔쳐 가나?

"무슨 문제라도?"

'안 뺏어 가, 이 시스콤아…….'

물론 웬 악귀 같은 놈이 발목 채 가는 것을 눈앞에서 목격하고, 이어 또 성위한테 납치당해 사라졌기 때문에 몹시 예민해진 것뿐이었지만. 유난스러운 남매 관계를 정상인이 이해할 리 만무했다.

백도현이 상식인답게 지적할까, 말까 고민하는 사이.

"으음……."

"……!"

백도현은 소리 없이 경악했다.

어미처럼 싸고돌 때는 언제고, 지오가 깨어날 기미가 보이자마자 내팽개치듯 바닥으로 던지는 남동생의 잔인함에.

"아, 아 씨이. 모, 모야! 대가리 왤케 아파!"

"누나. 괜찮아? 나 알아보겠어?"

"어? 어어! 아우, 대가리야. 내 똑똑하고 소중한 대가리…… 뒤에 혹 난 거 같은데?"

"뭔 소리야. 너 원래 그렇게 생겼어."

'이 자식아, 둘 중 하나만 해라…… 시스콤이든가, 현실 남매든가…….'

짧은 소란이 일단락되고, 5분 정도 흐르자 광장 안의 전원이 깨어났다.

중간에 자신을 깨운 지오를 보자마자 나조연이 엉엉 울고, 최다윗이 식은땀을 줄줄 흘리며 횡설수설하는 해프닝이 있긴 했지만…… 잘못된 이는 없어 보인다.

물론 어색함까진 어쩌지 못했지만 말이다.

"저, 그러니까……."

어정쩡하게 선 이태엽이 머뭇거렸다. 속으로는 소시민적 비명을 내지르면서.

'제발 깨어났을 땐 혼자 있길 바랐는데, 왜 다들 모여 있냐고……!'

청희도는 계산을 끝냈다. 속으로는 제가 친 사고에 바들바들 떨면서.

"기억이…… 기억이 나지 않습니다. 49층에서 대체 무슨 일이 있었죠?"

황혼은 일단 얼굴부터 가렸다. 속으로는 고백 멘트를 정리하면서.

'나, 나갈 때다. 마! 쫄지 마, 사나이 아니가! 나갈 때 저 가스나만 살짝 따로 불러내는 거다. 쫄지 마!'

권계나는 그냥 인사했다. 밝게.

"안녕하십니까! 함께 공략해서 영광이었습니다!"

"아, 어어."

"저는 센터 긴급대응반 구조진압 1팀 소속 요원 권계나라고 합니다. ……'죠'!"

'부, 부르지 마아아악.'

모른 척하고 싶은 소시민들이 속으로 비명을 지르든 말든. 공무원에게 대접받는 게 익숙한 킹지오도 윗사람 모드 장착을 끝내고 거만하게 손을 내밀었다.

"허허. 그래요. 노고가 많아요."

"영광입니다!"

"거기 콩트 그만 찍고, 나가죠. 바깥도 시간이 꽤 흘렀을 텐데……. 급하게 들어왔으니 확인해야 할 것도 많고."

다가와 지오의 후드를 씌우며 견지록이 말했다. 알아서 입단속들 철저히 하라는 눈빛도 잊지 않고 쏘아 주면서.

"아! 맞네, 나도 새대가리한테 빨리 연락해야 해! 그 꼴통 성격에 아직 그 레스토랑 앞에서 죽치고 있을지도 모른다고!"

"다윗 님! 뛰지 마세요! 아직 상처 치료 다 못 했는데!"

"괜춘, 괜춘! 나 먼저 간다! 나머지는 챗하서!"

허공에 손가락 두드리는 시늉을 하며 최다윗이 문 쪽으로 후다닥 달려 나갔다. 한꺼번에 나가는 게 좋다며 견지록이 말리려는 찰나.

[잠시만 기다려 주세요.]

[시간을 최적화 중입니다. 작업이 완료될 때까지 탑을 나가지 말고 기다려 주세요.]

[변경된 정보가 많을 경우, 최대 10분 이상이 소요될 수 있습니다. ……72%]

"시간 최적화……?"

안팎으로 시간 흐름이 다른 바벨탑.

시나리오 진행 안에서는 시간이 얼마나 흐르든 상관없지만, 이렇게 최적화 알림이 뜨는 경우는 딱 한 가지뿐이었다.

바깥세상의 시간이 최소 사흘 이상 지난 것.

지오의 표정이 굳었다. 예감이 좋지 않았다.

놀라 멈칫하는 사람들을 뒤로하고 문밖으로 나섰다. 그러자…….

"이게 뭐야……."

달려온 최다윗이 옆에서 황망한 얼굴로 중얼거렸다. 견

지오는 가라앉은 눈빛으로 정면의 광경을 응시했다.

불타오르고 있는 '서울'을.

·· ✦ ✳ ✦ ✳ ✦ ··

"그, 금금! 금희야! 어쩌지? 우리 갇힌 거 같은데!"

"저기요! 살려 주세요! 여기 사람 있어요! 어, 엄마! 엄마아─!"

울부짖는 친구들, 암담한 공기. 밀폐된 공간.

꽈악. 견금희는 주먹을 쥐었다. 잘 가다듬은 손톱이 손바닥을 매섭게 파고들었다.

'언니……'

·· ✦ ✳ ✦ ✳ ✦ ··

타악!

흑색 말이 앞으로 넘어간다.

매끈하고 굴곡진 원기둥에 화려한 십자가의 왕관을 올려 쓴…… 판 위의 가장 중요한 패.

키도는 부드럽게 웃었다.

"체크, 메이트……"

사인선사마 금적선금왕

射人先射馬 擒賊先擒王

사람을 잡으려거든
말을 먼저 쏘아 쓰러트리고,
적을 사로잡으려거든
먼저 왕을 잡으라.

10장
사자는 죽어서 사람을 남기고, 사람은 남아서 역사가 된다

1

'죠'의 《제로베이스》 입장 이후 14시간 경과.

빈집 위기설은 쥐도 새도 모르게 잦아들었다. 한국인
들은 내가 언제 나라 걱정을 했냐는 듯, 개운한 얼굴로 각
자 일상을 영위해 갔다.

"김 대리, 어제 봤어?"

"프리미어 리그요? 왜요, 우리나라 애가 또 골 넣었대요?"

"아니, 그거 말고. 제로베이스인가, 그거 말이야! 하하하."

"아아! 에이, 차장님! 그건 봤냐고 물어보시면 안 되죠.

전 국민이 같이 봤는데! 캬, 랭크 1위 딱 뜨는데 가슴이 막 웅장해져 가지고! 바벨토토 확 질러 버렸다 아닙니까.”

“아니, 자네도?”

“차장님도요?”

“당연하지. 난 공략까지 하루 걸었다네.”

“에이, 너무 소심하셨습니다. 우리 왕중왕이 갔는데! 저는 15시간! 이제 딱 1시간 남았네요. 이거 두근두근합니다.”

어딜 가나 떠들썩한 웃음소리가 가득했다.

표정은 밝고, 삶은 활기차다. 요지경 시대에 세상에서 가장 강한 강자를 소유한 국민의 특권이라 봐도 무방했다.

위험 요소가 해소되었다는 판단이 들자 코스피는 연일 치솟았고, 한국 사태를 주의 깊게 주시하던 각국의 전문가들도 앞다투어 밝은 전망을 내놓기 바빴다.

전부 단 한 사람의 합류로 이루어진 일이었다.

불패의 마술사왕.

그 위대한 이름 앞에, 불행한 미래란 절대 드리우지 않을 듯했으니까.

하여 일말의 걱정은 전부…… 더 많은 것을 보고, 더 많이 생각해야만 하는 자들의 몫으로.

“나라가 참 밝네, 보기 좋아라. 이런 것도 국민성의 일환으로 봐야 하나? 쉽게 달아오르고, 쉽게 꺼지고.”

“보이는 것이 애당초 부분적인데 그들 탓을 하는 것도

우스운 일이지. 자국민들을 비웃어 봤자 네 얼굴에 침 뱉기일 뿐이다, 길가온."

"……네. 도덕경의 화신 앞에서 내가 못 할 말을 뱉었습니다."

"음. 그 말엔 오류가 있다. 엄밀히 구분하면 해타는 불가에 속한 종파 중 하나로서-"

"아, 신이시여. 제발 말려 줄 생각은 없어?"

거기서 구경만 할 게 아니라요. 정길가온의 투덜거림에 읽던 신문에서 시선을 떼지 않은 채 범이 응수했다.

"명경지수明鏡止水. 흔들리지 않는 수면을 들여다볼 때 더러운 마음도 씻겨 나가는 법이지."

"부대표님? 그 말은 지금 내가 더러운 마음의 소유자라는, 나를 향한 계획적 인신공격으로 받아들여도 될까?"

"마음대로. 길드 법무팀이 바쁘지 않아야 할 텐데."

"……하?"

정길가온이 기막힌다는 얼굴로 그를 돌아봤다.

나름 농담이었는데 먹히지 않은 모양이다. 범은 조금도 티 나지 않는 멋쩍음을 감추며 벨을 눌렀다. 하얀새의 찻잔이 비어 있었다.

"고맙다. 차향이 훌륭하군."

"원한다면 갈 때 챙겨 가도 상관없는데."

"그래도 괜찮겠나? 사양하지 않지. 여름이 찾아올 이

즈음이면 원래 대호법께서 이것저것 챙겨 보내 주시곤 했는데, 이제는 불가능해졌으니 말이야."

"……아."

"내겐 어머니 같은 분이셨지. 물론 어머니에 대한 기억은 전혀 없지만."

"……."

"……."

표정 없는 얼굴로 숨 쉴 때마다 사연을 뱉어 내는 하얀새 비극 자판기.

더 있으면 소녀 가장급 에피소드가 쏟아질 것 같아 정길가온은 황급히 화제를 돌렸다.

"그보다…… '비상 상황에 대비하고, 외부 경계를 늦추지 말라'니. 어떻게 받아들여야 하지, 이거? 혼자만 뭘 알고 계시길래."

바벨의 농간인지 행패인지, 국내 S급들이 모조리 탑 안으로 차출당한 현 상황. 거기다가 최강자인 죠까지 들어간 지금, 사실상 대한민국은 빈집이라 해도 좋았다.

물론 빈집을 빈집처럼 보이지 않도록 만드는 것이 집안을 받드는 기둥들의 몫이겠지만.

'군자' 하얀새.

'배우' 정길가온.

와병 중인 '노장' 은석원을 대신해 그의 후계자 범까지.

대한민국 빅3는 누가 따로 말하지도 않았는데도 〈은사자〉 길드에 모여 회동을 갖는 중이었다.

산뜻한 미색 정장 차림의 정길가온이 앞머리를 쓸어 넘긴다. 미소 짓는 낮과 반대로 손길엔 약간의 예민함이 섞여 있었다.

셋 중에선 사람 상대하는 일이 가장 많은 그인 만큼 이해가 가지 않는 것도 아니다. 오죽 시달렸겠나?

"어디 해석 좀 해 보라고. 가까운 측근이시잖아?"

"음. 문자 그대로 이해하면 될 듯하다. 아무래도 죠는 다정한 성격답게 우리가 걱정되어 남긴 말인 듯하니─"

"……아니, 아니. 잠까안! 잠깐! 언제부터 하얀새 씨가 죠의 측근이셨는데? 나만 지금 알았나?"

놀라 책상을 탕탕 내려치는 정길가온의 반응에 범이 느릿하니 입가를 문질렀다. 이봐.

"나도 지금 당황하는 중인 거 안 보이나?"

두 남자의 소란에 하얀새는 불쾌해져 미간을 살짝 좁혔다. 그녀는 최근(열흘 전)에 지오와 만났던 자신이 가까운 측근이라 믿어 의심치 않았다…….

"논지를 계속 벗어나는데. 가능하다면 한 번에 하나의 주제에만 집중해 주게. 길가온 그대 스타일이 요란한 것은 익히 알고 있으나 정신 사납군."

"……."

'격침당했는데…….'

손바닥으로 얼굴을 덮은 정길가온. 힐긋 그를 일별한 범이 담담하게 대화를 이었다.

"월계 홍가 피습으로 외부 세력이 국내를 노린다는 건 이제 명백해졌지."

"아니, 내 말은-"

"물론 정 이사 당신이 궁금한 건 이런 쪽이 아니겠지만, 더 깊이 들어갈 필요는 없어 보이는데. 죠는 적이 아니잖나."

"……."

"바벨과 무슨 관계가 있다거나, 그렇게 음모론적으로 생각할 것 없어. 당신 성격만큼 꼬아서 생각할 것도 없고."

자칭 측근 하얀새의 판단이 웃기긴 해도, 어떤 면에서 보면 정확했다. 그냥 문자 그대로 보면 된다.

범은 눈을 내리깔아 마술사용 각련에 불을 붙였다. 희 끄무레한 보랏빛 연기가 실내에 퍼진다.

"그 애는…… 보기보다 더 단순하거든."

"……."

"아니면. 혹 '다른' 이유라도 있나? 이사의 예민함에."

되돌아오는 답이 없어 그대로 정적이 드리운다.

타들어 가는 담뱃불. 하얀새가 차를 음미하는 소리. 창 너머의 도시 소음…….

고개를 젖혀 가만히 그 소리들을 듣던 정길가온이 소

파에 묻었던 몸을 일으켰다. 으차.

"잡생각 끝."

"……"

"요즘 감기 기운이 있더니…… 몸이 피곤하면 사고 회로가 부정적으로 돈다니까. '느낌'이 안 좋지만, 오케이. 이번은 전우이자 친우들의 고견을 따르지요."

테이블 위에 놓아둔 차 키를 집어 들며 그는 담백하게 손을 흔들었다.

"일단 해외로 돌려 뒀던 애들은 최대한 빨리 복귀시킬게. 나머지는 차차 조정하고, 그 정도면 되겠지?"

결정했으면 미련은 없다. 그다운 깔끔함이었다.

창가에 선 범은 떠나는 정길가온의 뒷모습을 유심히 바라보았다. 생각이 길어졌다.

"왜 그러나?"

"옛 생각이 나서."

"옛 생각?"

"김시균의 추천으로 센터로부터 공조 요청받았던 날. 수락할지 말지 잠깐 망설였었거든."

어떤 모임의 중간이었다.

랭커들이 적잖이 참석했던 그날의 모임처럼, '악몽의 3월' 여파로 길드는 눈 돌릴 새 없이 바빴고, 신경 쓸 일도 차고 넘쳤다.

거절하는 쪽으로 거의 마음이 기울던 찰나.

센터의 연락을 끊고 담배 한 대를 태우던 그에게 요즘 제일 전도유망하다는 대학생 헌터가 다가와 불쑥 말 걸었다.

「귀주. 오지랖인 거 아는데 그쪽 지금 할까 말까, 고민 중인 거 있죠? 그거. 웬만하면 그냥 하지 그래요?」

「……뭘 안다고 떠드나?」

「글쎄. 내가 이런 쪽으론 감이 워낙 좋아서. 타고났거든요.」

"평소라면 무시했을 텐데, 그날따라 왠지 그러고 싶지 않더군."

그리고.

"차의 방향을 돌려 찾아갔던 바로 그날 거기서…… 그 애와 만났지."

누굴 말하는지 깨달은 하얀새가 침묵한다. 범은 필터까지 타들어 간 연초를 비벼 껐다.

약간 골이 아파 오지만, 어쩌겠나. 지금 시점에서 대비할 수 있는 것은 모두 했다.

이번에는 정길가온의 타고난 감이 틀리기를 바랄 뿐이었다.

그리고 결론만 말하면……

탁월한 '알파'의 감은 이번에도 틀리지 않았다.

[로컬 채널의 보안 단계가 낮습니다. 주의 바랍니다.]
[방화벽의 현재 보안 단계가 낮습니다. (3단계 일반 관리 국가: 위험도 높음) 주의 바랍니다!]
[Warning! Warning! Warning!]

웨에에에에엥-!

[서든 게이트 발생, 게이트 발생]
[돌발 균열이 발생하였습니다. 주변 시민들은 신속히 해당 지역에서 벗어나 안전한 곳으로 대피하여 주시기 바랍니다.]

"코드 원! 구조 출동! 구조 출동, 더 빨리 움직여! 3팀이 현장 통제, 5팀에서 서포트한다. 서둘러!"

"선배! 게이트 로케이션은요?"

긴급 상황 발생 시, 상황실에서 실시간으로 출동 위치를 찍어 준다. 구조진압 3팀장은 대수롭지 않게 스크린을 체크했다.

"K대 앞! 아까 보니까 여기서 거리는 별로 안 멀……자, 잠깐! 이, 이게 뭔……?"

당황한 그의 목소리에 돌아본 지원팀장도 그대로 굳었다. 저게 뭐야……?

"이게 무슨……!"

게이트 위치를 의미하는 푸른색 불.

스크린의 녹색 배경이 가려 희미해질 만큼, 화면이 동시다발적인 푸른색으로 깜빡이고 있었다. 다시 말해, 상황 발생 위치는 이제…….

서울특별시 전체였다.

단 하루에만 게이트 8개.

마술사왕의 데뷔로 인해 국가 단계가 격상된 이래 역대 최다 기록이었다. 1~2급의 출현이 없어 최악은 면했지만, 앞으로의 가능성까진 장담 불가했다.

각계 전문가들은 이번 사태의 뿌리가 전부 [씨앗 게이트]라는 것에 초점을 맞췄다. 계획된 테러라는 뜻.

정부는 즉시 데프콘 3에 준하는 방어 태세를 갖췄다.

그러나 이튿날, 불행히도 사태는 더욱 악화됐다.

열린 게이트의 숫자는 전날보다 줄었지만, 문제는 장소.

〈해태〉의 설악산, 〈D.I.〉의 삼성역.

그리고…… 광화문.

본진인 광화문에서 일어난 비극에 길드 〈은사자〉의 주

요 전력 대다수가 그곳으로 달려간 것은 너무나 당연한 일이었다.

"……사, 사자야! 고, 광화문으로 간 애들을 다, 당장 부, 불러…… 불러올게, 그니까!"

"되었다네."

"대표, 흐윽, 대표님……!"

"울지 마라. 다 좋게 끝났는데 어찌 우나?"

그러나 숨죽인 흐느낌들은 잦아들 새 없이 길어졌다.

은석원은 흐릿한 쓴웃음을 흘렸다.

조용히 머리 위 하늘을 올려다보자 유난히도 날이 맑다. 대낮에 뜬 북극성이 손에 닿을 듯 가까웠다.

"쿨럭……!"

하아…….

붉은 바다로 내려앉는 노장의 숨이 홀로 희었다.

가진 것 하나 없이 단지 몸뚱어리 하나로 시작한 삶.

그는 그저 저 별들을 지표 삼아 어둡고 캄캄한 길을 걷고 또 걸어왔다.

하루는 외로웠고, 다음 하루도 쓸쓸하였으나…… 또 어떤 하루는 모질지 않고 그에게 다정했기에 멈추지 않고 걸을 수 있었다.

그 과정에서 운 좋게 버려진 것들을, 외로운 것들을, 아픈 것들을 알아볼 눈도 얻었다.

돌이켜 보면, 빈손으로 온 주제에 참으로 많은 것을 얻어 오지 않았나?

외로웠으나 외로웠다고 결코 투덜거릴 수만도 없는 생이었다.

【석원이, 쉬시게. 그간 고생하였네…….】

은석원은 웃었다.

"상제께서…… 마중을 나오시려나……."

그래도 마지막은 사랑하는 가족들 곁에서 보내고 싶었는데, 하늘도 무심하시지.

'내 사랑하는 손녀는 안 그래 보여도 속이 꽤 여리건만…….'

투욱…….

쏟아지는 별빛 아래 고개 숙인 사람들 사이로 피의 강이 흘렀다. 사자들이 무너져 오열했다.

노장…… 그리고 사자獅子.

20××년 5월.

성북동 근처 초등학교.

2급 돌발 균열에 맞서, 생애 최후의 불꽃으로 어린 목숨들을 무사히 지켜 내고…….

최초 1세대 사냥꾼 은석원,

전사戰死.

[베스트] ▶◀ 실시간 바벨 로컬랭킹 TOP10

추천 7545 반대 2 (+30811)

....

- 삼가 고인의 명복을 빕니다

- RIP 대한민국의 큰 별이 졌네

- 그동안 감사했습니다. 은사자... 절대 잊지 않을게요. 수많은 생명
  을 위해 싸우셨던만큼 하늘에서는 더 대접받고 편히 쉬시길...

- 죠 밑에 은석원 말고 다른 이름 있으니까 기분 넘 이상하네ㅜ
ㅜ 나만 그래?

  └ 누구나ㅎ,,, 나 얼마전에 랭킹에서 홍고야님 사라졌을 때도
    비슷한 기분이엇음,,,ㅠ

- 아 이제 콩드립은 누구한테 하냐ㅋㅋ 하얀새?

  └ 미친 새끼야 이 상황에 드립 생각이 남??ㅅㅂ인성

  └ 아니;; 나도 슬퍼서 한 소리인데 급발진 오지네; ——; 호옥
    시 은사자 소속이심?ㅎㅎ

  └ 슬퍼서 한 소리인데ㅇㅈㄹ 슬픈 새끼가 ㅋㅋ이러고 있냐 꺼
    져 빙신아 아이피 따기 전에

  └ 아ㅋㅋ 무서워서 먼말을 못하겠네 유난ㄷㄷㄷ

- 아니 근데 게이트 2급이었다며 3월 악몽때 1급 게이트도 무찌

른 분 아니셨나? 근데 왜... 솔직히 이거 나만 의심스러운가? 음모론 제기돼도 ㅆㅇㅈ

└ 고인 모독 그만해라.

└ 1급 게이트 무찌름(x) 1급 게이트를 은사자들이 닫음(o) 그때 사건으로 애꾸눈 되신 건데 뭔 소리하는거야 1급 게이트가 만만해?

└ 애초에 전세계에서 1급 게이트 단독으로 막아낸거 쵸랑 티모시밖에 없음 티모시는 이지스 버프도 무지하게 받았고

└ 야ㅠㅠ 은사자 4월부턴가 건강 안 좋아지셔서 요양 중이셨는데 저택 근처에서 서든게이트 터진 거 외면 못하고 어쩔 수 없이 싸우다가 가신 거야 모르면 좀 찾아봐.. 후속 기사도 엄청 떴는데 에휴

└ 난 이런 새끼들이 제일 짜증나 평소엔 관심도 없었으면서 음모론이다 뭐다 신나가지고 우웩

└ 근데 궁금할 수도 있는거 아님? 국내 최강 길드 1인자라는 사람이 대낮 도로변에서 죽었는데

└ ㄹㅇㅋㅋㅋ

└ 시발 이게 진짜 무슨 게임인줄 아나 실제로 죽은 사람이 있는데 전력이니 음모론이니 뇌 빼고 다니지 말라고 ㅂㅅ들아

└ 모르겠으면 걍 따지지말고 냅둬 비극을 왜 이해하려고 해?

└ 팩트: 은사자 주요 전력은 전부 광화문에서 뭣 빠지게 싸우느라 바빴다

└ 팩트2: 고 은석원(1세대) 추정 나이 최소 칠순 이상

- 결론은 범이랑 안치산이 개새끼들이네 자기네 대표가 죽어가
  는데 튀어오지도 않고ㅉㅉ 이래서 머리검은 짐승은 거두는게
  아니지

  └ ??? 같은 댓글 보고잇는거 마즘?

  └ 저기요;;; 죄송한데 진짜 어디 아프신 거 아니에요??

  └ 아니 실화야? 광화문에서 느그 한국인들 목숨 구하느라 아
    버지 같은 분 임종도 못 지킨 헌터들한테 wow~~^^;

- 여러분티모시가죽일놈입니다동맹국이이지경인데코빼기도
  안비추고이래서서양놈들은애당초상종말어야하는데죠는지
  금이라도미제의유혹에서벗어나국운을바로세워야한다. <이
  글을 죠가 볼수있도록 널리퍼뜨려주십시오>

  └ 흠 그니까 더이상 여기 댓글에 정상인은 없다는 거지? ㅇㅋ
    접수 완

  └ ㅋㅋㅋㄱㅋㄱㅋㅋㅋㅋㅋ이젠 그냥 웃기다 컨셉 아님?

  └ 미국에서 날마다 터지는 게이트가 몇갠데 티모시가 팔자
    좋게 동맹국 걱정을 해여 님아

  └ 누가 보면 우린 미국 도우러 간 적 있는줄ㅋㅋㅋㅠㅠ

- 근데 진짜 죠랑은 어떻게 되는거? 은사자가 폐하 유일한 측근
  아니었나

  └ 설마 은사자 죽었다고 한국 팽하는 거 아니지 마술사왕형
    누나하느님부처님 제발

└ 측근이든 뭐든 그냥 빨리 무사히 돌아만 왔으면…… 보고 싶습니다 폐하…… 온마음을 다해 진심으로 간절히 진짜 렬루……

- 솔직히 이렇게 빨리 수습 안되는 것도 다 한명 없어서인게 맞는 거 같아서 한탄스러움 이 지경이었냐 언젠 세계 최강국이라며

└ 한탄할거 없음 이게 냉정한 현실ㅇㅇ 마법사가 괜히 사기캐 겠냐 인구랑 건물 바글바글한 현대사회에선 원래 법사가 치트키ㅇㅇ 그리고 죠는 그중에서도 크랙급인데다가 존재 자체가 국민들 정신 안정제나 마찬가지라서 글치

└ 국뽕충이라고 죠뽕들 깐 거 반성합니다

- 갓이 떠나고나서야 더 갓인줄 알았습니다 킹갓죠 돌아오소서

- 탑에서 정말 무슨 일 난 건 아니겠죠? 애들 학교도 못보내겠고 남편은 출근했는데 불안해서 미치겠어요 빨리 돌아왔으면 좋겠는데ㅐ

- 근데 ㄹㅇ 49층 종소리가 울린지가 언젠데 아직 안나오는거 보면 흠;;ㅠㅠ

└ 학생 글내려 눈치 챙겨ㅅㅂ

└ 아직 6시간도 안 지났어 ~묵묵~하셈

- 마술사왕 제로베이스 보내야한다고 뇌절친 놈들 누구야 아직 살아 있냐?

└ (기사 캡쳐)[국민 절반이 죠의 참가 원했다!《선택! 바벨9》방 송가도 경악한 역대 최다 1090만 문자 투표… 최고 시청

    률은 47.2%]

    └ 살아 있겠네…

　『국내 최대 커뮤니티 '바벨 코리아'의 반응인데요. 보시
다시피 네티즌들도 비슷합니다. 고인을 추모하는 것도 잠
시, 다들 불안에 떨며 왕의 복귀를 바라고 있어요. 어떻게
보십니까?』

　『당연한 반응이죠. 벌써 2급 게이트만 3개. 대형 길드들
의 발 빠른 대처로 큰 피해 없이 진압하긴 했지만…… 일
각에선 서서히 1급 게이트의 출현 가능성도 점치고 있는
지금, 여론은 쉽게 가라앉지 않을 것으로 보이네요.』

　『현 사태를 타개할 계책은 없는 걸까요?』

　『이미 국민들이 다 말하고 있지 않습니까? 하늘에서 뚝
떨어지는 해결책은 없습니다. 계속 했던 얘기의 반복일
뿐. 죠가 무사히 돌아와야죠.』

　『그렇군요…….』

　『물론 많은 분들의 말씀대로 우리는 아마 디렉터라는
게 필요할 겁니다. 처음 보는 '보안 단계 변경 알림'은 그
일환이겠죠. 그러나 당장 닥칠지도 모르는 재앙 앞에서
이 나라가 제일 바라고, 또 제일 간절한 게 뭐겠습니까?』

　전문가는 펼친 손가락을 한 개씩 접었다.

『〈해타〉는 우직하고 강하죠. 〈D.I.〉는 효율적으로 사회를 유지하고, 〈은사자〉는 희생적일 만큼 우리를 지킵니다. 이들은 모두 각자의 방식으로 든든해요. 하지만…….』

남은 손가락은 이제 하나.

그는 사회자와 카메라를 향해 검지를 들어 보였다. 한 명.

『전투가 일어나면 단 한 명의 '사망자' 없이 한국을 지켜 낼 수 있는 것은 여태 그래 왔듯 오로지 하나. 우리의 1위뿐입니다.』

"……개소리."

단 한 명의 사망자도 없이 한국을 지켜 낸 게 아니라 상황이 여태 그럴 수밖에 없도록 굴러간 것이다.

'걔는 늘 혼자서 싸우니까.'

똑, 똑.

"이 어르신이 방해했더냐?"

"아니에요. 들어오세요."

견금희는 서둘러 텔레비전을 껐다. 열린 문틈으로 청의 동자가 고개를 쑥 내밀었다.

"어서 아침 먹으려무나. 잘 챙겨 먹어야 우리 주공만큼

무럭무럭 자랄 것이 아니야! 얼른!"

키는 이미 내가 훨씬 큰데. 견금희는 실소와 함께 동자의 뒤를 따랐다.

주인이 떠난 성북동 저택은 황량하리만치 고요했다.

커튼을 겹겹이 친 복도는 어둡고, 방마다 문은 굳게 닫혀 있다. 늘 들리던 웃음소리는 아무 곳에서도 들려오지 않았다.

전사한 은석원의 장례 형식은 국가장으로 결정 났다.

생전 그의 공로와 국민 여론을 고려한 것으로, 이례적인 결정이었다. 물론 그 날짜는 현 사태가 수습된 다음이겠지만.

"저 혼자 먹어요?"

"인간 녀석들은 모두 은사자 파크나 병원 빈소에 가 있고, 인간 아닌 놈들은 인간식을 즐길 기분이 전혀 아니랍신다."

어쩌겠냐고 청의동자가 어깨를 으쓱했다.

애당초 드나드는 사람이 워낙 한정된 저택이긴 했다.

견금희는 말없이 식사를 시작했다. 다이닝 룸을 꽉 채운 긴 식탁이 유난히도 휑했다. 하지만 이 불편한 이질감이 썩 낯설지는 않다.

이 저택 사람들의 경외 섞인 호의는 전부 한 명의 것이며, 욕심낸다고 가질 수 있는 종류도 아니었으니까.

"우리 엄마는 별일 없대요?"

"매구 녀석이 옆에 찰싹 붙어 있는걸. 고 여우가 그래 보여도 우리 중에선 최강을 다투는 녀석이니 안심해라. 무슨 일이 있어도 대부인을 제 목숨 걸고 지킬 게야."

"걱정한 건 아니었어요. 다 대단한 분들이신 건 한국 설화만 배워도 알거든요."

견금희의 농담에 그러냐고, 청의동자 거구귀가 킬킬 웃었다.

그 역시 완전히 밝은 웃음은 아니다. 로사전에서 가장 유쾌한 축에 드는 그가 저 정도라면 다른 사람들 상태도 얼추 짐작이 갔다.

'괜히 엄마를 다른 곳으로 보낸 게 아니지.'

깨지기 쉬운 계란은 한 바구니에 담지 않는다고 그랬던가? 지키는 자들의 심리가 불안정한 상황에 중요한 인간 둘을 한곳에 모아 둘 리 없었다.

은사자 사망 즉시 박순요는 매구가 붙어 용인으로, 견금희는 성북동 저택으로 거처를 옮겼다.

그게 '범'이 마지막으로 내린 결정이었다.

"궁금한 게 있는데요."

"하려무나."

"어르신이랑 다른 분들은, 그러니까…… 언니와 계약한 존재들인 거죠?"

"우리는 계약이 아니라 권속이 됐다고 표현한다만, 대강 뜻은 비슷하지. 응."

"아……. 아무튼 일신상에 무슨 문제가 생겼다거나, 그러면 바로 알 수 있는 거 맞죠?"

손이 무의식중에 목걸이를 매만졌다. [삼계명]에는 별 이상이 없다 뜨고 있지만, 곧이곧대로 믿기 힘들다.

탑 안에서의 상태는 반영이 늦는다는 설명도 있었고, 뭣보다 49층이 공략되어 종소리가 울린 게 오늘 새벽.

그러나 아침이 된 지금까지도 탑에서 나오는 사람은 없었다.

불안한 그 얼굴을 잠시 보던 거구귀가 쥘부채를 탁탁 접었다.

"저기 범 녀석 꼴만 봐도 모르겠더냐."

"……."

"주인을 잃은 죄수는 이 땅에 붙어 있기조차 버거운 법이야. 이 어르신 사지 멀쩡하고 건강하신 것 좀 봐라, 아해야. 우리의 왕은 아주 멀쩡하시다."

공사다망하셔 약간 늦으실 뿐.

"인간들은 땅만 조금 흔들려도 세상이 무너질 것처럼 법석을 피우지. 불안해할 것 없어. 오늘은 저 흉문도 참 조용하구먼."

거구귀가 말하는 흉문凶門이란 게이트를 말한다.

"그러고 보니 진짜 오늘은 아직 한 번도 안 열렸네요."

"어르신이 볼 때는 바람이 잔잔한 게, 이대로 지나갈 성

싶다. 요즘 말로 해프닝? 뭐 그런 거지."

음…… 네임드 요괴의 말이니 믿어 봐도 나쁘진 않을
것 같다. 견금희는 끄덕이고 일어났다.

"그럼 저도 안심하고 학교 다녀오겠습니다."

"……그놈의 학교란 기관은 당최 쉬는 꼴을 못 보는구
나! 나라가 이 지경인데, 떼잉……."

"게이트 터질 때마다 폐교령을 내릴 순 없잖아요. 국가
기능은 그렇게 쉽게 멈추지 않거든요. 중간고사 기간이기
도 하고."

그리고 학교에는 정부에서 거금 들여 지원한 대보호 결
계가 기본으로 장착되어 있지 않나?

어제 성북동 초등학교처럼 교문 안에서 2급 이상의 게
이트가 터지지 않는 이상, 학교보다 안전한 곳도 드물었
다. 집보다 학교가 안전하다는 우스갯소리가 괜히 나오는
게 아니라는 말씀.

'게다가 혼자서 꼭 확인해 봐야 할 것도 있고…….'

가방을 챙기며 견금희는 어젯밤 불현듯 떠오른 기억을
더듬었다.

「이쪽 '볼일'이야 조금 먼 곳에 따로 있거든…….」

'귀도 마라말디…….'

얼마 전 만났던 그는 분명 이쪽엔 인사차 들렀다고 했다. 볼일은 다른 곳에 따로 있다고.

그리고 각계 모든 전문가들은 입을 모아 현 사태가 계획된 테러라 말하는 중이다. 하지만…….

'정말 내 의심대로 마라말디의 짓일까?'

비밀 많고 도무지 속을 알 수 없는 사내긴 하나, 그 〈이지스〉의 이인자였다. 국제적으로 유명한 랭커로서 인망도 상당히 두텁다. 그런 사람이…….

「내가 가진 감정은 너무나 오래되어 네 것보다 훨씬 짙고, 해로워서……. 악취가 나.」

「…….」

「놀랐니? 모르지 않는 감정일 텐데.」

「나는, 난…….」

쉽게 말을 못 잇는 그녀를 미소와 함께 바라보길 한참. 아름다운 악당은 담백하게 제안했다.

「나와 같이 갈래?」

「……뭐? 미쳤어? 내가 왜!」

「해 본 소리야. '지금'의 너라면 거절할 줄 알았어.」

미련 없는 태도로 물러난 그가 품 안쪽으로 손을 넣었다. 코트 안주머니에서 각진 것을 꺼내 부드럽게 쥐어 준다.

「궁금하거나, 혹은 필요할 때가 있을 거야. 갖고 있어. 적절할 때 연락할 테니.」

"……확인해 보면 될 일이야."
아무것도 적히지 않은 무색의 명함 한 장.
견금희는 그것을 빤히 보다가 교복 주머니 안에 집어넣었다.

서울 서쪽, 세×란스 병원.

국가장을 위해 국회 의사당 앞마당으로 이전하기 전까지 은석원의 빈소는 임시로 병원에 마련되었다.
허락된 조문객은 극소수. 센터의 김시균은 그 드문 사람들 중 한 명이었다.
'8위라……'
이름 앞에 붙은 숫자가 제 것이 아닌 듯 낯설다. 김시균은 착잡한 얼굴로 검은 타이를 당겼다.

"팀장님. 설마 담배 피우셨습니까? 금연한다고 몇 년째 사탕만 물고 계시던 분이……."

"시끄러워. 안치산은?"

"아직 저기 계십니다."

그는 걸어가 복도 귀퉁이에 주저앉은 사내 앞에 섰다. 내내 흐느끼던 은사자의 왼팔은 이젠 완전히 넋이 나간 얼굴이다.

"안치산. 슬슬 나도 지치는데."

"……."

"부대표는 두문불출, 전무는 폐인에……. 다 같이 망해 보자고 시위라도 하는 거야? 그만 정신 차릴 때 되지 않았나? 잘난 척하던 은사자가 고작-"

"팀장님!"

"왜. 나도 참을 만큼 참았다고."

"아, 아니. 그게 아니라!"

"누구는 일어나라 떠밀고, 누구는 가만있으라 감금하고. 이거 사람 차별이 너무 심한 거 아닌가, 공무원 나으리?"

고급 명품관에서나 맡을 법한 세련된 향기. 일상이 고단한 공무원들 틈에선 찾아보기 힘든 종류다.

김시균은 천천히 뒤를 돌아봤다.

검은 상복도 모델처럼 소화해 내는 미남자, 정길가온이 한쪽 손을 들어 보인다.

"……왜 여기 있지?"

"그래. 나도 반가워."

"장난하지 마. 노아법 잊었나?"

노아의 방주 제도.

미국의 지정 생존자 제도와 비슷했다.

비상 상황 시 국가 주요 전력이 한 번에 몰살당할 가능성을 방지하고자 하이 랭커 최소 1명이 청와대 벙커에 머무르는 국가 안전장치.

죠와 모든 S급들이 부재하고, 은사자가 죽은 지금…… 지정 순번은 정길가온이었다.

"랭킹 뒤집어진 지가 언젠데, 가두려면 내가 아니라 하얀새를 가둬 두는 게 맞지 않아?"

"빌어먹을, 하얀새는 말이 안 통하잖아!"

"이래서 사람은 나쁘게 살아야 해. 나처럼 착하게 살면 이렇게 호구를 잡혀요."

커피나 한잔 달라며 자판기 앞으로 자리를 옮기는 정길가온. 혀를 차며 따라간 김시균이 신경질적으로 동전을 밀어 넣었다.

"답지 않게 그쪽까지 왜 이래? 이미 합의 끝난 걸로 아는데."

"음."

"당장 돌아가. 갑자기 하얀새 코스프레라도 하고 싶어진 게 아니면. 바빠 죽겠는데 일거리 더 얹지 말고."

"쪽팔려."

"뭐?"

순간 잘못 들었나 했다.

그러나 싸구려 커피를 홀짝이면서 정길가온이 다시 한 번 말했다.

"쪽팔린다고."

"……무슨."

"가만히 있으려 했지. 이 난장판에 나만 특별히 쉽게 해 준다는데 땡큐잖아? 그런데."

마련된 벙커는 지하답지 않게 쾌적한 정원도 있었고, 인공 햇살 덕분에 따사롭기까지 했다. 그리고 또 무엇보다…… 조용했다.

아무도 그를 방해하지 않는 그 평화로움 덕분에 정길가온은 계속 '생각'할 수밖에 없었다.

"왕은 미래를 위해 싸우러 갔고, 사자는 죽어서까지 싸우고, 군자는 뒤돌아보지 않고 싸우는데."

나는 지금 여기서 뭘 하고 있나.

"현타 같은 게 들어서 드라마나 볼까, TV를 틀었거든."

그때 장내에 갑자기 울리는 소음. 김시균은 반사적으로 소리가 난 방향을 향해 고개 돌렸다.

그들로부터 조금 떨어진 휴게실 한구석, 텔레비전 화면에 생방송 속보가 나오고 있었다.

『놔! 이 새끼들아! 안 놔? 내가 누군 줄 알고 감히!』

『카메라 안 치워! 너 이 새끼들 뭐 하는 새끼들이야, 당장 이거 안 치워!』

속보 자막은 마석과 고등급 아이템을 대량 챙겨 국외로 도피하려던 인물들이 현장에서 발각됐다는 내용이었다.

그리고 화면 속에 비치는, 그들이 도망치려던 활주로를 아무렇게나 틀어막은 여러 대의 비행기와 차량들.

〈D.I.〉.

모자이크 처리되지 않은 세련된 영문 로고 덕에 누구의 짓인지는 자명했다.

김시균은 옆을 돌아봤다. 턱을 괸 정길가온의 얼굴이 고요하다. 잠깐의 침묵 뒤 그쪽에서 먼저 입을 뗐다.

"김 팀장님. 내가 드라마를 왜 좋아하는지 알아?"

"……."

"드라마에는 개연성이라는 게 있어서, 인물들이 다 이유를 갖고 움직여. 아무리 막장이라도 그래. 그래서 알기가 참 쉬운데."

"……."

"현실은 그런 게 전혀 없거든. 천장도, 바닥도 없고, 도무지 한계란 게 없지."

황당할 정도로 추한 일을 아무렇지 않게 해내질 않
나, 평생을 인간 혐오에 떨더니 사람들 구하겠다고 돌연
제 목숨을 내던지질 않나⋯⋯.

염증 날 정도로 정도가 없다. 현실은.

밀랍 같은 무표정으로 정길가온이 뇌까렸다.

김시균은 문득 떠오른 저 사내의 과거에 미간을 좁혔다.

"혹시 너 아직, 그 애를⋯⋯. 떠난 사람 때문에 감정적
으로 구는 거라면 진짜로 관둬."

「정길가온? 이름이 길가온이에요? 나는 '고운'인데⋯⋯ 우
리 이름부터 왠지 좀 닮았네요.」

"누구, 아. 죽은 약혼녀 생각나서 이러냐고? 설마."

그럴 리 있냐며 정길가온이 비식 실소했다.

"그렇게 멍청하고 미련할 리가⋯⋯."

다만 사랑한 것을 잃고 남겨지는 사람의 기분 정도는
잘 아니까. 또 어떻게 일어나야 하는지도 겪어 봐서 알고
있으니까.

그 모든 것을 잘 알면서 손가락만 빨고 있진 못하겠
다. 무책임하고 추한 가해자들과 같은 급으로 전락하기엔
가히 쪽이 팔렸다.

"결론, 노아법은 더 한가한 양반 찾아보라고. 난 사자가

남겨 준 자리에서 내 일이나 해야겠어."

물론 장사꾼답게 약간의 계산도 있고.

"잊었어? 킹께서 부재중에 까불었다간 순살형이라잖
아. 나 진심으로 무섭거든, 그거."

아끼고, 사랑하던 것을 잃었다.

정길가온도 눈과 귀가 있어 은사자와 죠가 얼마나 각별
한 사이였는지 대강 알고 있다.

돌아오면 아마 뵈는 게 없을 텐데, 눈 밖에 날 일은 조
금이라도 피하고 봐야지.

탁월하게 감 좋은 이 '알파'는 그들의 킹이 돌아오리라
는 사실을 단 한 순간도 의심해 본 적 없었다.

·· ✦ ✹ ✦ ✹ ✦ ··

뉴욕, 록펠러 센터.

알고 있다. 이미 죽어 버린 것을 계속 사랑하는 것만큼
미련한 짓도 없다는 것을.

하지만 이 다복한 세상에는 그거라도 지푸라기처럼 붙잡
아야만 사는 것 같은 미련한 머저리들도 존재하니 문제였다.

"특히 난 그 방면에선 세계 1등이지."

"무섭게 왜 혼잣말이야?"

키도는 고개를 들었다. 메이크업 아티스트로 위장한 헬퍼가 한숨과 함께 손을 물렸다.

"흉내 내려 해도 더 만질 것도 없네. 하여튼 얼굴 하나는 더럽게 잘난 자식."

"내 밥벌이잖아. 그 흉악한 시칠리아에서 살아남은 비법이지. 요즘엔 티미 덕분에 살짝 가려지는 면이 있지만."

뭐, 그래도 우리 둘은 카테고리가 아예 다른 얼굴이라 상관없다며 농담을 던진다.

하지만 헬퍼는 웃지 못했다. 멈칫, 주변 눈치를 살피더니 묻는다.

"그…… 티모시는 어떻게 한 거야? 통 안 보이던데."

"걱정돼?"

"아니! 그건 아닌데! 그래도…… 티모시는 좋은 사람이야, 단장. 정말로."

시무룩한 어린애의 얼굴. 키도는 빤히 보다가 상냥하게 미소 지었다. 저런.

"그래도 죽일 거야."

"……!"

"물론 지금 당장은 아니지. 우리 티미는 아직 내 방패가 되어 줘야 하니까."

가장 적절한 때에, 가장 어울리는 모습으로 떠나보내 줄 생각이다. 하나뿐인 친구니까.

키도는 창백하게 질린 헬퍼의 머리를 쓰다듬었다.

"놀랄 것 없어, 달링. 오늘은 아니라고 했잖아. 지금은 고작 변방 던전에 가 있을 뿐이야. 시간이 좀 걸리긴 하겠지만…… 우리도 넉넉하게 잡아야 하지 않겠어?"

마력으로 바꾼 그의 눈이 새파란 색으로 빛났다.

화려한 푸른 계열의 미남.

그를 사랑하는 팬들과 언론이 '봄베이 사파이어' 혹은 대양과 닮았다며 입이 마르도록 찬탄한 빛깔이었다.

그러나 헬퍼는 이 호화로운 겉면 아래 죽어 있는 그의 진짜 색깔을 안다.

'이 미친놈……'

"……그, 그래도 너무 무리하게 진행하는 게 아닌……!"

"6월."

"……"

무섭다.

〈해방단〉의 '6월', 헬퍼는 그대로 굳어 올려다봤다.

미려한 손가락이 그녀의 턱을 그러쥔다. 손길은 나긋했고, 목소리 또한 다정했지만…… 헬퍼는 어째서인지 소름이 돋았다.

"이게 이번 챕터의 라스트 찬스야."

키도가 부드럽게 눈을 접었다.

"디렉터가 모든 것을 인계받으면, 우리는 이전과 다른 싸움을 하게 되겠지. 조금 더 복잡하고, 조금 더 귀찮은……."

"……."

"그러니 최선을 다해야지. 고작 이런 걸로 투덜거리면 세계를 위해 먼저 죽어 준 사람들이 가엾잖니."

"……."

"안 그래?"

헬퍼는 언제 자신이 고개를 끄덕였는지도 몰랐다. 눈물을 줄줄 흘리고 있는 것 또한.

그의 스킬 [감정 동화]의 여파.

낱낱이 전해져 온 키도의 감정에 헬퍼가 더 버티지 못하고 주저앉았다. 온몸이 저리도록 강렬한 아픔이었다.

그러거나 말거나. 키도는 태연한 낯으로 일어난다. 손을 내밀어 일으켜 주며 미소 지었다.

"잘해 왔잖아, 계속 잘할 거고. 그래 줄 거지?"

"응……."

적을 이기는 방법은 숱하게 많다.

그러나 절대 이길 수도, 죽일 수도 없는 불패의 상대.

지고한 강적을 상대로 목적을 쟁취할 방법은 한 가지뿐이다.

영원히 멈춰 세우는 것.

'죠'를 이 세상으로부터 격리해야 한다.

키도는 대기실에서 나와 거대한 타임스 스퀘어를 내려

다봤다.

어지러운 수백 수천 개의 불빛 사이, 건물 외벽 스크린으로 생중계 화면이 흐르고 있었다. 동맹국에 긴급 파견된 방송국들이 실시간으로 전송하는 한국 상황.

불타오르는 서울이 선명하다.

며칠 전까지만 해도 아무도 감히 상상 못 한 그림이었다.

"어? 마라말디! 안 그래도 시작 전에 인사하려고 했는데, 오늘 토크 쇼 진행을 맡은 마크예요."

다가와 쾌활하게 인사를 건네는 진행자는 들뜬 기색이 역력했다.

"인터뷰 절대 안 하는 분이 어쩐 일로 응하셨는지! 연락 받고 여기 다 뒤집어진 거 알아요?"

"그랬나요?"

"말도 마요, 다들 궁금해서 미치려고 한다니까요! 신비주의를 고집하시더니 왜…… 오, 물론 싫다는 건 아니고요."

"글쎄요. 알리바이?"

슬쩍 던진 진심이었으나 캘리포니아 출신 진행자는 제 기분에 취해 관심도 없어 보였다. 빠른 템포로 말을 잇는다.

"아무튼 생방송인 거 알죠? 월드 와이드지만, 나만 믿어요. 이쪽도 운이 좋지만, 당신도 럭키라고요."

이 바닥 베테랑 아니겠냐며 제 가슴을 팡팡 치고 먼저 걸어가는 진행자. 키도는 실소했다.

말마따나 정말 그에게 운이 따른다면, 세계는 오늘 끝날 테니까.

뒤늦게 헬퍼가 따라 나온다. 키도는 돌아보지 않고 속삭였다.

"알케미스트에게 전해, 헬퍼."

탑의 [인터림]에서 소요되는 시간은 최소 이틀.

그러나 그 시간을 다 채우는 인내심은 기대 안 하는 편이 낫다.

주머니 안의 명함이 뜨겁다. 설계는 모두 끝났다. 그러니.

'집행자Executor' 키도는 서울의 불꽃에서 눈을 떼지 않은 채 웃었다.

"비가 내리면 시작이라고."

긴 자장가를 부를 시간이다.

단 한 명을 위한.

그리고.

49층의 종이 울린 뒤로부터 약 10시간.

뉴욕의 생방송이 시작된 지 30분 후.

대한민국 서울 전역에 장대비가 내렸다. 압도적인 마력으로 끌려 내려와 불길을 제압하는…….

싸우던 자들, 지켜보던 자들. 모두가 예외 없이 깨달았다.

왕의 귀환이었다.

2

시점을 약간 돌리면, 시작은 또 연속적인 게이트 출현으로……

오전이 다 지날 때까지 조용하기에 오늘은 일 없이 지나가나 했건만 개뿔, 착각이었다. 서울의 각성자들은 욕지기를 삼키며 빠르게 이동했다.

! 긴급재난문자 [행정안전부]
37°31'33.6"N 126°55'21.3"E
금일 12시 20분 2급 돌발 균열 발생.
특별재난법에 의거 인근 각성자 응소 바람.

빗발치는 알림과 문자들.

그것도 여의도를 시작으로 신촌, 코엑스, 사당, 왕십리…… 전부 2~3급에 준하는 고위험군 대형 게이트들이었다.

정보를 전해 받은 헌터들의 안색이 까무룩 죽었다.

"2급…… 씨발! 찐으로 게이트 웨이브라고?"

"장난이지? 물갈이라는 말이 진짜였던 거야? 정말 다 갈아 치우기라도 할 셈이냐고, 바벨 이 씹……!"

"정신 차려! 장소들 똑바로 봐, 해 볼 만해."

동료의 다그침에 헌터는 다시 한번 화면을 확인했다. 그러고 보니 이 익숙한 위치들은……!

"……다 5대 길드 근처잖아?"

〈바빌론〉의 여의도, 〈D.I.〉의 삼성역 코엑스는 아예 두 길드의 앞마당인 전담 구역.

또한 신촌에는 은석원의 빈소 때문에 현재 사자들이 진을 치고 있으며, 왕십리 쪽은 잘 알려진 황혼의 주요 활동권이다. 사당 방향 역시 현충원이 있으니 하얀새가 어디로 갈지는 자명했다.

"이럼 얘기가 다르지!"

그렇다면 이제 눈치 싸움이다.

작정하고 안면 몰수할 게 아니라면 승산이 더 높은 전장으로 가야만 한다.

"좋았어…… 우린 여의도로 합류하자."

"미쳤냐? 게이트 정보 보면 여의도가 제일 빡세!"

"내 말 들어. 빅3는 어제도 싸웠다고. 분명 지쳐 있을 거야. 그리고 바빌론에는…… 그 '사세종'이 있으니까."

"크래시 배리어! 깎입니다, 위태합니다!"

"제기랄, 전력 더 높여!"

센터 현장지원팀은 초조하게 상황을 주시했다. 바리케이드 안쪽, 연녹색 물결이 노이즈가 난 것처럼 불안정하게 흔들리고 있었다.

대 몬스터 크래시 배리어.

마수 출현 시, 민간의 피해를 최소화하고자 게이트 근처 지역에 마력 코팅을 입히는 장치였다.

가동 몸값이 어마어마해 상시 사용은 불가능하나, 2.5급 이상 게이트 오픈 시에는 법적으로 필수 활성화하게끔 되어 있었다. 이런 안전장치조차 없다면 주변 피해가 걷잡을 수 없을 테니까.

하지만 지금처럼 몬스터 수가 많고, 충격파가 지속된다면…….

'못 버텨……!'

"……어쩔 수 없어, 범위 줄인다! 코더, 내가 부르는 대로 고정값 조정해, 좌표―"

"배리어 꺼도 돼요."

불쑥 끼어든, 장난기 가득한 목소리.

땀에 젖은 지원팀장의 고개가 홱 돌아갔다. 몸집보다 훨씬 큰 방패를 든 숏컷 헤어의 여자. 〈바빌론〉 제1의 탱커, 도미가 경쾌하게 턱짓했다.

"더 '좋은 게' 왔으니까."

우우우웅-!

매끈한 반구형의 돔이 게이트 주변을 뒤덮는다. 사람들의 시선이 약속한 듯 일제히 한쪽으로 돌아갔다.

칼바람에 펄럭이는 방어 코트.

흑색에 가까운 암록색의 저것은 길드 지급품이지만, 현장에서 입는 전투원은 지극히 드물었다.

저 남자만큼 고지식하고, 제 소속을 사랑하는 사람이 아니라면.

가슴팍 위 사슴뿔 모양의 금장이 반짝인다.

현 대한민국 랭킹 11위, '결계사' 사세종이 모은 손가락 사이로 차분히 읊조렸다.

"[계승 결계 제5형. 속성 부여, 중력Gravity.]"

[적업 스킬, 7계급 최상급 특수 의식
— '다중 에테르 대결계']

짓눌리는 괴성이 길게 울렸다.

반투명하게 퍼져 나가는 결계 안, 소형 괴물들이 그대로 중력에 의해 찌그러지고, 나머지는 현저히 움직임이 느려진다.

"나이스, 사 마님!"

"까불지 말고 서둘러. 2급이라 얼마 못 버틴다."

웃어 줄 여유도 없다. 얼핏 상황이 괜찮아진 듯 보여도 이곳에 열린 균열은 무려 2급짜리.

사세종은 푸른 구멍에서 거대한 덩치를 빼내는 또 다른 마수를 보며 질끈 입술을 깨물었다.

'길드 최고 전력이 자릴 비운 지금은, 길어질수록 우리 쪽이 불리해…….'

그리고 영민한 참모의 예측은 불행히도 정확했다.

"불길 잡아!"

"왜 테케테아가 이곳에……!"

"이러면 2급도 아니잖아!"

불새 '테케테아'.

최초 남아프리카 공화국에서 출현했던 화염계 대형 마수로, 1급까진 못 미쳐도 최종 1.5급으로 판정 난 고위험군 몬스터였다.

기온이 매우 높은 적도 지역에서만 주로 나타나는 만큼 한국을 비롯한 동북아에선 좀처럼 볼 수 없는 종인데…….

"키에에에엑!"

"히, 힐러 보호해! 아악!"

"상황실! 지금 보고 있나? 여기는 여의도! 수속성, 빙속성 스킬 보유한 헌터들로 긴급 지원 바람! 1.5급으로 게이트 단계 변경! 마수 테케테아 출현, 테케테아 출현!"

테케테아의 집요한 불은 잡히지 않기로 유명했다.

불꽃이 옮겨 붙었던 왼팔에 퍼부어지는 힐과 포션을 느끼며 사세종은 신음을 억눌렀다.

"임시 조치만 해 줘요. 스킬 사용 가능하게 손가락만 움직일 수 있으면 됩니다. 빨리……!"

바로 그 순간이었다.

툭, 후두둑!

이마 위로 떨어지는 차가운 감촉.

힘겹게 불길을 막던 헌터 한 명이 그을린 얼굴로 멍하니 하늘을 올려다본다.

"……어? 이, 이거."

투둑, *쏴아아아아-!*

마른하늘의 비였다.

바람도, 전조도 없이 돌연히 시작된다.

눈 깜짝할 사이 찾아온 빗줄기가 어느새 주변이 뿌옇게 흐려질 정도로 쏟아지고 있었다.

테케테아가 분노에 찬 울음을 토해 냈다. 지붕 같은 화염 날개를 퍼덕거리며 비구름을 제 영역에서 몰아내려고 시도한다.

하지만 사람들은 깨달았다.

'자연 발생한 비가 아니야.'

애쓰는 인간들이 가여워 위로부터 내려온 선물이 아니었다.

그들과 똑같이 발 딛고 숨 쉬는 한 명의 인간이 만들어 낸 기현상.

비와 함께 내리는 마력으로 육체에 거짓처럼 활기가 돌았다. 마법 계열로 보이는 누군가 감격해 외쳤다.

"9계급…… 웨더 컨트롤!"

그 말을 들은 모두가 전율했다.

자연법칙이라는 한계를 제 의지로써 깨트리는, 초자연적이며 압도적인 힘.

대한민국 국내에서 9계급 이상의 주문을 실현할 수 있는 대마법사는 그들이 아는 한, 단 한 명뿐이므로.

"비켜. 같이 닭꼬치 되기 싫으면."

익숙한 중저음!

사세종은 벌떡 일어나 돌아봤다. 세찬 빗줄기로 어둑해진 빗속에서 녹색 섬광이 번쩍였다.

[적업 스킬, 7계급 상급 창술(강화)
― '아웃레이지Outrage']

[성위 고유 스킬, '백발백중百發百中' 발동]

쉐에에에엑-!

한 줄기 거대한 화살 같은 투창이었다.

일견 태양을 향해 날아갔다는 신화 속 그 화살처럼, 청각을 찢는 공명과 함께 먹구름을 갈라 낸 창이 그대로 테케테아의 날개를 꿰뚫는다.

"캬아아아악!"

찢어지는 격통에 테케테아가 온몸을 뒤틀며 몸부림쳤다.

"저거 죽여도 불은 안 꺼지는 거 맞지? 잠깐 살려 둘 테니까 빨리 꺼."

"……."

"뭐 해?"

〈바빌론〉의 영 보스, 견지록이 한쪽 눈썹을 치켜들었다.

저 시건방짐조차 눈물 나도록 반갑다면, 내가 드디어 미친 걸까? 사세종은 입술을 악물었다.

"여기요~ 지원군 더 있습니다."

"……청희도?"

주변 공중으로 떠오르는 호화로운 색의 수정들. 최상급 마석으로 세공한 탈리스만이다.

사세종 근처로 다가와 서며 청희도가 어깨를 으쓱했다.

"결계에 쓸 마력 용량 딸리신 거 맞죠? 배터리 비용은 바빌론으로 청구…… 큼, 도련님 길드시니 특별히 무료 봉사해 드리죠."

"마탑의 인성 파탄자가 왜 여기…… 아니, 도련님?"

"……뭐, 그런 게 있습니다."

어물쩍 넘긴 청희도가 손뼉과 함께 마석들을 적소에 세팅했다. 다양한 수정의 색을 따라 마력이 무지개처럼 다채로운 빛깔로 현장을 물들인다.

돌아오자마자 전장 투입이라고 투덜거릴 것도 없었다.

하늘의 비는 여전히 멎지 않고 있었으니까.

마치 부른 이의 감정을 대변이라도 하듯이.

몇 분 전, 바벨탑 앞.

타오르는 서울의 광경에 시선을 뺏긴 것도 잠시.

맞물리는 '시간'의 감각이 느껴질 때마다 채널 알림이 하나둘 눈앞에 떠올랐다. 최근 균열 폐쇄 상황 업데이트 및 경보부터…… 랭킹.

지오는 숫자가 바뀐 채팅창을 물끄러미 바라봤다.

| 8 | 규니규닉: 빠른 정보 전달을 위해 잠시 채팅을 자제해

주십시오.

| 8 | 규니규닉: [급고] 15일 오후 2시경 은석원 전사戰死.

"어?……아, 아니. 이건 말이 안…… 이럼 안 되는데……?"

옆에서 최다윗이 당황해 중얼거렸다. 다른 이들도 확인했는지 무거운 침묵이 내려앉는다.

지오는 눈을 돌려 스킬창을 열었다.

+ 보유 능력

Ⅰ. 적업 스킬(47)

Ⅱ. 성위 고유 스킬(5)

· 하위 스킬: 운명의 모래시계(특수)

[대상 없음 | 1개 선택 가능]

'진짜네.'

진짜 갔네.

인사도 없이 가 버렸네, 울 할배.

"……견지오."

다가온 견지록이 소리 없이 손가락을 얽어 오는 게 느껴졌다. 조심스럽고 깊은 접촉이었다.

하지만 지오는 괜찮았다. 사실, 스스로도 놀랄 만큼 멀쩡하고 침착한 것 같기도 했다.

심장이 조금 이상하게 뛰는 것만 빼면.

"이미 간 사람을 어쩌겠어. 뭐 해 볼 것도 없이 어제 가 버렸다는데. 할 일이나 해야지."

"……"

"뭐 함, 다들 한가해? 나라가 빈집털이 당해서 저렇게 개판 엉망진창인데?"

견지오가 그렇듯, 한가락 하는 강자들이라면 맡고 있는 것들도 수두룩한 법이다. 이곳의 전원은 누구랄 것 없이 이름난 강자들이었다. 모두에게 '필요'한…….

밑에서부터 시작된 바람에 까만 머리칼이 나부낀다.

작은 발 아래로 웅대한 황금빛 마법진이 떠올랐다.

대자연을 뒤틀어 비를 부르며, 한 치 흐트러짐 없이 꼿꼿하게 선 그 등.

등 뒤에서 그 장면을 지켜보면서 청희도는 문득 생각했다. 이쯤이면 됐다고. 저열한 현실 도피 따위 이제 그만하자고.

'저 여자가 아니면 대체 누가 꼭대기에 설 수 있는데……?'

약간의 패배감과 막대한 경외심. 뒤엉킨 감정 속에서 젊은 마법사의 입가가 일그러졌다.

평생 잊지 못할 패배의 순간이었다.

그리고 머뭇거리면서 걸음을 떼는 최다윗, 굳은 얼굴의 황혼, 울음을 꾹꾹 삼키는 나조연 등등…….

모두가 주어진 제 몫을 하러 하나둘 이동하는 가운

데, 견지록은 우두커니 제 누이를 바라보고 있었다.

"밤비 너도 볼일 봐. 박 여사랑 금희는 걱정 말고."

"……내가 갈 수 있어."

"내가 더 빨라."

"……."

건조한 목소리. 인형처럼 아무런 감정도 내보이지 않는 얼굴.

'이번에도' 그가 할 수 있는 것은 없는 듯하다.

견지록은 밀려오는 자괴감에 이를 악물었다. 혀끝에 도는 피 맛이 지독히 쓰라리다.

이루 말 못 할 감정에 노려봐도 지오는 미동조차 없었다.

그대로 시선만 마주치길 한참.

"씨발…… 울기라도 하든가."

명청하고 이기적인 내 반쪽.

짓씹듯 내뱉은 욕설과 함께 견지록이 뒤돌았다.

빗속으로 사라지는 남동생. 잠시 응시하다가 마술사왕은 공간 이동했다.

자기만의 슬픔.

자기만의 우울.

모두 사치였다.

세계 마력이 귀환한 주인을 맞아 환희에 떨고 있었다. 삿된 권속들이 문을 열고 뛰쳐나와 허겁지겁 무릎 꿇었다.

터벅, 터벅.

특유의 긴장감 없는 발걸음이 제 종들과 거대한 저택 사이를 가로지른다. 아직 옛 주인의 죽음에 취해 있는 몇몇이 차오른 감정을 못 이겨 기어 와 발등에 입을 맞췄다.

"주인이시여."

"우리의 왕이여……."

지오는 치워 내며 가장 깊숙이 잠긴 방으로 향했다.

끼이익-

굳게 닫혔던 문이 열리고.

깊은 어둠 속에서 눈을 뜨는 것은…… 금제의 주박에 묶인, 가련한 한 마리의 짐승.

폭발적으로 넘실거리는 귀기. 영기.

또, 맹수의 살기.

그 모든 것들을 힘으로 꺾어 짓밟으며 사바세계의 왕이 중얼거렸다.

"초상나셨네. 얼씨구."

그러나 얼핏 자조 섞인 질책이다.

은석원이 죽었다. 서울은 불타고 있다. 견지오는 본능적으로 우선순위를 계산했다.

엄마, 막내, 친구들…….

인간의 사사로운 욕심은 일단 치워 냈다.

일면식 없는 사람보다 당연히 내 사람이 더 중요하지만, 그게 사람이 아니라 사람'들'의 단위가 되면 얘기가 또 달랐다.

폭군에게도 왕국과 백성은 지켜 내야 하는 것이므로.

하여 사적인 감정을 거세하고, 가장 시급하고 필요한 일부터 셈해 봤다.

결론은 빨랐다.

〈은사자〉가 무너져선 안 된다.

그렇다면 당장 해야만 하는 선택은…….

그게 바로 '죠'가 제일 먼저 이 은사자 저택부터 찾아온 이유였다.

"존나 이럴 줄 알았거든."

지오는 성큼성큼 어둠 안쪽으로 들어갔다. 걸음마다 검은 진액 같은 그림자가 파도처럼 떠밀려 발끝에 닿아 왔다.

부서진 서약의 조각들.

억지로 현세에 붙잡혀서 비명 지르고 있다.

손에 잡히는 대로 대충 치우고, 이어 붙이며 다가갔다.

"그러게. 진작 서약 새로 했으면 좀 좋아? 고집만 쓸데없이 오져서리."

……후욱.

얼굴로 들러붙어 오는, 서슬 푸른 귀기의 숨결.

금빛 점들이 별자리처럼 알알이 박힌 회색 눈은 한번 보면 잊을 수 없을 만큼 강렬하다. 아득한 흑색의 그림자로 육체를 이룬 호랑이 한 마리가 엎드린 채 그녀를 고요히 올려다봤다.

"꼴이 이게 뭐임."

시선이 마주친다.

차갑게 내려다보며 지오는 끌어 올린 진마력을 그대로 그에게 쏟아부었다.

"하아……."

일시에 어둠이 걷힌다.

그림자가 물러나고, 짐승의 태가 거둬지고, 그 빈자리에 남은 것은 태고의 죄수 한 명.

인간형을 되찾은 범이 파리한 안색으로 쓰게 웃었다.

"변명할 여지가 없군."

서약 상대의 죽음은 남겨진 자에게 적지 않은 반동을 미친다.

임시방편으로 마련한 대마녀의 봉인식은 오랜 시간 억눌려 왔던 이매망량의 귀기를 잡아 둘 만큼 견고하지 않았다.

지친 눈빛, 흐트러진 머리칼, 식은땀으로 젖은 목선…… 그리고 그를 타고 이어지는 등의 요란한 금제식들.

지오는 팔을 뻗었다. 그의 단단히 박동하는 육체를 손가락으로 지그시 짚는다.

서로의 마력이 뒤엉켜 타오르는 감각에 범이 질끈 이를 악물었다. 가까스로 신음을 삼키며 지오의 손을 붙잡는다.

"······하지 마."

"······."

"제발······."

한번 권속 서약을 맺으면 돌이킬 수 없다.

더 이상 그들은 동등한 선상에 설 수 없으리라. 그녀의 힘에 붙어 한낱 기생하는 처지로 전락하겠지.

지오도 흔들리는 범의 눈을 봤다. 하지만.

"실랑이할 시간 따위 없어."

"······."

"자존심 그딴 거 신경 써 줄 만큼 배려심 넘치는 위인으로 보여? 아닌 거 잘 알잖아."

꽈악, 범은 잡고 있는 지오의 손에 힘을 주었다. 스스로도 억누르지 못한 맹호의 살기가 그녀를 찌른다.

지오도 그가 고집하는 이유를 모르지 않았다.

솔직히 서약을 끝까지 미루고 싶었던 것은 아이 또한 마찬가지였으니까.

「아저씨 누군데요?」

「나? 나는 은사자의 범. 앞으로 네 보호자이자, 스승이자 또······.」

「······.」

「허락해 준다면, 당신의 친구까지 되고 싶은 사람이지.」

유년기. 그리고 소년기.

그의 손을 잡고 일어났고, 그의 품에서 성장했다.

저 하늘의 위대한 별이 그녀를 견고하게 받치고 옥좌에 올려 뒀다면, 살아가는 방향을 여태 이끌어 온 것은 범이었다.

"잘 들어."

"……"

"넌 내 거고, 끝까지 내가 책임져. 무한한 영원을 말할 만큼 멍청하지 않지만, 원한다면 그것까지 약속해 줄게."

그러니까…….

그의 작은 폭군이 서늘하게 속삭였다.

"꿇어."

그가 평생 들어온 것 중 가장 잔인하고, 가장 다정한 명령이었다.

범은 지오를 바라봤다.

어린 뺨, 무정한 눈빛. 복숭앗빛이 도는 손끝의 연약한 살갗……. 그리고 그 안의, 두려울 정도로 강대한 힘.

어쩌면 이렇게 되도록 처음부터 정해져 있었던 걸지도.

'미루고, 미뤄도…… 끝끝내.'

그는 절대 이 지엄한 명령을 거역할 수 없다. 오래전부터 시작된 지배의 관계가 이미 뼛속 깊이 새겨져 있었으니까.

빛으로 된 먼지 하나 날리지 않는 그늘 안이었다.

영령과 만귀萬鬼가 숨죽인다.

정적 속에서 기나긴 시간 짙어졌던 그림자를 풀어내며, 이매망량의 패자는 오만한 제 육신을 낮췄다.

무릎을 꿇었다.

"사바세계에 속하여 받은 진명…… 귀주鬼主."

천천히, 작은 발치에 이마를 갖다 대었다.

"나의 왕을 배알합니다."

복종과 귀속을 뜻하는 가장 낮은 자세. 범은 무한한 애틋함을 담아 맹세를 읊조렸다.

"……당신의 가장 낮은 종으로서, 허하시는 날까지 나의 영원을 바치겠습니다."

[초월자 '귀주鬼主 범'이 '견지오' 님에게 권속 관계를 서약합니다.]

[허락시겠습니까?]

"허락한다."

……끝났다.

범은 지그시 눈을 감았다.

참을 수 없는 이 비참함은 동시에 절대 잊히지 않는 은정의 증거가 될 것이다.

지오가 먼저 자리를 떠났다.

영혼과 육신에 새겨진 새로운 서약을 느끼며 범은 일어 났다. 땀이 식어 차가워진 인간의 몸에 마저 셔츠를 걸친다.

힘의 파동에 몰려온 로사전 죄수들이 문가에서 수군거 렸다.

"아이고, 그렇게 버티더니……."

"늦장 부리던 것들이 꼭 저렇게 제일 요란을 떤다니 까……."

"그 입들 다무시죠."

가라앉은 저음에 이크, 목들을 일제히 움츠린다.

여기나 저기나…… 새로 '서열 정리'를 할 필요가 있겠다.

셔츠의 마지막 단추를 채우며 범은 담배를 물었다.

"〈은사자〉, 지금 어디 있지?"

> [Rankings] 로컬 ― 대한민국
>
> 《 2 》범 ▲5

··✦✳✦✳✦··

「비가 오면 '시작'하래.」

"추적추적, 비가 내리지요. 콸콸콸, 미친 홍수 난 것처 럼 하늘에서 쏟아붓지요."

비 내리는 건물 옥상.

샛노란 우비를 입고 콧노래를 흥얼거리는 한 남자.

뒤뚱거리며 엉덩이를 흔들어 대는 꼴이 영락없이 비 오는 날의 미친놈이었지만, 그 발밑에 놓인 그림은 절대 심상치 않았다.

넓은 옥상 전체를 가득 메울 만큼 광대한 크기의 역오망성진陳五芒星陳.

다중으로 겹쳐진 기하학 도형들과 문자는 육안으로 헤아리기 버거우리만치 복잡다단하며, 진 정중앙의 오망성은 불길하게 상하가 뒤집혀 있었다.

"흠, 어디 보자. 잘 그려졌나?"

〈해방단〉의 '2월' 연금술사, 알케미스트는 허리춤에 손을 짚었다.

거센 빗줄기에도 지워지지 않고 아주 튼튼하다. [타락한 성자의 피]만 열 바구니를 썼으니 당연한가?

'여기에 들어간 돈만 생각하면…… 에라이.'

"그래도 이때가 아니면 언제 이런 걸 또 해 보겠어?"

이번 건은 아마 그 평생의 역작이 되리라.

알케미스트는 조심스럽게 움직여 오망성의 끝마다 [씨앗]들을 올렸다.

현시점 열려 있는 저 이계의 문들과 이 요망한 연결 고리는 세상에 보다 '큰 문'이 열리게끔 기꺼이 도와줄 것이다.

지금 이 순간에도 약속된 위치에서 열심히 고군분투하고 있을 희생자들의 노력과 열정을 생각하니 눈물이 핑 돌았다.

특히나 늙은 몸 바쳐 가장 큰 제물이 되어 준 노익장을 떠올리면…… 흡!

"헙, 안 돼! 울지 말자. 강해져야지. 다들 저렇게 열심히 살아가는데, 아자아자!"

흥분으로 가빠진 숨을 추스르며 알케미스트는 어느 때보다 신중하고 소중한 손길로 품 안에서 물건을 꺼냈다.

아무리 꽁꽁 싸매도 만질 때마다 오염되는 듯한 느낌이 황홀하기 짝이 없었다.

'하여간 정말 대단한 사람이라니까, 우리 13월은……. 대체 어디서 이런 걸 구해 온 거야?'

[학살된 땅의 진토眞土]라든가, [타락한 성자의 피]라든가. 전부 대단했지만, 모두 합쳐도 '이것' 하나에 비할 바는 못 된다.

"외차원 신의 매개체라니……!"

설마 게이트 너머에 가기라도 했던 걸까?

'말도 안 되는 소리긴 한데, 왠지 그 자식이라면 가능할 것 같-'

"앗, 뜨거!"

후다닥 다른 손으로 주머니에서 명함을 꺼냈다. 뜨겁게

달아오른 것이, '미끼'가 드디어 정신을 차린 모양이었다.

"에고, 그럼 뭐 하냐? 늦어도 한참 늦었는걸."

무대는 이미 세팅 완료시다.

빗속에서 깨진 앞니가 빛난다. 알케미스트는 함박웃음과 함께 오망성의 중앙에 부서진 신격을 올렸다.

"……뭔가 이상해."

불은 진압했어도 1.5급 이상의 돌발 균열이다. 테케테아 말고도 게이트를 통해 넘어오는 마수들은 끊이지 않았다.

덕분에 한참 현장을 정리하다가 겨우 숨 돌리던 참.

아까부터 무언가 생각에 잠겨 있던 사세종이 돌연 뇌까렸다. 청희도가 빈정거린다.

"그렇죠. 이상하죠. 정식 협조 요청도 없이 소속도 아닌 길드 구역에서 이런 무보수 봉사라니. 마탑 선배님들이 아셨다간-"

"말고. 너무 실속 없지 않나?"

"……흠."

여기저기 연계할 일이 많은 마탑 소속인 만큼, 거대 길드의 살림을 꾸리는 사세종과는 그 역시 제법 연이 깊었다.

'헛소리를 할 양반은 아닌데.'

청희도는 삐딱한 태도를 고쳐 다가갔다.

조금 떨어진 곳에 앉아 있던 견지록도 늦지 않게 관심

을 보인다. 그보다 현명한 참모의 말을 듣고 씹는 일은 있어도, 끝까지 들어 보지 않은 적은 없었으니까.

"내가 알아듣게 말해, 형."

"이 연속 게이트 사태 말이야. 누군가 계획적으로 판을 짜고 있는 거라면 분명 '목적' 같은 게 있을 텐데, 계속 반복적으로 여닫기만 하는 게 무슨 의미가 있지?"

처음에는 이쪽의 전력을 단순 소진시키려는 걸까 싶었다.

내셔널리즘과 아나키즘이 만연한 바벨 시대. 나라 밖으로 눈을 돌리면 각양각색 미친놈들은 수두룩했다. 자연히 최선두인 한국을 향한 테러와 견제가 심해지리라는 건 모두가 어느 정도 예측했던 바. 그런데.

"[씨앗]을 키우려면 상당한 시간이 소요돼. 그만큼 공들여 짠 판일 텐데, 고작 이런 식으로 낭비한다고? 나라면······."

'뭔가 다른 결정타가 있어······!'

번뜩 어떤 깨달음이 스친다.

사세종은 급히 인벤토리에서 지도를 꺼냈다.

그는 결계사結界師.

고정된 흐름을 읽고, 공간을 구분 짓고 형성하는 데 그보다 민감한 사람은 많지 않았다.

심상치 않음을 파악한 청희도가 옆으로 붙는다. 두뇌 회전으로는 이 한국 마탑 제일의 마법사도 결코 뒤지지 않았다.

엘리트들의 가라앉은 눈빛이 경우의 수를 재빠르게 셈하고…… 두 사람이 내뿜는 기류에 현장의 분위기도 절로 심각해질 무렵.

"미친!"

"제기랄, 제물 의식……!"

잠자코 지켜보던 견지록이 와락 인상을 구겼다.

가뜩이나 심기가 편치 않은데, 망할 방구석 안경잡이들이 못 알아들을 소리만 지껄이고 있다.

"시발, 내가 한국말로 하랬지."

어느새 그들 주변엔 센터 현장지원팀부터 길드원들까지 전부 모여 있었다. 집중된 시선 가운데, 사세종과 눈빛을 교환한 청희도가 모두에게 보이도록 지도를 넓게 펼쳤다.

허공에서 마술적 펜을 꺼내 쥔 손이 거침없이 휙, 휙 선을 그려 나간다.

이곳 여의도에서 삼성역으로, 이어서 신촌, 신촌에서 사당을 거쳐 왕십리, 다시 여의도……!

"……역오망성陳五芒星."

최종적으로 다섯 개의 축을 지닌, 거꾸로 뒤집어진 별이 지도 위에 완성된다.

널리 알려져 있는 불길한 상징에 사람들이 침음했다. 젊은 마법사는 역성의 중앙에 마침표처럼 점을 찍었다.

"부정한 부름. 제물을 바쳐 초월적인 것을 불러내는 가장 오래된 술식입니다. 그리고 소환되는 것은 보통 이 진의 중앙에—"

"티, 팀장님!"

잔뜩 고조된 긴장을 다급한 부름이 깨뜨린다.

센터의 지원팀장이 화들짝 놀라며 돌아봤다. 그러나 무슨 일이냐고 탓할 수 없었다. 급하게 뛰어든 요원의 얼굴이 그들보다 창백히 질려 있었으므로.

"구, 국립 중앙 박물관에 지금……!"

웨에에에에엥—! 뚜, 뚜—!

동시였다. 거리의 사이렌이 가장 높은 경고음으로 짧게 쳐서 울렸다. 누구에게는 생소하리만치 낯설고, 또 누군가는 잊지 못한 악몽 속 소리.

그도 그럴 것이, 저게 마지막으로 울렸던 것도 벌써 3년이나 지났으니까.

[국민 여러분, 지금은 훈련 상황이 아닙니다. 정부의 지시에 따라 행동하여 주십시오. 현재 시각 서울특별시 전역에 경계경보를 발령합니다.]

[1급 돌발 균열 발생.]

[다시 한번 알립니다. 1급 게이트 재앙이 발생하였습니다.]

3

「대부인께선 지금 A 병원에 계시ㅡ」

「뭐?」

「아니, 아니! 편찮으신 건 아니고 주공의 외조모가 위독하다나? 아무튼 매구 녀석이 몰래 붙어 있으니까 걱정일랑 하지…… 아기씨!」

급한 불은 껐다.

삼계명으로 체크한 막내의 상태는 [양호]. 그러니 이제 급선무는 모친 박순요였다.

지오는 거구귀에게 위치를 전해 들은 즉시 공간 이동했다.

범이 로사전을 움직여 남은 가족들을 보호하고 있었을 거란 사실은 예상한 바다. 혈육 간의 애착이나 애틋함 등등, 그런 것에 무지한 사내지만, 그도 지오와 함께한 세월 동안 배워 왔으니까.

그리고 범에게 지오 스스로도 잘 몰랐던 견지오의 그런 면을 가르쳐 줬던 사람은…….

'할배…….'

「왜 안 된다는 겁니까, 아버지. 지오도 여기서 지내는 게 더 편하다고 하던데요.」

유년기의 어느 날.

아픈 막내를 돌보느라 바쁜 엄마 덕에 거의 얼굴조차 못 보던 나날이었다.

학예회 학부모 참석 명단에는 박순요 대신 은사자의 이름이 올라갔고, 그렇게 하루가 끝난 뒤 귀갓길.

어린 지오는 충동적으로 자신은 엄마가 딱히 필요하지 않다고 말했다.

그러자 범은 어렵지 않게 남매의 거처를 아예 옮길 것을 고려했는데, 그 모든 일을 중단하며 은석원이 타일렀다.

「없는 부모도 가능하다면 데려와 붙여 줘야 하는 게 아이와 부모 관계이거늘, 어찌 있는 어미를 떼어 두려고 하느냐?」

물끄러미 어른들의 대화를 지켜보고 있는 지오에게 다가간다. 또래보다 훨씬 작은 아이와 눈높이를 맞추며 은석원이 다정하게 손을 잡아 물었다.

「지오야, 엄마가 필요하지 않으니?」

「……딱히.」

「하면, 보고 싶지도 않아?」

어째서인지 바로 대답이 나가지 않았다.

지오는 가만히 은석원을 바라봤다.

손은 거칠디거칠었지만, 자신을 보는 할아버지의 눈빛은 세상 그 누구보다도 따스했다.

답이 없는 아이에 은석원은 잡은 손을 그대로 이끌어 가슴 위로 살며시 얹어 주었다.

「마음의 소리를 들어 보렴.」

조그맣게 달음박질하는 심장 박동이 느껴졌다. 소리치듯 뜨거웠다.

「내 곁에 없어도, 딱히 필요함을 못 느껴도…… 이 마음속에서 보고 싶다고, 그립다고 뜨거워지는 것.」

지오의 하나뿐인 할아버지가 부드럽게 미소 지었다.

「그걸 가족이라고 한단다.」

[당신의 성약성, '운명을 읽는 자' 님이 빗길이 미끄럽다며 조심할 것을 당부합니다.]

쏴아아아-!

도착 좌표는 병원 근처였다.

마력을 거둔 지오가 망설임 없이 빗속으로 걸어 들어갔다. 그대로 비를 맞는다.

지금 서울 전역을 적시고 있는 이 비는 그녀가 불러온 기적.

그러니 멈추는 것 외에도 절대 젖지 않을 방수 마법이라든가, 병실 앞까지 단숨에 찾아갈 공간 이동이라든가…… 무엇 하나 불가능한 것이 없었지만, 자의로 우두커니 빗속에 잠깐 서 있었다.

'순요 씨는 아무것도 모르니까.'

느지막이 걸음을 떼자 발목으로 흙탕물이 튀었다. 입고 있던 후드도 금세 젖어 무거워졌다.

하지만 박 여사가 아무런 불편함 없이 평범한 딸과 마주할 수 있다면, 이따위 귀찮음은 아무것도 아니다.

"어머! 우산도 없이 이 빗속에 세상에나……!"

"홀딱 젖었네. 학생, 괜찮아?"

승강기 버튼을 누르는 지오를 보고 주변에서 수군거렸다. 지오는 무시하고 빗물에 젖은 머리칼을 쓸어 넘겼다.

병실 호수를 알아볼 여유까진 없었다. 마력으로 박순요

의 위치를 탐색하려는데.

"9층이어요. 뇌졸중 집중 치료실."

귓가를 나긋하게 간지럽히는 미성.

지오는 힐긋 뒤를 돌아봤다. 간호사로 둔갑한 매구, 바리윤이 눈꼬리를 휘며 미소 지었다.

"왜 여기 있어?"

"마중 나왔지요. 경계는 확실히 하고 있으니 책하지 마셔요."

띵-!

'구라는 아니고.'

승강기에서 내리자 매구가 부리는 사역마들의 기운이 강하게 느껴졌다.

그리고…… 그 복도 끝에 홀로 앉아 있는 중년 여성.

익숙한 그 모습이 시야에 들어오자 내내 둥둥 떠다니던 정신머리가 비로소 제자리에 들러붙는 기분이었다. 다가서다가 지오는 살짝 멈칫했다. ……아차차.

'나 없는 동안 뭐라고 변명해 뒀는지 물어보는 걸 깜빡했네. 등산 뭐시기 맞나?'

[성위, '운명을 읽는 자' 님이 산악 동호회 선영이 썰에 자극받아 등산 도전한 등린이 지오라고 깜빡한 설정을 일러 줍니다.]

'아, 맞당.'

"어이. 어여쁜 우리 순요 씨, 잘 지내셨는가?"

지오는 건들건들 걸어갔다. 와일드한 야생의 산악인 냄새를 풀풀 풍기며.

"하아, 산악 녀석! 이렇게 오래 걸릴 계획은 아니었는데 산길이 워낙 험해야지. 아휴, 역시 노쓰페이스를 교복처럼 입어 대는 산악민국 클라쓰. 인정! 흠, 집구석에 별일 없었지?"

"……."

답이 없다. 왜 없지이……?

'이, 이게 아닌가? 언니, 어떻게 된-'

"지오야."

잔뜩 쉬어 갈라진 목소리.

그제야 견지오는 제 엄마를 똑바로 바라봤다.

평소와 다르게 정리되지 않아 여기저기 흘러내린 머리카락, 초췌해 반쯤 야윈 뺨, 빨개져서 짓무른 눈가…….

지오의 얼굴이 무섭게 굳었다.

"……울었어? 왜. 무슨 일 있었어? 누가 뭐라고 해? 또 할머니가 엄마한테 뭐라고 했어? 어떤 개새끼가 울렸어, 설마 삼촌 그 새끼라도 왔……!"

"괜찮아?"

"……."

"우리 지오, 내 딸……. 괜찮아?"

빗물에 차가워진 뺨을 천천히 감싸는 두 손.

엄마의 떨림이 그대로 전해져 왔다. 지오는 얼어붙어 시선만 올려 쳐다봤다.

흔들리는 그 눈빛은 불시에 벼락 맞은 사람처럼 보이기도…… 혹은 잔뜩 겁에 질린 어린아이처럼 보이기도 했다.

파르르 입술이 떨린다. 지오는 가까스로 웃었다.

"괘, 괜…… 괜찮지. 응. 나 완전 괜찮은데? 완죠니 멀쩡하지오. 갑자기 왜 그런 말을……."

"……그럼 왜!"

철썩!

"으악!"

등짝으로 내리꽂히는 매운맛.

익숙한 엄마표 스매시다. 강렬한 뜨거움에 지오가 꽥 소리 지르며 감전당한 크라켄처럼 등을 말았다.

"왜, 왜! 왜 연락도 없이! 이 웬수야! 철이 없는 것도 정도가 있지, 가면 간다, 오면 온다 말이라도 있어야 할 것 아냐! 엄마가 얼마나……!"

"아! 아야! 바, 박 여사 아팟! 옷 젖어 있는데 때리면 두 배로 아프다구우!"

'에이 뭐야, 깜짝 놀랐−'

"……박 여사?"

"……."

"……엄마."

흑흑, 흑⋯⋯.

꽉 지오를 끌어안은 어깨에서부터 들려오는, 약한 흐느낌. 비에 식었던 몸이 금세 뜨겁고 축축하게 젖어 든다.

머리가 멍했다.

지오는 그렇게 엄마의 오열을 들었다.

"얼마나 걱정했는지 알아? 엄마가, 흐윽, 너 걱정, 걱정하잖아⋯⋯ 어⋯⋯? 네가 그렇게 가면, 가 버리면⋯⋯ 그리고 안 돌아오면, 내 속이 정말 썩어 문드러진다고, 응?"

그리고 견지오는 그 순간 마침내 깨닫는다.

'알고 있었구나.'

다 알았구나.

우리 엄마, 다 알고 있었구나.

생사를 확인하듯 제 얼굴을 더듬어 문지르는 뜨거운 손. 뺨에 맞닿는 엄마의 눈물.

그 모든 것을 고스란히 느끼며 지오가 중얼거렸다.

"⋯⋯미안."

"⋯⋯."

"잘못, 잘못했어요⋯⋯."

약속을 어겨서 죄송해요.

당신의 하나뿐인 바람을, 믿음을 깨트려서 정말 미안해요.

고장 난 라디오처럼 잘못했다는 말만 반복하는 딸을 박순요는 멍하니 바라봤다.

심장에 뜨거운 말뚝이라도 때려 박히는 기분이었다.

10년이 넘게 흘렀는데도, 믿을 수 없이 똑같았다. 박순요가 기억하는 어린 날의 모습에서 조금도 변치 않았다.

자기 때문에 아빠가 죽었다며, 고개 숙이고 가족들과 눈도 제대로 못 마주치던 딸아이.

그리고 저 아이를 저렇게 자라지 못하도록 만든 것은 과연 누구인가?

「지오야.」

「응.」

「저렇게 살지 마. 너는 네 아빠처럼 살지 마. 그냥 살아. 응? 평범하게 살아.」

「……」

「착한 사람, 좋은 사람 할 것 없어. 그럴 필요 하나도 없어. 모두를 위한다고? 사람들을 구한다고? 웃기지 말라 그래. 죽으면 다 끝이야. 전부 헛짓거리라고. 넌 너만 생각해. 네 가족만 생각해.」

「……」

「이 엄마를…… 엄마를 생각해야 해. 우리 딸. 너희들까지 잘못되면 엄마는 죽어. 죽어 버릴 거야. 알았지?」

"……내가, 엄마가 미안해."

제정신이 아니었다.

서로 의지하며 평생 사랑하리라 믿었던 반쪽을 한순간에 잃었고, 눈에 넣어도 안 아픈 자식까지 잃을 뻔했다.

그녀 나이, 고작 서른 살 남짓에 벌어진 일이었다.

세상이 원망스럽고, 모든 것이 미치도록 증오스러웠으며, 내일이 오는 게 두려웠다. 불쌍하고 어린 자식 셋을 끌어안고 이 무정하고 끔찍한 세상에 홀로 남겨졌다는 게 죽도록 겁이 나서……

무슨 정신으로 그런 말을 뱉었는지 기억조차 나지 않는다. 하지만.

하지만 고작 그런 것은 변명이 되지 않는다.

그때 그녀가 서른이었다면, 그녀의 작은 딸은 아홉 살에 불과했으니까.

겨우 아홉 살 난 아이에게 벅찰 정도로 커다란 짐을, 족쇄를 얹어 주었다. 어떤 말로도 주워 담을 수 없는 잘못이었다.

"너 잘못한 거 없어."

"……어?"

"엄마가, 다, 다 내 잘못이야. 너한테 그런 말을 하면 안 됐는데…… 그 어린것이 뭘 안다고……. 지오야. 엄마가 마음이 많이 아팠어……."

너무 아팠어. 그래서.

"그래서 실수를 했어…… 정말 미안해."

「견지오, 어디 갔다 왔어! 너 또 학원 빠졌다고 선생님한테 전화 왔거든? 정말 이럴래!」

「하, 학교에! 벌로 남아서 화장실 청소하다가 깜빡 갇혀 갖고, 아이고, 억울해. 교복에 지린내 다 뱄네, 아이고.」

「끄헉, 바, 박 여사! 혹시 내 책상 건드리셨음?」

「오냐, 하도 더러워서 엄마가 좀 치웠다.」

「그…… 호옥시 책상 위에 있던 거 펴 본 건 아니지? 하핫.」

「방은 돼지우리처럼 해 놓고 아주 유난은! 네 물건 건드리지도 않았어, 이것아.」

필사적으로 숨기려 하는 게 보였다.

배 아파 낳은 딸이라서 보고 싶지 않아도 보였고, 그녀도 따라서 필사적으로 모른 척했다.

어쩌면 저렇게 평범한 척하다가…… 정말로 언젠간 평범한 삶을 살아갈 수도 있지 않을까?

희망이었고, 욕심이었다.

첫아이였으니까.

이 애만큼은 내 바람대로 살아가 줬으면 해서, 여태 이기적인 어미임을 외면하면서 살아왔다.

내 딸이 이렇게 울고 싶어도, 마음껏 울지도 못하는 얼굴을 하고 사는 줄도 모르고.

"……."

울음소리가 처절했다.

지오는 우는 엄마를 말없이 뚫어져라 바라봤다.

공교롭게도 장소는 그 옛날처럼 병원이다. 하지만 그때 엄마의 눈물이 절망이었다면, 지금은 종류가 좀 다른 것 같다.

그리고 지오가 무어라 입을 떼려는 순간이었다.

뚜, 뚜-! 웨에에에에엥-!

[코드 그린, 코드 그린.]

[서울 지역 고위험군 게이트 상황 발생. 비상 폐쇄 시스템을 가동합니다. 다시 한번 알립니다. 지금 즉시 의료진 및 환자들은-]

"상공!"

데스크 쪽에서 간호사로 위장해 있던 바리윤이 다급히 뛰어들어 왔다.

그에 반사적으로 일어나던 지오가 멈칫, 인상을 구긴다.

'아니이, 하……. 암만 박 여사한테 다 까발려진 상황이래도 그렇지. 너무 막 불러 대는 거 아니냐? 감동의 모녀 타임에…….'

"상, 공……?"

"어마마마. 저 눈치 없는 절세미녀는 당신의 순진무구한 딸내미가 전혀 알지 못하는 조선의 광공여우로서-"

"두 분의 감동적인 시간을 방해해서 정말 죄송해요, 어머님! 멀리서 지켜보던 이 며느리도 마음 아프고 눈물이 나서 미칠 것 같았지만!"

"어, 어머님?"

"이걸 꼭 보셔야 할 것 같아서……!"

허겁지겁 내미는 태블릿 장치. 어디서 훔쳐 왔냐고 지적할 새도 없었다.

타악!

굳은 얼굴로 낚아챈 지오가 화면의 뉴스를 응시했다.

『1급 게이트 발생 지역인 국립 중앙 박물관에 고립된 입장객들이 무사한지는 아직 확인된 바가 없습니다. 박물관 측에서 넘긴 명단으로 파악된 신원이 지금 아래 자막으로 나가고 있는데요.』

『이런, 학생들이 있군요?』

『원래라면 학교에 있을 시간이지만, 요즘 대부분의 학교가 중간고사 기간인지라 수업이 일찍 끝납니다. 학생들이 박물관을 방문한 정황은 파악되지 않으나-』

캐스터들이 심각한 얼굴로 계속 떠들었지만, 들리지 않

았다. 지오는 뚫어져라 자막 한 부분을 바라봤다.

【견○○(17세)/샛별 고등학교】

"어머님!"

"나, 나는! 괜찮아요. 잠깐 현기증이 나서."

비틀거리며 벽에 기댄 박순요가 떨리는 목소리로 신음했다. 사색이 된 얼굴로 이마를 짚는다.

"쟤가 도대체 저기 왜……! 아까 통화했을 때까지만 해도 분명 바로 집으로 가겠다고 했는데……."

지이잉, 지잉-!

주머니 속 휴대전화가 요란하게 울었다. 어디서 오는 연락인지는 굳이 확인하지 않아도 안다.

1급 게이트 재앙.

조국이 '죠'를 부르고 있었다.

지오는 빠르게 판단했다.

'용산구는 우리 집 방향도 아니야. 누군가 금희를 설계한 판 안으로 부른 거다.'

그렇다면…… 유인책. '미끼'다.

어떤 개새끼인지 몰라도 견지오를 아주 잘 아는 개새끼가 어여삐 초대장을 보내신 거다. 냉소가 샜다.

"……하, 시발. 돌아오자마자 뭐 이리 찾는 데가 많아.

인기인이야, 아주 폭죽처럼 터지네.”

뒤틀린 심기에 저도 모르게 튀어나온 날 선 빈정거림.

아차. 뱉고 흠칫한 지오가 슬그머니 엄마의 눈치를 살폈다. 그래서 박순요는 먼저 말했다.

“가.”

단호하게.

어느 때보다 진심을 담아서.

“가. 지오야. 너 하고 싶은 대로 해.”

“……”

“엄마가 너한테 강요했던 그런 이상한 약속 따위 이제 잊어버려. 지키지 않아도 돼.”

마음껏, 너 하고 싶은 대로 살아.

그래도 네가 내 딸이란 건 절대 변하지 않으니까.

“사랑하는 내 딸. 고생했어.”

……어쩌면 그 무엇보다도 듣고 싶었던 말.

낯선 감정에 지오의 얼굴이 엉망으로 일그러졌다.

그리고 바로 그 순간이었다.

“……!”

……카강! 촤르르르!

['언령言靈'이 시전자의 강한 의지에 의해 회수됩니다.]

[고대 언령, '언어의 사슬'이 해제되었습니다!]

[축하합니다! 숨겨진 한계(특수)를 극복하셨습니다!]
[오래된 구속에서 풀려납니다. 억눌려 있던 성장도와 잠재력이 대폭 상승합니다!]
[업적 달성!]
[마력 회로가 두 번째 진화進化에 성공합니다!]

혼을 강하게 옥죄던 족쇄가 떨어져 나간다.

아주 오랫동안 짊어지느라 한 몸과 같아 존재하는 줄도 몰랐던 구속이었다.

온몸이 거짓말처럼 가볍다.

지오는 두 눈을 지그시 감았다가 떴다.

쏟아지는 무수하고 요란한 알림들이 아니더라도 스스로 느낄 수 있었다.

이전과는 '전혀' 다르다. 예전 힘의 운용이 스위치를 켜고 끄는 식이었다면, 이젠 뜻하지 않아도 눈 안에서 별들이 영검한 빛을 발했다.

"아……!"

지켜보던 바리윤이 저도 모르게 탄성을 흘렸다.

한층 성장한 주인은 전보다 멀어졌지만, 그것을 슬퍼할 겨를도 없이 눈부시게 아름다웠다.

【드디어, 한 꺼풀 벗는구나.】

[당신의 성약성, '운명을 읽는 자' 님이 혈계로 묶인 속박이라 어쩌지도 못하고 답답했다며 웃음기를 담아 투덜거립니다.]

[뭐 하고 있냐며 어서 하고 싶은 말을 하라고 성약성이 독려합니다.]

맞다. 별님의 말마따나 할 말이 많았다.

하지만 길게 말할 필요는 없을 것 같다.

놀란 듯 저를 보는 눈. 지오는 자신이 세상에서 제일 사랑하는 여자를 보며 피식 웃었다.

"엄마."

아까부터 하고 싶었던 그 말.

"괜찮아."

고된 삶이 묻어나는 눈가에 또다시 눈물이 차오른다. 지오는 다정한 손길로 닦아 주며 속삭였다. 단 한 번도 원망한 적 없어.

"그래도 정 미안하면…… 내가 엄마를 지키게 뭘 좀 할건데, 허락해 줄래?"

"……"

"응?"

"⋯⋯그래."

[성위 고유 스킬, '**운명의 모래시계**'를 활성화하시겠습니까? 현재 지정 가능한 슬롯은 1개입니다.]
[지정 대상 '박순요'의 모래시계가 활성화되었습니다.]

황금빛 시계가 소중한 이름을 지니고 돌아간다.

확인을 마친 지오가 다시 장난스럽게 턱을 들었다.

"그만 울어, 마마님. 나 이 정도면 꽤 잘 컸지 않아? 어디 가서 안 꿀린다고."

자랑스러워해도 돼.

"딸 잘 키웠어, 우리 박 여사."

떠는 그 손을 한 번 꽉 잡아 주고 지오는 돌아섰다.

이제, 두려운 것은 아무것도 없었다.

·⋅+ ✳ ✳ ✳ +⋅·

"금희야, 금금! 정신이 들어? 괜찮아?"

"기가 막혀서. 누구 때문에 이렇게 됐는데 지는 팔자 좋게 기절해 있고."

"곽서라, 말 좀 가려서 해라."

"내가 뭐 틀린 말 했어?!"

여러 개의 목소리가 윙윙 골을 울렸다. 견금희는 창백한 안색으로 관자놀이를 짚었다. 두통으로 아찔했다.

"여기가 어디……."

그 말에 옆에서 부축해 주던 설보미가 움찔한다. 주변 눈치를 슬쩍 보더니 빠르게 속삭였다.

"기억 안 나? 금금 네가 학교 끝나자마자 꼭 가야 하는 곳이 있다고…… 우리가 그냥 다음에 가자고 그래도 계속 우겨서-"

"뭐? 기억이 안 난다고?"

파악! 어깨를 밀치는 손길.

각성자인지라 일반인 손길에 아프진 않지만, 불쾌감은 별개였다. 반사적으로 인상을 구기는데 곽서라가 한 발 더 빨랐다.

"하! 종일 말 걸어도 귀신이라도 썬 것처럼 멍하더니! 안 가면 죽이기라도 할 것처럼 분위기 다 형성해 놓고, 뭐? 이제 와서 기억이 안 나? 발뺌하면 다야?"

견금희 너 정말 소름 끼친다, 무슨 지병이라도 있냐고 고래고래 악쓴다. 친구들이 그만하라며 서둘러 둘 사이를 떼어 놓았다.

"야, 야. 그만해! 게이트에 홀렸던 걸 수도 있지! 그런 경우 종종 있잖아. 금희라고 이런 일이 생길 줄 알았겠어?"

'게이트……?'

그제야 주변 풍경이 눈에 들어왔다.

견금희는 멍하니 정면의 재해를 바라봤다.

밀폐된 박물관 안, 정문 유리창 너머에 껴 있는 짙고 검은 안개. 로비의 사람들은 불안한 얼굴로 모여 수군거리거나 문을 쾅쾅 두드리며 울부짖고 있었다.

"열어 줘! 나가게 해 달라고!"

"여보세요? 여기요! 왜 아무도 안 오는 건데! 여기 사람 있다고요!"

답지 않게 얼빠진 목소리로 견금희가 중얼거렸다.

"내가 여길, 여기를 오자고 했다고……?"

설보미가 머뭇거리며 끄덕였다.

"으응. 학교 끝나자마자 꼭, 진짜 꼭 박물관으로 가야 한다고, 계속……."

"미친년처럼?"

"어? 어어……. 내가 말을 최대한 잘 골라 보고 있었는데, 괜한 짓이었네. 하하."

시험 기간이라 수업은 짧았고, 오늘따라 어딘가 이상하던 친구의 고집을 그들이 꺾기엔 역부족이었다. 그러곤 박물관에 도착하자마자 돌연히 쓰러졌다고 설보미가 짧은 설명을 마쳤다.

정말 아무것도 기억이 안 나냐며 조심스럽게 덧붙인다. 견금희는 여우에게 홀리기라도 한 기분이었다.

물론 진짜 여우를 알고 있기에 말도 안 되는 소리임을 알지만, 대체 이게 무슨⋯⋯ 잠깐.

'설마⋯⋯! 그 명함?'

평소와 다른 점이 있다면 그것뿐인데!

다급히 주머니를 뒤적이는데 만져지는 것이 없다.

타 버렸는지 재만 가득했다. 마치 제 목적을 달성하고 사라진 저주처럼.

'⋯⋯당했구나. 속았어.'

견금희가 질끈 어금니를 악무는 찰나, 옆에서 설보미가 다급히 팔을 붙들었다.

"그, 근데! 금금! 금희야! 어쩌지? 우리 진짜 갇힌 거 같은데⋯⋯!"

불길한 빛깔의 안개가 점점 더 짙어지고 있었다.

문틈으로 새어 들어올 기세에 유리문에 달라붙어 외치던 사람들이 비명 지르면서 물러난다.

패닉은 그걸로 끝이 아니었다.

발밑의 땅이 울렁거렸다. 어느덧 대기에서도 매캐한 냄새가 풍겨 오기 시작했다.

이런 기괴한 전조 현상은 '균열'로 인한 것뿐.

그리고 이처럼 주변 환경의 변화가 확연해 육안으로 확인 가능할 정도라면, 상당한 상등급의 게이트다⋯⋯!

우두커니 선 그녀를 곽서라가 표독한 얼굴로 노려봤다.

"다 너 때문에 이렇게 된 건데, 뭐 방법 없어? 그 잘난 오빠라도 불러 보란 말이야!"

하지만 저런 곽서라조차 견금희가 정신을 잃고 있는 사이 한참을 울었는지 눈가가 붉었다. 잔뜩 날을 세워도 결국 겁에 질린 어린애…… 무력한 일반인에 불과한 것이다.

친구들도 말은 안 하지만, 은연중에 동의하는 눈빛이었다.

꽈악, 손톱이 손바닥을 파고들었다.

쇄골 위 목걸이의 감각이 차갑다. 저렇게 보채지 않아도 위치를 공유하고 있기에 누군가는 필히 이곳으로 올 것이다.

하지만 친구들의 바람과 달리 이곳에 올 사람은 견금희의 오빠가 아니었다.

설계된 판에 올라온 미끼, 견금희는 소리 지르고 싶은 충동을 간신히 삼켰다.

'언니……!'

오지 마, 제발.

·· ✦ ✕ ✦ ✕ ✦ ··

항마 폐쇄 시스템을 가동 중인 병원 내에서 [공간 이동]처럼 거대한 마력 파동을 일으켰다간 혼란을 가중할 수 있다.

지오는 조용히 병원 건물을 빠져나왔다.

마법사의 의지가 멈췄으나 퍼붓는 빗줄기는 여전했다.

마법은 또 다른 마법을 부르니까. 처음에는 지오가 불렀을지 몰라도 이제는 자연 그 스스로의 의지였다.

찰박, 첨벙!

빗속 거리를 사람들이 바삐 내달린다. 근처에 있던 행인들이 긴급 대피 지정 장소 중 하나인 병원으로 모여드는 것이다.

'여긴 틀렸네. 조금 더 멀어져야겠쓰. 이동할 적당한 장소가…….'

다행히 대형 병원답게 주차장은 넓었다.

지오는 인적 드문 구석으로 들어가 재빨리 마법을 실행했다. 그러나.

[적업 스킬, '공간 이동'에 실패하였습니다.]

[해당 지역은 이동이 차단된 구역입니다.]

/특정한 힘에 의해 필드 지배권이 넘어간 경우, 시공간을 왜곡하는 이동이 제한됩니다./

필드 제한으로 인한 스킬 실패.

바벨탑 39층에서 대악마와 충돌했던 이후 처음이다. 이런 경우는 적의 필드화가 완전하게 끝났거나, 혹은…….

'나타난 놈이 대악마급이라고?'

낌새가 좋지 않다. 지오의 표정이 살짝 굳어졌다.

일단, 중심 접근이 안 된다면 측면을 노릴 수밖에. 좌푯값 설정부터 다시 하려는 그때.

웨에에에엥–!

"–––도 –가자! –해! 어서!"

긴박한 말소리가 뒤섞인 웅성거림.

달리던 행인들의 방향이 바뀌고 있었다. 병원에서, 그 바깥으로. 지오는 홱 고개 들었다.

병원 건물의 바로 옆 하늘이었다. 짙은 먹구름 사이로 날카롭게 존재감을 비치기 시작한, 소름 끼치도록 새파란 빛.

'게이트⋯⋯!'

이래서 1급이 제일 뭣 같다고 하는 거다.

큰 거 하나가 터지면 신나서 작은 것들이 졸병처럼 우르르 뒤따라 기어 나오니까.

지오의 얼굴이 와그작 일그러졌다. 이 악물며 몸을 돌렸다.

병원 안엔 아직 박 여사가 있었다.

'빌어먹을, 작작 좀!'

"시간 없다고, 양심 다 팔아먹은 것들아! 이쪽은 한 명이란 말⋯⋯!"

"지오 씨―!"

빗속에서도 선명하고 맑게 울리는 중저음의 미성.

여기서 들으리라 전혀 기대하지 않았던 목소리였다.

착각인가 싶었지만, 그 정도로 정신이 없진 않다. 지오
는 천천히 돌아섰다.

"……하아! 찾아다녔습니다. 내내."

비 맞은 속눈썹이 남자로선 드물게 촘촘하고, 흠뻑 젖
은 흑발 덕에 뺨은 유난히도 희게 보였다.

세찬 빗속에서, 회귀자가 그녀에게 다가왔다.

지오는 조금 놀라 물었다.

"너…… 어떻게 여기……? 게이트 막으러 간 거 아니었어?"

"가다가 방향을 돌렸습니다. 꼭 드릴 말씀이 있는데…… 왜
인지 이번엔 늦으면 안 될 것 같다는 직감이 들어서요."

은사자 쪽에서 위치를 알려 주었다며 백도현이 웃는
다. 찰박, 그가 걸음을 뗄 때마다 빗방울이 튀는 맑은 소
리가 났다.

"다행히도, 제 감이 맞은 모양입니다만."

백도현은 물끄러미 지오를 바라봤다.

'음. 그새 키가 조금 자랐나?'

비가 부린 마법일지도 모르겠으나 백도현의 첫사랑은
그 잠깐 사이 약간 성숙해진 듯 보였다.

예전의 '그녀' 모습과 언뜻 가깝게도 보인다. 방향은 약

간 다를지라도.

"어떻게 말해야 할지⋯⋯ 오는 내내 고민했는데, 그럴 필요 없었네요. 제 망설임 따위로 시간을 뺏기엔 지오 씨한테 별로 여유가 없어 보입니다."

"⋯⋯."

"그러니까 본론만 말할게요."

이 말을 전할 수 있는 타이밍을 그는 기다렸다.

백도현은 팔을 뻗었다.

뺨에 들러붙은 지오의 젖은 머리칼을 조심스레 넘겨 주고, 시선을 다정하게 마주했다.

지금 이 말이 당신을 위한 진심임을 알아주길 바라며.

"만에 하나, 지오 씨. 세상으로 나가야 하는 순간이 온다면."

"⋯⋯."

"반드시 당신 의지로, 이름을 밝히세요."

또렷한 발음으로 그가 나직하게 불렀다. 견지오.

"나는 '견지오', 라고."

"⋯⋯."

"세상 사람들은요. 생각보다, 우리가 기대한 것보다 바보 같고 어리석어서요. 자기가 모르는 것에 대해 쉽게, 가볍게, 또⋯⋯ 함부로 말을 합니다."

지오는 빤히 백도현을 올려다봤다.

갑자기 나타나서 시간 없는데 이게 무슨 뜬금없는 소리냐고, 평소처럼 구박하거나 따질 수 없었다.

그녀가 모르는 세상에서 되돌아온 회귀자는 어느 때보다 진지했고, 진실해 보였으므로.

"꼭 악의 같은 게 있어서가 아니에요. 아닐 겁니다. 그냥 단순히 잘 모르니까. 자기가 모르는 사람이니까. 그렇게 다들 한마디씩, 가볍게 던지는 거예요. 그리고……."

"……."

"때때로 어떤 상황은…… '주체'가 누구냐에 따라 주도권이 아주 쉽게 뒤바뀌곤 합니다."

백도현의 눈빛이 깊어졌다.

트릭스터에 의해 강제로 밝혀졌던 지난 시간의 '죠'는 미처 준비할 새도 없이 군중의 소용돌이 속으로 내던져졌다.

급하게 움직인 센터와 〈은사자〉가 얼굴을 제외한 신상을 감추는 데 성공했지만, 오히려 역효과였다.

이름과 배경 히스토리를 모르기에 루머는 걷잡을 수 없이 퍼져 나갔고…… 신상과 관련하여 음모론을 비롯한 온갖 악질적인 소문과 페이크 뉴스가 날마다 언론을 도배했다.

누구도, 세상의 어느 누구도, '죠'의 뒤에 있는 견지오에게 관심을 갖지 않았다.

'절대 그렇게 되어선 안 돼.'

그렇게 되도록 이번에는 보고만 있지 않을 것이다. 백도현은 목소리를 한 톤 올려 웃었다.

"선빵 필승. 아시잖습니까?"

그래서 지오도 그를 따라 작게 실소 지었다.

"……오늘따라 님 말 많네. 평소엔 눈치 보느라 바쁘더니."

"이 나라에 다섯뿐인 S급인데, 해야 할 때는 해야죠."

시간이 많지 않다.

으쓱 어깻짓한 백도현이 담백하게 인사했다. 그럼 이제 가세요.

"돌아보지 말고, 원래 가시려던 쪽으로."

"……너."

지오의 눈이 흔들린다.

백도현은 그 얼굴을 잠깐 바라보다가 가까이 다가섰다.

잠깐 망설임이 들었지만, 결심하자 더 머뭇거리지 않았다.

빗속에서 맞닿는 손이 뜨겁다.

고작 손을 잡고서, 아주 큰 상을 받은 것처럼 열기 어린 얼굴로 눈을 내리깐다. 회귀자가 속삭였다.

"당신이 필요할 때 곁에 있고 싶어서, 먼 길을 돌아왔습니다. 이 정도는 욕심내게 해 주세요."

"……"

"뒤는, 당신의 등 뒤는 제 몫이에요."

백도현이 맑게 웃었다.

"이제, 혼자가 아니시잖습니까."

……혼자가 아니다.

지오는 무슨 말을 꺼내려고 했지만, 왜인지 할 수 없었다. 그래서 대신.

"……!"

그가 급히 숨을 들이마시는 게 느껴졌다.

단련된 검사의 육체는 마른 팔로 전부 감싸 안기엔 버거울 만큼 커다랗고 단단했다.

그럼에도 지오는 백도현을 꽉 끌어안았다. 할 수 있는 한, 힘껏.

"……미워."

아주 나직한 속삭임.

제대로 전부 들리진 않았지만, 분명히 들려왔다.

백도현은 거세게 울리는 제 심장 소리에 묻혀 그녀의 목소리가 들리지 않을까 조바심이 났다.

그러나 그의 품에 파묻힌 지오가 다시 소리 내어 부른다. 조금 전보다 크게. 강하게.

"비가 그치면, 백도현."

"……예."

"그땐 네 이야기를 해. 들을게."

견지오도 안다.

어떤 나비가 날아와 자신의 바다를 흔들고, 바꿔 놓았는지. 무엇이 그녀의 등을 좁디좁던 세상 바깥으로 떠밀었는지.

"돌아와 줘서…… 고마워, 내 회귀자."

하마터면 그 말에 울컥 눈물이 날 뻔했다고, 그걸 들키면 너무 바보 같아 보일까?

'죠'가 제 왕국을 지키기 위한 전장으로 떠났다.

백도현은 지체 않고 그에게 맡겨진 방향으로 나아갔다.

"거기! 멈추세요! 이쪽은 위험합니다! 통제선 바깥으로…… 배, 백도현 헌터? 백도현 헌터님 맞으십니까?"

"미친, 마, 말도 안 돼! 진짜야! 바빌론의 백도현이다!"

군대를 뒤로 물려라, 헌터들에게 알려라. 그가 먼저 언질을 줄 필요도 없었다.

최초 랭킹 10위.

그러나 은석원의 전사戰死로 인해 이제는 현 랭킹 9위에 오른 대한민국 다섯 번째 S급의 등장.

재빨리 상황 파악을 마친 현장의 대처는 노련하기 그지없었다. 그의 길 앞을 가로막은 것들이 전부 치워진다.

저벅, 저벅.

백도현은 빗길의 중앙으로 걸어가며 기도하는 자처럼 한 손을 심장가로 모았다.

'전용 무기 소환.'

허공에서 영롱한 파문이 일고, 익숙한 감촉의 검병이 손안에 잡힌다.

"캬아아아악!"

괴물들이 투기와 살기로 우짖었다.

성약을 맺은 성위의 힘을 빌려 오는 방식은 계약자마다 다르다. 지오처럼 전권을 넘겨받는 경우가 있는 반면, 조건부 거래 혹은 엄격한 검증을 거쳐 힘의 일부만 허락받는 경우도 있었다.

백도현의 경우는 후자.

퍼스트 타이틀 '심판의 검'.

부여받은 그 숙명에 걸맞도록. 위에서 지켜보는 별에게 지금 행하려는 나의 길에 동의한다면, 기꺼이 힘을 빌려 달라 '요청'하는 것.

그리하여…… 스킬명.

"[바라건대, 오늘 우리의 검이 옳은 방향이기를.]"

[성위 고유 스킬, '대리자의 오더Order' 발동]

질서 유지를 가장 중시하는 그의 성약성은 제 화신에게 한계 이상의 힘을 허락하지 않는다.

그래서 자신의 힘을 허용치 안에서 10가지로 나누었으며, 그것은 백도현의 적업 특성에 맞춰 '검'으로서 세계에 구현되었다.

빛으로 된 총 열 자루의 검이 그의 주변 허공으로 떠오른다.

만약 이들 중 일부만 그의 의지에 동의한다면, 기본속성 '빛'의 배수인 힘만 허락될 테지만…… 지금처럼.

[십검집행 만장일치滿場一致!]
[성약성이 대리자에게 부여할 권한의 범위를 판단 중입니다.]
[성위, '만물 유지의 인류 수호자'가 제4검의 일시 해방을 허가합니다.]

그의 애병이 형태를 바꾼다.
외견이 달라진 검에서 무엇이든 파괴할 수 있으며, 또 무엇이든 해하지 않는 정화淨化의 패기가 폭발적으로 치솟았다.
사아악!
일어나는 빛의 광채에 젖었던 머리카락이 마른다. 단정한 흑발이 짧게 휘날렸다.
떼를 지어 달려드는 그릇된 마수들을 보며, 왕의 백기사는 자세를 가다듬었다. 읊조렸다.
'경애하는…….'
"당신을 위하여."

[제4검 '나라심하', 현현顯現]

"……예. 알겠습니다. 부탁드립니다. 그리고…… 미안하고, 고맙습니다."

호두알을 통째로 삼킨 것처럼 목이 메었다. 장일현은 안경을 벗어 눈가를 지그시 눌렀다.

"국장님, 괜찮으십니까?"

"……그래."

피할 수 없는 국가 위기 상황과 직면할 시 정부는 언제나 최소한의 피해만 입도록 모든 방법을 강구해야만 한다.

그것이 나라를 유지하는 자들의 책임이고, 또 의무였다.

그러니 감상에 젖을 시간 따윈 사치임을 안다. 하지만…… 아무리 노련한 일꾼이라 해도 한낱 인간에 불과한지라 감정을 추스를 잠깐은 필요했다.

국장 장일현은 숨을 깊게 들이마셨다.

심호흡이 끝나자, 센터의 총책임자는 다시 평소의 냉철한 눈빛으로 돌아와 있었다.

"현장의 김시균 팀장한테 전하세요. 지금 즉시 전투 중지하고, 현장 상황 통제하여 경계 태세로 전환하라고. 현 시간부로 오로지 엄호와 방어에만 집중합니다."

"엄호라면…… 누구를?"

"누구겠나?"

지금 그걸 질문이라고 하냐는 듯, 차게 일갈한다. 요원들이 굳어 부동자세를 취했다.

그에 짧은 한숨을 내쉰 장일현이 딱딱하게 선언했다.

"지금부터는, '왕'의 전장이야."

이 세상에서 오직 단 한 사람만이 가능한 독무대 시간
이었다.

·· + ✳ ✦ ✳ + ··

드리운 안개가 검고 아득하게 짙다.

하늘의 빛은 그 어느 때보다 불길했다.

소용돌이의 중심부에서부터 일직선으로 솟구친 안개
기둥을 따라 심연이 지상에 도래한다. 거대한 문이 점점
아가리를 벌릴 때마다 악랄한 붉은 눈이 모습을 보이기
시작했다.

그 악의.

그 악몽.

'저것이 다 드러나면 오늘 세계는 멸망한다.'

강렬한 직감이 들었다.

바벨탑의 대악마와 비슷하나 또 달랐다. 정신이 아찔할
정도로 이질적인 두려움, 겪어 본 적 없는 종류의 소름이다.

하지만······.

우우우우우-!

인간의 신화 속에서 탄생한 흑룡이 긴 공명을 토했다.

제 권속의 그 호전적인 포효를 따라 '죠'가 웃었다. 와, 시발.

"어떡하냐. 먼 길 오셨을 텐데."

이거 질 거라는 생각이……

안 드네. 도저히.

4

주인의 기분을 따라 흑룡이 비웃듯 길게 울었다.

적의의 학살자, 니드호그는 창조된 권속.

지오가 성장할 때마다 용 역시 같이 자라기에, 그들이 느끼는 것은 늘상 동일했다.

휘이익!

공격적인 날갯짓이 구름을 가른다. 불가사의한 적을 신중히 가늠하던 것을 끝낸 흑룡이 크게 선회했다.

태풍의 눈처럼 주변을 빨아들이고 있는 게이트 안쪽으로.

길이 막힌다면, 위로 솟으면 그만.

창공은 언제나 가장 강력한 지배자의 소유였다.

세찬 비바람 속으로 활공하며 지오는 힐긋 아래를 일별

했다. 중심부로의 진입을 관두고 방어진을 형성하고 있는 무리가 보였다.

하늘에서도 뚜렷하게 보이는 국가 마크.

센터의 긴급대응반이다.

머리 위로 드리우는 용의 그림자에 그들이 일제히 고개 들었다. 마력을 완전히 해방 중인 지오의 시야에 그들 모습이 선명하게 비친다.

"……허."

지오는 피식 웃었다.

'하여간 꽉 막힌 답답이들…….'

어쩔 수 없다는 듯 실소한 지오의 팔이 올라간다.

툭, 장난스럽게 눈썹 위로 대었다가 떨어지는 손. 지상의 그들과 같은 포즈였다.

혼자가 아니라는 백도현의 말은 사실일지도. 이전에도, 앞으로도.

정중히 경례를 보내는 요원들.

거대한 흑룡이 그들을 지나 안개 속으로 사라질 때까지, 그들의 팔은 내려오지 않았다.

"……저, 저게 뭐야?"

뉴욕. 스튜디오 안이 고요했다.

토크로 한창 떠들썩하던 분위기가 일시에 바뀐 것은 한국 상황이 스튜디오에 중계되면서부터.

정확히는, 1급 게이트 출현 소식에 급히 카메라가 돌아간 다음이었다.

쨍그랑!

패널 중 한 명이 뒷걸음치다가 컵을 깨뜨렸지만, 아무도 그를 나무라지 않았다. 한쪽에서 누군가 구역질하는 소리가 들렸다.

"오, 하느님……."

창백해진 진행자가 신음처럼 중얼거렸다.

신실함과는 무관하다. 지금 여기 없는 종교라도 부르짖고 싶은 자가 어디 한둘이겠나?

키도는 턱을 괬다.

'그럴 수밖에.'

저건 본디 '근원적인 공포'에 가깝다.

인간의 존엄성과 존재를 부정하고, 보잘것없는 것으로 추락시키는 인지 너머의 공포.

화면을 통해 한 번 걸러졌으니 망정이지, 실제로 마주했다간 제정신을 유지하기조차 힘들 터.

넋 나가 말을 잃은 채 화면을 바라보는 사람들.

그사이 키도는 랭커 채널을 확인했다. 5분 전, 헬퍼였다.

| 10 | 6월: 알케미스트랑 연락이 안 돼.

'……설마 또 고삐를 놓은 건 아니겠지. 마지막까지 신중하라고 당부했건만.'

"오, 오 마이 갓……! 여러분, 제 손 보이시나요? 손이 다 떨리네요. 오늘 한국이 멸망하지 않길 바라야, 아니, 이제 한국만의 얘기가 아니겠네요. 젠장."

"맙소사……."

"헤이, 헤이! 잠깐만요, 아직 모릅니다. 한국에는 '그 사람'이 있으니까!"

"제임스, 당신이 그 위저드의 열렬한 팬인 건 알지만…… 솔직히 저건. 우리 솔직해집시다. 저걸 대체 어떻게 막아요?"

"하지만 보세요. 흉측하지만, 움직임이 둔하지 않나요? 공격력이 떨어져 보인다고요. 어쩌면 승산이 있을지도 몰라요."

슬슬 정신이 되돌아오는지 흥분해 각자 떠드는 패널들. 무지한 그들을 보며 키도가 나지막하게 뇌까렸다. 글쎄.

"공격만이 늘 목적이진 않지."

때때로 단순한 무력화만으로도 게임은 끝나니까.

잠과 죽음은 서로 닮아 있다.

그러니 승리를 부를 수 없다면 자장가를 부를 뿐.

모든 게 끝날 때까지, 그녀가 영원한 잠에 들도록.

·· ✦ ✳ ✦ ✳ ✦ ·· ·

털썩…….

"거기 막을 거 있으면 조금 더…… 설봄? 야, 설보미!"

뒤를 돌아보자 설보미가 태엽 풀린 인형처럼 쓰러져 있었다. 입구를 막던 것을 멈추고 견금희는 급히 달려갔다.

"보미야, 설보미! 야, 너 왜 그래! 정신 차려!"

그런데 기이하리만치 주변이 조용하다. 불현듯 그 사실을 깨달은 견금희가 확 고개 들었다.

'……뭐야, 언제부터 이랬지?'

친구를 조심스럽게 눕히고 일어났다. 타이가 사라진 교복은 엉망진창, 몸도 상처투성이다.

게이트의 찌꺼기들, 스펙터 비슷한 소형 몬스터 떼가 들이닥치며 홀로 상대한 지도 10여 분.

일반인들은 그 즉시 전부 전시관 안쪽으로 대피시켰다.

E급 헌터로서는 무모한 결정이었지만, 그녀에게는 강한 형제들로부터 지원받은 템빨이 있으니까. 어찌어찌 밀어내고 바리케이드를 쌓아 가던 중이었는데…….

전시관으로 들어서던 견금희의 걸음이 우뚝 멈춰 섰다.

"어……?"

사람들이 전부 쓰러져 있었다. 그들 위로 드리워 있는

안개가 짙디짙다.

'그러고 보니 저 안개는 대체 언제 들어온⋯⋯?'

무심결에 다가서는 그때였다.

우우우웅-!

[심각한 위협 감지. 조건 설정된 안전 결계가 전면 가동됩니다.]

샤아아⋯⋯.

디딘 발을 기준으로 백은빛 물결이 솟아난다. 그대로 견금희를 감싸 삼켰다. 싸늘해진 줄도 몰랐던 손발이 순식간에 따스해지고, 안온한 기운에 흐렸던 정신이 맑아진다.

견금희는 자신을 수호하듯 앞으로 떠오른 목걸이를 멍하니 바라봤다.

최상급 수호 인챈트.

은은히 서린 서광이 누구의 짓인지는 자명했다.

"⋯⋯견지오 이 멍청이가 언제 이런 걸."

목멘 목소리가 갈라졌다.

「너는 나로, 나는 너로 여기며. 서로를 위기와 고난으로부터 지키고. 죽음 앞에서도 결코 외면하지 않으리라.」

단단한 맹세와 함께 다정하게 목걸이를 채워 주던 언니.

눈가가 확 뜨거워졌다. 견금희는 꾹 눈물을 참았다.

꼭두각시 저주에서 깨어난 후부터 줄곧, 세상에 홀로 남겨진 기분이었다.

친구들의 원망, 사람들의 불신……. 무력감, 자기혐오. 잠시 잊고 있었던 감정들이 순식간에 몰아닥쳤다.

아무렇지 않은 양 서서 버틴 것은 전부 갈고닦은 자존심에 의한 것. 하지만…….

견금희는 목걸이를 꽉 쥐었다.

서러움이 해일처럼 떠밀려 왔다.

혼자가 아니라는 믿음이 들자마자 마음이 무너져 내린다. 열일곱 살의 소녀는 눈물로 젖은 얼굴을 거칠게 훔쳐 냈다.

"개새끼들…… 나 절대 혼자 아니거든! 우리 언니한테 다 이를 거야, 흐윽. 나가기만 해 봐. 씨발……."

보고 싶었다.

당장에라도 여기로 부르고 싶은 마음이 굴뚝같다.

하지만 지오를 곁으로 소환할 수 있는 기회는 한 번.

지금이 목걸이를 부술 타이밍은 아니다.

침착하게 기다려야 한다. 설계된 덫에 제 발로 걸어오고 있을 언니에게 칭얼거릴 순 없다. 인내심을 갖고 견금희는 꾸역꾸역 움직였다.

쓰러진 친구를 사람들 곁에 누이고, 상처투성이 손으로 다시 바리케이드를 쌓으려는데.

띠링! 띵!

[서울 용산구 | 추정 레벨: ??]
[게이트의 단계가 알 수 없는 레벨로 상향 조정됩니다.]
[보안 단계가 낮습니다. 악성 코드를 읽는 데 실패하였습니다.]
[경고! 외부 테라포밍이 위험 수위에 진입합니다. 현재 진행도 79%……]

"헉……!"
비틀, 몸이 균형을 잃고 크게 휘청거렸다.
여기저기 흉측하게 뒤틀려 있던 발밑의 땅이 빠른 속도로 또다시 모습을 바꾸기 시작했다. 녹아내리듯 건물 안의 형태가 무너진다.
"뭐, 뭐야!"
주르륵 흘러내리는 주변 벽들을 보며 견금희가 비명을 삼켰다. 재빨리 기둥을 타고 뛰어올라, 입구 위 유리창들 쪽으로 올라서는데.
타악!
동시에 눈앞에서 마주한, 바깥 풍경.

반사적으로 전면의 유리창을 짚은 손끝이 새하얘진다. 안색도 마찬가지.

'이게…… 1급이라고?'

바벨의 판단은 정확했다.

이건 절대로 1급일 수가 없다.

그리고…… 혐오스러운 추상화처럼 일그러진 대지 위, 기괴하고 끔찍한 그 악몽 속으로 추락하듯 날아드는 한 마리의 용이 보였다. 견금희는 눈을 부릅떴다.

'안 돼!'

"아, 안 돼, 견지오-! 언니이이-!"

유리창을 쿵쿵 두드리는 손등이 붉어진다. 두려움에 차 악썼다. 목소리가 갈라졌다.

"안 돼, 제바알-!"

가지 마, 데려가지 마! 다 내가, 전부 나 때문에……!

후회와 절망으로 찢어지는 절규가 공간을 울리고, 그때.

돌연히, 황금빛 종소리가 귓가에 들려온 것은 바로 다음 순간.

사아아아…….

눈물에 흠뻑 젖은 얼굴로 소녀는 고개를 들었다.

"마, 말도 안 돼……."

간절히 바라던 기회가 이런 순간에서야 찾아온 이 현실을 도저히 믿을 수 없었다.

조그만 종이 달린 황금색의 오르골.

열면 그 안에 '무엇'이 있는지는 이미 한 번 겪어 봤기에 알고 있다.

"바, 벨……?"

오로지 바벨만이 그 기준을 안다는, 재도전의 기회.

바벨탑의 재입장 티켓이었다.

·· ✦ ✦ ✦ ✦ ✦ ✦ ··

가까이, 강렬히 몰아닥치는 돌풍 사이로.

견지오는 이름 모를 악몽을 비로소 마주 봤다.

마음이 극도로 고요하게 침전한다.

그 어느 때보다 차분하다. 격이 가늠 불가한 맞수와의 대적을 앞에 둬서? 글쎄. 그보다는, 어떤 확신 때문에.

'오늘 이 땅에 나보다 강한 자는 없다.'

나는 불패不敗한다.

감았다가 뜨는 마법사의 눈에서 황금빛 우주가 번쩍 타올랐다.

·· ✦ ✦ ✦ ✦ ✦ ✦ ··

머나먼 곳.

얇은 천 자락이 바닥을 쓸었다.

공전하는 별들 사이를 느긋하게 걷는다.

하지만 걸음걸이와 반대로 지금 이 사내의 심중은 조금도 여유롭지 않았다.

근사한 모양의 입가가 비스듬히 올라간다. 심연을 담은 눈이 타오르는 희열로 번뜩였다.

【빠르군.】

이전보다 훨씬 빠르다.

보다 견고해진 영혼의 연결을 느끼며 '운명을 읽어 내는 자'가 고양된 웃음을 흘렸다. 굴곡진 손가락으로 아랫입술을 훑는다.

【이대로라면 정말…… 가능할지도 모르겠어.】

광활한 천체의 정중앙.

작은 별들이 스스로의 의지로 한곳을 향해 움직이기 시작한다.

그리고 그 가운데, 가장 빛나는 별 하나가 어느 때보다 맹렬한 존재감을 불태우고 있었다.

황홀하리만치 눈부신 빛으로.

·· ✦ ✳ ✦ ··

쾅-!

뉴욕 록펠러 센터.

스튜디오 안 사람들의 시선이 한쪽으로 돌아간다.

큰 소리를 낸 주인은 의외의 인물이었다. 갑자기 테이블을 거세게 밀치며 일어난 푸른색의 미남자.

여유로움은 자취를 감췄다. 굳은 얼굴로 화면을 뚫어져라 응시한다.

모두가 생각했다. 그럼 그렇지, 내내 느긋하더니 이제야 상황 파악을 제대로 한 거로군. 아무리 차분한 '귀도 마라말디'라도 저런 것은 당연히 처음 볼 테니까.

그러나 틀렸다.

그가 놀란 이유는 고작 그딴 게 아니다. 키도는 피가 통하지 않는 주먹을 꽉 말아 쥐었다.

이번 챕터의 라스트 찬스라는 건 결코 빈말이 아니었다.

무수하여 뒤죽박죽 섞여 있는 그의 기억들을 뒤지고 또 뒤져 계산해 낸 초강수였다.

모든 계산은 완벽했다.

현시점에서 '견지오'를 제일 잘 아는 사람은 자신이므로.

최초의 연인이었고, 최선의 파트너이자 최악의 적, 또 최후의 대적자였으니……. 그러나.

"하, 하하……."

"……마라말디?"

"하하하. 미치겠네."

영문 모르는 사람들이 그를 미친 사람처럼 쳐다본다. 하지만 까짓 게 대수인가?

한참을 소리 내어 웃어 젖힌 키도가 홱 몸을 돌렸다. 예의 아름다운 얼굴로 상쾌하게 미소 지으며 말한다.

"망했어요."

"……네?"

"킹이 진화로 판을 뒤엎었네요."

"네, 네?"

뭘 두 번 묻니, 가련한 자들아.

목줄 끊은 너희들의 폭군이 승리를 거머쥘 일만 남았다는데, 기뻐나 할 것이지.

| 1 | 13월: 게임 오버.

| 1 | 13월: 굿바이, 알케미스트.

'운 나쁘면 다음 세상에서 다시 만나자. ……친애하는 형제여.'

키도는 미련 없이 뒤돌아 스튜디오를 빠져나갔다.

·· ✦ ✳ ✦ ✳ ✦ ··

저것은 아주 오래된 안개다. 과연 얼마나 많은 생명들이 무력하게 이 안으로 삼켜졌을까?

타닥!

지오가 마침내 땅으로 착지했다.

악의에 의해 존재가 삼켜진 필드는 보이는 곳마다 그 참황이 끔찍하기 그지없었다.

숨을 들이마실 때마다 허무하게 죽어 간 자들로부터 농축된 공포가 침입자를 지배하고자 애쓰며 달려든다.

《 바깥의 파편, '검고 오래된 악몽'이 당신을 주시합니다. 》

[특성, **'절대 결계'**가 활성화됩니다.]
[**'악마 살해자'**가 활성화됩니다.]
[**'사자심'**이 활성화됩니다.]

안개 속 붉은 눈이 이쪽을 응시하는 것만으로도 정신

방벽과 관련된 특성에 모조리 불이 들어왔다. 지오는 낮게 혀를 찼다.

파아아악!

발밑을 중심으로 퍼져 나간 황금빛 마력이 주변의 잔챙이들을 몰아낸다. 접근하던 하수인들이 비명 없이 타올랐다.

"어이. 내가 왜 대가리 굴려서 판을 안 짜는지 알아?"

《 바깥의 파편, '검고 오래된 악몽'이 흥미를 보입니다. 》

"귀찮고, 지루하고……."

견지오는 성큼성큼 걸어갔다. 흉측한 하늘의 문을 향해, 일직선으로.

안개가 감싼다. 털어 냈다.

악몽이 파고든다. 뱉어 냈다.

오래된 악의가 하찮은 인간을 제 깊숙한 악몽 속으로 끌어들이고자 귓가에 자장가를 속삭였다. 정신을 쉼 없이 두들긴다.

지오는 날카롭게 비웃었다.

"……쓸데없거든."

【어딜 노리나, 감히.】

《바깥의 파편, '검고 오래된 악몽'이 불편한 심기를 표출합니다.》

제 주인의 악랄한 의지를 따라 어긋난 필드가 용솟음쳤다. 촉수처럼 달려드는 안개 속에서 지오가 중얼거렸다.

"이게 네 최선이야?"

준비하고, 설계하는 것은 도전하고 투쟁하는 자의 몫.

어딘가에서 듣고 있을 적에게 견지오는 나지막이 선언했다.

"안됐지만, 난 어떤 체스판 위에도 올라가지 않아."

나는 말도 아니며, 패도 아니다.

왕은 모든 법칙의 위에 서므로.

상대가 백을 예상하고 덤볐다면, 일천, 일만으로 짓밟아 주면 그만 아닌가?

이것이 부여받은 숙명을 짊어지고 '견지오'라는 마법사가 여태 걸어온 방식이었으며, 또 굳게 쌓아 올린 폭군의 패도霸道였다.

"더럽게 못생겼잖아. 더 그럴싸하게 못 해?"

마법사로서의 이성은 차갑고, 왕으로서의 본능은 뜨겁다.

역대급 재앙, 뭐? 그래 봤자 겨우 파편 아닌가. 필드를 빼앗고 지배하는 싸움이라면 이쪽도 절대 뒤지지 않는다.

장난기를 가장한 입가가 비틀렸다. 가라앉은 눈 안의

소우주에서 은하수가 선뜩한 빛을 발한다.

《바깥의 파편, '검고 오래된 악몽'의 지배력이 필드를 장악 합니다!》

쿠구구구구-!

으스러트리듯 억지로 벌어진 하늘의 문에서 거대한 손 이 빠져나왔다.

탐색전은 끝났다.

새까만 악의로 뭉친 그 팔이 이쪽으로 뻗어 오는 순 간, 견지오도 선언했다.

"[영역 선포.]"

차라라라락-

『성흔星痕, 개문』

회로가 팽창한다.

한계를 벗었다. 받아들일 그릇은 넓다.

이전이라면 불가능했을 일.

그러나 오늘은 다르다.

'할 수 있어.'

위로, 더 위로. 견지오는 주저 않고 한 계단 위로 올라섰다.

『초월 각성, 스티그마 결結』

【하, 인간의 탈을 쓰고 너무하기도 하지.】

『궁극 성위, '■■■■■' 님이 마음껏 갖다 쓰라며 헛웃음을 터트립니다.』

잠갔던 성흔이 활짝 열리고, 이윽고 흘러넘치는 강대한 별의 힘.

아득했으나 그다지 멀게만 느껴지지도 않았다.

초월자 '마술사왕'이 고개 들었다. 먼 곳에서 찾아온 불청객을 향해 사나운 이를 드러낸다.

"여긴, 내 구역이야."

라이브러리, 구현화 최종 확장

—

『영지화領地化』

영역 지배권의 완전한 강탈.

바로 그 순간,

악몽으로 흘러내리던 세계가 전부 복구되었다.

5

서울, 삼성역.

"게이트, 폐쇄합니다!"

우우우우웅-!

너른 파동과 함께 폐쇄 장치가 가동했다. 그제야 긴장이 풀린 현장 곳곳에서 신음이 터져 나왔다.

"빡세다, 빡세. 씨발."

"젊었을 때 사서 고생한다고 누가 그랬냐? 나 아까 막 헛것까지 보이더라니까. 1급 게이트 열렸다고, 하하."

"⋯⋯어? 잠깐 시발, 그 환청 나도 들은 거 같은, 야 씨, 환각 아니잖아! 저기!"

전투 경험이 적은 각성자일수록 시야가 좁다. 헛소리하는 뉴비들을 제외하면 근처의 모두가 이미 한곳을 바라보고 있었다.

전광판의 마천루, 마력 홀로그램으로 뒤덮인 코엑스 일대.

그 건물들 위, 가장 큰 메인 스크린으로 어떤 장면이 실시간 송출되는 중이었다.

세상의 색채를 모조리 강탈해 빨아들인 듯한 흑백 세계. 그 안에서 온전한 색을 갖춘 것은 오직 황금빛의 마력뿐이다.

거대한 문, 또 격렬한 전투였다.

형체 없는 검은 촉수들 사이로 천둥과 벼락이 빗발치고, 찬란한 문자열이 안개 기둥을 감싸 뒤틀었다.

쉴 새 없이 빗발치는 섬광. 눈 깜빡하는 순간 어디선가 홀연히 출현한 거창들이 게이트에서 내리고 있는 소용돌이로 날아가 꽂힌다.

그리고 바로 그 순간, 기괴한 붉은 눈이 자위의 방향을 이쪽으로 돌렸다.

"마, 맙소사……."

저게…… 대체 뭐지?

수많은 괴물들과 싸워 온 헌터들이었으나 저것은 차원이 달랐다. 놈과 눈이 마주한 순간, 그대로 이성이 마비된다. 원초적인 공포에 잠식된 정적이 군중을 휘감았다.

그러나.

휘이이익!

붉은 눈을 가리며 다시 화면을 가득 채우는 정면에는, 포효하는 흑룡과 수백 개의 마법진을 성벽처럼 두른 마법사의 등.

비록 얼굴이 보이진 않았으나 누구나 아는 그 사람이다.

사람들이 멈췄던 숨을 내쉬었다.

"……죠! '죠'다, 마술사왕!"

"씨발! 그렇지! 눈알 새끼 넌 이제 뒈졌다!"

가! 이겨라! 밟아 버려요-!

흥분으로 가득 찬 외침들이 앞다투어 우르르 쏟아졌다. 현장이 고조된 열기로 뒤덮인다.

가만히 서서 그것을 지켜보던 남자가 옆에 물었다.

"담당자 좀 불러 봐요. 지금 저 화면, 전 채널에 방송되고 있습니까?"

"아, 아뇨. 그건 아닙니다, 이사님! 드론이 저 주변에만 가면 먹통이라…… 신형 특수 카메라를 쓰는 저희 쪽과 일부 채널에서만 중계 중입니다. 하하, 특권이죠. 이게 다 현명하신 이사님의-"

직원의 사회인 기술을 손 들어 막은 정길가온이 턱을 매만졌다. 생각에 잠기던 것도 잠깐.

그는 제 직감을 믿기로 결정했다.

"방법 따지지 말고, 전국 어디에서나 볼 수 있도록 만드세요."

"……네?"

"가능하다면, 전 세계면 더 좋고."

··✦✳✶✳✦··

서울, 강남대로.

대피 명령이 떨어진 직후였다.

거리 위 사람들은 서둘러 대피소로 달려가거나 보호 결계가 가동 중인 건물 안으로 들어갔다.

모인 머릿수만큼 뒤섞이는 불안과 초조, 우려……. 가능하다면 실내에서도 서로 더 안쪽으로 들어가고자 진작 몸싸움이 나야 맞건만, 오늘은 달랐다.

약속한 듯 전면 유리창 앞으로 몰려가 있는 사람들.

기이한 풍경이다. 창가에 거친 빗방울이 맺혔지만, 누구도 아랑곳하지 않았다.

숨소리 하나 크게 내쉬지 않는 정적 속에서 다들 뚫어져라 창 너머, 대로변의 거대 전광판을 응시했다. 그곳이 아니라면 벽걸이 텔레비전 앞, 혹은 손안의 휴대전화를 보면서.

보고 있는 장면은 모두가 동일했다.

흑백 세계 속에서 강렬히 타오르는 황금빛 불꽃.

누군가 넋이 나가 중얼거린다.

"마법 같아……."

비현실적인 마법과 꿈같은 마법사…….

둘 중 무엇이 더 마법에 가까운지는 이제 구분하기 힘들었다.

"야! 지은오, 빨리 안 와?"

"빨리 안으로 들어가자!"

모든 이가 시간 맞춰 실내로 들어가진 않았다. 거리의 빗속에도 남아 있는 지각생은 있었다.

멀리 창가에 들러붙은 사람들, 그리고 그들이 바라보는 스크린.

우산을 든 소년은 멍하니 올려다보다가 생각했다.

'구원자…….'

……멋있다.

나도 저렇게 되고 싶어.

서울 남쪽, 국립 현충원.

순국선열과 호국 영령들의 정신이 잠들어 있는 땅을 마물의 피 따위로 더럽힐 수 없다.

생사를 걸어서라도 단 한 발자국도 허용하지 않겠노라, 〈해태〉의 각오는 결연했다.

덕분에 현충문은 조금의 흠집도 없이 무사하다.

오늘 이 땅 위에 떨어진 것은 오로지 그 문밖, 〈해타〉들의 핏방울뿐이었다.

세차게 퍼붓는 장대비에 핏물이 고이지 못하고 쓸려 떠내려갔다. 그리고 그중 가장 많은 피를 흘리고 있는 사람······.

첨벙!

최다윗이 인상을 구기며 웅덩이를 달려 건넜다.

잘못 스쳤는지 이마 상처에서 피가 멎지 않고 있다. 몸을 아끼지 않는 그녀의 전투는 항상 상처가 끊이지 않았다.

"대장로! 어디 갑니까! 아직 다 끝나지 않았는데!"

'가야 해.'

"지혈이라도 하고, 대장로―! 말 들으십쇼! 미움 사려고 작정이라도 한 사람처럼 대체 왜 이러십니까!"

"시끄러. 난 가야 한다니까!"

먼저 와야 할 곳이 있어서 아픈 친구를 그냥 내버려 두고 왔다. 바보처럼 위로 한마디도 건네지 못했는데, 걔는 또다시 혼자 모두를 위한 전장으로 떠났다.

'죠'는 그녀에게 더 이상 먼 사람이 아니다.

살을 맞대고, 함께 온기를 나누고, 서로 이름을 나눈 최다윗의 몇 안 되는 친구였다.

그녀는 거칠게 팔을 뿌리쳤다.

"놔! 난 가야 해! 줬도 도움 안 되더라도 갈 거라고!"

"대체 어디를······!"

"그 손 떼."

슥, 턱 밑으로 들이밀어진 검집.

해할 마음은 전혀 없는 경고였지만, 차가웠다. 최다윗을 거친 손길로 붙잡았던 장로가 굳어 입술을 떨었다.

"조, 종주······."

매서운 빗속에서도 흐트러짐 없는 백의白衣. 눈빛은 고요하다.

수묵화처럼 선 하얀새가 나직하게 일렀다.

"무인이 벗과의 신의를 위해, 또 조국을 위해 최전선으로 가겠다지 않나. 어찌하여 막는가."

"······."

"다윗에게 길을 터 주게. 종주로서 내가 허락하지."

한 사람의 길드원으로서 그녀가 이곳에서 해야 할 몫은 모두 했다. 하얀새는 최다윗에게 부드럽게 눈짓했다.

'고마워.'

끄덕인 최다윗이 달려 나간다.

방향은, 여기서 그다지 멀지 않은 곳이었다.

바삐 사라지는 친우의 뒷모습을 따라 하얀새는 끝날 기미가 아득한 전장 쪽을 바라보았다. 하늘로 표독하게 용솟음치는 검은 기둥, 그리고······

그들의 작고 위대한 왕.

'······은석원 님. 보고 계십니까.'

떠나는 길이 그리 외롭지는 않으실 테지.

사람이 사람을 위하여 역사가 되는 장면은 우리가 왜 싸우는지, 또 무엇을 위해 투쟁하는지 다시 상기하게끔 만든다.

헛된 죽음이 없어 다행이다.

허무한 실패가 없어서……

"……경이롭다."

주변에서 그녀를 의아하게 쳐다본다.

상관없다. 하얀새는 묵묵히 제 시선을 고정했다.

어제 죽은 영웅, 오늘 살아가는 사람, 그치지 않는 비를 헌터는 오래도록 그렇게 눈에 담았다.

·· ✦ ✳ ✦ ✳ ✦ ··

"이럴 리 없어……! 이건 계획에 없던 전개라고. 인간 따위가, 하찮은 인간 따위가……!"

끝임없이 같은 말을 반복한다.

알케미스트는 미친 사람처럼 중얼거리며 부정했다. 새까맣게 오염된 손으로 머리카락을 쥐어뜯었다.

"어, 어디서부터 잘못된 거지? 어디서부터야……! 고치면 되잖아, 고치면 되잖아요. 파더, 잘못했어요. 다시 할게요, 한 번만 기회를, 제발 한 번만!"

"……미친 새끼였어?"

어떤 정신 나간 또라이가 이런 짓을 벌였나 했더니.

"진짜로 미친놈이었잖아."

"……!"

살기殺氣!

급하게 몸을 틀었으나 늦었다.

쇄애액!

무언가 귀를 빠르게 스쳐 지나간다. 정체를 알아차릴 새도 없이 곧바로 불같은 통증이 전신으로 퍼져 나갔다.

"아아아악!"

알케미스트가 비명과 함께 빗물 바닥을 뒹굴었다. 몸을 적시는 축축함이 비인지 피인지 분간할 수 없었다.

멀찌감치 떨어져 구르는 제 살점이 보인다. 그는 창백히 질려 신음했다.

"겨, 견지록……! 어떻게!"

저벅.

어둑한 빗속을 뚫고 걸어오는, 퇴폐적인 기운의 미청년.

음울한 눈빛을 띤 견지록이 창날을 먹잇감의 목젖에 겨 눴다.

"내가 누군지 안다고……. 잘됐어, 얘기가 빠르겠네. 한 번만 묻는다. 잘 대답해 봐."

"사, 살려……"

"누가 보냈지? 스케일이 개인플레이로 해낼 범위가 아

니잖아."

허억, 헉. 가쁜 숨을 내쉬며 그를 올려다보는 알케미스트.

동양인이되 한국인 같진 않은 얼굴이었다. 견지록은 짜증스레 창날을 들이밀었다. 날카롭게 벼린 창에 금세 놈의 목에서 피가 비쳤다.

"다른 생각 버리는 게 좋을 거야. 내 창은 '절대' 빗나가지 않거든."

"……나, 나를 어떻게 찾았지?"

견지록이 조소했다. 내가 아직 룰을 말 안 했나?

"물음표는 나만 달 수 있다고."

「1급 게이트! 소집령입니다!」

수십여 분 전, 1급 재난 사이렌이 울린 직후.

최소한이어야만 하는 피해, 그리고 밝힐 수 없는 정체.

국가와 한 사람의 목적이 일치한 끝에 1급 균열은 최초 발생 시 '죠'가 제일 먼저 투입되도록 되어 있다.

대놓고 말하진 않아도 모두가 아는 암묵적 룰이었다.

반발은 어려웠다. 특별재난법에 의거해 소집령이 발휘되면 모든 각성자는 국가의 지시에 따라야 하니까.

견지록이 굳은 얼굴로 창을 내린 이유였다.

센터 요원이 조심스럽게 말했다.

「견지록 헌터, 죄송하지만…….」

「대기하면 됩니까?」

모든 S급은 의무적으로, 죠가 전투 불능에 빠지는 만약의 상황을 대비해 근처에서 대기해야만 한다.

처음에는 힘이 없어 무력하게 지켜봤고, 두 번째는 격렬하게 저항해 봤고, 세 번째에 마침내 견지록은 체념했다.

그리고 오늘 네 번째.

차가운 분노로 손이 떨렸지만, 길드원들이 그를 보고 있었다. 리더로서 그는 냉정해야 했다. 정체를 숨기는 누이를 돕겠다며 앞뒤 분간 못 하고 미친놈처럼 날뛰어선 안 된다.

인내심을 바닥까지 긁어모으며, 견지록이 돌아서는데.

「왜 대기해요? 미쳤습니까?」

시선이 일제히 돌아간다.

익숙한 집단에서 유달리 이질적인 한 사람. 마탑의 마법사, 청희도였다.

제게 몰린 군중의 주목은 안중에도 없이, 방수 마법을 교정한 안경을 다시 쓰며 청희도가 인상을 구겼다.

「당장 달려가도 모자랄 판국에…… 아니면, 도련님 혹시 사이코패스 뭐 그런 겁니까? 태생적 감정 결여?」

「이봐요. 청희도 씨. 말이라고 되는 대로 다 뱉는 게 아니-」

「……뭐야. 설마 이 사람들 전혀 모르고 있는 겁니까, 바빌론 길드장?」

까닭 모를 말에 말리려던 사세종이 멈칫한다.

그제야 돌아가는 정황을 파악한 청희도가 미간을 문질렀다. 흠, 아무리 그래도 그렇지…….

「정신 차려, 얼빠진 도련님아. 제일 소중한 사람 아냐?」

「……!」

「그렇게 무서운 얼굴을 하고, 뭘 다른 사람들이 하라는 대로 고분고분하고 있어?」

그들 남매를 본 기간은 짧았지만, 시간이 중요한 게 아니다.

초면의 사람에게 묻어 있는 미세한 양의 마력을 눈치챌 만큼, 광장에서 정신 차리자마자 제 몸은 안중에도 없이 먼저 감싸 안고 어쩔 줄 모를 만큼.

견지록은 일관되게 보여 주고 있었다.

무엇이, 또 '누가' 그에게 가장 중요한지.

견지록의 눈이 풍랑 맞은 배처럼 흔들린다.

바빌론 길드원들이 혼란에 빠져 두 사람을 번갈아 봤다.

누가 영 보스에게 저런 말을 하겠나?

이들에게 밤비는 언터처블의 성역이었다. 고작 십 대의 소년이 보여 주는 신념에 반해 따르리라 결심한 뒤부터 쭉 그래 왔다.

몰라서, 혹은 소중해서 아무도 건드리지 못했던 어린 보스.

때때로 중요한 것은 조금 떨어진 바깥에서 더 잘 보이곤 한다. 이 순간의 청희도가 그랬다.

「……」

「……」

긴 침묵이 이어졌다. 그리고.

「……역오망성진, 그게 원점 맞지?」

「뭐, 그렇죠.」

「찾을 수 있겠습니까?」

다시 스위치가 켜진 눈빛. 난폭하게 일렁이는 살기와 패기가 피부를 찌를 듯 따갑고…… 또 섬뜩하다.

'……과연 왕의 혈육.'

저게 본모습인 거지. 청희도는 히죽 웃었다.

「아까 답 냈잖아요.」

국립 중앙 박물관. 그 근처에 이 거대한 마력을 운용할 정도로 수맥 좋은 곳을 고르면 장땡입니다.

「왜요. 다들 뭘 그렇게 보십니까, 마법진 한 번도 안 그려 본 야만인들처럼?」

쏴아아아- 저벅, 탁, 스으윽.

묵직한 걸음걸이와 무게 있는 무언가가 바닥으로 질질 끌리는 소리. 청희도는 흘긋 고개를 돌려 확인했다.

"죽였습니까?"

"죽이지 말라며."

"용케 참았네요. 누가 봐도 멀리 이성을 떠나보낸 얼굴이라서 개무시할 줄 알았…… 어, 이거 살아 있다고 봐야 합니까?"

견지록이 코웃음 쳤다. 농담을 전혀 받아 주지 않을 표정. 청희도는 끄덕였다.

"아무튼 잘했습니다. 제물은 꼭 필요하거든요."

"……제물?"

"제물 의식이잖아요. 부를 때도, 닫을 때도 필요하죠. 이 경우에는 강제로 돌려보내는 거라 화를 대신 떠안을 대상이 필요하니 더더욱."

저를 소환해 낸 놈 정도면 화풀이 상대로 납득할 거라고, 청희도가 덧붙였다.

하지만 그따위 건 상관없다. 빗물에 젖은 머리칼을 넘기며 견지록이 쉰 소리로 중얼거렸다.

"도움…… 된 거 맞겠지?"

'……음, 방금까지 사람 하나 찢어 죽이려던 인간 맞나?'

참 알 수 없는 남매지간이다.

어디서 혈육이 뭐지든 말든, 집구석에서 태평하게 잠이나 자고 있을 제 여동생을 떠올리며 청희도가 떨떠름히 긍정했다.

"당연하죠. 진의 근원을 깨트리는 일인데. 공적도로 따지면 시청 광장에 동상을 세워 줘도 모자랄 겁니다. 위대한 마술사왕 옆의 용맹한 동료들, 뭐 그런 걸로."

소환의 매개체는 아주 오래되어 보이는 금속 상자였다.

청희도가 신중한 손길로 올바른 위치에 놓자, 파괴하기 위해 견지록이 롱기누스의 창을 다시 거머쥔다.

물끄러미 그 모습을 보다가 청희도는 고개 돌렸다.

옥상 너머로 펼쳐지고 있는, 초월적인 전장.

까마득하게 멀다.

목격한 후로 줄곧 전율이 가시지 않는 목뒤를 쓰다듬으며 마법사는 얕게 한숨 쉬었다.

"……그러니까 부디 얘기 잘해 주십쇼. 49층 일은 제발 좀 잊어 주시라고."

차라라라락-

[라이브러리화]는 문자 그대로 지정한 범위를 견지오의 영역으로 만드는 성위 스킬이다.

마력, 물질, 법칙 등. 현상의 모든 요소가 한 사람의 의지에만 복종하는 이 전지全知한 영역이 펼쳐지면, 그 안에서 지오는 신화를 창조해 낼 수도, 구현할 수도 있었다.

그러나 여기엔 한계가 있다. 엄격한 세계 법칙 안에서 진행하기 때문에, 잠시나마 그 지배권을 뺏어 오는 것만으로도 가진 힘의 절반 이상이 소진되니까.

[영역]을 유지하면서 동시에 전투도 이어 나가야 하기에 많은 프로세스를 돌릴 수 없었다. 하지만…….

쿠가가가강-!

찬란한 상위 문자열로 이뤄진 황금 사슬이 거대한 암흑을 옭아 묶는다.

지오는 힘껏 힘을 주어 당겼다. 거칠게 짓씹어 진언을 완성했다.

"[옥죄어라!]"

휘이익!

명령과 함께 확장하여 뻗어 나가는 사슬.

고목이 여러 가지를 뻗듯 순식간에 장엄한 천고天鼓의 감옥이 형성된다.

[적업 스킬, 9계급 공격계 초절 주문

— '새장Aviary']

이곳은 무궁하고 한계가 없는 흑백 세계.

[성흔]의 완전한 개방. 그로 인해 [영지]를 선포하여, 힘으로써 강제로 분리해 낸 초월적 공간.

보이는 것도, 만져지는 것도 전부 현실과 흠 없이 일치하지만…… 다르다.

동일한 세계처럼 보여도 여긴 물질계와 아스트랄계, 그 틈새에 만들어 낸 견지오만의 고유한 지배 영역이었다.

[영역]과 달리 [영지] 안에서 벌어지는 어떤 일도 물질계에 영향을 끼칠 수 없으며, 가용할 수 있는 힘 역시 무한無限.

저것은 그녀를 제 악몽으로 끌어들이려 했지만, 역으로 이쪽이 창조한 전장에 갇힌 것이다.

구우우우우-!

《 바깥의 파편, '검고 오래된 악몽'이 분노에 차 노려봅니다. 》

'진짜 짜증 나는 게 누군데? 별 좆같이 생긴 게.'

지오는 냉소와 함께 어금니를 악물었다.

이제 게이트 바깥으로 드러나 있는 붉은 눈은 전체의 절반이다. 문에서 빠져나오는 것을 번번이 저지당한 악몽이 짜증스럽게 몸부림쳤다.

쫓아내려는 자와 어떻게든 비집고 들어오려는 자.

패배하진 않겠으나 즉각 참살하기도 어려운 '격' 높은 상대. 치고받는 그들의 공방은 끝이 나지 않을 듯 보였다.

【걱정 마라. 곧 끝나겠군.】

"무슨⋯⋯?"

끼기기기기긱!

별의 속삭임. 그리고 적의 비틀림.

"⋯⋯!"

턱의 땀을 훔쳐 내던 지오가 홱 시선을 들었다.

출처를 알 수 없던 연결 고리가 끊겼다!

[검고 오래된 악몽]을 이 차원에 고정시키던 공급원이 끊기자 넓게 퍼져 있던 악의의 파장이 한곳으로 집중된다.

'뭐지?'

지오는 눈매를 좁혔다. 전투 흥분으로 활짝 열려 있는 동공이 빠르게 원인을 찾아냈다.

서서히 옅어지는 안개의 너머. 이곳과 거리가 멀지 않은 건물 옥상에서 느껴지는, 제 것과 빼닮은 마력 파동.

'견, 지록……?'

쟤가 왜 여기에! 아연해진 지오가 굳었다.

뿐만이 아니다. 마치 짜기라도 한 것처럼, 때맞추어 대한민국 하늘을 높게 적시는 팡파르 소리.

[100%! 바벨 네트워크 ― 채널 '국가 대한민국', 디렉터의 권한 인계가 최종 완료되었습니다.]

[로컬 채널 '수도 서울'의 보안 단계가 3단계에서 1단계(최우선 관리 국가)로 재조정됩니다.]

[방화벽을 강화 가동합니다!]

보이지 않는 지붕이 단호하게 불청객을 밀어낸다.

급격히 범위가 좁아지는 검은 안개 덕에 지오는 자연스레 아래 지상의 거리도 볼 수 있었다. 이쪽을 향해 필사적으로 달려오는 익숙한 탈색 머리……

'뭐…… 야, 이게.'

쿵, 쿵!

심장이 북처럼 울었다. 아주, 이상한 기분이 든다.

하지만…… 이대로 멍청하게 있어선 안 된다.

붉은 눈이 멈췄다. 열리던 문의 움직임도 멎었다. 제대로 된 영문을 모르겠으나 단 한 가지 분명한 것은…….

'기회!'

"날아─!"

촤아아악!

우레와 같은 주인의 명령에 흑룡이 재빨리 고도를 낮춘다. 피막이 매서운 속도로 창공을 갈랐다.

직선의 하강 비행.

귓가를 때리는 바람 소리가 점점 희미해진다. 전신의 감각이 아프게 곤두섰다.

흑백 세계를 가르는 금흑金黑의 점.

"[나, 부러지지 않는……!]"

뒤엉켜 달려드는 촉수와 하수인들을 마력으로 찢어 돌파했다.

수만의 연산을 동시에 치러 내는 머리가 뜨겁도록 차갑다.

그러나 적의 틈을 보고도 달려들지 않을 만큼 순진하게 자라지 않았다. 모두가 만들어 준 기회를 내팽개칠 만큼 어리석지도 않았다.

유년기, 사람을 잃고 힘을 얻었다.

소년기, 사람을 위해 힘을 배웠다.

그리고 지금…… 스무 살.

파아아아악!

움켜쥔 손끝의 허공에서 대기권을 찢을 기세로 마력과 성력이 솟구친다. 오랜 인류 신화의 레코드, [라이브러리]가 구현화로 그 명령에 힘을 실었다.

푸른 문이 가깝다.

붉은 눈이 직시한다.

검은 왕은 즐거이 선언했다.

"[신화의 왕이 되리니.]"

[적업 스킬, 10계급 궁극 주문

— 왕령Order of King '궁니르Gungnir']

콰가가가가강−!

부서진 균열을 그대로 강타하는 세계 마력.

어떤 폐쇄 장치보다 강력한 스트라이크였다.

핏발 서 격노하는 악의가 비명 질렀다. 몸부림치며 팔을 뻗지만 결코 닿지 않는다.

그를 향해 지오가 사납게 속삭였다.

"당장 내 집에서 꺼져. 못생긴 놈아."

끼이이이이이익-

소용돌이가 비틀리며 말려 올라간다.

기괴하게 구멍 났던 세상의 하늘이 마침내 닫히며, 소름 끼치는 비명이 멀어져 갔다.

보석 가루 같은 별빛이 머리 위로 부서져 내린다. 사명을 다해 남김없이 폭발한 대마력의 잔재였다.

'끝났나……?'

지오는 아래를 내려다봤다.

굵은 안개 기둥이 자리했던 중심부. 오래된 낡은 상자가 재가 되어 사라지고 있었다.

그리고 흩날리는 잿더미 속에서…….

띠리링!

[믿을 수 없는 승리!]

[서버 최초로 신격을 추방하였습니다!]

[위대한 업적! 세계의 정해진 멸망을 저지하였습니다. 누구도 당신의 업적을 거스르지 못할 것입니다.]

[고유 타이틀, '신살자神殺者'가 해금되었습니다!]

['격'에 다다를 자격을 획득하였습니다!]

[당신의 이름이 '도전자'로 성계에 기록됩니다.]

【시작이로다.】

오직 지금 이 순간을 위해 방관했던 별의 웃음소리가 허공을 울렸다.

경이로운 승자를 향한 바벨의 찬탄이 끊임없이 이어졌다. 연속적인 알림들. 그러나 거기서 끝이 아니었다.

《바벨 네트워크, 월드 알림》
《전체 서버 업그레이드》

[축하합니다, 어스!]

[최초 '**도전자**'의 등장으로 서버 레벨이 상승 조정되어 잠겨 있던 기능들이 해제됩니다.]

[코스트Cost 제도가 해금되었습니다.]

[이제 상점 이용이 가능합니다.]

개선가를 부는 나팔 소리가 길게 울렸다.

전 세계로 울려 퍼지는 소리. 그것을 듣고 있자 비로소 현실감이 들었다.

지오는 위를 향해 고개 들었다.

어느덧 비가 그쳐 있었다.

먹구름이 걷힌다. 갈라지는 구름 사이로 희미한 서광이 그녀에게로 내려앉았다.

뺨에 닿는 그 따스함에 견지오는 문득 깨닫는다.

끝났다.

길고 긴 성장기의 끝이었다.

"하, 하하……."

색이 되돌아온 세계에서 소리 또한 제자리를 찾았다.

위이잉-!

기계음이 들려온다. 수십 대의 드론 카메라가 흑룡을 따라 고도 높이 비행하고 있었다.

별, 바람, 세계, 사람…….

가만히 그것들을 느껴 본다.

[이대로 진행하시겠습니까?]

바벨이 물었다.

지오는 눈을 감았다. 깊이 심호흡했다. 그리고.

확!

검은 천이 서풍에 날아간다.

바람결을 타고 목 위의 머리카락이 흩날렸다. 피부로 가림 없이 와 닿는 바람이 상쾌하다.

서쪽에서 불어오는 바람은 해가 떠오르는 동쪽으로 간

다고 했다. 진짜일까, 어느 때보다 홀가분한 기분이 들었다.

정면에 보이는 카메라들. 세계가 숨죽이며 그들의 왕을 기다리고 있었다.

거기엔 자신의 사람들도 있다.

지오는 씩 웃었다.

"안녕, 세계."

[이름 변경이 완료되었습니다.]

《1위 — 죠ㆍ견지오》

〈랭커를 위한 바른 생활 안내서 1부〉

完

외전
소년기

"견지록 헌터! 길드장! 여기 좀 봐 주세요!"

"아저씨들, 비키라고! 아이 씨, 참 답답하게 구시네! 우리는 공익을 위해 일하는 사람들이라니까! 국민의 알 권리를 이렇게 무시해도 됩니까?"

"어어, 지금 나 쳤어? 대한민국 언론의 얼굴을 쳐? 나 이거 고소합니다! 다 내보낼 거라고!"

금일 마지막 스케줄, 길드에서 투자한 기업의 신기술 발표회가 끝나고 나오자 바깥이 소란스러웠다. 개판을 방불케 하는 아귀다툼. 요 며칠 일상과도 같아진 풍경이다.

"들었어? 고소한다는데."

가드들과 기자들의 치열한 몸싸움을 팔짱 끼고 구경하던 사세종이 슥 옆을 돌아봤다. 라이더 재킷을 입은 미청년이 무심히 대꾸한다.

"제발 하라고 해."

견지록은 열렬히 그의 이름을 부르짖는 사람들에게 눈길 한 번 주지 않고 걸어갔다.

귀빈 전용 주차장은 승강기 위치가 별도로 떨어져 있었다. 거침없는 보폭으로 멀어지는 등을 보며 사세종은 피식 웃었다.

"하여간 저 인기 많은 건 잘 알아서……."

건방지긴 해도 별수 없는 노릇이다. 전 국민이 사랑해어쩔 줄 모르는 밤비를 누가 감히 재판대에 세우겠나?

하물며 며칠 전에 일어난 대사건으로, 귀한 혈통까지 인증받은 몸이셨다.

이젠 국내뿐만이 아니라 세계 어디에서도 감히 건드릴 수 없는 영역에 들어선 남자…….

"……자. 그럼 우리는 사랑하는 직장으로 돌아가 잔업이나 마저 합시다."

"따라오는 기자들은 어떡할까요, 부길드장?"

"굳이 뭘 묻습니까, 이 팀장님. 바빌론 규정대로 정중하게 '힘으로' 처리하세요."

가볍게 응수하며 사세종은 돌아섰다.

귀찮은 일이 많아졌지만, 나쁠 것도 없다. 충성하는 상대가 더 위로 올라간다는데 기분 나쁠 참모는 세상에 없을 테니까.

승강기 앞은 조용했다. 쓸데없는 주변인들을 전부 물린 덕이다. 안절부절못하는 주최 측의 심정을 모르지 않으나 최상위 랭커를 경호하겠다는 그 주장은 지금 생각해도 황당하기 짝이 없었다. 하지만.

'귀찮네. 미친 척하고 내버려 둘 걸 그랬나.'

"겨…… 저, 견지록 길드장……?"

주춤주춤 제게 다가오는 사람들을 견지록은 차가운 눈으로 응시했다.

여자 하나에 남자 둘.

나름 열심히도 숨겼지만, 가방 안에 카메라가 있는 것으로 보아 방송국 인간들이다.

"시, 실례라면…… 아, 아니! 실례가 안 된다면 5분만, 아니, 3분, 아, 아니 1분만 시간을!"

"견지오 관련 인터뷰 안 합니다. 공문 못 받았습니까?"

갓 태어난 아기 염소처럼 맥없이 떨리는 목소리를 견지록은 매몰차게 잘라 냈다.

며칠 전 벌어진 '이름 변경' 사건으로 세계는 거의 미쳐 날뛰는 중이었다.

그럴 만도 하다. 현대 피라미드 정점에서 견지오가 정체를 숨겨 온 지도 무려 10년이 넘었으니까.

호기심, 열망, 광기……. 그 심정을 십분 이해하나 거기 까지. 받아 줬다간 끝이 없다.

'그럴 의무도 없고.'

견지록은 다시 고개를 돌렸다.

바늘 하나 안 들어갈 듯한 그 등에 상대가 한껏 울상 지 었다.

밤비 인터뷰는 따기만 하면 승진 대상이라는 말이 돌 정도로 방송가에서 악명이 높았다. 그러니 그들도 극악한 난이도를 모르고 덤빈 건 아니지만…….

"저, 저흰 그분 인터뷰를 따려고 온 게 아닙니다!"

덜덜 떨기만 하는 남자 동료들을 보다 못한 막내 작가 가 용기 내어 외쳤다.

"물론 어느 정도 필요하긴 하겠지만…… 잠깐만요! 제 발 가지 마세요! 견지록 님 제발! 피디님, 뭐 해! 빨리!"

"으, 은사자 추모 다큐팀에서 나왔습니다아ー!"

멈칫. 승강기 안으로 직진하던 발걸음이 멈춘다. 견지 록이 비스듬히 각도를 틀었다.

"……추모 다큐?"

"예, 예! 고故 은석원 님 특별 추모 다큐멘터리……. 제 작 얘기 드, 들으…… 셨죠? K사에서 나왔습니다. 길드 쪽 으로 계속 문의했는데 답변이 없으셔서……."

실례임을 알지만, 그래서 부득이하게 찾아뵀다며 피디

가 마른침을 꼴깍 삼켰다. 주변인 인터뷰는 꼭 필요한 부분이라고 덧붙이면서.

'들은 것 같기도 하고.'

철두철미한 성격의 사세종이 이런 걸 잊었을 리 없다. 아마 요즘 정신없는 견지록 자신이 흘려들었다는 쪽이 더 맞겠지.

판결을 기다리는 죄수들처럼 그를 간절히 바라보는 다큐팀.

견지록은 습관처럼 입가를 훑었다. 그리고 느릿하게 떨어지는 입술.

"궁금한 게 뭡니까?"

"……! 가, 감사합니다! 정말 고맙습니다, 견지록 헌터!"

"길게는 못 드립니다. 바로 다음 일정이 있어서."

"절대 안 그러겠습니다! 딱 주차장 도착하고 크리스티나 시동 걸 때까지만 부탁드립니다!"

"그렇다고 쫓아다니면서 내 뒷조사한 것까지 티 내진 마시고."

아차. 제 입을 턱 막는 피디를 힐긋 본 견지록이 고개 돌려 살짝 턱짓했다.

"카메라 꺼내세요. 필요한 거 아닙니까?"

"아, 다 알고 계셨군요……!"

승강기의 열림 버튼을 누르는 잘빠진 손가락. 막내 작가를 안으로 먼저 들여보낸 견지록이 툭 받아쳤다.

"헌터니까."

당연하다는 듯 대수롭잖은 투.

그러나 이들도 바보가 아니다.

다큐멘터리 전문 팀인 만큼 탐지 방지 관련 주문은 큰돈을 들여서라도 주렁주렁 달고 다니는 게 일상이었다. 가장 중요한 카메라에는 더욱더.

'난놈은 난놈이구나……'

약간 굴욕적인 기분으로 카메라맨이 가방을 열고, 막내 작가의 눈에 열기가 실리는 승강기 안.

시간이 얼마 없다. 머리 위 숫자는 이미 움직이고 있었다. 피디는 서둘러 마이크를 체크했다.

"그럼 우선…… 고전적으로 시작해 볼까요? 은석원 님과 언제 처음으로 만나셨나요?"

'은사자'와의 첫 만남.

견지록은 우두커니 정면을 바라봤다. 싸늘한 얼굴에 반항적인 눈빛, 훤칠한 키의 청년이 승강기의 문 위로 비치고 있다.

지금은 아무리 고층이라도 손에 닿지 않는 버튼이 없을 만큼 컸지만, 그때는 아니었다. 견지록은 버튼 위 공간에 손을 가만히 갖다 대었다.

"첫 만남은, 견지오가 병원에서 퇴원하던 날에……."

"어어~ 그거 누르면 안 돼. 위험한 일 있을 때만 누르는 비상 버튼이야."

"누르는 거 아닌데."

소년 견지록은 뒤를 돌아봤다.

언제나 그렇듯 그가 설명할 필요 없이 그의 누나가 대신 답하고 있었다.

"밤비 그냥 손만 갖다 대 보는 건데. 키 얼마나 컸나 확인하려구. 바보도 아니고 저걸 왜 눌러."

"아, 그랬습…… 그랬니? 하하. 미안하다. 아저씨가 눈치가 없었네."

"……됐어요."

낯선 어른들과 있는데 무심코 행동한 제 잘못이다. 짧게 대꾸한 견지록이 뒤로 물러나 다시 지오의 손을 잡았다.

병원 측에서 따로 준비한 출구로 나오자 검은 차들이 일렬로 대기하고 있었다. 어두운색의 정장을 갖춰 입은 덩치 큰 어른들도.

얼핏 무서워 보이는 광경이지만, 그들 손에 들린 베이비 로션 냄새 폴폴 나는 아동용 짐가방과 책가방들을 보노라면 딱히 그렇지도 않다.

"가는 데 그렇게 오래는 안 걸릴 거야. 피곤하면 잠깐 자고 있어도 괜찮아."

요원이 뒤를 돌아보며 말했다.

뒷좌석에 나란히 붙어 앉은 아홉 살 남매.

눈매 빼고 외관상 닮은 점은 그다지 없었지만, 표정은 쌍둥이처럼 꼭 닮아 있었다.

'애들치고는 묘하게 어려운 분위기도 그렇고……'

"음, 혹시 출출하진 않니? 과자라도 먹을래? 음료수도 있는데."

"저기요."

"응?"

"신경 안 쓰셔도 돼요. 필요하면 저희가 말할게요."

아이답지 않게 똑 부러진 발음의 소년은 말하면서 이쪽을 쳐다보지도 않았다. 제 어깨에 기댄 누나만 살피기 바쁘다.

멋쩍어진 요원이 이마를 긁적였다.

흠잡을 데 없이 예의 바르나 전혀 예의 바르게 느껴지지 않는 건 저 소년이 지닌 특징이었다.

'비슷하지만 더 까칠한 쪽이 동생이고, 더 무관심한 게 누나 쪽……'

확실한 점은 둘 다 보통 애들 같진 않다는 것.

한 명은 국가 최초의 S급이니 당연한가?

그래도 견지오의 S급 각성 이후 매일매일 몇 달을 봤는데 매번 저렇게 남 대하듯 대하니, 저것도 참 재주다 싶었다. 둘만 빼고 무슨 장벽이라도 세운 듯 말이다.

"엄마는?"

소곤거리듯 묻는 목소리.

견지록은 뺨을 더 가까이 기울였다. 긴 잠에서 깨어난 후면 지오는 평소보다 눈에 띄게 기운이 없었다. 범과 훈련을 시작하면서 잠드는 주기가 전보다 조금 나아지긴 했지만, 그래도.

이번에는 열흘이었나?

열흘 만에 마주 보고 대화하는 반쪽이다. 견지록은 깍지 낀 손에 힘을 주며 다른 손으로 지오의 속눈썹을 더듬었다. 깨어 있는 눈을 오래 보고 싶었다.

"금희 병원에. 또 열이 나서 옆에 있어야 한대."

"흐응."

"아기잖아. 넌 내가 있고."

"나 아무 말도 안 했는데."

"투정 부리지 마, 애기처럼."

"자꾸 까먹는 거 같은데 내가 밤비 누나야. 밤비가 내 오빠가 아니라."

잘 다듬어진 손톱을 만지작거리는, 자신보다 조그만 손.

견지록은 안정적인 기분을 느끼며 피식 웃었다.

"서운해 마. 난 네 거 맞아."

"지오 진짜 아무 말 안 했어."

"당연히 금희보다 너라고. 지금 네 곁에 있는 거 보면 몰라?"

"……."

몇 년 후 여동생 발닦개가 될 제 운명을 모르는 지오가 그제야 애다운 서운함을 집어넣었다.

말없이 기대 오는 온기. 견지록도 눈꺼풀을 천천히 내리깔았다.

약해진 견지오의 불안이 귀찮진 않다. 오히려 이런 식의 확인은 지오 본인보다 소년을 더 안정시키곤 했다.

아빠를 잃어도 살아갈 수 있다.

금희를 잃어도 살아갈 수 있다.

엄마를 잃어도 슬프지만, 그는 살아갈 것이다.

그러나 지오가 없으면 견지록은 살 수 없다. 그건 소년의 영혼이 죽는 일이었다.

"야. 너 졸려?"

"조금."

"그럼 자. ……오래 자진 말고."

"잠들면 밤비 혼자 있으니까?"

"넌 알면서 물어볼 때가 제일 재수 없어."

조금 이르게 시작된 겨울 방학이었다.

숨소리가 고르게 가라앉는다. 살짝 내려온 귀밑머리를 넘겨 주고 견지록은 고개 돌렸다.

가로수 길 너머, 거대한 대문과 석상이 빠르게 남매가 탄 차창 옆을 지나갔다.

또, 네 발로 굳건히 서서 용맹한 갈기를 휘날리는 '사자'의 형상.

그들의 방문을 반기듯 그 위로 함박눈이 내리고 있었다. 남매가 태어난 날의 날씨처럼. 그리고 잠든 견지오의 흰 뺨처럼.

"은사자께선 어디 계십니까?"

"선객의 방문이 길어져 아직 안에 계십니다. 팀장님은 우선 저쪽에서 확인 좀 부탁드리겠습니다."

도착하자 어른들은 제 일을 찾아 분주히 움직였다.

"와우."

차에서 내린 남매는 저택 앞에 섰다.

고풍스러운 백색 외관의 대저택.

곳곳에서 세월이 묻어나지만 낡아 보이는 게 아니라 오히려 그만큼 우아했다. 견지록이 씌워 주는 털모자 아래로 쭉 저택을 올려다보던 지오가 중얼거렸다.

"창문이 뭔 주인아줌마네 집 대문보다 크네. 좀 사는 집 구석인가?"

"은사자잖아. 한국 최강."

"아. 여기가 이 구역 최강이야? ……흠. 그럼 기선 제압에서 밀리면 안 되겠는데. 좋아."

"야, 너 뭐 하려고……!"

사고 칠 때만 나오는 저 스피드.

덕분에 말릴 타이밍을 놓쳤다.

어디서 났는지 모를 기운으로 지오가 계단을 와다다 오른다.

마중 나왔던 고용인들이 꼬맹이의 때아닌 러시에 당황해 바라보고, 아직 귀하신 국보(S급) 다루기에 서툰 어른들이 다칠까 봐 허겁지겁 팔을 뻗는데⋯⋯.

탁!

그 모든 것을 무시하고 배짱 좋게 메인 홀 가운데 우뚝 선 아홉 살 견지오.

하얀 군밤 모자에 감싸인 뺨이 동그란 모양으로 한껏 올라갔다. 씩 웃은 지오가 거만하게 뒷짐 지었다. 엣헴.

"이리 오너라─!"

'⋯⋯저게 아직 잠이 덜 깼나?'

세상에서 제일 잘 아는 반쪽이지만, 가끔씩 정말 왜 저러나 싶다. 서둘러 쫓아간 견지록이 한숨과 함께 모자 끝에 달린 털 방울을 휙 잡아당겼다.

"견지오, 뭐 하는 거야? 모르는 장소에선 예의 바르게 행동하라고 아빠⋯⋯!"

'말하면 안 돼.'

"⋯⋯학교에서 배웠잖아. 잊었어?"

지오가 멀뚱멀뚱 그를 바라본다. 천진한 악동과도 같은 눈. 그 안에 소년이 지금 느끼는 상실감이나 고통 같은 것은 일절 없었다.

다행이다.

지오만 괜찮다면 상관없다.

아랫입술을 깨문 견지록이 다시 말문을 떼려는 그때.

콰앙-!

돌연히 등 뒤에서 거나한 충격이 울린다. 활짝 열려 있었던 현관이 닫히면서 난 소리였다. 그와 동시에 창가의 커튼들도 일제히 차르르 입을 닫는다.

삽시간에 어두워지는 저택 내부.

그뿐만이 아니었다.

"어? 어어어!"

"자, 잠깐! 이게 무슨!"

센터 요원들을 비롯한 외부인들이 정체 모를 힘에 떠밀려 밖으로 쫓겨난다. 발버둥 치며 저항하려 했지만 속수무책이었다.

저택 내 사용인들이 지체 없이 푹 고개를 수그렸다.

─────!

방향은 알 수 없다. 어디선가 짐승 우는 소리, 혹은 흐느끼는 귀곡성 같은 것들이 마구잡이로 뒤섞여 들려왔다.

견지록은 발밑에 드리운 그림자들이 점점 길어지는 것

을 발견했다. 빠르게 지오를 등 뒤로 보내고 경계하듯 주변을 살핀다. 얘가 S급이고, 저보다 강하고 그런 것은 전혀 고려하지 않았다. 그저 본능이었다.

"견지오. 내가 시간을 끌면-"

"괜찮아."

"뭐?"

"해치려는 게 아니야."

⋯⋯무슨 소리야?

인상을 구기며 견지록이 지오를 돌아봤다.

그러나 지오는 진실로 평온한 눈빛이다. 꽉 잡힌 손을 천천히 놓더니 앞으로 걸어갔다.

지오가 그렇게 홀로 몇 걸음 나아간 순간.

쿠웅!

"⋯⋯!"

견지록은 급히 숨을 들이켰다.

방금 전까지만 해도 저기엔 분명⋯⋯ 아무도 없었는데!

길게 늘어져 있던 그림자들이 일시에 모종의 인영人影들로 변해 있었다.

섬뜩하다.

서늘한 기운에 소름이 절로 돋았다. 깔리는 이 냉기가 기분 탓만은 아닌지 목과 뺨에서 솜털이 일어나는 게 느껴졌다.

그중에서 가장 짙고 어두운 그림자 하나가 이쪽으로 스

멀스멀 다가온다. 검은 파도가 뭍으로 밀려오듯.

"아아……."

녹슨 금속처럼 쉰 소리로 '그것'이 속삭였다.

"당신을 기다리느라 이 긴 세월 헤매었나 보오……."

위대한 운명. 기다렸던 숙명.

오랜 세월 암흑에 젖어 있느라 퇴화한 눈이었으나 그 무엇보다도 선명하게 보였다. 그들을 영원과 완전의 세계로 데려갈, 찬란한 황금빛이.

사바세계 바깥으로 낙오된 삿된 것들이지만, 그렇기에 더더욱 세계의 뜻에 따르고 교화되어야만 하는 존재들.

지금 바로 눈앞에 그런 세계가 점지한 죄수들의 주인이 있었다.

어둑서니는 경이로운 감격과 함께 어린 발등에 공손히 제 이마를 갖다 대었다.

"사바세계에 속하여 받은 이 노괴의 진명, 어두우억……!"

쾅! 으억!

그러나 말을 채 다 맺지 못했다.

몸을 굽히던 자세 그대로 어둑서니가 날아가 벽에 처박혔다.

뭐지? 갑자기 높게 바뀐 시야에 지오는 두 눈을 깜빡였다. 익숙한 냄새가 아이의 후각을 훅 찔러 온다.

묵직하고 싸한 특유의 체향과 담배 냄새, 그리고 그 속의 희미한 향냄새…….

"드디어 정신이 나갔나? 앞뒤 분간 못 하고 덤벼들지 맙시다. 천박하게."

어둑서니를 세게 걷어찬 범이 느긋이 담배를 입에 물었다. 한 손으로 불을 붙이려다가 아이의 시선을 느끼곤 분지른다.

제 팔에 안긴 지오를 돌아보며 그가 다정하게 시선을 마주했다.

"……마중 못 나가서 미안. 오는 동안 별일 없었지?"

"응. 괜찮아."

"착하다니까."

이렇게 귀여운 건 누가 씌워 줬냐며, 털모자에 감싸인 볼을 간질이는 손끝.

"……허억! 헉! 부, 부대표님! 일정 때문에 못 오신다더니!"

바깥에서 현관문을 붙들고 한참 용쓰던 정부 관계자들. 그의 뒤를 서둘러 쫓아왔는지 다들 흐트러진 숨으로 헐떡인다.

"아. 그럴 뻔했는데……. 우선순위를 뒤늦게 깨달아서."

간지럽다는 지오의 웃음소리에 범이 슬며시 미소 지었다. 회의를 엎고 나왔으니 수습하는 데 시간이 꽤 걸리겠지만, 별로 후회는 안 된다.

"어쨌든, 인수인계는 이쯤 하셨으면 됩니다. 오느라 수고하셨고, 담당이신 장일현 팀장님께는 제가 따로 연락드릴 테니 이만-"

아직도 기웃대는 로사전 노괴들에게 무언의 경고도 보내고, 센터 사람들도 돌려보내고…… 범이 바쁘게 입을 떼는데.

퍽!

'……음?'

그의 단단한 다리를 걷어차는, 맹랑한 작은 발.

한쪽 눈썹을 세우며 범은 아래를 내려다봤다. 곱슬머리의 동그란 정수리. 그리고 홱 고개 드는 얼굴.

'……이거 참.'

적의 넘치는 소년의 눈에 범이 입가를 살짝 끌어 올렸다. 사나운 눈빛으로 견지록이 말한다.

"내려놔."

"……."

"당장."

늙은 짐승들만 득실대는 줄 알았더니, 어린 짐승도 이토록 가까이 있었군.

범은 피식 웃으며 지오를 천천히 바닥에 내려놓았다.

노려보는 시선을 계속 유지하며 견지록은 거칠게 지오의 손을 낚아챘다.

"이리 와. ……뭐야? 너 왜 아쉬워해? 돌았어?"

"하지만…… 커서 편하단 말이야."

"내가 안아 주면 되잖아!"

"밤비는 쪼끄매……."

"이, 이 게으름뱅이가! 네가 발이 없냐? 네 발로 걸어! 내일모레면 4학년이나 되는 게!"

"또 소리 지르구…… 아구구. 지오 머리 아파. 현기증……."

"……괜찮아? 나 봐. 어디가 어떻게 아픈데."

'바보야. 엄살이잖아…….'

범은 실소하며 고개를 저었다.

나이답지 않게 날카롭긴 해도 애는 애. 아직 제 누나의 칭얼거림에는 면역이 없나 보다.

어린 남매의 투닥거림을 흐뭇하게 지켜보며 주변에서도 변태 같은 웃음을 감추지 못하는데.

"허어. 이렇게 집이 떠들썩한 게 얼마 만인지……."

부드럽고 강직한 목소리.

모두의 시선이 계단 위로 향했다. 남매도 고개를 들었다.

은빛에 가까운 백발, 장대한 체격, 서양의 고전 영화배우처럼 멋들어진 턱수염이 제 옷처럼 잘 어울리는 노장.

이 근사한 대저택의 주인, '은사자' 은석원이 인자하게 미소 지었다.

"어린 친구들에게 고마워해야겠군."

· ◦ ☾ ☾ ● ☽ ◦ ·

〈은사자〉 저택.

이곳은 구한말에 지어졌다고 한다. 일제가 괘씸해 강탈한 것에 여태 눌러살고 있다며 은석원은 저녁 식사 도중 농담처럼 웃었다.

"별로 농담 같진 않았지만요."

그의 옆자리에 앉은 자칭 '이무기'께서 본인 업적이라며 자랑질을 못 해 안달이었으니…… 뱀 혓바닥이랑 비늘까지 두 눈으로 똑똑히 본 마당에 안 믿을 수도 없고 말이다.

하지만 이런 얘기까지 전부 통화로 옮길 순 없었다. 견지록은 자연스럽게 다른 화제로 투덜거렸다.

"어른들은 애들을 너무 쉽게 속여 먹을 수 있다고 생각한다니까. 우리가 바본가?"

─아이고 정말, 똑똑하셔. 뉘 집 아드님인지.

"그래도 다들 잘 대해 줘요. 무슨 만화 영화에 나오는 공주님 왕자님 모시듯이. 견지오는 이미 여기가 지 왕국이에요."

─다행이다. 하지만 그렇다고 진짜 우리 집인 것처럼 멋대로 행동하면 안 돼. 감사하다고 꼬박꼬박 인사하는 거 잊지 말고. 알았지?

"알아요. 내가 뭐 애도 아니고."

─그러엄, 우리 아들 다 컸지. 엄마는 당연히 믿지. 어련히 잘할까. 그래도 걱정돼서 그래. 엄마 마음 알지?

전화선을 타고 건너오는 목소리가 부드럽고, 또 그립다.

견지록은 눈을 내리깔았다.

"엄마. 아직 병원이에요?"

ㅡ응, 그렇지. 어휴, 우리 아들 보고 싶어라.

"……누나도 엄마 보고 싶어 해요."

ㅡ…….

"티는 안 내지만, 많이."

ㅡ…….

"잠깐이라도 못 와요? 진짜 잠깐이면 되는데. 금희 아픈 거 아는데, 쟤도 아프잖아요. 잠꼬대로 맨날 엄마 찾ㅡ"

ㅡ지록아.

다급히 대화를 자르는 말. 황급히 자리를 피하는 목소리.

ㅡ미안해, 아들. 엄마 가 봐야겠다. 간호사 선생님이 부르네. 금희한테 무슨 일 생겼나 봐. 엄마가 나중에 다시 전화 걸게. 알았지? 사랑해. 누나한테도 전해 줘.

달칵.

뚜, 뚜ㅡ

"……네. 저도 사랑해요, 엄마."

그런데요.

아빠가 돌아가신 건 견지오 잘못이 아니잖아요.

엄마가 견지오를 미워하면 어떡해야 하는지 난 잘 모르겠어요. 쟤를 미워하는 건 나를 미워하는 거나 다름없는데.

"……밤비야?"

견지록은 뒤를 돌아봤다.

침대에서 일어나며 눈을 비비적거리는 지오가 보였다. 그렇게 자고도 또 졸린 지 저녁 7시도 안 돼 잠든 지오였다.

"왜 깼어? 다시 자."

"밤비 한숨 소리에……. 뭐 해? 나 춥고 허전해, 얼른 와서 안아 줘."

매일 아빠 품에서 잠이 들던 지오를 기억한다. 세상에서 제일 든든한 그 팔의 한쪽에는 지오가, 또 다른 쪽에는 지록이 안겨 긴 밤을 함께 보내곤 했다.

견지록은 아픈 지오가 까맣게 잊어버린 아빠 대신, 저보다 조그만 누나를 꼭 안아 주었다.

"사랑해."

"……."

"엄마가 전해 주래. 너한테."

"……지오도 밤비 많이 사랑해."

서로를 너무 잘 알아 힘든 점은 거짓말이 어렵다는 것이다.

중얼거린 지오가 다시 잠에 들었다. 뜨끈한 그 이마에 뺨을 대고, 소년은 문득 소망했다.

'빨리 크고 싶다.'

어서 자라서, 어서 어른이 되고 싶다.

그래서 모든 것을 용서하고 모든 것을 사랑하며, 연약

한 것들을 내 품에 다 안을 수 있는 어른이 되고 싶다.

그런 강한 어른이…… 빨리, 되고 싶다.

· · ◦ ☾ ☽ ● ☾ ☽ ◦ ·

……빌어먹을, 미친 집구석!

처음에 보고 예쁜 대저택이라고 생각했던 거 전부 취소다! 정신 나간 요괴 소굴!

"냐요!"

"고것 참 눈이 어쩜 이렇게 우리 아기씨랑 똑같누? 아가 사슴아, 이것도 좀 먹어 보거라."

"놓으라고, 이 냄새나는 늙은 호박아!"

제 뺨을 점토처럼 주물럭거리는 손을 홱 쳐 낸 견지록이 사납게 눈을 치떴다.

"그만하시게, 이무기. 아이 성격만 나빠지겠군."

"떼잉……. 거 성질머리 앙칼지기는. 마음에 쏙 들어서 그러는 거다, 욘석아!"

외팔이 이무기 영감이 투덜거렸지만, 더는 들리지 않았다. 어느새 누군가에게 안긴 채로 견지록은 멍하니 시선을 올려다봤다. 부드럽게 소년의 등을 다독여 오는, 커다란 손.

은석원이 자상하게 눈을 맞췄다.

"왜 그러느냐? 혹 이 할아비가 안은 자세가 불편해서

그래? 미안하구나. 아이를 안아 본 지가 오래돼서……."

"아, 아니에요. 내려 주세요."

"괜찮다면 잠깐 이러고 있자꾸나. 힌트 받은 게 있거든."

"네?"

"자기가 하는 건 밤비도 다 좋아한다고……. 지오가 그러던데?"

지오도 처음엔 싫은 척했지만, 이제 아무 때나 덥석 안기더라며 은석원이 너털웃음을 터트렸다. 밤비의 어린 귓바퀴가 즉시 새빨갛게 달아올랐다.

"아냐! 견지오 저게 진짜!"

그러는 한편 또 다른 한쪽에선, 목숨 건 술래잡기가 진행 중.

"흐윽, 흑, 상공! 저여요, 저 윤이어요! 상고오옹!"

"으아앙, 지오 살료!"

"바리윤. 내 말 안 들리나? 물러서라 경고했다."

눈깔 뒤집힌 구미호와 기겁하는 지오, 그런 지오를 안은 채 휙휙 피하는 범의 삼파전을 보며 견지록이 이를 갈았다.

'미친 집구석…….'

"애 잡겠네. 저건 진짜 왜 저러는 거예요?"

"글쎄다. 저건 우리도 예상한 그림이 아니었다만……."

짜증스럽게 묻자 은석원은 약간 난처한 얼굴로 웃었다.

"모두의 예상을 훌쩍 넘게 지오의 존재가 강렬했던 게

지. 바리윤이 둔갑술을 푼 것은 근 이백 년 만이니 말이다."

'이백 년……?'

지금 이 할배 설마 자기가 200년이나 살았다고 인증한 건가? 견지록이 묘한 표정으로 쳐다보자 눈치 좋은 은석원이 얼른 부정했다.

"물론 내가 직접 본 건 아니지만. 허허."

'안 믿겨.'

"진짜란다. 이 할아비는 평범한 인간이야."

'요괴 대장 할아범.'

이미 불신 지옥에 빠진 꼬마의 얼굴을 보며 은석원이 남몰래 한숨을 삼키는 그때.

콰앙-! 와장창!

"본후가 그분을 내놓으라고 하였느니! 씹어 죽일 귀주 놈아!"

'……구미호!'

견지록은 저도 모르게 은석원의 어깨를 꽉 붙들었다.

타락한 대여우, 매구 바리윤.

요기妖氣로 이루어진 아홉 꼬리가 환상처럼 너울거리고, 분노한 눈에는 핏발 선 광기가 번들거린다. 벼린 칼날과 같은 그녀의 긴 손톱이 범을 할퀸 것은 부지불식간에 벌어진 일이었다.

툭, 투둑.

범은 바닥을 내려다봤다.

짙은 피비린내.

그의 뺨을 타고 흘러내린 피가 빗방울처럼 턱 아래로 떨어지고 있었다. 잠시 고요히 그것을 바라보던 사내의 낯에 천천히 웃음이 번진다.

큰일 났다!

로사전 노괴들은 귀주의 손끝으로 모이는 이매망량의 진득한 살의를 느낄 수 있었다.

"범아! 바리윤! 이놈들 그만 못—"

"꺄아아아악!"

만류하려던 은석원의 말이 그대로 끊긴다. 귀주의 손끝에서도 귀기가 흩어졌다.

쥐 죽은 듯 장내가 고요해졌다.

모두의 시선이 한쪽으로 향한다.

거대한 중력처럼 여우를 짓밟는 금빛의 세계 마력.

쿵! 바닥에 얼굴이 처박힌 바리윤이 즉시 꼬리를 감추고 부들부들 떨었다.

무거운 정적 속에서 지오가 천천히 입을 뗐다.

"너. 뭔데 자꾸 까불어?"

고저 없는 어린 목소리가 어딘가 기이했다. 단순하게

말하면, 조금도 '사람' 같지 않았다.

여우를 내려다보는 눈빛은 메마르다시피 건조하다.

각성 직후의 신세계. 마음만 먹으면 부술 수 없는 것이 없는 세상이었다. 생명을 생명으로, 있는 그대로 바라보기 위해 애쓰는 중인 아이에게 인내심은 버겁기만 했다.

"지오."

"……."

"쉬이, 괜찮아."

겁에 질린 시선들이 살갗에 와 닿는다. 지오는 홱 고개 돌려 범의 목을 끌어안고 칭얼거렸다.

"쟤 치워. 아니면 찢어 버릴지도 몰라."

파묻듯 뺨을 기대는 아이를 달래며 범이 돌아섰다.

……파, 하!

지오를 안은 그가 테라스로 자리를 옮겨 가자 그제야 모두가 참았던 숨을 터트렸다.

청의동자가 희게 질려 외쳤다.

"저, 정신 나간 여우 여자야! 네가 드디어 미친 게냐? 네가 이 동자님 수명을 깎으려고 아주 작정을 했구나!"

"저것, 저거! 본좌는 언젠가 저게 크게 사고 칠 줄 알았다. 눈깔은 무슨 뽕 맞은 봉황처럼 맹탕이어 가지고, 쯔쯔……."

짧게 혀를 차며 이무기 영감이 눈을 돌렸다. 은석원 품 안에 안겨 있는 인간 꼬마, 왕의 핏줄 쪽으로.

어리고 약한 저것은 저 광경을 보고 과연 무슨 생각을 했을까? 심술궂은 노괴는 궁금해졌다.

"아해야. 설마 오줌이라도 지린 건 아니겠지? 그래도 네 피붙이 아니냐. 누이 상처받게 갑자기 피하고 그러면 안 된다?"

끌끌 웃는 이무기의 음습한 떠보기. 견지록은 물끄러미 두 사람이 떠난 쪽을 응시했다.

알고 있다.

그의 견지오는 특별하다.

누이의 각성은 모든 것을 바꿔 놓았다. 문자 그대로, 세상의 '모든 것'을.

가는 곳마다 무섭고 큰 어른들이 깊숙이 허리를 숙여 왔고, 백과사전과 동화책에서나 보던 요괴들이 줄줄이 튀어나와 머리를 한껏 조아렸으며, 세상 모든 사람이 입을 모아 지오의 얘기만 했다.

정말이지, 모를 수가 없는 변화였다. 그러나.

"조금도 멀어지지 않았어."

"……응?"

견지록은 고개 돌려 근처의 노괴들을 똑바로 바라봤다.

"피하긴 왜 피해?"

뭘 모르는 건 너희들이다.

"쟤가 특별하면 나도 특별해. 견지오가 각성했으면 나도 해. 최초의 S급? 하나뿐이라고?"

소년은 시니컬하게 웃었다.

"아니. 확실해. 대한민국은 두 명 이상의 S급을 갖게 되겠지."

"……."

"그게 견지오와 내가, '우리'가 살아온 방식이거든. 멍청한 요괴 아저씨들."

견지오가 S급으로 각성했다.

그렇다면 견지록 또한 S급으로 각성할 것이다.

단순한 시간문제일 뿐. '멀어진다'는 개념은 그들 남매 사이에 존재하지 않았다.

"후우……. 견지오는 또 훈련하러 가죠? 그 시간에 놀고 있기 싫어요. 저도 가르쳐 주세요. 마력이 안 된다면 다른 거라도."

한 손으로 짜증스럽게 머리칼을 흩트리는 소년을 은석원과 노괴들이 뚫어져라 바라봤다.

'왕'과 **빼닮은** 영혼.

그러나 지극히 인간다운 투기와 어린 패기.

로사전 전체가 한 인간 소년에게 반하는 순간이었다.

넋 놓고 바라보던 외팔 이무기 영감이 이내 허겁지겁 손을 들었다.

"내, 내가 가르쳐 주마! 검은 어떠냐? 본좌가 왕년에 칼질이라면 대륙 어디를 가도……!"

"아니."

미간을 설핏 구긴 견지록이 단박에 부정했다. 싫어.

그리고 그대로 가장 가까운 시선을 마주 본다.

'배워야 한다면, 꼭 배운다면.'

"최고로."

"……."

현, 인세 최강最強.

도전적인 소년의 눈빛에 살아 있는 이 시대의 전설, 은석원이 슬며시 웃음 지었다.

"……원한다면, 그래. 좋다. 무엇이든 내가 가진 전부를 가르쳐 주마."

· · ○ ☾ ☾ ● ☽ ☽ ○ · ·

눈 내리는 겨울. 은사자 저택에서의 한 달이 빠르게 지나갔다.

오늘은 근 한 달 만에 엄마가 어린 남매를 보러 방문하는 날이었다. 그러나 견지록은 치미는 짜증을 참을 수 없었다.

"하지 말라고, 내가 싫다잖아!"

"나도 싫어."

"이게 싫다, 어떻다로 끝날 문제야? 너 장난해? 왜 이렇게 답답하게 굴어? 야! 아몬드 골라내지 마! 편식하지 말라 그랬지!"

시리얼 그릇에서 키티 수저로 몰래 아몬드를 골라내고 있던 지오가 비쭉 입술을 내밀었다.

"밤비가 먼저 싫다고 말했으면서 맨날 지오한테만……."

"입 넣어, 입술 넣으라고 했다. 네가 애기야? 주변에서 다들 예쁘다, 예쁘다 해 주니까 네가 진짜 귀엽고 예쁜 줄 알지?"

"씨이……."

반박할 수도 없게 말을 너무 잘한다. 얘 나랑 동갑 맞나? 지오는 필사적으로 머리를 굴렸다. 아!

"밤비는 내 자존감 도둑이야."

"뭐?"

"자꾸 지오 스스로 세상에서 제일 형편없는 존재로 생각하게 만들구……."

"개소리하지 마. 내가 언제."

기가 막힌 헛소리였지만, 효과는 제법 있었다.

아까보다 확실히 누그러진 기색으로 밤비가 털썩 옆에 앉았다. 지오가 골라낸 아몬드를 자연스럽게 제 그릇으로 옮기며, 내뱉듯 중얼거린다.

"너 아픈 거 싫어."

"나 안 아파."

"호랑이 삼촌한테 들었어. 너 지금 되게 불안정해서 서약 그런 거 한꺼번에 하면 몸에 엄청나게 무리 갈 거라고."

"아니야. 별님이 도와준댔어."

"보나마나 네가 똥고집 부려서 그런 거겠지. 그 별은 너 원하는 거라면 다 해 주잖아."

"으음……"

정곡 찔려 대답을 못 하는 지오. 시리얼 그릇에 시선을 박으며 견지록은 우울하게 중얼거렸다.

"오래 잠들 수도 있대. 열 밤도 아니고, 아주 오랫동안."

"……"

"그럼 그동안 나는?"

"……"

"누나. 나는?"

지오는 고개 들어 마음 여린 남동생을 바라봤다.

매일 이어지는 은석원과의 고된 훈련 덕에 밤비의 얼굴에선 반창고가 떨어질 날이 없었다.

견지록은 제 콧등과 뺨의 반창고 위로 닿아오는 손을 얌전히 내버려 두었다. 속삭이듯 지오가 말했다.

"일찍 일어날게. 꿈나라 멀리 가더라도 밤비가 기다리니까 얼른 달려올게. 하지만…… 우리 헤어지는 건 엄청 잠깐이지만, 사자 할아버지랑 헤어지면 영원히 못 보는 거잖아."

"……"

"지오는 그러기 싫어. 사자 할아버지 좋단 말이야."

[권속 서약]은 불균형적인 계약.

갑의 힘에 을이 완전히 의지하는 일이니만큼 상당한 부담이 뒤따른다.

황홀한 새 주인을 눈앞에 두고 몸이 단 요괴 몇몇이 지오를 찾아가 자신들의 존재가 늙은 은석원의 수명을 갉아 먹고 있다며 속살거렸다. 이미 은석원에게 어린 정을 모조리 내준 지오의 빠른 결정은 정해진 수순이나 마찬가지였다.

찌푸린 견지록의 미간에서 점점 힘이 빠진다. 지오가 자세를 돌려 동생을 끌어안았다.

익숙한 체온에 눈을 감으며 견지록이 속삭였다. 네 마음대로 해.

"······그래도 약속은 해. 내 생각 하겠다고. 안 되겠다 싶으면 나 생각해서 관둬야 해."

"알겠어. 약속. 밤비 쪽쪽."

활짝 웃은 지오가 양 뺨에 쪽 소리 나게 뽀뽀했다. 견지록은 픽, 기운 빠진 웃음을 흘렸다.

[서약]은 새 주인의 미성숙한 육신을 고려해 손 없는 날의 양기가 가장 강한 오시午時, 즉 한낮에 진행되었다.

삿된 것들에겐 축제나 다름없는 날.

그러나 소년에겐 전혀 아니었다.

어차피 낄 자리도 아니겠다, 밖으로 나온 견지록은 착잡한 심정으로 한적한 정원에 드러누웠다. 그렇게 눈 감고 몇 분이나 지났을까?

바스락.

'……귀찮네. 정말.'

"나와."

"……어? 어, 어떻게 알았어?"

"그렇게 티 내는데 누가 몰라. 너 좀 모자라냐?"

견지록은 신경질적으로 머리칼을 쓸어 넘겼다.

우물쭈물 서서 그를 바라보는 여자아이.

며칠 전부터 그의 뒤를 졸졸 쫓아다니던 스토커다. 저택 사용인의 딸이라던가? 집안 사정이 여의치 않아 은석원이 예외적으로 머무는 것을 허락했다고 들었다.

"저기…… 내 이름 기억해?"

"내가 너 같은 멍청이로 보여, 임지애?"

그래도 마침 나쁘지 않다. 자꾸만 차오르는 이 짜증을 떨치려면 뭐든 해야 했으니까.

하지만 핑계 삼으려던 소년에게는 애석하게도 임지애는 참 궁금한 것이 많은 애였다. 그가 한번 내버려 두자 정말 끊임없이 묻기 시작했다.

"그렇구나. 견지오……. 되게 예쁘던데. 너희 하나도 안 닮아서 먼 친척쯤 되는 줄 알았어. 남매같이 보이지도 않아서."

지오와 남매가 아닌 줄 알았다는 말은 줄기차게 들어서 이제 별 타격감도 없다. 견지록은 찬 코웃음으로 답을 대신했다.

"으음, 그러면 너희는 쌍둥이, 뭐 그런 거야? 하긴 이란성 쌍둥이는 안 닮는다더라."

"걔가 내 누나야. 동갑이지만."

"응?"

"견지오가 1월 1일, 내가 12월에 태어났으니까. 걘 학교 빨리 들어가서 3학년, 난 2학년."

우와아. 신기하다는 듯 감탄한 임지애가 뺨을 붉혔다.

"나, 나도 2학년인데! 우리 친구네, 그럼!"

"꿈 깨라. 난 친구 안 만들어."

"뭐어? 왜!"

견지록이 나이답지 않은 조소로 빈정거렸다.

"내 눈에는 다 덜떨어져 보여서. 아. 견지오는 빼고."

"그, 그런 게 어디 있어!"

임지애는 황당하고 억울했다. 약간은 속상도 한가?

남매가 이 저택에 왔던 첫날, 보자마자 한눈에 반했던 왕자님의 말치고는 너무나도 매몰찬 거절이었으니까.

"그럼 뭐! 넌 평생 친구라고는 너희 누나 한 명이 다겠네? 아니지, 동생 생기면 둘이고, 셋이고 막 그래? 너네 엄마가 동생 많이많이 안 낳으면 친구가 무슨 열 명도 안 되겠다!"

"나 동생 이미 있는데?"

"어?"

"있어, 여동생. 병원에 있어서 얼굴도 몇 번 본 적 없지만."

어린애답게 전환이 빠른 임지애가 금방 새로운 화제에 관심을 가졌다.

"와…… 부럽다. 나도 여동생 갖고 싶은데……. 어? 근데 너 지금까지 네 누나 얘기만 했잖아! 뭐야!"

"야, 바보야. 너 진짜 멍청한 거 맞다니까. 몇 번 본 적도 없다고 방금 내가 말했지."

"그래도……."

임지애는 우물쭈물 말끝을 흐렸다.

타인이 뭐라 정확히 짚어 낼 순 없지만, 형언할 수 없는 이질감 또는 거리감 같은 게 들었다. 멀리서 견씨 남매를 볼 때마다 막연하게만 느껴 왔던 바로 그 감정이었다.

"세상에 딱 한 명뿐이면…… 그건 좀 이상하지 않아?"

망설임 끝에 뱉으며 임지애는 눈앞의 매혹적인 소년을 바라봤다.

마치 소녀가 꿈꾸던 환상 속에서 걸어 나온 듯한 흑발의 미소년. 그러나 환상보다 훨씬 더 멀고, 섬찟한 꿈.

유리알 같은 눈에서 왜인지 시선을 뗄 수 없었다. 임지애는 멍하니 중얼거렸다.

"너 이상해……."

그 말에 피식 웃는다. 이제껏 본 것 중에 가장 선명한 색깔로.

"그걸 이제 알았어?"

견지록은 자리를 털고 일어났다.

낮게 부는 바람이 구불거리는 머리카락을 훑고 지나간다. 바람과 수풀 사이로 돌아보며, 소년이 다시 웃었다.

"그래서 말했잖아. 친구, 안 만든다고."

·○ ☾ ☾ ● ☽ ☽ ○·

악하고 삿된 것이 인간을 해할 수 없는 날. 손 없는 날과 박순요의 방문일이 겹친 것은 운 나쁜 우연이었다.

결국 이 또한 견지오가 자처한 일이긴 했지만.

견지록은 옆에 앉은 엄마와 그 옆의 지오를 흘긋 바라봤다.

길드 〈은사자〉의 후견인 제도.

본의가 어쨌든 표면상으로는 '악몽의 3월' 피해 아동과 결연을 맺고 후원한다는 명목인지라, 믿고 맡긴 보호자에게 보여 주기 식의 쇼는 어느 정도 필요했다. 저희가 이렇게 아이들을 잘 돌보고, 잘 가르치고 있답니다, 와 같은.

지금 세 사람이 내로라하는 명문대 출신의 가정 교사 앞에 얌전히 앉아 있는 이유였다.

사각, 사각.

종이에 연필심이 닿는 소리가 규칙적으로 울려 퍼졌다. 견지록은 열심히 문제 푸는 데 열중하는 지오를 바라봤다. 낯빛이 창백하다.

'쟤 괜찮나……?'

연필이 멈추지 않는 걸 보니 괜찮은 것 같기도 하고…….

비록 그는 몇 문제를 몰라 건너뛰었지만, 평소 책 읽는 걸 좋아하고 똑똑한 견지오라면 아마 보나 마나 만점일 거다.

견지록은 그런 딸을 멍하니 바라보는 엄마 쪽으로 다시 시선을 돌렸다.

'애기 토 냄새…….'

그 외에도 몸 깊숙이 밴 병원 냄새 등등.

오랜만에 맡는 엄마 냄새였다.

근 한 달 만에 만난 엄마는 예전보다 심하게 마르고 생기가 없어 꼭 다른 사람 같았지만, 친근한 냄새만큼은 이전과 똑같았다.

눈앞의 세 가족이 한 달 만에 재회했다는 것은 교사도 들어오기 전 귀띔을 받은 바.

그녀는 어색한 공기를 풀고자 붙임성 있게 운을 뗐다.

"어머님. 아이들이 나이답지 않게 얼마나 영특하고 예의 바른지 몰라요. 정말이지 부럽습니다."

"아, 그런가요……?"

"네! 그럼요. 이게 다 어릴 때부터 집에서 어머님이 잘 가르쳐 주셨기 때문이겠죠? 비법을 여쭙고 싶을 정도예요."

"아니에요. 제가 한 건 정말 아무것도 없어서……."

"아이 참~ 겸손은. 제 자식들이 이 정도면 저는 이미 육아 책까지 냈어요. 지록이도 그렇지만, 특히 지오 말이에요."

"……."

"수많은 애들을 가르쳐 왔지만, 세상에나 이렇게 뛰어난 아이는 정말 처음 봤다니까요. 알고 계셨어요? 이 아이는 천재예요, 어머님!"

맞은편에서 신나서 떠드는 가정 교사는 볼 수 없는 곳. 그러나 아이들에게는 보이는 곳.

책상 밑에서 박순요의 손이 파르르 경련했다. 떨림을 감추려 덜덜 떠는 손을 꽉 맞잡는다.

"저, 저는 그냥…… 평범하게 키우고 싶은데."

"어머! 무슨 소리를. 이런 애를 평범하게 키우면 애를 죽이는 일이죠, 어머님!"

사각, 툭.

견지록은 멈추는 지오의 손을 목격했다. 천천히 내려놓는 연필, 그리고 내리깔아 침몰하는 눈까지.

"안 보셔서 그래요. 한번 보세요. 지오야, 그때 선생님한테 보여 준 수학 문제 기억나? 우리 엄마한테도 보여 드릴까?"

"……."

"이게 세계의 난제難題라고 불리는 것들 중에 유일하게 증명이 된 문제거든요. 그런데 이 풀이를 지오가…… 지오야?"

"몰라요."

"응? 지오야, 왜 그래? 그때 선생님이랑 우리 지오랑 신나서 같이 풀었던 거 있잖아. 기억 안 나?"

"안 나요. 이런 거 모른다구."

당황한 교사와 도리도리 세게 도리질만 하는 지오.

그러다가 고개를 든다. 그늘진 눈으로 이쪽을 바라봤다. 엄마가 앉은 방향을.

"엄마아, 몰라…… 지오 이런 거 모른다구……."

바로 그 순간, 견지록은 벼락같은 회상에 잠겨 든다.

「지오야.」

「응.」

「저렇게 살지 마. 너는 네 아빠처럼 살지 마. 그냥 살아. 응? 평범하게 살아.」

「…….」

「이 엄마를…… 엄마를 생각해야 해. 우리 딸. 너희들까지 잘못되면 엄마는 죽어. 죽어 버릴 거야. 알았지?」

발인이 시작되고, 여러 흐느낌 속에서 유일하리만치 선명하게 들리던 그 말.

두 사람의 등 뒤에서 견지록은 한 사람에게 영원히 사슬이 채워지는 장면을 목격했다.

공포스러웠다.

죽어 버린다고? 어떻게 저런 말을 할 수 있지?

그곳은 이미 아빠가 죽은 자리였다.

넋이 나가 지오를 붙들고 중얼거리는 엄마는 맹세코 소년이 태어나 처음 보는 타인이었다.

교사가 지오의 어깨를 붙잡는다. 그걸 보는 엄마. 그걸 보는 견지오. 그걸 보는…….

이 모든 장면이 깨지 않는 악몽 같았다.

견지록은 중얼거렸다. 그만해.

"그만하라고ー!"

울지 않는, 다시는 절대 울지 않을 견지오 대신 눈물이 주륵 흘러나왔다.

무슨 정신으로 그곳을 박차고 나왔는지, 또 어떻게 엄마가 돌아갔는지는 그가 알 바 아니었다.

"……록! 야! 견지록!"

긴 복도를 성큼성큼 가로지르는 발걸음. 창살 같은 그림자가 소년의 걸음마다 따라붙었다.

그를 불러 세운 사람은 임지애였다. 쫓아와 어깨를 잡고는 거친 숨을 몰아쉰다.

"헥, 아고, 힘들어. 너 왜 이렇게 걸음이 빨라? 숨차 죽겠네."

"……."

"어? 너…… 울어? 괘, 괜찮아?"

"안 울어. 용건이 뭔데."

"아, 그게……."

"빨리 말하고 꺼져. 기분 별로니까."

타이밍이 안 좋나 싶기도 했지만, 아직 어린 소녀는 자신이 알아 온 것을 빨리 알려 주고 싶은 마음이 더 컸다.

우물쭈물하던 것도 잠시, 임지애는 주머니 속에서 메모지를 꺼내 펼쳤다.

"내가 너 아까, 그게 뭔지 모르겠어서 말을 잘 못 했는데. 어른들한테 물어봤거든! 근데 그거 있잖아, 네가 잘못한 거 맞대!"

"……."

"맹목! 봐 봐. 너 한자 알아?"

"……."

"여기서 이게 '눈 목(目)' 자인데 눈이 멀어서 앞을 못 본다는 뜻이래. 봐, 한 명한테만 눈멀어서 막 특별 취급하고 그러면 안 되는 거야. 장님이 되는 거라…… 악!"

밀려난 등이 벽에 부딪쳤다. 불시의 통증에 소리 지른 임지애가 확 고개 들었다. 갑자기 왜 그러냐고, 강하게 따질 마음으로. 그런데.

"……지, 지록아?"

"친한 척 내 이름 부르지 마."

복도의 그늘 속.

어린아이의 얼굴에 어울리지 않는 우울. 그러나 제 것 같은 음울함으로 견지록이 고개를 숙였다.

"네가 뭔데."

"……어?"

"내가 내 거 하나만 사랑하겠다는데, 네가 뭔데 함부로 지껄여. 뭘 안다고."

임지애는 그 순간 깨달았다.

유리알이 아니다. 여물지 않은 눈썹, 건조한 눈빛 아래로 이 조숙한 소년이 꼭꼭 숨기고 있던 것. 그것은…….

'화가 난 거야.'

갈 곳 잃은 분노.

방향 없이 들끓는, 어린 화.

"견지오는 내 거야. 태어나 걔를 처음 본 순간부터 그랬어. 네가 그 기분을 알아? 모르겠으면 말하지 마. 너 같은 게 평생 이해할 수 없는 종류의 일이니까."

한 사람으로도 가득 찬 세계.

그러니 그 애를 지켜야만 한다.

무너지지 않게 받치고, 다치지 않게 감싸야 한다. 한 사람이 하나의 세계를 지키기 위해선 해야 할 일이 너무나도 많았다.

"다른 사람의 사정 따위 알 만큼 한가하지 않다고. 무슨 말인지 알아들어?"

"……."

"눈이 먼 것 따위가 아니라, 원래 그렇게 태어났다고 말하는 거야. 이 멍청아."

찌이익.

찢어진 종이가 바람에 날려 복도 위를 굴렀다. 임지애는 멀어지는 등을 우두커니 바라봤다.

왜일까? 이상하게도…… 그 등이 조금 외로워 보였다.

· ○ ☾ ☾ ● ☽ ☽ ○ ·

거친 파도는 연속해서 섬을 두들기는 법이다.

그날 저녁.

가라앉은 남매 덕에 식탁의 분위기는 평소와 달리 조용했다.

[서약]의 영향으로 눈에 띄게 안색이 환해진 매구가 지오 옆에 달라붙어 시중들고, 늘 시끄러운 청의동자가 살살 눈치를 살폈다.

"커험! 아기씨. 그…… 대부인께서 기가 무척 쇠한 것 같던데 어떻게 이 어르신이 특제 보약이라도 한 첩? 아구구! 내 발!"

"아, 실수. 그러게 왜 발을 거기 두셔서."

"이, 익! 귀주 녀석아! 너 요즘 이 어르신들 대하는 태도가 많이 서운한 거 아니냐?"

"바리윤. 지금 장난하나? 햄 반찬은 그만. 애가 하는 편식 돕지 마."

"듣고 있냐, 이 녀석아!"

살짝 밝아진 분위기에 화색이 돈 이무기가 냉큼 대화에 끼어들었다.

"그런데 거 대부인께선 아기씨와 어찌 그리 하나도 닮지 않았는지, 신기해. 요기 요 아가 사슴이랑은 꼭 닮았는데 말야."

"친탁한 거지, 친탁."

"친탁?"

"쯔쯔, 무식한 이무기 놈! 한자 공부는 언제 할래? 산 세월이 있는데 친탁 뜻 하나 모르는 게 말이나 되느냐? 우리 아기씨가 어미가 아닌 아비 쪽을 닮……!"

아야! 허벅지를 콱 찌르는 포크.

또 범의 짓인 줄 알았으나 아니다. 청의동자는 움찔해 입을 다물었다. 견지록이 그를 살벌하게 노려보고 있었다.

"닥쳐, 좀."

"으응…… 그려……."

아홉 살의 불꽃 카리스마에 쫄아 버린 청의동자(진명: 거구귀, 추정 나이: 약 nnn세)가 즉시 눈을 내리깔았다.

그렇게 다시 조용하고 평화로운 저녁 식사가 이어지나 싶었다. 견지록도 범의 점잖은 잔소리에 무신경한 포크질로 브로콜리나 난도질 내고 있던 찰나.

"아. 잠깐⋯⋯."

"상공? 왜, 왜 그러셔요? 어디 안 좋으세요?"

"바리윤! 너 또 무슨 짓을."

"아니, 아니야! 나는 아무것도⋯⋯! 지오 님? 지오 님, 괜찮으셔요?"

창백해진 낯으로 지오가 제 입을 틀어막는다.

핏기 없는 안색이 희다 못해 파리했다. 깜짝 놀란 어른들이 혼비백산해 일어나고, 은석원이 치료사를 부르려는 그 순간이었다.

"그냥, 속이 좀 메스꺼⋯⋯ 쿨럭!"

쨍그랑!

모든 것이 느리게 움직였다.

돌연히 막이 오른 비극이었다.

견지록은 멍하니 눈앞의 광경을 지켜봤다. 귀가 먹먹해져 왔다. 위이잉- 날카로운 이명이 후벼 파듯 들렸다.

"지오야-!"

"사, 상공!"

그의 뺨으로 튄 지오의 피가 영화처럼 비현실적이었다.

구역질처럼 시작된 토혈이 역류한 강물처럼 치솟았다.

사람 몸에서 저만큼 피가 나올 수 있나?

조그만 견지오의 몸이 새빨간 피로 젖어 드는 것은 순식 간이었다. 달려간 은석원이 다급히 아이를 안아 들었다.

지오가 울었다. 정신이 오락가락하는 게 한눈에 보였다.

먹먹해진 청각 탓에 들리지 않았지만, 입 모양으로 아 빠와 엄마를 찾는 것이 소년의 시야에 선명하게 보였다.

'잘못했어요, 아빠…… 엄마아.'

짝!

"……정신 차려."

"……."

"견지록. 내 눈 봐."

강하게 붙들린 두 뺨이 화끈거렸다.

바로 코앞에 있는 서슬 푸른 금빛 섞인 회색 눈.

가까스로 정신이 되돌아왔다.

범의 목소리가 다시 또렷하게 들렸다. 패닉에서 벗어나 는 아이를 보며 범이 자상하고 단호하게 일렀다.

"괜찮아."

다시 한번.

"네 잘못 아니다. 괜찮아."

믿을 수 없게도, 그 말에 또 눈물이 났다.

둑처럼 터지는 울음과 함께 견지록이 말을 더듬더듬 이었다. 자꾸만 끊기는 숨에 어린 가슴이 헐떡거렸다.

"내, 내가……! 흐윽, 그날 거기에만 있었더라면 아, 아빠를 보내지 않았을 텐데……! 누, 누, 누나가 같이 가겠는데…… 내가 무, 무시해서……! 나 때문에!"

"지오는 너 원망한 적 없어."

"아니야, 지금도, 흐으윽……!"

남매가 둘 다 엉망이다. 지독하리만치.

파리하게 질려 가는 낯의 아이를 보며 범이 낮게 혀를 찼다.

"잠깐 아픈 거야. 지나가는 일이다. 강한 네 누이를 믿고 기다려."

'……들리지 않는 모양이군.'

손에 묻은 피부터 닦을 걸 그랬다. 가만두면 망가질 게 빤히 보여 다급한 마음이었지만.

범은 소년이 다시 제 눈을 똑바로 보도록 가까이 당겼다. 정신을 맑게 밝히는 술術에 소년의 눈에서 탁기가 서서히 걷힌다.

"견지록. 그늘 없는 나무를 본 적 있나?"

"……."

"사람도 똑같아. 그늘이 없는 사람은 없어. 자라면서, 또 살아가면서, '사람'이라면 누구나 한 번은 아프기 마련이야."

낮게 이어지는 어른의 목소리가 차분하다. 견지록은 멍하니 그를 바라봤다.

"아픈 사람은 아픈 말을 하지."

"……."

순간 소년의 머릿속으로 많은 것들이 스쳐 지나갔다.

아픈 누나, 아픈 말을 하는 엄마…….

"누군가는 알아줘야 하니. 아프다고 소리쳐야 누구라도 듣고 도울 테니까."

아이한테는 조금 어려울지도 모르겠다. 잠시 말을 고른 범이 쉬운 비유를 찾아냈다.

"그래, 소나기……. 소나기가 쏟아져 젖으면 누군가는 우산을 들어 줘야 하잖아."

"……."

"난 네가 그런 우산을 드는 사람이 되고 싶어 하는 줄 알았는데. 내 생각이 틀렸나?"

"우산……."

견지록은 그 말을 곱씹었다.

비가 내리는 날.

함께 그늘에 파묻힐지, 아니면 감싸 안아 주는 그늘이 될지는 결국 자라면서 소년이 선택할 일이었다.

지오는 긴 잠에서 깨어났다.

[당신의 성약성, '운명을 읽는 자' 님이 다시 한번 그런 발칙한 짓을 또 했다간 가만두지 않겠다며 으름장을 놓습니다.]

'어…… 화났네.'

[성위, '운명을 읽는 자' 님이 어린애 고집에 져 주는 것도 한두 번이지, 제 명대로 못 살겠다며 푸념합니다.]

투덜거림도 잠시, 괜찮으냐고 다정하게 살피던 별님이 상황을 짧게 설명해 주었다.

일시적인 마력 폭주 현상.

가뜩이나 불안정하던 마력이 일시에 치른 계약으로 인해 자극받아 체내 흐름이 잠깐 뒤엉킨 거라고.

[이 몸 정도 되는 별이라 수습 가능했지, 아니었으면 울애기 큰일 났을 거라며 성위가 대놓고 칭찬을 바랍니다.]

'고마워요, 별님.'

[성위, '운명을 읽는 자' 님이 순수한 화신의 모습에 약간 당황해 헛기침합니다.]

[아무튼 더 급한 이가 있으니 슬슬 옆을 보는 게 좋겠다며 조언합니다.]

'옆?'

지오는 무거운 몸을 일으켰다.

어두운 방 안, 그늘 속에서 누군가 앉아 이쪽을 바라보고 있었다. 늦은 밤이라 캄캄했지만 지오는 어렵지 않게 알아봤다.

"밤비……?"

정적. 대답이 바로 돌아오지 않는다.

가까이 다가가려고 침대 아래로 발을 내렸다. 그때.

"나로 부족해?"

"……."

"모자라서 그래?"

달을 가리던 구름이 비켜서고, 마침내 어둠 속에서 윤곽이 드러났다. 표정 없는 얼굴로 견지록이 다시 말했다.

"누나 네가 미우려고 해."

"……."

"넌 너밖에 몰라. 너랑 네가 좋아하는 사람들은 보면서 혼자 있는 나는 돌아보지도 않아."

"……."

"내가 내 생각 하라고 했잖아. 내 마음은 그렇게 잘 알면서 왜 내 생각은 안 해?"

"……."

"무서워."

나 무섭다고.

견지록은 내내 참았던 속마음을 씹어뱉듯 토해 냈다.

"누나 너는 나밖에 없다고 거짓말하지. 하지만 난 진짜로 그래. 정말 너뿐이야."

학교를 갈 때도, 돌아왔을 때도 텅 빈 집. 4인용 식탁에서 매일매일 홀로 밥을 욱여넣으며, 온기 한 점 없는 침대에서 혼자 잠에 들었다.

항상 그를 지켜 주던 부모님도, 늘 그와 함께였던 누나도 전부 곁에 없었다.

아빠가 죽었다.

누나가 아팠다.

엄마가, 가족이 무너졌다.

소년은 화가 났다.

"너밖에 없어서 너를 지키려고 내가 노력하고 있잖아. 근데 누나 너는…… 네가 없는 나를 한 번이라도 생각해 봤어? 그거 정말, 지옥 같아."

숨 막힌다고, 견지오.

"하지 말라는 얘기가 아니야. 다 그만하자는 얘기도 아냐."

"……."

"따라갈게. 혼자 있는 게 얼마나 무서운 일인지 아니까 너 혼자 있지 않게 내가 쫓아갈게. 그니까. 누나, 그니까."

"……."

"제발, 천천히 좀 가……."

나만 혼자 두지 마.

견지록이 푹 고개를 떨궜다. 지오는 소리 없이 눈물을

뚝뚝 흘리는 제 영혼의 반쪽을 우두커니 바라봤다.

울지 말라고, 달래고 싶었다. 달래 주고 싶었다.

하지만 어려웠다.

수학 문제든, 마법이든, 세상이든. 어려운 게 하나도 없는데 눈앞의, 제 목숨보다 소중한 동생을 달래는 방법만큼은…… 어린 지오는 도저히 알 수가 없었다.

·· ☾ ☾ ● ☽ ☽ ··

은석원은 잔잔히 미소 지었다.

묶어 준 이가 누군지 분명한 깜찍 사과 머리와 귀공녀 원피스를 입은 차림으로 당당히 그의 앞에 선, 조그만 여자아이.

"궁금한 게 있어, 할아부지."

"허허, 분명 나한테 배울 게 하나도 없다고 하지 않았니? 근육 바보라 했던가……."

"사소한 거 따지면 대머리 돼. 대머리 되고 싶어? 남자들한텐 죽는 것보다 심한 재앙이라며."

"그런 말은 어디서 배웠는고?"

"이무기 영감이. 아무튼!"

지오가 허리춤을 척 짚었다. 과연 샛별초 일진. 용맹했다. 하지만 나이에 비해 많이 정정한 은석원에겐 떨리는 손과 꼴깍 침을 삼키는 목이 전부 보였다.

"……르쳐 줘."

"음?"

"귀먹었어? 빨리 어른이 되는 법, 가르쳐 달라구."

은석원은 짐짓 난감한 척 턱을 문질렀다. 어허…….

"빨리 어른이 된다, 라……. 그럼 지오와 할아비가 이렇게 함께할 시간도 줄어드는데?"

"뭐? 그건 좀 곤란한데."

심각한 얼굴로 고민에 잠긴 꼬맹이.

조그만 머리로 생각할 게 뭐 그리 많은지 참 오래도 걸린다. 은석원은 웃으며 기다렸다.

"아! 그럼!"

환하게 외친 지오가 잠깐 멈칫한다. 우물쭈물 망설이더니 슬그머니 눈치를 살피며 물었다.

"그러면은…… 지오가 좋아하는 사람들이 지오를 보고 웃을 수 있는 방법."

"……."

"할아버지, 그건 가르쳐 줄 수 있어요? 부탁합니다."

은석원은 조심스럽게 제 옷자락을 쥐는 아이의 손을 바라봤다. 울컥, 따스한 기운 같은 것이 마음을 적셔 왔다. 그는 말없이 지오를 번쩍 안아 들었다.

목이 멨다. 마주 안아 오는 아이의 뜨듯한 체온을 느끼며 은석원이 잠긴 목소리로 속삭였다.

"……글쎄다. 슬프게도 오래 살았다고 모든 것을 다 아는 건 아니라서. 당장은 알 수 없지만, 우리 함께 찾아보자꾸나."

"으응."

"이거, 지오가 맡겨 준 숙제 때문에 이 할아비가 더 오래오래 살아야겠는걸."

커다란 손이 작은 이마를 쓸어 넘긴다. 왜인지 그리운 느낌. 지오는 그의 목을 꽉 끌어안았다.

"응. 지오랑 같이 오래오래 살아요, 할아버지."

한겨울의 정오. 창가를 타고 흰 햇살이 들어온다.

왕으로 태어나 훗날 세계에 군림할 이라 해도 지금 이 순간에는 미숙한 성장기의 아이일 뿐.

은석원은 부디 이 햇살이 아이에게 오래오래 비치기를 진심으로 기원했다.

"지오와 말 안 하고 있다면서?"

오늘은 조금 다른 걸 하자. 그렇게 말한 은석원이 훈련실 대신 견지록을 데려온 곳은 저택의 한적한 곳이었다.

어두운 톤의 원목, 그리고 녹색과 금색으로 꾸며 아늑한 방. 중앙에는 거대한 그랜드 피아노와 꽤 오래되어 보이는 축음기가 놓여 있었다.

신기한 듯 이리저리 관찰하던 견지록이 고개를 돌렸다.

"걔가 일렀어요?"

"대화를 한 게지. 지금 지록이랑 하는 것처럼. 밤비가 피아노 치는 걸 좋아한다고, 이것도 지오한테 들었단다."

"많이도 떠들었네."

"피아노는 언제부터 배웠니?"

"애기 때부터. ⋯⋯엄마가 가르쳐 줬어요."

음악 들으면서 그림 그리는 것을 좋아했던 엄마는 제 아이들만큼은 저와 다르게 마음껏 배우길 바랐다. 없는 형편에 그녀 자신이 조금 더 고생하더라도.

온 가족이 쉬는 주말이 되면, 지오가 학원에서 배운 발레 동작을 자랑하고, 엄마는 피아노 앞에 앉아 소년에게 다정하게 음계를 알려 주곤 했다.

「엄마는 있잖아. 어릴 적부터 이 피아노 소리를 들으면 그날 힘든 것도, 화나는 것도 싹 사라지더라고. 어때, 아들?」

「응! 밤비도 좋아! 엄마가 좋아하니까.」

「어이구, 예쁜 내 새끼. 누구 닮아서 이렇게 착할까?」

태어난 시점부터 모든 것을 기억하는 바벨 세대의 신인류 아이들. 덕분에 따뜻한 추억 역시 눈에 잡힐 듯 선명하기만 했다.

딩―

내려앉는 피아노 음이 맑다.

은석원은 아이의 미간이 오랜만에 누그러지는 걸 발견했다.

"듣는 것도 좋아해야 할 텐데."

"좋아해요."

"다행이구나."

나란히 앉은 조손지간.

이어서 길게 몰입하는 감상 시간이 흘렀다.

총 4악장의 음악.

조용한 현의 음으로 시작된 서주序奏, 그러나 생기 넘치게 이어지며 포악한 폭풍처럼 휘몰아치다가 승리를 부르짖듯 끝이 났다.

"······이거, 제목이 뭐예요?"

"말러의 교향곡 1번, '타이탄Titan'이란다."

"······."

"젊은 청년의 이야기지. 상처에도 불구하고 어둠을 딛고 마침내 빛으로 향하는 여정."

지옥에서, 다시 세상으로.

"제게 닥친 운명과 고난에 맞서며 투쟁하는 한 인간이 '거인'이 되는 과정이라고도 하더구나."

방황하는 청춘의 승리. 인간의 영웅 신화.

"할아비가 가장 좋아하는 곡인데, 한번 쳐 보겠느냐? 어렵지 않은 버전으로 알려 주마."

은석원은 생각에 잠긴 아이를 피아노 앞으로 이끌었다.

타이탄의 초반부는 느려서 난이도가 아주 높진 않다. 일러 주는 대로 건반을 하나하나 눌러 보길 한참. 견지록이 불쑥 말문을 뗐다.

"제가 이상한가요?"

"……."

"어떤 애가 그러던데요. 제가 이상하다고. 저도 제가 조금 다르다는 걸 알아요. 하지만…… 모르겠어요. 계속 화가 나요."

메마른 산의 불길처럼 멎지 않는 화가 소리 없이 소년을 좀먹고 있었다.

"미워하면 안 되는데 미워져요. 저도 왜 이러는지 모르-"

"지록아."

띵! 날카로운 불협화음.

은석원은 건반을 짓누른 아이의 손을 그러당겼다. 아래만 보는 시선을 다독여 다정하게 얼굴을 마주했다.

"대화할 땐 눈을 봐야지, 서로."

"……아."

"때때로 여기가 하는 말은 이곳보다 여기에서 들리곤 한단다."

가슴, 입술, 눈가.

자상한 손길이 차례로 짚어 왔다.

그에 무언가를 깨달은 듯 견지록의 얼굴이 멍해진다. 은석원이 다시 말했다.

"그리고 그 물음에 답을 하자면 이 할아비는 약간 다르게 생각한다. 이상한 게 아니라…… 남들보다 천천히 갈 뿐인 거라고."

더 조심스럽게, 다치지 않게 걸음을 내딛는 것뿐.

"알고 있니? 사슴은 참 겁이 많은 동물이지. 하지만."

"……."

"단단한 뿔이 생기면, 멋진 뿔이 자란 수사슴은 누구보다 용감하고 든든한 수호자가 된단다."

사자도 겁내지 않고, 호랑이와 맞서고, 누구 앞에서도 물러나지 않고 제 무리를 지키는 수장.

"마치 '거인'처럼 말이다."

사슴 록(鹿).

엄마는 숲속에서 무리를 이끄는 아름다운 수사슴의 꿈을 꿨다고 했다. 그 인상 깊은 태몽을 따라 태명도 밤비, 이름도 지록.

가까이 마주한 눈에선 많은 것이 보였다. 그 안의 애정까지.

그래서일까? 내내 혼자서만 눌러 왔던 이야기를 할 용

기가, 결심이 비로소 들었다.

소년은 천천히 입을 열었다.

"그날, 엄마가 견지오한테……."

·· ✦ ✦ ✦ ✦ ✦ ··

쏴아아아–

20××년의 거리. 개운한 소나기가 내리고 있다. 행인들
은 급히 비를 피하느라 주변에 관심이 없다.

청년은 그사이 빗길을 가로질렀다. 유유히 걸어가 한
상가 건물 앞에 멈춰 선다.

"야."

"……어? 밤비이!"

"너 대체…… 정신이 있냐, 없냐? 인터뷰 때문에 좀 늦
는다고 어디에라도 들어가 있으랬잖아."

찬란한 스무 살, 어느덧 세상의 거인이 된 사슴.

그리고 몰라보게 성장한 남매.

견지록이 커다란 우산을 기울였다. 우비를 입고 쭈그려
앉아 있던 지오가 마주 웃었다.

"기다리게 한 거 미안하니까 괜히 저러는 것 보소."

"누가 미안해?"

삐딱하게 쏘아붙인 견지록이 위아래로 지오를 훑었다.

'그나저나 꼴이 저게 뭐야?'

우비는 일단 그렇다 치고, 무슨 이집트 미라도 아니고 뭘 저렇게 꽁꽁 뒤집어썼는지 모르겠다. 견지록은 구렁이처럼 두른 지오의 목도리를 쑥 잡아당겼다.

"어허, 쓰읍, 하지 마라."

"계절감 챙기자, 제발. 무슨 마트료시카야? 선글라스는 뭔데? 설마 이러고 돌아다닌 건 아니라고 해. 존나 수상해 보여, 너."

"네가 유명인의 설움을 알아?"

힘숨방으로 살아온 지도 어언 인생의 절반. 아직 실물 유명세에 적응이 덜 된 킹지오는 주변을 향한 경계심이 극에 달해 있었다.

"오는데도 사람들이 대체 어떻게 알아봤는지 계속 쳐다보고. 에휴, 한국인들. 피곤해."

거리의 행인들은 그저 우비 입은 목도리 도마뱀의 출현에 놀라 쳐다본 것이었지만, 세계 1위의 자의식 과잉은 대단했다. 그가 한심하게 바라보는데.

됐다. 허접한 랭킹 '5위' 따위가 뭘 알겠느냐며 지오가 어그로로 최종 마무리한다.

견지록은 무시했다.

"안 들어올 거면 말아. 간다?"

"자, 잠깐 기다료!"

후다닥 지오가 견지록의 우산 아래로 들어갔다.

내리는 빗방울이 몸에 안 닿게 하는 것쯤이야 아주 간단한 일이다. 하지만 비 오는 날의 우산은 기분상의 문제 아니겠는가?

동년생 남매는 그렇게 약속 장소를 향해 걸어갔다.

초록 불을 기다리는 횡단보도 앞. 등 뒤의 카페에선 피아노 운율이 흘러나온다.

"······너 임지애 기억나?"

툭 던진 견지록의 물음. 지오가 심드렁히 대답했다.

"밤비 첫 친구? 걔가 내 병아리 다리도 고쳐 주고 그랬는데. 걔 저택 떠나던 날, 네가 미안하다고 음침하게 사과하던 것도 기억남."

"이게 돌았나, 내가 언제? 기억 왜곡 좀 하지 마."

"울 사슴 그때 참 깜찍했는데. 누나밖에 없다고 졸졸 따라다니고. 언제 이렇게 커져서······ 에휴우. 이제 내 삶의 낙은 우리 쁘띠뷰티 금금뿐인가 봄."

"헛소리 그만하고. 네 소식 듣고 연락 왔더라. 안부 전해 달래. 몰라봬서 미안했다고."

"요즘 어디서 뭐 하고 사시는데?"

"미국 애리조나에. 마수 보호 단체에서 마수사로 일한다나."

"일반인 아니었나?"

"왜 아니야? 사냥꾼이 사냥을 하면 다른 사람은 돌보고 기르기도 해야지. 그렇게 함께 살아가게끔 세상이 돌아가고 있고."

지오는 선글라스를 살짝 들어 남동생을 올려다봤다. 무심한 듯 다정하게 팔 한쪽을 내준 견지록은 우산조차 지오 쪽으로 완전히 기울이고 있었다.

"흐음…… 보아하니 어린 시절 추억팔이 하고 오셨구만? 인터뷰인가 뭔가 하면서."

"하여간 귀신이지, 견지오."

"밤비는 옛날 생각할 때 제일 진지한 얼굴이 되거든. 이렇게에, 분위기 잡고."

그를 흉내 내듯 근사한 척 눈을 내리까는 지오.

못산다. 견지록이 미간을 팍 구겼다.

"제대로 걷기나 해. 비 맞잖아."

"어이, 핸섬 청년. 오랜만에 손이나 잡을까? 옛날 느낌 나게."

"뭐래."

툭 내뱉곤 지오의 어깨에 팔을 둘러 제 쪽으로 당긴다. 누그러지는 미간을 보며 지오가 절레절레 고개를 저었다.

"아무리 생각해도 이 몸의 키가 요만한 것은 다 네놈 탓…… 어? 금금 전화당."

얼른 받는 지오 쪽으로 견지록이 각도 낮춰 뺨을 기울였다. 맞닿은 휴대전화 너머로 허스키한 목소리가 울려 퍼진다.

　-언니! 돌았어? 30분 넘게 지났다고, 왜 아직도 안

와! 또 어디 딴 길로 샌 거지? 그냥 내가 데리러 가?

　"아니 그게, 내가 늦은 게 아니구 밤비가-"

　-다 모르는 사람들, 아니, 모르는 유명인들 틈에 나 혼

자 던져두고 안 오면 어떡해!

　"쫄지 마, 금금. 걔네 너한테 손도 못 대는 내 쫄따구들이-"

　-미치겠어. 하얀새 님은 나보고 자꾸 정좌로 앉으래. 무

도인의 기본이라는 둥, 아니, 무도인이고 뭐고 워프 터미널

에서 정좌로 앉는 사람이 어딨어, 무슨 도쟁이도 아니고!

　"그 하얀 고구마가 또⋯⋯! 진정해, 금금. 언니가 갈게.

어? 언니 출동한다, 지금!"

　-빨리 와, 언니이⋯⋯.

　튜토리얼 재입장을 앞두고 요즘 부쩍 예민해진 막내가

답지 않게 칭얼거렸다. 두 사람은 누구랄 것 없이 걸음을

서두르기 시작했다.

　"걍 공간 이동 때릴까?"

　"사람 득실거리는 터미널로? 너 여기 있다고 광고를 하

지 그래."

　"안 들키게 하면 됨."

　"뭐어, 가더라도 저 형까진 데리고 가야지."

　정부 공인 워프 게이트는 이용 시 위치와 좌표를 정확

하게 알고 있어야 한다. 오늘처럼 비공개 장소로 여럿이 이동하는 경우엔 더더욱 까다로웠다.

지오가 삐딱하게 횡단보도 건너편을 바라봤다.

맑은 미소로 이쪽을 향해 손 흔들고 있는 흑발의 청년.

"……쪼개기는. 백 씨는 근데 진짜 왜 데려감?"

불이 녹색으로 바뀐다. 지오의 어깨를 감싸 당긴 견지록이 횡단보도를 건너며 답했다.

"재입장 유경험자잖아. 어떻게 보면 형이 나보다 나아."

남매와 마주한 백도현이 반갑게 웃는다. 지오는 어쩔 수 없는 기분으로 저도 모르게 실소했다.

"그만 웃어. 정들어."

"조금 늦으셨…… 지오 씨, 그거 저보고 더 웃으라고 하시는 얘기입니까?"

"얘 봐. 이제 막 기어올라요. 킹지오가 동네 뒷산이지, 아주."

"무슨 그런 큰일 날 말씀을. 그럼 저는 진작 헌터 때려치우고 이미 산악인이죠."

저 회귀자 놈 미쳤나 봐…….

지오가 울상 지으며 견지록을 돌아봤다. 견지록은 씹고 다른 사람들 기다리겠다며 이동을 재촉한다.

"저 사실 캠핑은 오랜만이라 설렜지 뭡니까? 잠을 못 자겠더라고요."

"저기요. 친구 없는 티 좀 그만 내셈. 킹은 백도현의 흙수저 인간 극장 이제 그만 알고 싶어."

"학교 다닐 때 말입니다. 경주에서 어린 친구들이 야외 캠핑하는 거 본 적 있었는데, 되게 부러웠거든요. 전 그런 걸 못 해 보고 자라서. 물론 사고로 약간 시끄럽게 끝났긴 하지만……."

……어?

견 남매가 동시에 홱 고개 돌려 그를 돌아봤다. 기대 밖의 거센 반응에 백도현이 당황했다.

"왜, 왜 그러십니까?"

설마. 진짜 설마. 견지록이 미심쩍은 투로 던졌다.

"……혹시, 그거 은사자 유소년 캠프?"

"응? 어떻게 알았어? 아, 그렇지. 꽤 알려진 사건이긴 하니까."

"아니. 그게 아니라."

얼떨떨함, 혹은 어이없다는 얼굴로 지오가 말했다.

"거기 있었거든. 우리도."

열두 살. 지오의 초등학교 마지막 학년이었다.

견지오를 보살피고자 설립되었던 센터와 길드 〈은사자〉의 합심작, 후견인 제도는 겨울철 눈덩이처럼 점점 몸집이 불어나 그 범위가 확장되었다.

또한 최초 S급의 등장으로 대한민국이 바벨의 [최우선 관리 국가] 목록에 들면서 한반도 땅에 봇물 터지듯 각성자들이 우르르 개화하기 시작했으니…….

헌터 르네상스.

그리고 은사자 어린이 재단.

국가에서 지원하고 길드가 주최하는 〈은사자 유소년 캠프〉는 이 두 가지가 맞물려 빚어낸 결과였다.

'그렇다고 내가 대체 여기 왜 있어야 하는지.'

재능이란 우연히 찾아오는 게 아니라 발견하고 발굴하는 것! 그것은 이미 너희들 안에 있다며 멀찍이 연단에서 열변 토하는 교관을 지오는 심드렁하게 응시했다.

본 캠프의 참가 대상은 재단이 후원하는 유소년들.

그 목적은 이들의 재능 발굴 및 특성 계발.

꽤나 큰 규모의 훈련 프로그램인 만큼 의심을 피하기 위해선 지오도 참여하는 쪽이 맞긴 했다. 신비주의 고수 중인 랭킹 1위를 찾아내고자 호시탐탐 〈은사자〉 주변을 캐는 하이에나들이 수두룩했으므로. 하지만.

"귀찮아……. 집에 가고 싶어."

"쉿! 조용히 해."

옆에서 장세나가 다그쳤다.

지오는 시무룩해져 쪼록, 어린이용 텀블러의 빨대를 다

시 빨았다.

"그래도 조는 우리가 원하는 대로 짤 수 있어서 다행이다. 그치?"

대표 인솔자의 연설이 끝나고, 아이들은 담당 교관의 안내를 따라 캠핑장 곳곳으로 뿔뿔이 흩어졌다.

주어진 첫 번째 미션은 조별로 텐트 치기.

조별 인원은 딱 알맞게 5명씩이었다. 유치원 동창들 중 가장 다정다감한 성격의 양세도가 폴대를 주워 들며 웃었다.

"오랜만에 친구들끼리 모여서 멀리 놀러 왔는데, 모두 다른 조였으면 아쉬울 뻔했잖아."

"친구들끼리는 무슨! 나 쟤랑 친구 아닌데? 난 5학년이랑 친구 같은 거 안 해!"

볼이 잔뜩 부은 장세나가 꽥 소리 질렀다. 망치로 팩을 박고 있는 견지록 쪽을 힘껏 노려보지만, 반응이 전혀 없다. 애꿎은 양세도만 옆에서 눈치 보며 그의 어깨를 툭툭 쳤다.

"아하하…… 밤비야, 세나 아직도 너한테 삐져 있나 봐."

"왜? 그리고 내가 밖에서 밤비라고 부르지 말랬지."

"네가 어른들한테 친구 같은 거 없다고 해 놓고, 어떤 미국 여자애랑은 펜팔까지 하고 있다며. 세라가 금희한테 다 들었대."

"아…… 그 꼬맹이 진짜."

요새 설세라 동생 설보미던가? 걔랑 붙어 다닐 때 진작

단속해 둘걸.

'장세나 삐지면 골치 아픈데.'

저번에 견지오가 자기와 학생회장 자리를 두고 경쟁하는 여자애 옆자리에 앉았다고, 한 달인가 말도 안 하던 쇠고집이었다.

장세나, 양세도, 설세라.

유치원 동창인 '세 친구들'은 조금 귀찮을지언정 없어서는 안 되는 친구들이다. 특히 견지오한테는.

견지록이 짧게 혀를 찼다. 꼭 애어른 같은 모양새였다.

"야. 장세나."

"견죠! 넌 그냥 앉아 있는 게 도와주는 거라고 했어, 안 했어! 이리 안 내놔!"

"아, 아퍼어…… 세나 손 너무 매워…….."

불러도 아예 들은 척도 안 하신다.

지오에게 성난 황소처럼 돌진해 멱살 잡고 의자에 앉히는 장세나를 보며 견지록이 한숨 쉬었다.

"어른들은 아직도 그 말을 기억한대? 잘못 말한 거야. 내가 친구가 왜 없어. 너희가 징그럽게 붙어 있는데."

"……크흠."

"서운했으면 미안하다."

"커허험!"

차분한 사과에 장세나 얼굴이 불타는 고구마가 된다. 6학년 학생회장이라고 맨날 우쭐거리는데 5학년보다 유치하게 굴었으니 쪽이 팔리신 거다.

'쯧쯧, 어린 것들.'

지오는 대왕 해파리처럼 흐물흐물 힘 빼고 앉아 성장기 어린이들의 소꿉장난을 지켜봤다.

쪼로록. 푸릇푸릇한 숲을 배경으로 그렇게 유유자적 텀블러나 빨고 있길 한참.

그 모습이 그림으로 그린 듯한 조별 과제 버스의 무단 탑승객⋯⋯.

때마침 물건을 빌리러 찾아왔던 옆 조의 아이가 그걸 목격하고 팍 인상 썼다.

아니, 딴 애들은 저렇게 열심히 일하고 있는데⋯⋯. 일개미 한국인으로 태어나 도저히 용납할 수 없는 광경이었다.

"저기 쟤는 뭔데 저렇게 아무것도 안 해? 지가 무슨 공주님이래?"

"견지오 똑바로 담요 안 덮⋯⋯ 야! 방금 뭐라 했어, 너 뭔데?"

"어?"

"물건 빌리러 왔으면 필요한 거 갖고 냉큼 꺼져! 우리 집 꿀벌이 꿀을 빨든 말든 네가 뭔 상관이야! 네가 쟤 먹여 살릴 거야?"

제 여자에 손대는 엑스트라를 목격한 짐승남처럼 샛

별초 학생회장 장세나 어린이가 으르렁거렸다. 이 구역 점순이 꿈나무는 누가 자신의 부하(이름: 견지오, 한국 랭킹 1위)를 건드리는 행위를 몹시 경멸했다.

"왜, 왜 갑자기 화를 내고 그래? 난 그냥 쟤가 일을 하나도 안 하길래……!"

쪼로록.

"저 쪼그만 계집애한테 일 시킬 정도로 우리가 한심해 보여? 너 어느 학교 몇 학년이야!"

쪼로록.

"청명초 5학…… 아니, 근데 쟤는 아까부터 뭘 자꾸 저렇게 먹고 있는 건데!"

발끈해 외치는 옆 조의 엑스트라 꼬맹이.

타악. 텀블러를 내려 둔 지오가 너그러이 답해 주었다.

"인생의 쓴맛."

세상 고단한 6학년의 삶을 5학년 따위가 어찌 알겠느뇨……?

마치 열반에 오른 승려, 부처와도 같은 그 포스에 아이가 순간 주춤하는데.

"무슨 일이니?"

근처에 있다가 소란을 듣고 찾아온 교관이었다.

"교관 선생님! 그게요!"

이때다 싶었는지 냉큼 두다다다 일러바친다. 자초지종

을 들은 교관이 지오를 좋게 타일렀다.

"친구들이 열심히 일하는데 혼자만 빠져 있으면 안 되지. 아까 선생님도 협동심이 제일 중요하다고 강조하셨잖아. 자, 우리 친구 일어나 볼까?"

그러나 말 안 듣는 어린이의 가장 큰 특징은 하라고 하면 절대 하지 않는 것이다.

지오가 모르쇠 시선을 돌렸다. 되바라진 꼬맹이 태도에 교관이 저 텀블러부터 뺏고 보자 팔을 뻗는 그때.

"하지 마요! 환자란 말이에요!"

이번에도 샛별초 학생회장님이셨다.

지오의 앞을 가로막은 장세나가 두 눈을 부릅떴다.

"어, 환자?"

"그래요! 얜 옛날에 교통사고 당해서 죽다 살아난 애라고요! 텀블러에 있는 건 아파서 먹는 약! 인생의 쓴맛이라는 게 비유법인 것도 몰라요, 어른이?"

"헉. 그, 그랬니⋯⋯?"

'흠.'

지오는 슬그머니 눈치를 봤다.

당황한 교관과 온몸으로 열 내는 점순이 학생회장. 그렇다면 여기서 자신이 해야 할 행동은⋯⋯.

"⋯⋯코홀록!"

"견지오! 괜찮아?"

"아, 어지러워. 아구구, 머리야……. 오늘도 피를 한 바가지 토하려나……?"

"이거 봐요! 어떡할 거예요, 선생님! 얘 또 쓰러지면 교관 선생님이 책임질 거예요?"

"자, 일단 진정하고……!"

"이 조는 왜 이렇게 시끄럽습니까? 무슨 문제 있어요?"

그들이 전세 낸 게 아닌 캠핑장이다. 소음에 신고받고 출동한 또 다른 어른, 센터 소속 요원이 찡그리며 상황을 살폈…….

'헉?'

"아. 별로 큰일은 아닙니다. 잠깐 애들끼리 다툼이 있어 말리려다가."

"큰일인 것 같은데요."

"네?"

어리둥절한 표정의 교관을 요원이 얼른 제 쪽으로 잡아 끌었다. 그럼 선생님들은 이만 가 볼 테니 너희들은 마저 하던 일 하라 휙휙 손짓하면서.

아이들과 거리가 멀어지자 교관이 홱 팔을 뿌리쳤다.

"이것 좀……! 왜 이러십니까, 갑자기! 설명이라도 해 주시고……!"

"그쪽 제정신이야? 소속이 어디야. 특별 관리 대상 리스트 못 받았어?"

"네? J 초교입니다만……. 근데 국가에서 하는 훈련 프로그램에 특별 관리 대상이라니, 무슨 말도 안 되는, 그거 비리 아닙니까?"

'이거야 완전 일반인이군. 하아……. 균형 맞춘다고 몇 명은 추첨으로 뽑는다고 듣긴 했지만.'

"잘 들으십쇼, 선생님. 정부 주최라 해도 이것도 다 사람 하는 일 아니겠습니까? 우리 융통성 있게 갑시다. 그냥 여기, 여기에."

제 가슴팍 쪽을 툭툭 치며 요원이 말했다.

"작아서 잘 안 보이겠지만, 눈 크게 뜨시고. 이 사자 배지, 은색 사자 배지 달고 있는 아이들만 건드리지 마세요. 폭탄이라고 생각하시고."

"폭탄이요? 대체 어떤 아이들이길래……. 무슨 국회 의원 자식들이라도 된답니까?"

"우리 센터가 한낱 금배지 따위에 위축될 곳으로 보입니까? 섭섭한 말씀은 넣어 두시죠."

"죄송합니다. 납득이 잘 안 돼서."

요원은 푹 한숨을 쉬었다. 저 교관의 심정이 이해되지 않는 것도 아니다. 그도 처음 명령을 받았을 땐 그랬으니까, 다만.

"선생님, 우리가 폭탄물 처리를 배울 때 말이죠. 금방이라도 터질 아기를 대하듯 다루라 합니다."

"폭탄……? 아기요?"

"솔직히 저도 자세한 사정은 모릅니다만…… 선생님도 그냥 저처럼 그 점만 기억하시면 될 듯합니다. 중요한 것은 폭탄이 뭐냐는 게 아니라, 폭탄이라는 사실 그 자체니까요."

어른들이 시야에서 멀어진다.

지오는 왼쪽 가슴팍에 단 은배지를 시큰둥하게 만지작거렸다. 분명 이걸 보자마자 사라졌지.

'걱정 말고 이것만 꼭 달고 있으라고 신신당부하더니.'

이럴 속셈이었나? 무슨 맹독종 몬스터라도 된 기분이지만, 뭐. 세상 편하니까 나쁘지만은 않다.

지오는 텐트 치기에 다시 열중한 친구들을 쓱 돌아봤다. 견지록의 옆에서 폴대를 한 움큼 들고 낑낑대는 양세도, 접이식 화로를 솜씨 좋게 조립하는 장세나까지.

'흐음. 교통사고라…….'

분명 그렇게 둘러대긴 했다.

'악몽의 3월'의 후유증만으로 몇 년째 픽픽 쓰러지고, 가끔씩 피를 뱉는 현상까지 전부 설명할 순 없었으므로.

[당신의 성약성, '운명을 읽는 자' 님이 애들 눈이 정확하긴 하다며 어떻게 약이라는 것도 알았냐고 신기해합니다.]

'그니까. 난 또 내가 말한 줄.'

눈치가 없는 건지, 있는 건지.

지오는 나라에서 공들여 제조해 갖다 바친 센터표 특제

안정제를 쪼로록 한 번 더 들이켰다.

늘 먹는 건 아니지만 며칠 전 훈련 도중 또 한 번의 폭주를 일으켰던 터라 앞으로 최소 한 달 정도는 꼬박꼬박 먹어 줘야 했다.

'복숭아 맛으로 달랬더니…… 장난해? 해열제 시럽 맛이잖아.'

"아이 씨. 근데 설세라 앤 화장실 간다더니 대체 언제 오는 거야? 넷이서 텐트를 어떻게 쳐! 게다가 한 명은 5학년인데!"

"……계속 5학년 어쩌고 하면 진짜 확 나까지 안 하는 수가 있어, 장세나."

"바, 밤비야, 나 좀 도와줘!"

"형은 이것도 혼자 못 들어? 후우, 그냥 이리 줘!"

"……들아! 애들아!"

하여간 양반은 못 된다.

반 묶음 한 생머리를 곱게 휘날리며 샛별초 얼짱 설세라가 뛰듯이 야영지로 들어왔다. 숨이 차는지 잠시 허리를 수그리는데, 그사이를 못 참고 장세나가 앙칼지게 삿대질한다.

"야, 설세라! 너 이딴 식으로 무임승차할 거야? 네가 견지오야, 뭐야!"

"세나가 나 아무것도 못 하게 뺏어 놓고 나는 왜…… 지오는 억울하지오."

"넌 조용히 하랬지!"

"알겠다구, 대장."

"어휴. 길 잃어서 어쩔 수 없었어. 중간에 웬 천사처럼 생긴 언니가 안 도와줬으면 더 헤맬 뻔…… 아니, 이게 아니라! 애들아, 내가 오면서 뭘 봤는지 알아?"

아이들의 이목이 슥 집중된다.

이마의 땀을 훔친 설세라가 모여 보라며 다급히 손짓했다. 그러고는 긴장한 얼굴로 소리 죽여 외치기를.

"지금 여기 이 숲에…… 사, 살인마가 있는 거 같아!"

· ◦ ℭ ℭ ● ℌ ℌ ◦ ·

"그냥 흔한 동네 변태라니까."

장작을 던지며 소년, 견지록이 짜증스럽게 말했다.

모든 의식주를 스스로 해결해야 하는 서바이벌식 캠핑.

텐트 치기, 불 피우기, 정수하기 등등. 바벨탑 출현 이후 교과 과정에 의무적으로 생존 훈련이 포함된 만큼, 워낙 어릴 때부터 배우고 해 왔던 것들이라 딱히 어려운 일은 아니었지만…… 그에 비해 설세라가 던진 화두는 해결될 기미가 영 보이지 않았다.

"그래도 만약 세라가 본 게 진짜면 어떡하지? 아무래도 교관님들한테 알리는 게……."

머뭇거리며 양세도가 말끝을 흐렸다. 견지록이 신경질적으로 쏘아붙였다.

"겁쟁이 취급당할 일 있어? 가뜩이나 어린애라고 무시하는데."

"하지만……."

"세상에 직쏘 가면 쓰고 이렇게 사람들 많은 데를 돌아다니는 살인마가 어디 있는데? 나 잡아가라, 광고하는 것도 아니고. 그냥 할로윈 분장 같은 거야. 아님 뭐 담력 테스트라도 준비하나 보지. 유치하게."

"밤비 네가 직접 안 봐서 그래! 막 더러워서 며칠은 안 씻은 거 같고, 꼭 여기 오래 있었던 사람 같았단 말이야."

길을 잃고 헤매던 도중, 설세라가 숲속에서 우연히 목격했다는 수상한 차림의 사내.

소름 끼치는 직쏘 가면을 다시 떠올린 설세라가 부르르 어깨를 떨었다. 진저리 치는 그 모습에 나머지 아이들이 주변을 스윽 둘러본다.

이곳. 신라 천년의 고도, 경주의 외진 산.

띄엄띄엄 위치한 텐트촌, 그 가장자리에 자리 잡은 그들의 텐트는 숲과 가까이 맞닿아 있었다.

캠핑장은 어느 정도 사람의 손때가 묻어 있지만, 어둠이 내리고 우거진 숲 쪽은 영 사람이 살 만한 장소로는 안 보인다.

"……쓰, 쓸데없는 얘기 그만하고 밥이나 먹자!"

짝! 박수 쳐서 환기하는 장세나(기피 장르: 공포 스릴러)의 얼굴이 창백했다. 옆에서 꾸벅꾸벅 졸고 있던 지오를 허겁지겁 흔들어 깨운다.

"으으응, 엄마아 나 5분만 더…… 아야!"

"그만 자고 얼른 밥 먹으라고. 생선 다 구웠으니까. 넌 무섭지도 않냐? 자! 먹어!"

"으으, 비린내……."

비몽사몽 지오가 홱 고개를 돌렸다. 생선구이를 들이미는 방향대로 물개처럼 날렵하게 회피하길 한참.

장세나가 결국 폭발했다.

"야─! 죽을래? 그냥 좀 처먹으라고! 여기까지 와서 편식질이야!"

"그냥 내버려 둬."

강 건너 불구경하던 견지록이 툭 내뱉었다.

"걔 생선은 엄마가 구워 주는 거밖에 안 먹어. 비린내 난다고. 학교에서도 맨날 남기잖아. 견지오 넌 이거 먹어."

같이 구워 뒀던 호일 감자를 까서 건네주는 밤비. 뒤늦게 편식쟁이의 일상을 떠올린 장세나가 와그작 인상을 구겼다.

"기집애, 하여튼 까다롭기는. 생선이 다 똑같지. 어머니가 구워 주면 뭐 달라?"

진지한 얼굴로 지오가 끄덕였다. 음음, 다르지.

"울 순요 씨는 내 맞춤 손맛 마스터니까. 난 이미 길들여져 버린 몸이라고. 이번 생은 포기하게나, 장쫄보 학생회장."

"……누, 누구 보고 쫄래! 진짜 죽을래?"

"호덜덜. 세나는 직쏘 무서워용. 오늘 밤은 살인마 나올까 봐 혼자 못 자겠네. 아이고 무서워랑. 호덜덜덜."

"세, 세나야! 참아! 지오는 환자잖아, 세나야!"

오늘에야말로 저것을 죽이고 나도 죽겠다고 달려드는 장세나와 뜯어말리는 두 친구.

그리고 그 앞에서 태연한 얼굴로 감자를 까는 밤비와 냠냠 받아먹기 바쁜 이 구역 어그로킹.

한창 그렇게 텐트가 떠들썩한 가운데.

"저기. 여기가 '유치원부터 망한 인생'…… 조? 너네 조 이름 이거 맞아? 아무튼 7시까지 식사 끝내고 빨간 깃발 아래로 다들 집합하래."

"어, 우리만?"

"아니. 전체 다. 구역별로 나눠서 부르던데. 담력 테스트 뭐 그런 거 한다나 봐. 그럼 이만."

다른 조에게도 알려야 한다며 전달자가 다시 떠난다.

진짜로 담력 테스트라고?

친구들은 동시에 서로를 바라봤다. 싫어 죽겠다는 얼굴로 장세나가 푹 깊게 한숨 쉰다.

"아, 진짜 집에 가고 싶어……."

·○◐◑●◐◑○·

"자아~ 다들 보물찾기 알지? 룰은 간단해. 이 미션 쪽지에 적힌 물건을 찾아오거나 혹은 안 되겠다, 우린 도저히 못 찾겠다 싶으면 '보물'이라고 표시된 물건 3개를 찾아오면 되는 거야."

제한 시간은 1시간.

가장 빨리 끝낸 조에게는 선물이 기다리고 있다며 교관이 분위기를 띄웠다. 물론 꼴찌 팀에게는 무시무시한 벌칙이 기다린다는 어른식 유치한 협박도 함께.

"흐음. 선물은 아마 은사자랑 관련된 거겠지? 벌칙은 뭘까?"

"뻔하지. 다들 자는 시간에 뭐 더 하라고 시키거나 그럴걸? 밤샘 보초라든가 그런 거 있잖아."

"……뭣?"

화들짝 놀란 지오가 어깨를 들썩였다.

마지막 잎새처럼 시들시들하던 사기가 돌연 활화산처럼 솟구친다. 지오는 두 주먹을 불끈 쥐었다. 어느 때보다 심각한 표정으로 결연하게 선언했다.

"샛별초 제군들. 오늘 우리는 우승을 목표로 주어진 미션에 임하도록 한다."

"……."

"매사 최선을 다하고, 한 명도 낙오하는 일 없이 소중한 동료의 곁을 지키도…… 아야아!"

현 국가 랭킹 1위의 귀를 사정없이 쭉 당기는 샛별초 학생회장, 장세나가 어금니에 꽉 힘을 주었다.

"너나. 너나 잘하세요, 제발~ 어? 또 중간에 한눈팔고 딴 길로 새기만 해!"

유치원, 초등학교…… 그간 쌓아 온 견지오의 전적이 실로 무수했다. 뭐 좀 하라고 시키면 쥐도 새도 모르게 빠져나가 구석에서 쿨쿨 잠이나 자고 있기가 태반.

아무튼, 아옹다옹하는 사이 앞선 조들은 전부 출발했다.

그들 순번이 빠르게 찾아온다. 조 대표로 설세라가 쪽지를 골라 뽑았다.

"얍! 허억, 이게 뭐야!"

"자. '유망생' 조 출발합니다."

삐이익!

뭐라 반발할 새도 없이 호루라기 소리와 함께 교관의 손이 아이들의 등을 쑤욱 매정하게 떠밀었다.

조명이 없는 숲길은 심상치 않게 어두웠다.

"스, 스위치가!"

양세도가 허겁지겁 랜턴의 불을 켰다. 으아악! 장세나

가 질겁하며 옆의 지오에게 찰싹 들러붙었다.

"……야 양세도 너! 이 씨, 너 죽을래? 손전등을 네 턱 밑에서 켜면 어떡해!"

"아, 미안!"

깔끔하게 사과하는 양세도와 지체 없이 멱살을 잡는 장세나. 그 정신없는 통을 틈타 견지록이 속삭였다.

"마력 절대 쓰지 마. 절대로. 너 지금 치료 중이라는 거 잊진 않았지?"

"……에구구."

눈치 빠른 밤비 녀석. 지오는 말없이 텀블러를 다시 쪼록, 빨았다.

그렇게 자그마한 손전등 불빛에만 의지해 나아가는 행진의 시작.

빛의 양이 절대적으로 적으니 발밑도 불안하다. 다섯 아이들은 원을 그리듯 모여 조심스럽게 한 발, 한 발 이동했다.

"바람 소리가 꼭 귀신 울음소리 같다. 막 스스스, 스슷 이러네."

"헉. 어, 어떻게 알아? 세라 너 귀신 본 적 있는 거야?"

"야아. 귀신 얘기 하지 말라고 진짜. 제바알……."

"그만해. 장세나 울겠다."

어느새 랜턴은 견지록의 손으로 옮겨 가 있었다. 방향을 가늠하더니 힐긋 장세나를 돌아본다.

"정 무서우면 그냥 네가 들래?"

"그래도 돼? 감사……."

부적처럼 지오를 꽉 끌어안고 있던 장세나가 냉큼 받아 들었다. 지오는 금방이라도 울 것 같은 그 얼굴을 물끄러미 올려다봤다.

"어? 와아, 뭐지? 갑자기 엄청 따뜻하네……! 불빛 때문인가?"

"응. 불빛 때문임."

"견지오……."

"아무튼 불빛 때문임."

밤비의 날카로운 눈초리에 지오가 모른 척 옆의 설세라에게 엉겨 붙었다. 친구들 중 제일 키가 큰 설세라가 지오를 자연스레 감싸 안는다.

"견죠 괜찮아? 걸을 만해? 힘들면 말해. 업어 줄게."

"어두운데 둘 다 넘어질 일 있어? 뭘 업어, 업기는. 쟤보고 알아서 걸으라 해."

"네 남동생 너무 매정하다, 그치? 역시 동생은 여동생이 최고라니까."

살살 지오의 뺨을 문지른 설세라가 어른스럽게 웃었다. 왜 이렇게 차갑냐고, 견지록에게 잔소리도 한번 하며.

"아무튼 지오는 진짜 왜 이렇게 안 자라나 모르겠어. 유치원 때랑 똑같은 거 같아."

"세라가 커서 그렇게 보이는 거. 맨날 나 내려다보니까."

"그런가? 아무튼 편식도 그만하고, 밤늦게 게임도 그만 좀 하…… 어? 애들아, 저기 저거!"

다급한 목소리에 장세나가 소스라치게 놀라 그쪽을 비춘다.

"까, 깜짝이야……."

캄캄한 수풀 사이서 홀로 존재감을 뿜어대고 있는 은색 리본.

견지록이 망설임 없이 수풀 사이로 들어갔다. 성큼성큼 걸어가 리본의 밑, 나무뿌리 틈에서 물건을 꺼내 온다.

원통 모양의 작은 상자였다.

열어 보니 안에는 사자 모양의 목조 공예품이 들어 있었다.

"이게 그 보물인가 봐……. 맞지? 미션 못 찾겠으면 포기하고 찾아오라던 그거."

"응. 확실히 이건 아닌 것 같네."

실망한 설세라가 허탈하게 쪽지를 팔락팔락 흔들었다. [미니 냉장고]라고 적힌 종이를.

"씨, 이거 진짜 뭔가 잘못된 거 아니야? 대체 숲속 어디서 냉장고를 구해 오냐고!"

아악! 답답해진 장세나가 꽥 소리 지르는 그 순간.

지오의 손이 그 입을 틀어막는다. 어느새 돌변해 있는

눈빛.

'……뭔가 있어.'

스스슷!

바람이 수풀을 흩트리는 소리가 어딘가 섬뜩하다.

견지록이 조용히 옆에 와서 서고, 장세나가 긴장한 얼굴로 지오의 손을 떼어 냈다.

"뭐, 뭔데, 왜 그래?"

"아무래도 그만 돌아가는 게 좋겠……!"

"지오야—!"

꺄아아악!

아이들의 비명이 어두운 숲속에 길게 울렸다.

· · ☾ ☾ ● ☽ ☽ · ·

"선생님! 여기 놓여 있던 사은품 쪽지 못 보셨습니까? 한 장이 계속 모자라서요."

"어? 거기 있던 거 보물 쪽지 아니었어요? 헉, 어쩐다? 난 누가 빠뜨린 건 줄 알고 그냥 같이 넣고 섞어 버렸는데. 어쩐지, 냉장고는 좀 심하다 싶더니."

뒤늦게 실수를 깨달은 교관들이 난처한 눈빛을 교환했다.

"……어쩌죠? 이미 출발한 애들한테 다시 오라고 하면 난리가 날 텐데. 최종 평가가 달린 거라 형평성 문제도 있고요."

"어쩔 수 없죠. 일단은 두고, 돌아오면 잘 설명하고 다독이는 수밖-"

"선생님들!"

타다닥!

긴박한 발걸음과 외침.

소란에 아직 출발 순서가 안 돼 남아 있던 아이들까지 일제히 쳐다본다.

상황이 아무리 다급해도 아이들에게 혼란을 줘선 안 됐다. 달려오던 센터 요원이 퍼뜩 깨닫고 황급히 숨을 가다듬었다. 짐짓 태연하게 걸어가 소리 죽인 투로 이른다.

"지금 당장 남아 있는 아이들 캠핑장으로 복귀시키고, 출발한 애들도 다시 불러들이십시오."

"무슨 일 있습니까?"

"곧 속보 뜰 겁니다. '리벤지 테러'가 예고됐어요. 불행하게도 범인이 폭발물을 설치했다고 지목한 지역이 이 근방입니다. 한시가 급합니다. 어서요!"

교관들의 안색이 싹 푸르죽죽해졌다. 사태의 심각성을 단박에 깨달은 것이다.

그들은 서둘러 매뉴얼대로 행동하기 시작했다. 아이들이 동요하지 않도록, 최대한 자연스럽게.

"자, 자! 그만 이동하자! 오늘 담력 테스트는 시간이 부족해서 여기까지!"

"아아······ 뭐야아······."

"다들 어서 교관 선생님 지시에 따라 움직입니다. 줄 흩트리지 않고!"

곧이어 이미 숲으로 들어간 아이들을 데려오기 위해 요원들과 길드원들이 투입되기 시작했다.

몬스터 접근을 막는 대보호 결계가 깨지지 않아야 하므로 많은 양의 마력을 운용할 순 없지만, 그들은 훈련된 정예들. 아이들은 영문도 모른 채 그들 품에 안겨 하나둘 빠르게 복귀했다.

하나, 둘, 셋······.

침착하게 인원 목록을 체크하던 교관이 침음을 흘렸다.

"이런, 아직 한 개 조가 빕니다."

"어디 봐요. ······잠깐만, 이 조, '은배지'를 단 애들이 있었던 조 아닌가?"

절대 지나칠 수 없는 말이었다.

근처에서 바삐 움직이던 센터 소속 간부직 요원이 멈칫했다. ······뭐라고? 그가 핏기 없는 얼굴로 말을 더듬었다.

"저기! 방금 뭐라고, 뭐라고 하셨습니까?"

"아. 특별 관리 대상에 속한 아이들 말입니다. 아직 돌아오지 않은 조가 그 아이들의 조라서요."

"이런 미친, 염병, 젠장할!"

요원은 손에 쥔 서류를 집어 던졌다. 주변에서 놀라 그를 바라봤지만, 그딴 건 중요치 않았다.

'인간들아! 그 꼬맹이 신변에 무슨 일이라도 생기면 이 나라가 망한다고, 씨팔!'

좆됐다, 국보가 위험에 처했다!

그러나 결코 크게 외칠 수 없는 그 말. 식은땀으로 젖어 들어가는 등줄기가 축축했다.

"선배님? 어디 가십니까!"

"놔! 지금 조국이 또 망할 판국이십니다요!"

"잠깐, 잠깐만요! 그게 무슨……? 그래도 이것까진 확인해 주고 가십쇼!"

"뭔데! 중요한 거 아니면 너 진짜 내 손에 죽는다!"

살쾡이처럼 매섭게 돌아보는 선배. 후배는 어색한 웃음으로 제 등 뒤를 가렸다.

"여기 이쪽 분들이요. 본 게 있으시다고……."

머리가 어질어질하다.

'목뒤가 약간 아픈 것도 같고.'

지오는 천천히 정신을 가다듬었다. 낯선 공기에 실눈을 뜨자 흐릿한 시야 너머로 보이는…….

'……살인마?'

설마 설세라의 말이 진짜였나?

조도 낮은 조명을 반사한 날붙이가 칙칙한 빛을 발한다.

밀폐되고 어두운 공간.

야생 동물 특유의 비릿한 냄새와 가죽, 그리고 타 버린 장작 냄새가 났다. 손끝으로 바닥을 더듬자 만져지는 촉감이 목재 같은 걸로 보아, 장소는 아마 오두막 비슷한 것으로 보인다.

'손발…… 몸까지 묶여 있고.'

지오는 기감을 깨워 주변을 인식했다. 다행히 밤비와 친구들이 바로 옆에서 느껴진다. 생명 파장이 활발히 요동치는 것으로 보아 지오와 달리 깨어난 지 좀 된 듯했다.

아니나 다를까, 왼편의 장세나가 아주 조그맣게 속삭여 왔다.

"지오야, 일어났어?"

"응."

"쉿, 가만있어. 걱정 말고. 무슨 일 있어도 우리가 널 지켜 줄 테니까."

기절하기 전, 마지막 기억은 세라의 비명.

그리고 훈련하면서 자주 맡아 익숙해진 수면 향 냄새였다.

원래라면 마력이 알아서 막았어야 정상이지만, 문제는 현재의 몸 상태.

뒤엉킨 체내 균형을 치유하는 과정 중이라 손쓸 새 없

이 당한 듯했다. 예전처럼 잠에 들지만 않을 뿐, 스위치가 전부 내려가 있는 상태나 마찬가지니까.

지오는 묶인 손을 까딱여 봤다. 어린애라고 얕봤는지 뭔지, 충분히 움직일 수 있을 만큼 느슨하다. 지오가 그대로 수인手印을 그리려는데.

쫘악.

오른쪽이다. 지오는 옆으로 시선을 살짝 틀었다. 밤비의 손가락이 힘을 줘 지오를 잡고 있었다.

"가만히 있으라 했잖아. 지켜 준다고."

낮게 악문 목소리.

"하지만……."

지오가 막 입을 떼려는 그때.

"호오, 다들 깨어났나 보군."

쇠 긁는 듯한 목소리. 오래 씻지 않은 몸에서 풍기는 악취, 그리고 기괴하다 못해 우스꽝스러운 직쏘 가면.

설세라가 묘사했던 인상착의와 정확히 일치했다.

그그그, 타악!

먼지 쌓인 바닥 위로 망치가 무겁게 끌린다. 그가 덩치를 일으키자 비닐로 감싸인 벽이 보였다. 뭘 가려 놨는지는 모르겠으나 상당히 상상력을 자극하는 장면이다.

맞댄 등으로 사시나무처럼 떠는 양세도가 느껴졌다. 반면, 스릴러를 무서워하는 꼬마 장세나는 현실 스릴러 앞에서 침착하기만 했다.

"아저씨, 저희는 아무것도 못 봤어요. 어른들한테도 절대 말하지 않을게요. 풀어 주세요."

"상관없어. 뭘 봤든, 말든. 너희가 내 눈앞에 있다는 사실이 중요하지."

"원하는 게 뭔데요? 돈? L 가구 알죠? 우리 엄마가 거기 사장님이에요. 얼마든 줄 수 있어요!"

히힉! 사내가 웃음을 터트렸다.

"그딴 건 상관없다니까, 건방진 꼬맹아. 내가 원하는 건……!"

"지금이야!"

―달려!

견지록의 신호.

기다렸다.

설세라가 벌떡 일어나 지오를 제 쪽으로 당겼다. 정면의 문을 향해 직진해 달려간다.

손이 섬세한 양세도가 재빨리 밧줄을 풀고, 장세나가 주의를 끌고, 설세라가 지오를 챙기면 견지록이 도주할 시간을 번다.

지오가 정신을 잃고 있는 동안, 손짓 발짓을 동원해 아이들이 짜 둔 플랜이었다.

그러나.

"아, 안 열려! 잠겨 있어!"

"제기랄!"

'어떡하지? 빨리 생각해 내. 견지록.'

체급 차이가 크다. 상대는 은사자 할아버지만큼의 거구. 과연 상대할 수 있을까? 삽자루를 주워 든 손에 꽉 힘이 들어간다. 견지록이 마른침을 삼켰다.

그때였다. 옆의 장세나가 발작적으로 소리 지르며 쇠꼬챙이를 마구 휘둘렀다.

"야아악−! 덤벼, 시발! 우리가 순순히 죽어 줄 거 같아?"

그에 왈칵, 울음을 터트린 양세도 또한 소리쳤다.

"마, 맞아! 우린 다섯 명이나 된다고요! 한 번에 다 죽일 순 없을걸! 누군가는 도망쳐서 아저씨 꼭 벌 받게 할 거예요−!"

"……지오야, 괜, 괜찮아. 겁먹지 마!"

덜덜 떨리는 양팔로 꼭 안고 다독여 오는 설세라까지.

견지오는 친구들을 본다.

평범하고 나약한 친구들을.

「야아, 모야? 너희 왜 맨날맨날 너희끼리만 놀아? 나랑두 놀자! 난 햇님반 장세나야!」

「지오 간식 이거 내 거까지 먹을래? 세도는 안 먹어도 괜찮은데…….」

「친구를 왜 밀어? 같이 놀고 싶으면 그냥 놀고 싶다고 솔직하게 말하면 되잖아! 나처럼! 안녕! 나는 달님반 설세라고, 너희랑 같이 놀래, 끼워 줘!」

　유치원 때부터 유달리 작았던 지오를 챙기면서 뭉치게 된 세 친구들은 언제나 이런 식이었다.

　넌 작으니까, 넌 우리보다 어리니까.

　우리가 지켜 줄게.

　늘 그렇게 말하며 어떤 상황에서든 지오를 등 뒤에 감추고, 저희들이 앞에 서려고 했다.

　'알고는 있었는데……'

　설마 이런 상황에서까지 그럴 줄은.

　"야, 너희……"

　밤비도 놀랐는지 당황한 얼굴로 돌아본다.

　다들 대체 어디서 샘솟은 용기인지 모르겠다. 눈물 콧물 다 짜내면서도 지오의 앞을 꾸역꾸역 가로막은 세 친구들.

　아이들은 그렇게 지오를 지키고자 나선 거였지만…….

　아이러니하게도 그 행동은 견지오가 무슨 일이 일어나도 제 일상을 지켜야겠노라 각오를 다지는 계기가 되었다.

　몸이든 뭐든, 어떻게 되어도 이젠 상관없다. 지오가 거대한 마력을 움직이려는 그 순간.

　"항복!"

　……네?

"내가 졌다. 하하. 너네 우정이, 아니, 의리가 정말 대단하구나!"

"에, 엥……?"

툭! 직쏘 가면이 경쾌하게 바닥으로 떨어진다.

감동과 긴장이 뒤섞인 현장이 신기루였던 듯 공기가 바뀌었다. 살인마…… 아니, 살인마 코스프레의 교관이 활짝 웃었다.

"서프라이즈! 속았지? 하하하."

"……."

"하하하핫!"

"……."

맥이 탁 풀린 분위기가 빙하처럼 싸늘하다. 지오는 황당한 얼굴로 교관을 올려다봤다.

'미친 ××, 뭐래 ××? 저거 ×× ×× 아니야? ××.'

[성위 '운명을 읽는 자' 님이 안 그래도 말해 주려 했는데, 꼬맹이들 용기가 가상하더라며 고개를 젓습니다.]

'……정말 가짜라고?'

별님의 확인 사살 최종 마침표까지.

아이들도 서서히 상황 파악이 끝나는 모양이었다. 비로소 긴장이 풀렸는지 양세도가 주저앉아 훌쩍였다.

"엄마아……!"

"자, 자. 울지 말고 일어나."

하지만 공감 능력 없는 교관께선 얄짤 없었다. 애들을

다독여 주기는커녕 엄격한 어조로 분위기를 환기한다.

"잘했는데 왜 울어? 다들 배운 대로 아주 잘했다! 결박 풀기 만점. 상황 판단 만점. 포기하지 않은 것까지 전부 훌륭해! 중학교 언니 오빠들 다 제치고 너희가 현재 최고 스코어야."

교사가 아닌 교관.

지오는 담백하기까지 한 그 태도에 새삼 캠프의 목적을 실감했다.

단순한 야외 체험 같아도, 이곳은 센터와 길드가 뚜렷한 목적하에 주최하는 서바이벌식 능력 계발 캠프.

의식주를 자력으로 해결하는 생존 환경도, 위기 상황 대처도 다 그의 일환인 것이다.

'아니 그래도 그렇지. 이건 분위기가 너무 본격적이잖⋯⋯ 그건 아니구나. 하, 어쩐지 뭔가 어설프다 싶더라니⋯⋯.'

"어쩐지 단련된 몸이더니⋯⋯."

옆에서 견지록도 중얼거린다. 구겨진 표정이 지오와 똑같은 생각 중인 게 분명했다.

지오는 슥 주변을 둘러봤다.

긴장해 제대로 보이지 않던 것, 혹은 보여도 무시했던 것들이 그제야 눈에 들어왔다.

허접하게 묶여 있던 손발, 여기요 나 좀 써 주세요 외치듯 주변에 곱게 놓인 생활 무기들, 아주 희미하던 수면 향 등등⋯⋯.

'하긴 인돌미오 들어간 수면 향을 일개 범죄자가 쓰는

건 좀…… 밸런스 패망이지.'

설산 깊은 곳에서 채취하는 인돌미오 용액은 세계에서 오직 한 사람, '극지의 대마녀'가 유통하는 물건이다. 순도가 높아 소심하게는 안정제나 수면 유도제, 대범하게는 독약까지 커버하는 이 마수의 용액은 마녀가 널리 세계에 이름을 떨치게 해 준 계기였다.

하지만 서프라이즈였다고 짜증이 나지 않는 것은 당연히 아니다. 장세나가 울컥해 항의했다.

"우씨, 이런 게 어디 있어요! 선생님 이름 뭔데요, 우리 엄마한테 다 이를 거……!"

콰앙! 쿵!

그때 돌연히 부서지는 문짝.

"꺄악!"

설세라가 비명 질렀다. 지오는 휙, 제 눈앞을 가리는 어른의 그림자를 본다.

방탄형 흑복, 그리고 굳건한 등 뒤에 새겨진 검정 글자.

[CRT(Crisis Reaction Team)].

긴급대응반.

대한민국 최고의 국가 각성자 엘리트들의 등장이었다.

민첩히 안으로 진입한 요원 한 명이 차게 고지했다.

"A팀, 범인 제압하고 구속해. 나머지는 아이들을 데리고 복귀한다."

"……어? 자, 자, 잠깐! 잠시만요! 제가 아는 사람이에요!"

허겁지겁 요원들 틈을 헤집고 나오는 한 사람. 흑복 일색인 요원들과 달리 일반적인 차림이었다.

"저, 저희 산하 길드 소속입니다. 야, 박두홍! 이 자식, 너 무전은 왜 안 받아?"

"혀, 형님……!"

제압당해 엎어진 교관을 향해 그가 다급하게 질책했다. 그러나 그럼에도 그들을 보는 주변의 시선은 여전히 싸늘하기만 하고.

"아니 그, 정말 아니에요! 다, 담력 테스트 담당하는 친구인데 중간에 약간의 소통 오류가 있었나 봅니다……."

"……요즘은 담력 테스트로 이런 걸 합니까?"

떨떠름한 투로 주변을 스윽 훑는 요원.

현장 비주얼이 도를 넘긴 했다. 길드원이 민망해 눈을 질끈 감았다.

「닭 피? 닭 피를 어디에 쓰려고? 그냥 물엿으로 만든 피 써. 티가 너무 안 나면 애들 기절한다. 이런 건 대놓고 허접해야 해.」

「형님! 무슨 그런 섭섭한 말씀을! 이런 건 리얼리티가 생명이라고요. 요즘이 어떤 시대인데요! 바벨 시대 아닙니까! 아이들은 강하게 키워야죠! 저한테 맡겨만 주십쇼! 저 해병대 출신입니다. 하하하.」

'아오, 저 관종 자식 며칠 전부터 낌새가 심상찮더니 결국!'

"그…… 각성한 지 얼마 안 된 신입이라서 의욕이 많이 과했나 봅니다. 제가 따로 주의 주겠습니다."

"선배님, 아직 상황 종료 아닙니다. 중요한 건 아니니 일단……."

"……그래. 일단은 캠프로 돌아가서 얘기합시다. 아이들 챙겨서 복귀한다. 조심히 모시도록."

보조 인력으로 따라붙은 말단 길드원들은 모르겠지만, 긴급 배치된 본부 요원들은 그들이 누구를 에스코트하게 되는지 이미 사전에 단단히 주의를 받은 참이었다.

긴 머리의 요원이 조심스러운 손길로 지오를 안아 들었다. 마이크를 끄며 작게 속삭인다.

"괜찮으십니까? 어디 불편하신 곳은……."

"없어요. 좀 졸려."

"졸리시다고요? 졸리시답니다!"

"무전 치지 마, 이런 걸로……."

긴장이 풀린 여파로 피로감만 미약하게 있을 뿐이었다. 친구들도 하나씩 안겨 장소를 빠져나간다. 지오는 든든한 요원의 품에서 몸의 힘을 쭉 뺐다.

···ⅭⅭ●)つ··

'분위기가 묘하더라니.'

역시 단순 해프닝만은 아니었던 모양이다.

돌아온 캠핑장 주변엔 폴리스 라인이 쳐져 있었으며, 어른들이 구름 떼처럼 몰린 쪽에는 수풀이 벗겨진 땅이 움푹 패어 있었다.

뉴스 보기를 좋아하는 양세도가 폭발 같은 게 있었던 듯하다며 친구들에게 속닥거렸다.

"야, 야! 애들아, 이거 봐. 세도 말이 맞아. 여기에 리벤지 테러가 예고됐었대."

발 빠른 장세나가 어디선가 주워 와 들이미는 휴대전화 화면. 모포를 두른 채 옹기종기 앉아 있던 친구들이 머리를 맞댔다.

화면 속, 아나운서가 굳은 얼굴로 말하고 있었다.

〖곧바로 추적에 나선 관리국과 경찰이 인근 여관에서 머물던 용의자 50대 남성 김 모 씨를 붙잡았습니다. 김 씨는 몇 달 전, 게이트로 겪은 재산 피해에 대한 보복 심리로 범행을 계획했다고 자백했으며⋯⋯.〗

〖현장에는 다수의 청소년이 캠프를 위해 머물렀던 것

으로 확인돼 큰 공분이 일었습니다. 또 한 번의 큰 비극으로 이어질 뻔한 이번 사건에 정부는 국민의 높은 문제의식이 필요하다고─』

"그, 두 달 전엔가? 열렸던 동대문 게이트 있잖아. 거기서 가게 하던 아저씨였대. 폭삭 망해서 은사자한테 원한을 가졌다고……."

"은사자한테 왜? 가게 망한 거랑 그게 뭔 상관?"

"그게, 그때 동대문 게이트 담당했던 길드가 은사자여서……."

설세라의 조심스러운 설명에도 지오는 잘 이해가 되지 않았다. 견지록이 짜증스럽게 제 머리칼을 흩트린다.

"그냥, 그런 것도 있나 보다 해. 이 세상은 그딴 식으로 돌아가니까. 리벤지 테러 자체가 균열 피해자들이 헌터들한테 원한 갖고 저지르는 보복 범죄를 말하는 거야."

내가 당한 비극, 너도 한번 똑같이 겪어 봐.

랭커의 가족이 살해당하면서 유명해진 이 '리벤지 테러'는 크나컸던 사회적 파급력만큼 적잖은 수의 모방 범죄를 불러일으켰다.

"원래 그래. 세상을 지키지만, 아이러니하게도 자기 주변은 지키기 힘든 게 헌터의 현실─"

시니컬하게 말을 잇던 견지록이 아차 싶어 돌아봤다.

하지만 지오는 그를 보고 있지 않았다.

그저 폭풍이 지나간 듯 벗겨진 땅, 저마다 분주하게 심각한 얼굴을 하고 있는 어른들, 그리고 아이들이 떠나 휑해진 캠핑장을 천천히 시야에 넣었다.

이어 소중하고 약한 자신의 친구들까지…….

지오는 한번 상상해 본다.

만에 하나, 자신의 정체가 드러난다면 친구들은 어떻게 될까? 또 가족들은?

과연 '이런' 것들에서 자유로울 수 있을까?

"……염병할. 이제 이것까지 계산해서 움직여야겠네."

"응? 뭐?"

"아님, 아무것도."

최소한의 노출로, 최고 효율을 뽑도록 그렇게만 움직이자. 어린 지오는 그렇게 온 세상이 통곡할 다짐을 뼈에 새겨 넣었다.

"애들아! 보호자분들 오셨다! 집에 가야지."

"오, 엄마 왔나 봐. 가자!"

"아무튼! 수학여행 왔던 오빠들이 신고하지 않았으면 이렇게 빨리는 못 잡았을 거라더라."

우리처럼 서울에서 온 공고라던데, 무슨 표창장도 받는다고 들었다며 장세나가 속닥거렸다. 학부모들이 모인 쪽으로 걸음을 떼면서도 조잘조잘 말이 끊이지 않는다.

그리고 긴급하게 열린 워프 홀 근처.

귀기를 억누르는 담배 연기가 홀로 희다. 멀찍이 학부모들 쪽에서 떨어져, 비스듬히 선 인영.

범이 보일 듯 말 듯 눈짓했다. 지오는 픽 웃으며 친구들과 함께 걸어갔다.

그리고 그때. 북적한 그곳에서 순간 옆을 스쳐 지나가는 청량한 기운.

"……난 이 새끼 진짜 미친 줄 알았다니까! 붙잡고 있을 테니까 어른들 불러오라고? 이거 또라이인 줄은 진작 알았지만, 어휴."

"내 말이. 검도 배운 새끼들은 다 이러냐, 어? 백도 인마, 뭐라 말 좀 해 봐."

"아, 고등학교 라이프 1학년부터 진짜 스펙터클하시다. 안 그러냐?"

교복 입은 고등학생 한 무리였다.

지오는 힐긋 뒤를 돌아본다. 왁자지껄한 무리 한가운데서 홀로 툭 튀어나온 키의 남학생이 보였다.

'저 사람인가 보네. 궁금한데.'

따지자면 나름 은인 아닌가.

뒷모습뿐이라서 약간 아쉽긴 하지만, 뭐 인연이라면 나중에 또 보겠지. 지오는 미련 없이 뒤돌았다. 그리고…….

"백도, 왜 그래?"

"아니…… 느낌이 좀."

착각인지 돌아본 인파 속에는 아무것도 없다.

'기분 탓인가?'

경주의 바람이 분다. 눈앞을 스치는 푸른 잎사귀에 백도현은 실소 짓고 다시 돌아섰다.

"아니, 아니야."

그냥 예민했나 봐.

왜인지 아쉬운 기분 같은 게 들었는데…….

· · ◖ ◗ ● ◖ ◗ · ·

선명하리만치 파릇파릇한 색의 잎사귀. 차가운 눈 속에서도 여태 살아 있는 게 신기했다.

열아홉. 어느덧 마지막으로 교복을 입는 해였다.

백도현은 나뭇잎을 그대로 주워 주머니에 넣었다.

"더럽게. 뭘 바닥에 떨어진 걸 줍고 그러냐?"

"그냥."

"천하의 백도현도 수능 날 가까우니 심란하시다 이거지?"

"나 수능 안 본다니까. 바로 일할 거야."

"힐. 진짜로? 접수는 했잖아?"

"담임이 난리라서 접수만 한 거지. 내 몫까지 잘 보고 와라."

"그러면 와서 바닥이나 깔아 주든가, 이 의리 없는 새 끼야. 뭐 취업이라도 하게? 불러 주는 데나 있냐? ……하긴, 너 정도 와꾸면 부르는 데가 없겠냐."

혼자 납득한 친구가 못마땅한 얼굴로 혀를 찬다. 백도현은 담담히 대꾸했다.

"아직 살아 있는 마굴이 있대서 거기부터 지원해 보려고. 수당은 거기가 제일 세니까."

"……생명 수당이니까 세지, 미친놈아. 각성도 못 한 놈이 몬스터 굴에 왜 가? 진짜 처돌았냐?"

"방세 밀린 지 몇 달째야. 할 수 있을 때 해야지. 그쪽 돌다 보면 각성할 가능성도 높다더라."

"뭔, 야!"

큰 소리에 정류장의 사람들이 쳐다본다. 죄송합니다, 대충 고개 숙인 친구가 다시 소리 죽여 입을 뗐다.

"그래도 그렇지, 너 진짜 미친……!"

"잠깐."

그들 앞에 정차했던 버스가 떠남과 동시에, 맞은편으로 고정되는 시선. 백도현의 시선을 쭉 따라간 친구가 오, 둥글게 입술을 모았다.

"저거 견지록 아냐? 그 개명고 공상진 앞니 박살 냈다던 중딩 자식? 옆에는 여친인가? 히야, 좋을 때다."

젊은 꼰대 짓에 폰 게임에만 열중하던 다른 친구가 고

개를 들었다. 슥 보더니 툭 뱉는다.

"아니야. 남매임. 역대급 시스콤이라고 쟤네 강남에선 유명해."

"넌 어떻게 그렇게 잘 아냐? 강남 새끼도 아니면서."

"나 학원 거기서 다니잖아. 엄빠 등골 박살 내면서. 그리고 쟤들 생긴 꼴을 봐라, 안 유명하게 생겼나."

희끗희끗한 눈길의 도로 너머.

친구들의 시시껄렁한 잡담이 귓등을 스친다. 백도현은 물끄러미 정류장에 기대선 여자애를 바라봤다.

타이 없는 교복, 남동생 말에 피식 웃는 입가, 바람에 얕게 흔들리는 중단발, 가느다란 턱.

빠르게 나다니는 차들 사이로 그 모습이 보이다가 안 보이기를 반복했다.

"불효자 새끼. 넌 수능 조지면 진짜 양화 대교 가라. 암튼 귀하신 강남 키즈들이 이 멀고 구린 동네까진 웬일? 설마 전학 오나?"

"쟤 이름은 그럼─"

"알아서 뭐 하시게? 어차피 우린 졸업하는…… 어, 버스 왔다. 야, 백도! 우리 먼저 간다!"

끼이익.

하얀 눈길을 잿빛으로 만들며 버스가 선다. 친구들이 떠나고, 차도 다시 떠나고…….

'……사라졌다.'

그새 맞은편 정류장은 텅 비어 있었다.

반대편 도로 위로 멀찍이 멀어지는 파란 버스.

백도현은 잠시 지켜보다가 돌아섰다.

이유 모를 느낌……. 만약 인연이라면, 언제 어디선가 또 만나겠지 싶었다.

"저기요오! 아저씨이이—! 잠깐마안!"

"야, 나조연. 뭐 해? 빨리 가자고. 늦었어."

시야에서 훌쩍 벗어나는 파란 버스. 열심히 달려 쫓아가던 나조연이 미끌, 그대로 바닥에 엎어졌다.

"헉! 조연아! 너 괜찮아?"

"……으. 괘, 괜찮은데 쪽팔려."

"어휴! 그러게 타지도 않을 버스는 왜 쫓아가!"

"아니, 이거……."

엉망이 된 더플코트를 털며 나조연이 울상 지었다. 덩달아 눈에 젖어서 얼룩덜룩해진 병아리 키링.

"버스 타면서 이거 떨어뜨리길래 주인 찾아 주려다가……."

"하여간 착해서. 졸업했다고 우리 반장님이 어디 가는 건 아니네. 오지랖 여전해……. 눈도 좋다. 그건 또 언제 봤대?"

"돌려주지도 못했는데, 뭐."

……음, 그래도 세탁은 해 둬야겠다.

사람 인연은 모르는 거니까. 나중에 찾아 줄지도 모르지.

　나조연은 쓰라린 팔꿈치를 매만지며 병아리 키링을 가방 안에 잘 챙겨 넣었다.

　"……엥. 내 큐티빠띠 애기 치킨 어디 감? 아 나, 어떤 미친 소매치기 놈이 수명 단축을 소망하시고."

　"뭔 헛소리야, 또."

　짜증스럽게 대꾸하는 견지록에게 지오가 허전한 제 가방을 팔락였다. 몹시 억울한 얼굴로.

　"새끼 치킨 사라졌다고, 뿌에엥."

　"그 더러운 병아리? 애착 인형도 정도가 있지, 버릴 때 됐어. 그만 보내 줘."

　"아니, 아니이…… 거기에 내 비상금 숨겨 뒀단 말임. 빌어먹을 소매치기 놈이 어떻게 돈 냄새는 또 기가 막히게 맡아서. 아이고, 내 도오온."

　잡히면 죽여 버리겠다고, 중얼중얼 곡소리를 내는 견지오. 한심한 호러가 따로 없었다. 견지록이 혀를 찼다.

　"야, 됐고. 나 드디어 길드명 정했다. 결정 끝."

　"각성도 못 한 놈이 길드는 무슨, 우리 집 사슴도 피하지 못하는 중2병 무습다 무스버……."

　"……관심 없다 이거지?"

　"아냐, 아냐! 뭔데, 말해 보셔."

겨울 햇살이 차창을 뚫고 내려앉는다. 비밀을 속삭이듯 견지록이 씩 웃었다.

"바빌론BABYLON."

인류 문명 최초의 번영과 최초의 중심이었던 곳. 파괴적인 정복자들의 이름표. 저 하늘에 닿기를 최초로 희망했던 이름인 만큼, 그 도전 정신은 가히 이어받을 만하다.

"난 결국 저 탑 끝까지 올라가고 말 거니까."

눈부시도록 하얀 겨울, 눈구름의 저 면 사이로 아득하게 검은 탑이 보인다. 탑의 끝에 오르겠다는 남동생의 다짐은 몇 해가 지나면서 어느덧 완전히 무르익어 있었다.

하여간 뭐든 진심인 밤비 녀석…….

지오는 차창에 머리를 기대며 픽 웃었다.

"엉, 그러셔. 응원할게, 바빌론 길드장님."

물론 응원만.

이쪽이 저 탑에 오르는 일은 없을 테니까 말이다.

영— 영.

〈랭커를 위한 바른 생활 안내서 1부〉

외전 소년기 完

외전
사춘기

"저……."

"네에, 무슨 일로 오셨어요?"

돌아오는 대답이 없다. 기계적으로 대답했던 주민 센터 직원은 그제야 고개를 들었다.

후줄근한 추리닝 차림의 20대 청년. 수험생이 널리고 널린 이 노량진에선 길가의 돌멩이보다 흔한 차림이었다.

"선생님?"

'뭐지? 너무 평범해 보이는데…….'

잘못 찾아왔나? 직원은 갸우뚱하며 손짓했다.

"선생님. 여긴 헌터관리과라서요. 전입신고 같은 용무시면 저기 안내 팻말 붙어 있는 쪽 보이시죠? 저기로 가시면 돼요."

"아니, 그게 아니라요……! 저, 혹시 허, 헌터-"

"앗!"

직원의 눈이 순간 반짝였다. 왜 저렇게 우물쭈물하나 싶었더니! 이제야 알겠다!

"별수……! 아니, 선先 각성자세요?"

'어쩐지 과하게 두리번거리고 눈치 본다고 했지!'

뜻하지 않게 하루아침에 인생이 바뀐 사람들.

튜토리얼처럼 별도의 적응 기간도 없이 대뜸 헌터가 된 별수저들은 저렇게 얼떨떨한 얼굴로 지역 동사무소부터 우물쭈물 찾아온다고 들었다.

물론 PR시대니 뭐니 하면서 요즘엔 SNS부터 올리고 보는 관종들도 있다지만…….

'99% 주작이지. 자기 목숨 귀한 줄 아는 놈이라면 그런 멍청한 짓을 할 리가.'

눈앞의 별수저가 정신 똑바로 박힌 놈이라는 생각이 들자 직원의 목소리도 한결 상냥해졌다.

"선생님 그럼 우선, 여기 특별 각성자 긴급 신고서부터 작성해 주시고요. 저희 주민 센터에선 처리 권한이 없어서 잠깐만 기다리시면 센터 쪽에 인계해 바로 절차 진행을 도와드릴-"

"아니, 아니! 잠깐만요!"

일이 순식간에 걷잡을 수 없는 방향으로 흘러가고 있다!

넋 놓고 서 있던 청년은 그제야 화들짝 손사래 쳤다.

'이, 이게 아닌데!'

당황해 주변을 돌아보니 어느새 직원들뿐만 아니라 일 보러 왔던 주민들까지도 그를 보며 수군거리고 있었다.

"별수저래요, 별수저!"

"별 뭐시기? 그게 뭔데?"

"아이 참, 그거 있잖아요! 괴물 때려잡는 사람들! 그 대단한 사람들 중에서도 재능이 으뜸가는 천재들이라던데. 왜 그, 우리나라 1등이랑 똑같은 케이스요!"

"뭐라고? 저 젊은이가? 에그머니나!"

'아, 아니라고—!'

진땀 흘리는 그의 심정을 아는지 모르는지, 설레발의 원흉인 직원은 그저 흐뭇한 얼굴로 미소 지을 따름.

"선생님, 걱정하지 마세요. 신상 보호와 관련해선 국가 매뉴얼에 따라 각성자 관리국에서 철저하게 도와드리니까요. 원하시면 오늘 여기 계신 분들한테 비밀 유지 서약서까지—"

"아니라니까요! 제가 오늘 여기 온 이유는!"

'에라, 모르겠다!'

노량진 고시생 박혁라(남/23세)는 눈 질끈 감고 꼭꼭 잠그고 있던 점퍼를 젖혔다.

"이, 이거 때문이라고요!"

"끄, 꺄아아아악!"

"그래서. 긴급대응반까지 출동했다고요? 쯧, 난리도 아니었겠네."

"주민 신고가 들어갔던 모양입니다. 한 명도 아니고 여러 명이요. 현장에 갔던 요원 말로는 미친 사람이 몬스터 데리고 들어왔다고 다들 비명 지르고 개판, 큼, 죄송합니다. 아무튼 민간인들 입장에선 당연히 그렇게 생각할 만도 하죠."

"하긴 겉모습만 보면 영락없이 몬스터지. 그래서 최초 발견자는 뭐래요?"

"다세대 빌라에 거주 중인 이십 대 청년인데, 분리수거하러 나갔다가 빌라 앞 쓰레기통 안에서 발견했답니다. 발견 당시엔 장난감 알처럼 생겨서, 부화할 거라곤 생각도 못했다고 하네요. 무관한 건 확실한 듯하고, 흘러들어온 루트는 아무래도……."

"도굴꾼 짓이겠지. 밀수로 들여왔다가 브로커랑 틀어지기라도 했나? 처치 곤란해져 아무 데나 버린 모양이고."

'이쪽 보고 수군거리고 있다……'

박혁라는 꼴깍 마른침을 삼켰다.

유리벽 건너편에서 딱 봐도 높아 보이는 사람들이 그를 돌아보며 연신 쑥덕대고 있었다.

심각한 표정들에, 걸치고 있는 연구원 특유의 하얀 가운까지…… 긴장감을 주기에 아주 적절한 환경이다.

'그러니까 여기가 말로만 듣던 그 각성자 관리국, 대한민국 센터구나……'

일사천리로 벌어지고 있는 일들을 따라가기가 벅차다.

짙게 선팅된 차에서 내리니 센터 입구 앞이었을 때도 까무러치듯 놀랐는데, 일반인들은 출입 불가한 지하층에 내려간다는 소릴 듣고는 정말 기절할 뻔했다.

박혁라는 촌놈처럼 두리번대지 않기 위해 목에 필사적으로 힘을 줬다. 대한민국의 평범한 고시생 신분으로 이런 곳에 오게 되리라고 상상이나 했겠나?

'별수저 당첨돼서 센터 가는 망상 안 해본 건 아니지만…… 그 망상에선 적어도 내가 주인공이었다고……'

이런 품안의 새끼 괴물 때문에 오는 게 아니라…….

"뀨?"

제 얘길 하는 줄 아는지 갸웃 올려다보는 아기 늑대.

'이걸 늑대라고 해야 해? 개? 여우?'

"……하긴 의미 없지."

귀는 금색에, 목에는 금색 무늬까지 요란하게 그려져 있어 척 봐도 귀여운 동물은 아니다. 오죽하면 주민 센터의 직원은 보자마자 꽥 비명 지르기까지 했겠나?

'몬스터는 아닌 거 같은데, 그렇게 무섭나? 아님 설마

내가 그새 정 들어서 귀엽게 보이는 건가?'

"아오, 태어나자마자 넘겼어야 했는데……."

"뀨-우?"

"뀨는 뭘 뀨야? 네가 나랑 안 떨어지려고 해서 나까지 끌려온 거잖아. 무서워 죽겠다고, 짜식아."

소리 내는 것조차 눈치 보여서 속삭대던 그때였다.

갑자기 승강기 부근에서 뭔가 웅성거리기 시작하더니, 그가 대기 중이던 복도까지 빠르게 소란스러워진다. 박혁라는 얼른 허리를 곧추세웠다.

'뭐지? 뭐야? 무슨 일이지?'

"어……? 어어? 허억!"

"잠시 기다……! 길드장님! 김 팀장님께선 지금 자리에 안 계십니다! 애당초 여명 측에서 이쪽에 최종 통보했던 미팅 시간은 2시였지 않습니까? 지금은 5시가 넘었다고요! 저희도 요즘 정신없는데 자꾸 이러시면 곤란하죠! 길드장! 제 말 듣고 계십니까?"

"보소, 우리 공무원님 거 말씀 참 특이하게 하시네."

가벼운 옷차림과 대비되는 저음 섞인 사투리, 독특한 머리 색이 눈길을 사로잡는다. 최근 언론에서 보기 힘들어진 얼굴이지만, 절대 못 알아볼 수가 없는 그 특징들.

박혁라는 눈을 부릅떴다.

'화, 황혼이다!'

〈여명〉 길드장! 대한민국에 단 4명뿐인 S급 헌터!

재작년 〈바빌론〉의 견지록과 동시 데뷔하며 세계적인 파란을 일으키고, 현재까지도 업적이 진행형인 거물 중 거물이었다!

"내도 앵가이 바쁜 사람이다 안 하나! 누군 뭐 한가해가 부산에서 여까지 올라온 줄 압니까? 서울 놈들은 마인드가 이래가 안 된다니까. 내처럼 애국자 아이면 어림도 없는 거리인데 그길 모리고, 쯔쯔."

"무슨……! 황혼 헌터 지금 왕십리에서 영화 관람하고 오시는 길이잖아요! 다 압니다!"

"무, 뭐고 내 스토커가? 우째 아는데요? 샘이 니가 말했나?"

"말하긴 뭘 말해요? 센터에서 헤드한테 자기네 사람 붙인다는 데 동의하신 지가 벌써 3년째입니다. 오늘 소환 건도 헤드가 우리 구역 담당 요원 두들겨 패서 불려 온 거잖아요."

"내, 내는 짐 처음 듣는 내용 같은데?"

황혼이 당황해 말을 더듬었다. 선글라스 너머로 흔들리는 동공이 그려지는 듯했다. 보좌로 보이는 옆 사람의 귀를 당겨 말한다.

"그럼 마, 오늘 여 온 목적이 설마 내 청문회가?"

귓속말치곤 상당히 컸다.

앞에 서 있던 정부 요원들이 한숨을 푹 쉬자 황혼이 움찔하며 어깨를 편다. 박혁라 눈에는 배 째라로 보였다.

"누, 누가! 가가 갔 줄 알았나? 어? 알고 팼냐고! 몰랐는데 뭐 우쨀끼고!"

'배 째라 맞네.'

"모리면 그럴 수도 있지! 거 뭐 명찰 같은 거라도 차고 다니든가! 스파이도 아이고 와 몰래 껴 있는데? 우리 안 줄 알고 '대장'으로서 매타작 쪼매 한 거 갖고 이래 무고한 사람을 권력의 이름으로 끌고 와가 허 참, 같은 '대장'인 옆 동네 누구한테도 이랬나! 안 이랬을 거 아니가! 이기 차별이다!"

주먹 불끈 쥐며 끝난 연설은 우렁찼다.

복도에 그가 외친 '차별이다!'가 메아리처럼 울린다. 유독 그 부분에 감정이 실린 것은 착각이 아니니라.

구경하던 박혁라는 감탄했다.

'견지록한테 콤플렉스 개쩐다는 거 진짜였구나.'

세간에 유명한 견지록 VS 황혼, S급 라이벌리 관련은 영락없이 언론에서 부풀리는 거라고만 생각했는데 딱히 그것도 아닌 모양이다. 황혼 낯에 잔뜩 서린 억울함과 열폭은 누가 봐도 진짜배기였다.

'뭐, 얼굴 보니 그럴 만도 하네. 저렇게나 어렸다니.'

황혼의 특수한 출신 배경은 다들 공개적으로 말을 아낄 뿐, 국민 대다수가 알고 있는 내용이다.

황금 세대, 일명 〈골든 듀오〉에 대해선 재작년 데뷔 당시 대국민 특집이라고 해도 좋을 만큼 정말 1년 내내 다

뤄졌으니까.

아무튼 그때 당시를 제외하면, 황혼의 직업(조폭) 특성상 얼굴을 비롯한 그의 신상 정보가 언론에서 싹 자취를 감췄는데…….

그 때문에 머리론 황혼의 나이를 알아도, 저렇게까지 어리다고는 체감을 잘 못 했다.

'랭킹 데뷔 때 황혼이 고3이고, 견지록이 중학생이었던가? 황혼이 저 정도면 견지록은 대체 얼마나 어리다는 거야? 지금쯤 고등학생이 됐을 텐데…….'

절로 혀가 내둘러진다. 박혁라는 저도 모르게 아기 늑대를 안은 팔에 힘을 줬다.

"차별이라니, 무슨 말도 안 되는 억지십니까? 블랙 요원이 신분을 감추는 건 당연한 겁니다. 중요 인물들에게 붙은 요원들 정보는 저희 내부에서도 접근하기 어려워요! 초반에 동의 구할 때 여기에 대해서도 분명 설명드렸던 걸로 알고 있는데…… 여하튼."

설명하던 요원이 고개를 저었다.

"여명 담당 에이전트들이 갈아치워진 것도 올해만 6명째입니다. 김시균 팀장님이 이번엔 꼭! 면담해야겠다고 벼르, 아니, 말씀하셨으니까 잠시만 기다려 주세요. 저번처럼 도망가시지 말고요."

"허! 도망은 누가! 짐 내한테 말하는 거 맞나! 기가 맥

혀가, 어이! 보쇼! 점마 저 삼촌 어데 가노? 그거 꼭 해야 하는 거 맞냐고 내 짐 묻잖아요!"

"헤드. 가만히 계십쇼. 추합니다……."

"있어 봐라, 여 비상구가 어데고? 샘이 니 기억 나나?"

"뀨!"

"마, 모리면 그냥 모린다고 하지. 안 어울리게 무신 귀여운 척이고, 토 나온다 치아라."

"……저 아닙니다."

"응?"

동시에 이쪽을 돌아보는 두 쌍의 시선.

눈이 마주친 채 그대로 굳어 있던 박혁라가 어색하게 고개를 숙여 보였다.

"아, 안녕하세요?"

"집 앞 쓰레기통에서 주웠다고? 허어."

"뀨우?"

갸우뚱하는 황혼을 따라 아기 늑대가 똑같이 갸웃한다. 저도 모르게 흐뭇한 미소를 짓던 황혼이 정신 차리고 헛기침했다.

"네……. 원래는 까만 알이었지만, 며칠 품에 껴안고 잤더니 이렇게 됐네요. 하하……."

내가 황혼이랑 얘기하고 있어……. S급 헌터랑……!

눈이 뱅글뱅글 도는 느낌이다. 박혁라는 사단장 앞 이 등병처럼 뻣뻣이 굳어 대답했다.

우나샘이 턱을 쓸었다.

"각인인가? 하지만 각성도 안 한 민간인한테 테이밍 당했을 리도 없고…… 아직 미숙할 뿐, 상당한 고지능의 동물 같아 보이는데요."

"마, 진짜로 테이밍 흔적은 없어 보이네. 그런데 민간인이 몬스터 하나 주웠다고 무신 여까지 데리오나? 참나. 할 짓도 읎다."

"그야 일반적인 '몬스터'가 아니니까요."

대답은 다른 쪽에서 나왔다.

세 사람이 돌아보자 연구복 차림의 박사가 거기 있다. 옆에 대동한 요원은 그들도 익히 아는 얼굴.

"권계나?"

"또 뵙네요, 여명 길드장. ……여기 계실 줄은. 팀장님께서 랭커 채팅으로 연락드린다고 하시던데 아직 확인 안 해 보셨습니까?"

황혼 대신 우나샘이 재빨리 체크했다. 말마따나, 일이 늦어질 듯하니 미안하지만 다음에 보자는 내용이 있었다.

전달받은 황혼이 눈살을 구겼다.

"똥개 훈련도 아이고 사람을 오라 가라, 뭐고 장난하나?"

"네? 무슨 이런 적반하장이…… 합의한 약속 시간을

어긴 건 여명 길드장이십니다!"

"됐고. 이분은 누고?"

됐긴 뭐가 돼?

억울함이 목구멍까지 차올랐지만, 권계나는 인내심 좋게 꾹 눌렀다. 팀에 들어온 지 얼마 되지 않은 신참내기 주제에 귀하신 S급한테 개길 순 없는 노릇이니.

"……이쪽은 국립각성연구소 소속 황소요 박사님입니다. 한국대 특이동물학과 교수님이시기도 하시고요."

"반가워요. 황혼 씨죠? 유명 인사를 다 보네요. 성이 같아서 소식 들을 때마다 괜히 나 혼자 반가워했는데. 본관이 창원 황씨 맞죠?"

"아, 예에……."

"박사님."

"아, 그렇지! 볼일은 이게 아니지 참!"

발랄하게 웃어 보인 박사가 다시 몸을 돌렸다. 무릎을 굽혀 박혁라 품안의 아기 늑대와 눈을 마주친다.

"안녕~ 리틀 아누비스. 먼 곳까지 오느라 고생했어. 박혁라 씨도요. 정말 굉장한 일을 해 줬네요!"

"네?"

영문을 몰라 하는 청년의 얼굴. 하지만 다정한 심성의 소유자라는 것쯤은 충분히 짐작 가능하다.

아니라면 '신'의 영물이 자발적으로 깨어났을 리 없으니까.

"아누비스 몰라요? 한 번도 들어본 적 없으려나?"

"아, 아뇨! 알죠. 고대 이집트 신화 속 죽음의 신 이름이 잖아요."

"어머나? 잘 아네! 맞아요! 이 애는 그 신이 서린 보물이자 그 나라가 잃어버렸던 영물이에요. 아바타? 라고 해야 할까. 아웃브레이크 때 생성된 던전에서 발견됐다는 기록만 현재 남아 있고, 10년 넘게 실종 상태라 이집트 정부에서 간절히 찾는 중인데 이 먼 땅까지 왔을 줄은……!"

살짝 상기된 얼굴의 박사가 어깨를 으쓱였다.

"아마 이집트 정부에서 정말 후하게 사례할걸요. 수배에 걸린 사례금만 해도 어후, 훈장은 뭐 따 놓은 당상이고요. 문제는 그곳까지 배달이 잘 되냐겠지만, 아! 그래! 이렇게 만난 것도 인연인데 황혼 씨가 같이 가 주면 되겠다!"

"바, 박사님!"

"네?"

당황해 꽥 소리 지르는 권계나. 덩달아 놀란 박사가 어리둥절한 얼굴로 뒷걸음질 쳤다.

"왜, 왜 그래요, 요원님? 제가 무슨 말실수라도……?"

예! 하셨습니다. 실수!

'어떡하지?'

제발 저 나서기 좋아하는 관종 조폭 보스의 관심을 끌지 않았기를!

권계나는 바짝 타들어가는 속으로 어색하게 웃어 보였다.

"하, 하! 박사님 말은 저언혀 신경 쓰지 않으셔도 됩니다, 황혼 헌터! 박혁라 씨와 동행할 인선은 이미 저희 쪽에서……."

'……망했다.'

두부처럼 뽀얀 얼굴에는 이미 호기심과 명예욕이 그득그득 올라와 있었다. 그의 두 눈 위로 '훈장'이라는 글자가 보이는 듯하다.

"하, 내 몸값 비싼데…… 감당 가능하나?"

"아뇨. 정말 됐으니까."

"물론 싸나이의 속은 그래 좁지 않다. 조국의 무궁한 영광을 위해서라면야 이 한 몸 뜨겁게 희생할 수 있는 게 또 부산 갈매기의 혼 아이겠나. 안 글나, 샘아!"

"……예에."

"아니, 아니, 정말 괜찮거든요! 정말 진짜로!"

"됐다. 사양하지 마라. 괜찮다고 내 몇 번을 말하노?"

질겁하며 두 손을 흔들어 봐도 소용없다. 들어 처먹을 생각이 요만큼도 없어 보였다.

권계나가 아찔한 기분으로 비틀거리던 그때.

띵-!

"하하하, 고맙습니다! 역시 저희가 믿을 사람은 우리 --- 헌터뿐이라니까요! 흔쾌히 들어 주셔서 정말 기쁠 따름입니다."

"별로 흔쾌히는 아니었지 않나."

"에이, 우리 사이에 과정이 뭐가 중요합니까? 아무튼 이렇게 든든할 수가…… 끼헤엑!"

복도 끝에서 황혼을 발견하고 해괴한 비명과 함께 멈춰 선 장일현 국장.

그리고 그 옆에는…….

'실화야?'

박혁라는 순간 들이킨 숨을 뱉지 못했다.

그의 눈이 삔 게 아니라면 장일현 국장 옆에 서 있는 저 남자, 아니, 소년은!

고등학생 태가 풀풀 나는 차이나 카라 스타일의 진회색 교복과 건방지게 주머니에 꽂은 양손. 반항아처럼 정리되지 않은 곱슬머리.

무엇보다도 그 특징적인 입술 점.

"어디서 구린 냄새가 나더라니."

삐딱하게 선 견지록이 입꼬리를 비틀었다.

"더러운 조폭 새끼가 주제도 모르고 정부 건물에 기어 들어와 있었네."

'히이익!'

견원지간 맞다! 절대 언론의 부풀리기가 아니다!

견지록의 날 선 말에 박혁라 포함 복도 위 공무원들의 낯이 사색으로 물들었다. 황혼의 얼굴이 와그작 구겨진 것도 당연.

"뭐? 점마 저 녹용 새끼 뭐라노? 돌았나? 하, 저거 대가리 좀 컸다고 주디 놀리는 거 보소, 확 마 찢아블라. 니는 사람 보면 인사를 그래 하라 집에서 배웠나?"

"사람 같아야 사람대접을 하지. 전우 속이고 뒤통수 때린 사기꾼 주제에 혓바닥이 길어."

"와하, 마, 진짜 어이가 없네. 그래, 묻기나 하자! 내 니를 대체 언제 속였는데?"

"뻔뻔한 새끼가……. 너는 그럼 '의리로 대대손손 이어가는 친환경 가족기업'이 조직폭력배를 설명하는 말로 적절하다고 생각하세요?"

"……헤드, 저희 회사를 그렇게 소개하셨습니까?"

"마, 우리들 분리수거 잘하고 대대로 내려오는 가업 아니가! 뭐가 틀렸는데?"

"……."

황혼은 당당했다. 한 치 부끄러움도 없어 보인다.

어디서부터 지적해야 할지 막막해진 우나샘이 침묵하고, 견지록은 한층 더 빡친 얼굴이 됐다.

"게다가 정확히 그게 뭐냐 물어보니까 뭐? 배달? 일 때문에 가족들이 뿔뿔이 흩어져 얼굴도 못 봐?"

"배로 물건 실어 나르는 걸 그럼 뭐라 하노!"

'운수업인데……. 어떻게 보면 배달이 맞긴 하지. 다들 분가한 것도 맞고.'

따져 보면 정말 틀린 말은 없다. 옆에서 듣던 우나샘은 황혼의 단순명료한 표현력에 내심 감탄했다.

"어려운 가정환경인데도 잘 자랐다고 사람들이 칭찬하니까 헤헤 처웃기만 한 건 뭔데, 그럼? 보기보다 근성 있는 놈이구나 싶어서 튜토리얼 내내 챙겨 줬더니, 씨발. 기사 보니까 무슨 부산 바닥에 호화 궁전을 짓고!"

"우리 엄마가 부자인 게 내 죄가?"

"너 진짜 죽고 싶냐?"

살벌하게 이어지던 신경전은 견지록의 마력에 의해 벽 한쪽이 부서지고 나서야 종결 났다.

'불쌍한 벽……!'

구석에서 오들오들 떠는 박혁라와 황 박사는 안중에도 없어 보인다.

"읍읍!"

우나샘에 의해 입이 틀어 막힌 황혼을 뒤로하고, 견지록이 가시지 않은 짜증으로 돌아봤다. 그 집안 성질머리 모르지 않는 장일현이 차렷 자세로 선다.

"국장님."

"어, 응? 아니, 네!"

"말씀하신 이집트, 제가 가죠. 그 부탁 '흔쾌히' 받겠습니다."

"으, 으븝읍읍!"

"입만 열면 거짓말인 사기꾼을 보내는 것보다야 제가 여러모로 나을 테니까. 날짜 정해지면 연락 주세요. 그럼."

등 뒤에서 황혼이 벌게진 얼굴로 뭐라 바동거렸지만, 알바인가? 견지록은 무시하고 뒤돌아 빠져나왔다.

"아무리 생각해도 아까워. 진짜 발레 관둔 거야? 진짜로 이젠 연습 안 가도 돼? ……견죠! 내 말 듣고 있어?"

"어엉."

샛별고 방과 후 하굣길.

아삭 베어 문 바닐라 아이스크림이 달다.

지오는 건성으로 끄덕였다. 귀찮아하는 그 태도를 모를 리 없는 장세나가 울컥해 주먹을 흔들었다.

"야! 대충 말고! 진지하게 좀 대답해! 네 미래가 달린 일인데 이렇게 건성으로 굴 거야? 걱정도 안 돼?"

"으흠……."

그럼 뭐라고 할까?

사실 발레 따윈 엄마가 억지로 시켰던 초등학교 이후로 개뿔 해본 적도 없고, 너희들이 아는 발레 학원과 개인 과외는 정부에서 명령한 능력 적응 훈련이었다?

왜냐하면 국가 일급 기밀이고 알게 되면 너희도 위험해져서 비밀로 했지만, 내가 세계에서 제일 쎈 마법사고, 대한민국에서 제일 잘나가는 S급이거든. 짜잔, 서프라이즈?

[당신의 성약성, '운명을 읽는 자' 님이 그렇게 발레리나 복 입은 건 보여주지 말라고 했잖으냐며, 그때부터 저 점순이가 난리 치는 거라고 꾸짖습니다.]

'닥쳐, 변태.'

이 똥별이 귀한 걸 나만 보면 되는데 남을 왜 보여주냐 징징대던 걸 생각하면 아직도 골이 울린다. 그새 못 참고 껴들긴. 지오는 혀를 차며 표정을 근엄히 바꿨다.

"걱정이 왜 안 되겠음? 근데 어쩔, 흥미도 없어진 걸 어영부영 붙잡고 있을 순 없잖아? 고2씩이나 되면서. 지오는 이제 으른이지오."

"의, 의젓해……! 다 컸어!"

옆에서 양세도가 감격해 입을 틀어막았다.

'뭐어, 사실 더 이상 길게 자리 비울 필요 없어서지만.'

하고많은 일 중에서도 굳이 발레였던 건, 어릴 적 배우던 것 중 제일 시간 많이 잡아먹는 수업이 그거라서. 고도의 개인 교습이 필요한 운동만큼 자리 비우기 적절한 핑

계도 없으니 말이다.

덕분에 성질에 맞지 않는 토슈즈 껴 신고, 가짜 선생님, 가짜 대회, 가짜 커리어 만드느라 지오 포함 많은 사람이 얼마나 생고생했던가?

그러나 이제 전부 끝!

마력 문제로 쓰러지거나 컨트롤 미숙으로 애먹는 일은 견지오 인생에 더는 없으시다. 각성자 죠의 비공식 훈련은 중학교 졸업식과 동시에 굿바이.

'이 몸은 이제 완전히 자유거든용.'

졸업식 이후로도 1년 가까이 보호 관찰 기간이랍시고, 무슨 출소자 다루듯 굴었으나 그조차 저번 주로 좋다.

쓰디쓴 억제제도, 콕콕 찔러대던 주삿바늘도, 귀찮게 따라다니던 쫄따구들도 깨끗이 사라졌다는 말씀.

지오는 저도 모르게 흥얼거렸다. 그에 아까보다 사그라들긴 했지만, 여전히 아쉬운 기색으로 장세나가 웅얼거린다.

"그치만……!"

"뭐가 자꾸 그치만은 그치만임?"

"최소 볼쇼이 발레단이겠지 믿고 몰래 배우고 있었던 내 러시아어 수업은 어쩌란 말이야!"

"……네?"

저 점순이 뭐래……?

[당신의 성약성, '운명을 읽는 자' 님이 과연…… 이 동

네의 최고 강적이라며 강한 경계를 보입니다.]

'견제하지 마, 멍청아.'

"입단할 때 서프라이즈로 까무러치게 하려고 했는데!"

응. 까무러쳤다, 지금. 누가 샛별고 깡패 학생회장 아니랄까 봐 재학생의 미래 계획까지 침범해?

경악한 건 지오뿐만이 아닌지 설세라가 입을 쩍 벌렸다.

"무슨 알파벳 뗐다고 나사 보낼 상상 하는 극성부모처럼…… 아니지, 이건 말 한번 해 봤다고 애기 영어 유치원까지 망상하는 쪽이려나?"

"아 됐고! 견지오! 넌 네 세계적인 재능이 아깝지도 않아? 네 게으름에 잡아먹힐 천재성이 불쌍하지도 않으냐고!"

"세, 세나야…… 사람들이 쳐다보잖아, 그만…….'

사람들 지나다니는 인형 뽑기 기계 앞에서 나눌 얘기가 아니긴 하다. 하지만 양세도가 쪽팔린 얼굴로 말려 봐도, 장세나는 꿈쩍도 않는 기색.

어쩔 수 없나? 지오는 절레절레 고개를 저었다.

"휴우. 하여간 재능이 넘치는 것도 피곤혀. 진정하셔. 나도 내 천재성을 이대로 방치할 생각은 없으니까. 다만 그게 꼭 발레일 필요는 없다는 거지."

"응?"

"음음. 그렇다. 이 몸은 이미 새 계획을 다 세웠지오."

용케 알아들은 설세라가 눈을 동그랗게 떴다.

"진로를 바꿨다는 말이야? 뭐로? 혹시 프로게이머?"

"그, 저기, 프로게이머도 머리 써야 하는 일이야. 세라야. 피시방에만 죽치고 있는다고 다 되는 게 아니라."

"아차차…… 쏘리."

'이 자식들이……'

됐다. 그런 얕은 도발에 걸려들까 보냐? 지오는 주변 어그로에도 꿋꿋이 턱을 들고 또박또박 선언했다.

"미술 할 거야. 견지오, 가겠다, 미대."

"……!"

순간 내려앉는 정적.

그렇게 인형 뽑기 기계의 발랄한 음악만 울리길 몇 분.

잠시 굳어 있던 친구들이 다시 움직였다. 눈빛을 교환하며 입을 연다.

"……역시 발레단은 국내가 좋겠지? 볼쇼이는 너무 갔고, 국립이면 노려볼 만해."

"그, 그럼! 내가 건너건너 친구한테 들으니까 가끔 슬럼프 온 애들이 관둔다고 하는데 그때 진짜로 관두면 평생 후회한다더라. 우리 지오가 그렇게 되게 놔둘 순 없지."

"볼쇼이가 어때서? 지금 친구가 돼서 지오 후려치기 하는 거야? 양세도 너 그렇게 안 봤는데!"

"후려치기가 아니라 현실적…… 아냐, 내가 미안해. 그렇지만 지오는 외국어 한 마디도 못 하는데. 외국 싫어해서 비행기 한번 안 타본 애를⋯⋯."

"⋯⋯저기요?"

지오 아직 여기 있어요, 여러분.

머릴 맞대고 토론하는 친구들 등 뒤에서 기웃대 봤지만, 이쪽은 안중에도 없다. 그야말로 철저한 무시⋯⋯.

참다못한 지오가 씩씩 발을 굴렀다.

"왜! 뭐! 왜! 발레보다 미술이 먼저였다구! 유치원 때부터 장래희망 적으면 미대생이라고 적었잖아! 뭐가 문젠데에!"

"⋯⋯정말 몰라서 물어?"

때마침 또 학교에서 미술 수업이 있던 날이다.

장세나가 턱짓했다. 가방에서 주섬주섬 지오의 수행평가를 꺼내 쫙 펼친 설세라 쪽을 가리키며.

"신생아도 이것보단 재능 있겠다. 너 양심 어디? 그냥 하던 거나 해! 까불지 말고!"

"익!"

처음 맛보는 평가의 냉혹함에 지오도 제대로 뿔이 났다. 다 먹은 아이스크림 막대기를 휙 던지며 냅다 삿대질한다.

"왜 나 무시해! 그러고도 니들이 친구야?"

"헐, 얘 봐라? 우리가 언제 무시했어? 진짜 친구 아니면 이런 진심 어린 조언 해주지도 않아!"

"했잖아, 무시! 존못이라고 면전에 대고 비난하질 않

나! 버린 그림은 왜 들고 오는데? 스토커야?"

"그야 수행평가라 버리면 안 되는 거니─"

"넌 빠지셔, 양세도! 네놈이 더 나빠! 외국 안 가 본 게 뭐! 비행기값이 얼마나 비싼 줄 알아? 세상 물정도 모르고 이런 죽창에 찔려 뒈질 부르주아 같으니!"

"밤비 데뷔하고 우리 중에 네가 제일 부자 됐─"

"허어? 조용히 하랬지!"

뾰족 선 세모눈으로 지오는 박력 넘치게 세 친구를 둘러봤다. 효과가 있는지 우물쭈물 눈치 보는 친구들.

'흐미, 나 지금 겁나 카리스마 있어.'

"저, 지오야. 나는 무시 안 했는데……."

"됐거든! 설세라 너도 똑같아!"

"내가 뭘, 나는 정말 아무런 말도 안 했는걸?"

"……넌!"

맞는 말이지만 여기서 기세가 밀릴 순 없다. 지오는 배꼽에 힘을 주고 복식 호흡했다.

"키가 크잖아! 그것도 신체적 무시임!"

"뭐어?"

"됐어! 너희 다 미워! 앞으로 말 걸지 마! 빠이!"

"지, 지오야! 어디 가! 그럼 우리 내일 가기로 한 제주도 여행은 어쩌고!"

"헹! 비행기도 못 타는 애를 어디 데려가시게요? 여권이나 있을까 모르겠네! 잘난 니들끼리 가셔!"

정말 제대로 토라졌는지 저 멀리 쌩 달려가는 뒷모습.

뻗었던 팔을 내리며 양세도가 울먹였다.

"제주도 가는데 여권이 왜 필요해, 이 바보야……."

· ○ ❨ ❨ ● ❩ ❩ ○ ·

샛별고 2학년, 그리고 1학년. 똑같은 교복 차림의 S급 남매가 각자 다른 곳을 다녀온 뒤, 현관문을 박찬 것은 거의 동시였다.

쾅-!

요란한 문소리에 평화롭게 사과 깎아 먹던 박 여사와 막내가 움찔 돌아본다.

"놀라라……! 문 부서지겠다, 이놈들아!"

"뭐야? 미치셨어요?"

황당해하는 그 반응에 신경 쓸 겨를 없다.

문 앞에서 눈이 마주치고, 서로 들고 온 용건이 있다는 것 또한 알아챘다.

그렇다면…… 내가 먼저!

선수를 뺏길세라 견지오와 견지록이 허겁지겁 외쳤다.

"우리 외국 가자!"

"짐 싸, 여행 가게!"

·∘◖◗●◖◗∘·

이집트, 카이로.

"캉! 캉!"

"옳지, 착하다! 굿 보이!"

작열하는 태양과 구름 한 점 없는 하늘이 눈부시다.

인류 문명이 꽃 피웠던 강이 흐르고, 고개만 돌리면 위대한 유적이 보이는 도시.

이국적인 모래 빛 풍경 속에서 어린 늑대가 재주 피우듯 소녀의 주위를 둥글게 돈다.

날씨 완벽하고, 풍경 따뜻하고…… 좋다.

박혁라는 흐뭇한 미소를 머금었다.

'주운 늑대 덕분에 이집트 관광도 다 와 보고.'

고향에 왔다는 걸 증명이라도 하듯 리틀 아누비스는 이집트에 도착하자마자 몰라보게 성장했다. 이제는 개라고 부르기도 민망한 수준.

음료수를 건네고 옆에 앉으며 황 박사가 까르르 웃었다.

"아빠 같은 미소인데요? 내일이면 헤어져야 한다니 혁라 씨는 아쉽겠어요. 정이 많이 들었을 텐데."

"어쩔 수 없죠. 아누비스의 힘이 담긴 영물이라면서요. 이집트의 신수가 될 거라고 교수님이 말씀하셨으면서……."

박혁라가 애써 아쉬움을 감추며 주변을 두리번거렸다.

"그런데 제가 생각했던 거랑은 분위기가 좀 다르네요? 신수치고는 영 대접이……. 마중 나온 사람도 고작 관광 가이드 한 명에, 패키지 관광으로 위장이라니."

"음, 비밀리에 접선하기로 했으니까요. 다른 것도 아니고 신수인데 다른 나라가 찾아줬다고 하면 체면이 안 선다나? 어디든 높으신 분들은 뭐가 복잡한가 봐요. 눈에 띄지 않아야 한다고 얼마나 신신당부하던지."

황 박사가 어깨를 으쓱했다.

"뭐어, S급 헌터네 가족까지 장단 맞춰 주고 있는데 우리가 불평하기도 뭣하잖아요."

"그렇긴 하네요……."

박혁라는 리틀 아누비스와 노는 소녀, 견금희의 뒤편을 바라봤다.

야외 철제 의자에 앉은 두 사람.

누가 가족 아니랄까 봐 걸터앉은 포즈가 똑같다.

"……아하암. 졸려어."

기지개 켠 지오가 투덜거렸다. 햇볕에 잘 익은 뺨이 심통으로 잔뜩 부어 있었다.

"일정이 아침 7시 반부터라니. 이거 또라이 아냐? 여기까지 와서 한국인 가성비 따지기도 아니고. 똥개 한 마리

집에 데려다준다고 지금 몇 명이 고생하는 거임?"

"시끄러워. 네가 처음 가는 가족 여행인데 '평범한' 관광, '평범한' 사람 외에 다른 거 눈에 띄면 가만 안 둔다고 협박해서 이렇게 된 거잖아."

눈 감은 견지록이 소리 죽여 타박했다.

국내 랭킹 1위도 동행한다는 얘길 듣고 거의 기함하던 장일현 국장과 센터 사람들.

단 한 번도 가족 여행을 가 본 적 없다는 견가의 사연에 억지로 의지를 꺾긴 했지만, 행여나 거슬리면 귀화해 버리는 수가 있다는 지오의 협박 후에는 보고 있기 불쌍할 지경이었다.

"그거 때문에 민간인 관광 가이드 붙어서 네 소원대로 '진짜' 관광 중이니까 불평 그만해. 네가 계속 언짢은 티 내니까 금희도 네 눈치 보는 거 몰라?"

"……금금은 왜 끌고 들어와?"

아킬레스건을 공격당하니 날이 뾰쪽 선다. 가뜩이나 첫 해외여행이 기대와 달라 실망스러운 참에.

지오가 탐탁찮게 한쪽 턱을 괬다.

"내가 뭘 어쨌다구."

"뭘 어째?"

말끝을 올려 받아친 견지록이 정색했다. 짙은 선글라스를 살짝 내려 지오 쪽을 짜증스레 일별한다.

"너 하는 짓을 봐. 네 태도를 보라고. 좀 하나라도 좋게, 즐겁게 받아들일 수 없냐? 비행기 뜰 때부터 시종일관 짜증 내고 있는데 네 눈치 보느라 누가 여행을 즐기겠냐고."

"비행기는 그럴 만했거든? 배불뚝이 아재들 틈에 끼어 가는 게 보통 일인 줄 알아?"

"그건 사고였잖아. 사람들 사과를 그렇게 받고도 성에 안 차? 아, 됐다. 그만하자."

"그럼 나보고 억지로 즐거운 척이라도 하라는 거? 짜증은 지금 누가 누구한테 내고 있는데?"

"어. 해. 억지로 척이라도 해 봐. 모처럼 온 가족 여행이니까 그 정도 희생은 해. 가족 여행 너도 원했던 거 아냐?"

"원했죠. 오붓한 가족 여행. 모르는 사람들 줄줄 달고 네 일에 가성비로 껴서 가는 이딴 게 아니라."

"야."

"뭐."

언성이 높아지진 않았으나 주변에서 쟤네 싸우는구나 알 수 있을 정도로 공기가 식었다.

표정이 굳은 채 서로를 노려보는 둘.

리틀 아누비스와 신나게 놀던 견금희가 눈썹을 휘었다.

"또야? 또 싸워? 진짜 하루 이틀도 아니고…… 언니랑 오빠 요즘 왜 그러는데? 둘이 죽고 못 살 땐 언제고, 틈만 나면 싸워, 왜?"

억울함 반, 빡침 반으로 지오가 항변했다.

"쟤가 자꾸 긁잖아. 내 성질을."

"오죽하실까. 폭군 곁에 떠받들어 주는 인간들밖에 없으니 내가 거슬리시기도 하겠지."

저게 진짜 미쳤나?

막내는 아직 지오의 정체를 모른다.

얼마나 애써 가며 숨기고 있는지 뻔히 알면서! 지오가 분노를 못 참고 벌떡 일어났다.

"이 디즈니 자식이! 진짜 해 보자 이거지!"

"뭐!"

결국 목소리가 높아지고 마는 동년생 남매.

당황한 늑대가 캉캉 짖고, 막내가 옆에 붙어 뜯어말려도 소용없었다. 조금 떨어진 데서 그들을 지켜보던 황 박사가 당황해 옆을 돌아봤다.

"아, 안 말려도 괜찮을까요? 애들이 싸우는 거 같은데⋯⋯."

"내버려 두세요."

박순요는 쳐다보지도 않고 우아하게 커피를 들이켰다.

"사춘기거든요. 저것들."

· ○ ☾ ☾ ● ☽ ☽ ○ ·

"⋯⋯뭐? 뭐라 했어, 지금?"

"다시 말해 줘?"

견지록이 살짝 젖은 앞머리를 훅 불었다.

티셔츠가 짜증스럽게 들러붙는다. 더운 나라. 뙤약볕 아래 서서 열 내며 말다툼을 하느라 맺힌 땀이 송글송글 했다.

"눈 뜨고 도저히 못 봐 줄 망나니라고, 견지오 너. 내가 언제까지 너 내키는 대로 구는 거 참아줘야 하냐고 했다. 왜, 한 번 더 말해?"

씹어뱉듯 또 말한다.

"나 네 아랫사람 아니야."

"……"

"너만 보면 설설 기는 그 사람들 대하듯 대하지 말라고. 너는 시발, 그 말이 그렇게 억울해?"

지오는 빤히 견지록을 응시했다.

관광 인파가 붐비는 이집트의 수도 카이로.

행인들의 뒤섞인 말소리가 쨍하니 시끄러우나 둘 사이엔 묘한 정적이 흘렀다.

최근 들어 잦아진 말다툼이지만, 그 분위기가 여타와 다르다. 이상을 감지한 박순요가 끼어들어 저지했다.

"견지오, 견지록! 둘 다 혼나기 전에 그만해라."

"……"

"엄마가 내버려 뒀다고 이것들이 끝까지. 먼 데까지 여행 와서 어른들 다 계시는데 무슨 추태야? 어린 동생 보기 창피하지도 않아? 그쯤 하고 화해해."

양쪽 다 이렇다 할 대꾸가 없다.

얘들이 정말. 박순요가 엄한 얼굴로 허리춤을 짚었다.

"엄마 말 안 들려? 서로 사과 안 할래? 목소리 높아지게
할 거야?"

"……해."

"뭐?"

"안 해. 안 한다고. 내가 사과를 왜 해? 잘못한 건 견지
록인데."

'하, 저게 진짜 끝까지……'

어린 시절 트라우마로 자기방어적 성향이 강한 견지오
다. 사과 같은 거 절대 안 한다는 걸 왜 모르겠나? 누구보
다도 견지록이 제일 잘 알고 있다.

하지만 가족을 위해 척이라도 하라고, 방금까지 그렇게
말했는데도.

엄마의 개입 이후 내내 바닥을 보고 있던 견지록이 짜
증스레 고개를 들었다. 강하게 한마디 해 줄 심산으로.

그런데.

"……야, 너."

"내가 왜 하냐고."

울분이 차오른 그 눈. 눈만 봐도 무슨 생각을 하는지 아
는 사이에 거기 담긴 실망과 서운함을 못 읽을 리 있을까?

순간 말문이 꽉 막힌 견지록이 그대로 굳었다.

서로 뚫어져라 응시하는 와중, 눈치 없이 밝은 관광 가이드의 마이크 목소리가 쩌렁쩌렁 울린다.

"자아, 여러분-! 다들 커피 다 마시셨으면 여기 시장에서 1시간 자유시간 가지도록 할게요! 무슨 일 있으면 저한테 바로 연락하시고요! 1시간 뒤에 이 카페 앞에서 봬도 다들 괜찮으시죠?"

"아, 네!"

박순요와 다른 일행들이 당황해 돌아보는데도, 두 남매는 대치 상태를 풀지 않았다.

이내 크게 한번 숨을 들이쉰 지오가 싸늘한 말투로 쏘아붙였다.

"내가 변했어? 변한 건 너 아냐? 난 똑같이 성격 나쁘고, 똑같이 싸가지 없고, 똑같이 멋대로인데. 다른 사람처럼 구는 건."

팍-!

견지록의 가슴팍에 맞고 떨어지는 밀짚모자.

인천 공항에서 들떠 하던 지오에게 견지록이 장난스레 씌워 줬던 거다. 모자를 벗어 던져 흐트러진 머리칼, 일그러진 얼굴로 지오가 씹듯이 내뱉었다.

"너세요. 견지록. 씨발."

"……."

"아랫사람? 하…… 꺼져, 진짜."

그대로 뒤돌아선다.

"어, 언니!"

"지오야! 어디 가니!"

"자유시간이라잖아, 박 여사. 1시간 뒤에 봐."

지오는 돌아보지 않고 성큼성큼 걸어갔다. 견지록이 무슨 얼굴을 하고 있는지 별로 확인하고 싶지도 않았다.

그렇게 시장 거리 안으로 파묻히길 한참.

15분, 20분 정도 지났을까?

모르는 외국어 파도 속에 혼자 있으려니 이유 모를 화도 거짓말처럼 씻겨 나간다.

지오는 멈춰 서 하늘을 올려다봤다.

'별님이 봐도 그래요? 내가 요즘 그렇게 망나니야?'

[당신의 성약성, '운명을 읽는 자' 님이 말도 안 되는 소리! 이렇게 사랑스러운 망나니도 있냐며 저 고얀 사슴 녀석 헛소리는 귀에 담지도 말라고 달랩니다.]

[진정하고 시원하게 물이나 한잔하라라며 다독입니다.]

'뭐? 여기 시원한 물이 어딨어! 지금 나 약 올려? 진심 개짜증나네!'

[…….]

어디선가 개망나니라는 중얼거림이 들리는 듯했지만

무시하자.

지오는 땀이 맺힌 이마를 신경질적으로 훔쳤다.

쉽게 발끈하고, 쉽게 식고.

요즘 들어 유난히 그런다는 걸 왜 모르겠나?

안 그래도 더러운 성질머리가 지랄맞아지니 스스로도 감당 불가했다.

기껏 마력 컨트롤을 졸업해났더니, 이런 뜻밖의 과제가 들이닥칠 줄이야.

'그래도……'

말마따나 개망나니가 되더라도, 세상천지 견지록 하나만은 내 편일 줄 알았는데.

지오는 신경질적으로 바닥을 걷어찼다.

남들만큼 울 줄 아는 성격이었다면 아까 거기서 진작 울었으리라. 그 정도로 서운하고 분했다.

"씨이, 다 필요 없어. 진짜……"

"캉!"

"어차피 혼자 사는 인생……!"

"캉캉!"

"……?"

뭐야?

'킹께서 심오하게 사색 중이신데 어디서 자꾸 개 짖는 소리가……'

개소리라는 것도 아니고 뭐야? 약간 불쾌해져 두리번 거리던 지오가 흠칫했다.

발밑에서 꼬리를 붕붕 흔들고 있는 까만 늑대.

몸체에 감긴 붕대는 특이한 무늬와 문양을 가릴 목적이다. 아누비스의 신수. 처음 갖는 가족 여행을 머나먼 이집트까지 오게 만든 원흉이셨다.

"……뭐임, 언제부터 따라온 거?"

죽음의 신으로부터 비롯한 신수랬던가?

그래서 그런지 마력은 무슨, 생명력조차 없어 존재감을 느끼기가 쉽지 않다. 지오는 심통 나 볼이 부은 얼굴로 손등을 털었다.

"휘이~ 저리 가. 난 개 별로야."

"객관적으로 개는 아닌 것 같지 않아? 하하."

"뭐지? 다짜고짜 웬 반말? 급식 먹는다고 우습나?"

"엇……."

제법 친근하게 다가오다가 당황해 멈춰 서는 박혁라.

이 민간인이 근처에 있다는 건 물론 알고 있었다. 말을 걸어올 줄은 몰랐지만. 지오는 시큰둥하게 뒷말을 이었다.

"걍 해 본 말인데. 피차 유교국민이니 맘대루."

"아, 하하! 그치? 동생 같아서 그만."

"나도 내 맘대로 반말할 거니까."

"……."

"불만이쇼?"

"아, 아니요……."

뭐지 이 애? 이런 굉장한 캐릭터였나?

황혼한테 막말 뱉으면서 눈 하나 꿈쩍 안 하던 견지록이 괜히 욱하고 동요한 게 아니었던 모양이다. 이렇게 얼굴 맞대고 직접 상대해 보니 보통내기가 아니란 느낌이 확 온다.

박혁라는 목뒤를 긁적였다.

"혼자만의 시간을 방해한 거라면 미안. 아누가 계속 널 따라가길래."

"아누우? 애칭을 굉장히 볼품없이 만들었네."

"윽……. 따, 딱히 애칭은 아니야! 아무래도 이곳 이집트 신 이름인데 함부로 부르면 안 될 것 같아서 그런 거지."

"무서워할 게 없어서 남의 나라 신까지 무서워해? 겁 많은 민간인은 살기 참 피곤하겠어."

"넌 꼭 민간인 아닌 것처럼 말한다?"

"……크흠. 실수. 헌터 동생이랑 맨날 붙어 살다 보니."

꼬리 치는 리틀 아누비스를 안아 든 박혁라가 빙긋 웃어 보였다.

"이해해. 나도 있었거든, 너처럼. 헌터였던 동생이."

"과거형이네."

살아 있는 사람을 저런 식으로 말하진 않는다. 지오의 덤덤한 반응에 박혁라도 대수롭잖게 끄덕였다.

"사고였어. 오래됐지. 한…… 5년쯤 됐나? 내가 고등학생이었을 때니까."

유물과 유적이 발에 챌 정도로 많은 이집트는 전 세계에서도 손에 꼽히도록 던전이 넘치는 곳이다. 그만큼 세계 각지에서 몰려든 헌터들도 무수하여, 길거리에 널린 돌멩이처럼 흔했다.

박혁라의 묵묵한 시선이 그들에게 가 닿았다.

"우리 집에 헌터는 걔뿐이었거든. 그래서 헌터라든가, 던전이라든가…… 이런 세계는 이제 나한테 아주 먼 세상 얘기가 된 줄 알았는데, 사람 인생 모른다니까. 집 앞에서 외국 신수를 줍질 않나, 한국에 넷밖에 없다는 S급 헌터 가족들이랑 여행을 오게 되질 않나."

[성위, '운명을 읽는 자' 님이 눈앞에 랭킹 1위가 있다는 걸 알면 기절하겠다며 실소합니다.]

지오 역시 그녀의 별처럼 혀를 찼다.

"그래서. 별로 반갑지 않은 사연 얘긴 그쯤 하시고. 그쪽 하고 싶은 얘기가 뭔데? 너도 후회하지 말고 헌터 동생 있을 때 잘해라?"

기분도 안 좋은데 초면의 타인한테 감정 이입 당해서 설교까지 받아야 하나?

절로 삐딱해지는 눈길에 박혁라가 황급히 손사래 쳤다.

"아니! 아냐! 에이, 설마 그 정도로 오지랖 부리겠어?"

"흐음……."

"아까 말했다시피 아누가 널 계속 따라가서……."

"흐으음……."

"……하아, 그래! 솔직히 계속 마음에 걸리더라고. 나도 어쩔 수 없이 한국인인 걸 어떡해? 그렇게 눈앞에서 싸우는데!"

"캉!"

꼴에 임시 주인이랍시고 박혁라가 소리 높이자 같이 짖는 늑대.

'오지랖 넓은 민간인이랑 지가 개인 줄 아는 신수…….'

황당한 조합에 화도 안 난다. 지오는 손을 휘휘 저었다.

"아~ 그러셔. 네 맘대로 하세요. 계속 오지랖 부리든가 말든가."

"[저 길로 쭉 가서 오른쪽이요? 하하, 고마워요.]"

"[즐거운 여행 하시게!]"

'한국인 오지랖 감사합니다…….'

지오는 멍하니 이집트 현지인과 인사 나누는 박혁라를 바라봤다. 외국어 막귀여도 그가 제법 그럴싸하게 대화를 나눴다는 것쯤은 알겠다.

덕분에 국제 미아 신세 탈출했다는 것도…….

"……이집트 말도 할 줄 아쇼? 노량진 공시생 주제에."

"이래 봬도 아랍어과 전공이었어……. 이도 저도 아닌 실력이라 공시생이 된 거지……."

장수생 박혁라가 슬픈 표정으로 중얼거렸다.

"흠, 그럼 아누인가 뭔가 하는 이집트 영물이 그쪽한테 간 게 꼭 우연만은 아니었나 보네. 임보라 해도 얘도 이왕이면 말 통하는 놈을 선호했을 거 아냐."

"그런가? 아무튼 저쪽 골목이래. 이번엔 정말 확실해."

"에효. 사기꾼이 많은 건지, 님이 말귀를 영 못 알아먹는 건지……."

말이 통하니 언젠가 길을 찾긴 찾겠지만, 길 묻기만 벌써 다섯 명째다. 팔락팔락 손부채질이 절로 나왔다.

"목말라 뒈지겠네."

"어? 오, 저기 주스 판다. 내가 살게!"

"당연히 그러셔야지."

지오는 냉큼 차양막 아래 가판대로 달려갔다.

사람 못지않게 영특한 리틀 아누비스도 얼른 이빨로 주스 하나를 까 그 옆에서 쭉쭉 마신다.

제일 늦게 도착한 박혁라가 투덜거리며 지갑을 열었다.

"그리고 분명히 말해 두는데, 내가 말귀를 못 알아듣는 게 아니라고. 아웃브레이크 터지고, 내전이 시작되면서 여기 치안이 굉장히 나빠졌대. 그전에는 공권력이 엄청 센 나라였는데 관광객 노리는 조직범죄도 확 많아졌다나."

"어어, 오키오키."

"진짜라니까? 오면서 헌터들 깔린 거 봤잖아. 도굴꾼 같은 질 나쁜 외지인들도 늘어서 이집트인인 척 관광객 속여 먹는 경우도 허다하다더라."

"호옹. 이집트 사람인 척한다고?"

"그래. 왜 그런 거 있잖아. 뭘 모르는 관광객이 물어보러 다가오면 친절하게 알려주는 척 경찰 눈 피해서 외진데로 유인하고……."

"……응?"

잠깐만, 뭔가 익숙한 내용인데……?

막 음료 뚜껑을 닫던 지오가 멈칫했다.

"친절하게 알려주는 현지인이랑 외진 곳이요……?"

"어어. 친절하게 음료수 같은 것도 건네주는데 알고 보니 거기에 약 타 있고 그런 거지. 하하. 소름 끼치…… 지……?"

털썩.

"……."

웃는 얼굴 그대로 쓰러지는 박혁라.

지오는 텅 빈 음료병과 엎어진 그를 멍하니 번갈아 바라봤다. 그리고 그녀를 신기하게 보며 두런두런 모여드는 낯선 외국인들까지.

"[뭐야, 왜 안 쓰러지지?]"

"[각성자인가? 그럴 리 없는데. 에이, 그냥 들어!]"

"······이런 씹."

휙!

욕설을 뱉음과 동시였다. 검은 천이 지오의 머리를 덮고, 그대로 옆에 서 있던 트럭이 후다닥 출발했다.

· · ☾ ☾ ● ☽ ☽ · ·

"사춘기는 대부분 중학생 즈음에 오는 걸로 알고 있는데, 그럼 둘 다 지금 온 거예요? 어후, 힘드시겠다."

"말도 마세요. 중학교 때 조용하길래 우리 애들은 안 오나 보다 했죠. 그럴 만한 이유도 있었고······. 큰애가 그때까지도 몸이 좀 안 좋았어서 둘째가 지 누나 지킨답시고 아주 싸고 돌았거든요. 지금도 아닌 건 아니지만."

"아, 큰 따님 건강이 안 좋나 봐요? 어쩌다······."

"······어릴 때 사고가 좀 크게 있었어요. 음, 별로 좋은 얘긴 아니라."

"어머, 죄송해요! 제가 주책맞았네요. 같은 남매인 견지록 헌터는 저렇게 건강한데, 안타까워서 저도 모르게 그만."

"아니에요. 지금은 건강하답니다. 아무튼 중학생 때는 큰애도 그렇고, 둘째도 각성이다 뭐다 일이 많았어서 이렇게 뒤늦게 오나 봐요. 사춘기가 무섭긴 무서워요. 저 둘이 저렇게 싸워댈 줄은 엄마인 저도 몰랐는데."

"그렇게 말씀하시는 걸 보니 남매 사이가 정말 각별하긴 한가 봐요."

"각별한 정도가 아니죠. 갓난아기 시절부터 아주⋯⋯."

'또 시작이네.'

견지록은 못 들은 척 박순요와 황 박사로부터 거리를 벌렸다. 동년생 남매 둘이 유난스러울 만큼 죽고 못 산다는 건 박 여사의 고질적인 자랑 레퍼토리 중 하나였다.

물론 그럴 때마다 민망함은 이쪽 몫이고.

"사지도 않을 사과는 왜 자꾸 만지작거려? 주인이 째려보잖아."

"아."

그제야 멋쩍게 가판대의 사과를 내려놓는 견지록을 금희가 흘기듯 바라봤다.

"뭐 마려운 사슴처럼 안절부절 굴지 말고, 그렇게 마음에 걸리면 쫓아가든가."

"⋯⋯별로."

"별로는 무슨, 진짜 중2병이야? 이 집에 중학생은 이제 나밖에 없는데 왜 고등학생씩이나 돼서 난린데?"

얜 왜 나한테만 이러는 거야⋯⋯.

은근 억울한 마음에 돌아보자 조숙한 막내가 보란 듯이 어깨를 으쓱했다.

"내가 볼 땐 둘 다 비슷비슷하긴 해도, 오빠 잘못이 6. 언니 잘못이 4."

"……허, 무슨 근거로? 전혀 납득 안 되는데."

"변한 건 오빠 쪽이 맞으니까."

"뭐?"

"아, 오해는 하지 마. 견지오가 아까 승질 나서 막 뱉은 말처럼 사람이 바뀌고, 오빠가 뭐 나쁘게 변했다는 말이 아니라."

"그럼 뭔데."

자르듯 들어온 반문이 뾰족하다. 그에 견금희가 정말 모르겠냐는 얼굴로 단언했다.

"환경이 변했잖아."

"……환경?"

하긴 이건 당사자보다 그들을 지켜보던 주변인이 더 잘 알지도 모르겠다. 둘이 얼마나 징글맞게 서로만 찾아대는 지 가까이서 지켜본 타인 말이다.

견금희는 한숨처럼 말했다.

"둘이 이제 안 붙어 있잖아."

"……!"

"언니 일상은 그대로고, 하나도 변한 게 없는데 오빠는 더 이상 아니라고. 맨날 둘이서 시시콜콜한 거까지 항상 같이했으면서. 오빠가 밖으로 나갔잖아."

둘만 있던 세상에서, 더 넓은 바깥으로.

"오빠 너는 이제 집보다 탑이나 길드에 더 많이 붙어 있고, 집에 안 들어오는 날도 늘어나고, 점점 우리가, 아니, 견지오가 모르는 견지록이 많아지고 있다고."

"야, 무슨……!"

"내가 견지오였으면 그렇게 생각했을 거 같아."

'난 알아.'

저 둘이 만들고, 둘이서 쌓아 올린 그 폐쇄적 세계에 누구보다도 들어가고 싶어 했던 타인이기에 안다. 그게 제 몫이 아님을 완전히 깨달은 지금은 더 이상 질투도, 집착도 하지 않지만……. 속 모를 눈으로 견지록을 응시하던 막내가 중얼거렸다. 마침표 찍듯.

"걔가 저렇게 예민해지기 시작한 시점이 딱 그때부터거든. 불렀는데, 오빠 네가 거기 없었던 날."

당연히 대답이 돌아올 줄 알고 무심코 부른 이름에 아무런 답도 돌아오지 않았던 그날.

아마 견지록은 그날 견지오가 얼마나 동요했는지, 아무렇지 않은 얼굴로 돌아앉던 그 등이 얼마나 쓸쓸해 보였는지…… 또 그 자리를 자신이 채울 수 없음에 견금희가 어떤 기분이었는지 결코 모를 것이다.

"나는……."

잠시 침묵하던 견지록은 어렵사리 말문을 뗐다.

조금은 혼란스럽고, 조금 많이 당황스러웠다.

"······아마 금희 네가 잘못 생각하는 걸 거야. 네가 잘 몰라서 그러는데, 걔랑 난 절대 그런 걸로 엇갈릴 만큼······."

"응. 난 몰라. 모르지."

어깨에 닿는 머리칼을 넘기며 견금희가 실소 지었다.

"당연하잖아? 너희가 나랑은 공유 안 하니까. 견지오 비밀도 나만 빼고 둘이서만 안다는 걸 내가 왜 모르겠어?"

"······! 금희야, 그게."

"그래서 오빠 네가 6이라는 거야."

견금희는 입술을 말아 물었다.

"왜? 내가 너만큼 걔한테 특별했으면 난 안 그랬을 테니까. 다른 사람이 너보다 잘할 수 있다고, 최소한 그런 생각은 안 들게 해야 하지 않아?"

할 말은 전부 끝났다. 더는 신경질 나서 못 말해 주겠다며 막내가 먼저 돌아서 걸어갔다.

견지록은 약간 멍한 기분으로 우두커니 응시했다.

언제 저렇게 자랐는지 낯설 만큼 훌쩍 자라 버린 동생의 뒷모습을.

이제껏 막내한테 잘못한 건 항상 견지오고, 부족한 쪽도 늘 견지오인 줄만 알았다. 자기 자신만 알아 이기적이고, 남겨진 사람 생각은 안 하며 무심한 것도 전부 견지오 얘기라고만 생각했는데.

그런데······ 그게 아닌가 보다.

"6······."

'내가 6이라고.'

"아들! 거기 서서 뭐 해? 다들 가는데."

"······엄마."

"응?"

"사람들이 다들 그러잖아요. 나보고, 오만하다고."

견지록이란 이름이 세상에 알려지고, 적지 않은 사람들이 그를 알게 되자 대다수가 그리 평하고 떠들어댔다.

뒤를 돌아보자 그의 말을 조용히 들어 주고 있는 엄마.

주름이 는 그 얼굴이 오늘따라 평안해 보인다. 그가 선명하게 기억하고 있는 과거보다 훨씬.

견지록은 허탈하게 웃었다. 다 개소린 줄 알았는데.

"아무래도 맞나 봐요."

물끄러미 그를 보던 엄마도 같이 웃는다.

"그걸 이제 알았니? 우리 아들 갈 길이 머네."

"······그러게요."

정말 멀다. 각성했다고 끝난 게 아니었다.

나는 여전히 미숙하고, 여전히 감정적이며, 내 생각만큼 그다지 잘나지도 않았다.

그것을 오늘에서야 절절히 느낀다.

견지록은 머리칼을 한번 손날로 흩트리고, 아주 약간 자란 얼굴로 물었다.

"누나 어느 쪽으로 갔어요?"

"얼씨구, 이제야 찾을 마음이 들어? 그래. 그래도 우리 아들이 그 철딱서니보다는 낫네. 저기 저-"

그때였다.

가리키는 손가락을 따라 그가 고개 돌리던 찰나.

"[무, 뭐야!]"

"[저기 봐! 하늘에, 해가⋯⋯!]"

급속도로 높아지는 사람들의 웅성거림과 혼란.

삐이익-! 주변 경찰들이 호루라기를 불며 저지해 보려 했지만, 소용없었다. 무장한 그들의 얼굴에도, 동일한 그늘이 서린다.

순식간에 건조한 땅 위를 뒤덮는 거대 그림자.

강렬한 존재감을 자랑하던 태양이 난입한 흑점에 의해 무력하게 가려지고, 빠른 속도로 지상에 불길한 어둠이 내렸다.

'일식日蝕⋯⋯?'

이렇게 갑자기?

그러나 당혹스러운 감정과 동시에 어떤 사실이 빠르게 그의 머릿속을 스치고 지나간다.

'전조 현상 없이 시작되는 자연 현상은 높은 확률로⋯⋯!'

"엄마. 당장 금희랑-!"

"대, 대피해야 해요! 견지록 헌터!"

그와 똑같은 생각을 했는지, 급히 달려온 황 박사가 허겁지겁 양팔을 휘저었다. 핏기가 쫙 빠져 나간 그녀의 안색이 새파랗게 질려 있었다.

　"당장 경찰들한테 알려서 여기 사람들 대피……!"

　"……늦었어요, 박사님."

　태양이 종적을 감추고 어둑해진 땅 위. 암흑에 감싸여 있던 사람들의 얼굴에 소름 끼치는 푸른빛이 서리기 시작한다.

　이 행성에 발붙이고 살아가는 모든 이가 국적 불문하고 알고 있는 재앙의 색.

　웨에에에에에엥-!

　"게이트."

　익숙하지만, 미묘하게 다른 타국의 사이렌이 울린다.

　견지록은 굳은 얼굴로 하늘을 올려다봤다.

　이질적인 빗금과 함께 재앙의 문이 열리고…… 그 틈으로 조금도 반갑지 않은 괴물이 내려오고 있었다.

　'어쩔까?'

　지오는 고개를 모로 기울였다.

두꺼운 안대로 가려져 있었지만, 마력이 활성화된 눈은 보는 데 아무런 지장이 없었다.

트럭에서 내리자 도착한 곳은 웬 공터의 판자 창고.

올 때 봤던 구정물 위에서 아무렇지 않게 축구하던 삐쩍 마른 어린아이들도 그렇고, 건물 모양이나 지독한 악취나…… 어디 버려진 빈민가인 듯했다.

'창고 안에 있는 놈들은 셋. 바깥까지 합하면 총 일곱. 각성자는 하나인가?'

전원 총검으로 무장한 상태. 그러나 허접하기 그지없는 무기의 질이나 경계심 없이 저들끼리 낄낄 떠드는 정신머리로 보건대 이쪽 정체를 알고 노린 것 같진 않다.

박혁라의 말대로 관광객을 노린 삼류 범죄 집단 느낌.

'음. 다 합해 3초면 끝나겠는데?'

[당신의 성약성, '운명을 읽는 자' 님이 3초도 너무 후하게 쳐주는 거 아니냐고 팝콘을 집어 먹습니다.]

'한마디로 킹지오 전투력 측정기용 엑스트라들이란 소리네. 컨트롤 훈련 졸업했다고 이런 깜짝 이벤트까지 준비해 주다니. 바벨 요 녀석.'

"지, 지오야! 거기 있어?"

그리고 저건 주인공한테 휘말린 민간인 조연이시고.

"지오야……?"

뭘 상상하는지 두리번거리던 박혁라의 목소리가 두려

움에 젖어든다. 지오는 심드렁하니 답했다.

"예이."

"……! 이, 있구나! 다행이다……! 일단은 침착하고, 진정! 진정하자. 너무 걱정하지 말고. 알았지?"

"나한테 하는 말 맞아?"

"쉬, 쉿! 큰 소리 내면 안 돼! 내가 소리를 들어서 살피긴 했는데, 아직 놈들이 가까이 있을지도 모르니까. 최대한 조용하게……!"

"안에 있는 놈들은 셋인데, 제일 가까이에 있는 한 놈은 졸고 있고, 14미터 거리에 있는 두 놈은 님 가방 터느라 바빠 보이네. 올, 여권까지 들고 오셨어? 아주 진수성찬을 차려 주셨구만."

"어, 어? 뭐라고? 넌 얼굴 안 가려져 있어?"

흠. 지오는 마력으로 우연히 흘러내린 것처럼 안대를 조정하며 시치미 뗐다.

"헐겁게 묶어 놨더라구."

"아…… 어린 여자애라고 대충 했나 보다. 그래도 보인다는 거 티 내지 말고. 가만히 있어. 이럴 땐 괜히 놈들을 자극하는 거보다 얌전히 기다려야 해. 우리가 사라진 걸 사람들도 알았을 테니까 금방 찾으러 올 거야. 아! 아누는? 아무도 보여?"

"걘 입마개하고 철창에 갇혀 있네. 아까까지 낑낑대더

니 지금은 지쳤는지 누워있고."

"다친 데는 없고?"

"응."

"다행이다아……."

울먹인 박혁라가 고개를 떨궜다.

연장자로서 의젓한 척 말은 하지만 그도 적잖게 불안한 게 분명했다. 확실히, 일반인에겐 그럴 만한 상황이긴 한데…….

[당신의 성약성, '운명을 읽는 자' 님이 애그야? 아무리 삐졌어도 일부러 걱정시킨다는 발상은 조금 유치하지 않으냐며 걱정합니다.]

'……시끄러. 삐지긴 누가? 나는 화난 거라구.'

티모시 릴리와이트가 떡상하고, 웬 테러리스트 놈이 뜬금없이 튀어나오면서 월랭 3위까지 내려앉긴 했지만, 엄연히 현 대한민국 랭킹 1위. 세상에서 제일 강한 마법사 아니겠는가?

각성도 안 한 인질범들한테서 빠져 나가는 일 따윈 마음먹으면 정말 5초도 걸리지 않을 만큼 간단한 일이다.

하지만…… 굳이?

'어차피 찾으러 올 텐데. 그리고 견지록 누나인 거 뻔히 알고 있는 놈 앞에서 뭐 하러 각성자인 걸 티 내? 이놈이 떠들고 다니면 어쩌려고.'

[성약성이 비겁한 변명이라고 쓰다가 황급히 지웁니다.]

[성위, '운명을 읽는 자' 님이 오빠는 그런 적 없다고 바벨 오류 같다며 말도 안 되는 헛소리를 주장합니다.]

'……'

지오는 허공을 째려보다가 홱 고개 돌렸다.

별님 헛소리에 어울려 주느니 소변 지리기 직전인 박혁라나 달래 주는 편이 낫다.

"어이, 쫄보 고시생. 울어?"

"울긴 누가……. 하아, 넌 정말 대단하다. 이 상황에서도 태평하네. 진짜 강심장이야."

"그야 뭐. 큰일 나봤자 죽기밖에 더 하겠어?"

"……그러지 마."

눈에 띄게 움찔한 박혁라가 바로 정색했다.

생각보다 격한 반응에 지오가 농담이었다고 말하려 했지만, 박혁라가 먼저였다.

"농담으로도 그런 말은 하지 마. 만약 네가 정말 여기서 죽기라도 하면 남겨진 사람들 기분은 어떻겠어? 네 동생이랑, 가족들 기분이 어떻겠냐고."

"아니, 뭘 그렇게 진지 빨고…… 난 그냥."

"알아, 그래. 견지록이랑 싸워서 그냥 욱해서 뱉은 말인 거. 근데 지오야. 진짜 진심으로 내가 겪어 봐서 하는 말인데…… 너 그렇게 서운하고 화내고 그러는 것도 그 사람이 곁에 있어야 가능한 일이야."

직접 겪어 봐서 하는 말.

뼈아픈 비애가 담겨 어느 때보다 진지하고 묵직하게 이어지는 박혁라의 진심을 지오는 쉽게 자를 수 없었다.

"가족은 영원할 것 같지? 아니."

"……."

"나도 그럴 줄 알았는데…… 아니더라. 영원히 내 곁에 있어 주지 않아. 평생 옆에 있을 줄 알았는데, 정말 불시에, 생각도 못하게 곁을 떠나 버리더라. 그러니까 될 수 있으면 아껴. 소중하게 여겨."

박혁라는 쓰게 웃었다.

"서운하다고 외면하고, 밉다고 마음에도 없는 말로 서로 상처 주지 말고. 그럴 시간에 더 대화하고, 더 아껴 주고 그렇게 해. 나중에 후회한다. 진짜로."

"……."

"가족한테는 아무리 상처 줘 봤자 나한테 부메랑으로 돌아온다는 거, 넌 똑똑한 애니까 모르지 않잖아. 안 그래?"

"[어이, 거기 한국인들! 뭐라고 떠들어? 확 씨!]"

"헉."

대화가 길긴 길었다. 몰입해 말하느라 놈들이 가까이 온 줄 몰랐을 뿐. 총이 덜그럭거리는 소리에 겁먹은 박혁라가 확 목을 움츠렸다.

그러나 지오는 계속 그의 말에 대해 생각했다. 곱씹었다.

"……하. 장수생 주제에 짜증 나게 맞는 말을."

"[이 계집애가 뭐라는 거야? 안 닥쳐? 비싸게 받으려고 가만 내버려 뒀더니…… 어억!]"

"[제, 제이슨! 커헉!]"

"닥쳐. 생각 중이잖아."

덜그럭!

모래 바닥과 부딪치며 총들이 떨어진다. 마력에 기도가 틀어 막힌 인질범들이 소리도 내지 못하고 픽픽 주저앉았다.

"무, 무, 무슨 소리야? 지오야? 지오야!"

"캉캉!"

일어나는 지오를 보고 리틀 아누비스가 다시 짖기 시작했다. 반가운지 꼬리를 풍차처럼 흔든다.

그리고 늑대의 짖는 소리를 들었는지 멀리서 움직이기 시작한 나머지 놈들.

안대를 느긋하게 벗어 내리며 지오가 중얼거렸다.

"부메랑이라……."

노량진에서 맨날 죽 쑤고 있는 공시생이 하는 조언치고는 기가 막히게 들어맞는 비유다.

맞다. 지오는 밤비를 이길 수 없다.

이유는 간단하다. 아랫사람 다루듯 함부로 대할 수 없는 반쪽이니까.

견지록을 상처 입히면 그만큼 견지오 역시 상처받으므로.

'내가 지금 후회하는 것처럼, 걔도 후회하고 있을 게 뻔한데.'

그러니 유치하게 구는 건 이쯤에서 관두자. 일부러 늑장 부려 견지록 진을 빼봤자 그 꼴을 보고 별로 후련하지도 않을 듯하니.

"일어나. 박혁라."

확 안대를 벗겨 주자 갑작스러운 빛이 눈부신지 박혁라가 오만상을 구긴다. 그러곤 더듬더듬 올려다보더니 지오와 주변을 번갈아 보고 휘둥그레지는 두 눈.

"무, 뭐야, 어떻게 된 거야? 왜 저 사람들이 저기 저렇게 쓰러져 있지?"

"글쎄."

지오는 뻔뻔하게 어깨를 으쓱였다.

"어디서 모래바람이라도 불었나?"

결심한 마법사가 장내를 정리하는 데엔 장담했듯 3초도 걸리지 않았다.

쓰러진 인질범들 사이를 유유히 가로질러 걸어간 지오가 창고의 문을 활짝 연다.

"뭐 해? 서둘러."

견지록이 시간 걸리는 이유가 있었다.

이국의 바람에 실려 온 세계 마력들이 분주히 술렁였다. 그들에게 정보를 전달받은 마술사왕이 먼 곳을 응시한다.

"피라미드가 무너지려 하거든."

· ○ C C ● Ɔ ○ ·

[아신종 '타락한 광명의 조각(A)' 출현!]

바벨 최종 판정, 2급 게이트.

판명 난 몬스터 레벨에 비해 게이트 등급이 높다. 눈앞 아신종이나 아인종처럼 인간형 마수에게서 주로 나타나는 현상이었다.

놈들은 여타 인간들과 마찬가지로 무기를 쓰므로.

그러니 2급이란 결과는 파라오처럼 생긴 저 거인의 손에 들린 창의 힘이 반영된 결과일 확률이 높다.

[성위, '숲과 달의 젊은 주인'이 적에게서 내 형제와 같은 힘이 느껴진다며, 너와는 상성이 맞지 않을 거라 경고합니다.]

"성흔星痕 개문."

【사슴. 놈의 무기를 주의해. 심상치 않다.】

"나도 알아."

놈이 주먹을 휘두를 때마다 발생하는 열풍이 화상처럼 뜨겁다.

느껴지는 힘의 근원은 태양. 달의 은총이 내리는 그에 겐 성약성의 말마따나 최악의 궁합이다.

견지록은 흘긋 주변을 확인했다.

황 박사에게 맡긴 시민들의 대피가 진척이 느리다. 그는 적의 어그로가 저한테 집중되도록 지척의 지면으로 있는 힘껏 창을 내려찍었다.

쾅! 콰가가각-!

일대가 치솟으면서 전달된 충격에 정확하게 이쪽을 노 려보는 마수.

'뭘 봐?'

견지록도 그와 동시에 정면을 향해 달려 나갔다.

"[하! 봤죠? 저거 보이죠? 내 말이 맞죠?]"

멀리 떨어져 지켜보는 이들한테까지 전달될 정도로 강 력한 충돌.

일대 대기가 요동치는 마력파에 의해 갈가리 찢겨 나간다.

가짜 신과 인간이 정면에서 부딪치는, 경이로운 광경.

넋 놓고 바라보는 경찰들을 황 박사가 땀에 젖은 얼굴 로 재촉했다.

"[당신들 체급으론 감당 불가하다고 내가 분명 말했잖 아요! 무려 2급인데! 그러니 저 사람이 당신들 대신 상대 해 주는 걸 감사히 여기고! 어서 윗선에 보고하고, 당장 시민들 대피부터 시키라고요!]"

"[……보, 보이는 것보다 약한 놈일 수도 있잖소! 한 놈이서 2급이라니 바벨이 잘못 알았을 수도 있지. 자국의 안전을 외국 헌터한테만 맡겨둘 순 없는 노릇이고.]"

"[아, 제기랄!]"

'몬스터가 날뛰는 와중에 끝까지 자존심이라니!'

자국 안전 운운하며 그럴싸하게 말하고 있지만, 결국 하고 싶은 말은 어린 동양인 혼자서 상대하는데 자기들이라고 왜 못하냐 이거다.

2급 게이트 토벌이라는 엄청난 명예에서 발 빼고 싶지 않다는 욕망이 얼굴에 적나라했다. 하지만 이들이 단단히 착각하고 있는 사실 한 가지.

'놈이 약한 게 아니라 상대하는 쪽이 강한 거라고!'

너무나 잘 싸우는 견지록 때문에 얼마나 일촉즉발의 상황인지 위기감을 못 느끼는 거였다.

황 박사는 차오른 숨을 씩씩 몰아쉬었다.

설득도, 협박도 글렀다. 이제 남은 방법은 딱 하나였다.

'미안해요, 견지록 헌터!'

"[아무튼 시민 안전은 우리가 알아서 할 테니 당신도 물러나시오. 애초에 권한도 없는 외국인이 왜-]"

"[S급 헌터예요!]"

어리둥절한 얼굴로 돌아보는 경찰들.

황 박사는 땀에 젖은 손을 말아 쥐고, 목청 높여 외쳤다.

"[지금 괴물을 상대하고 있는 저 헌터! S급 헌터라고요! 대한민국의 견지록! 월드 랭킹 14위인 그 창술사란 말이에요! 이 머저리들아―!]"

· ° ◖ ◖ ● ◗ ◗ ° ·

[특성, '**질주**'가 비활성화됩니다.]
[적업 스킬, 7계급 상급 창술 ― '**섬뢰의 찰扎**']

연속계連續系.

[질주]의 비활성화와 동시에 순간 가속도가 사라지며, 방향이 재빠르게 전환된다. 견지록은 놈이 반응할 시간을 주지 않고 곧바로 공중에서부터 찔러 들어갔다.

【뒤에!】

"큭!"

그러나 유효타도 잠깐.

고통으로 몸부림치는 놈의 눈먼 창에 등이 스치고 만다. 견지록은 이를 악물었다. 뜨겁다. 피가 번지는 게 느껴졌다.

아슬아슬하긴 해도 우위를 점하고 있었다. 그건 명백하다.

하지만 체급 차가 극악.

커버하는 절대 범위가 달라 사각에서 예상치 않은 충격을 얻어맞을 때가 한두 번이 아니었다. 그 타격이 쌓이고 쌓이면서 점점 유효해지고 있다.

대치가 격해지자 놈이 근처 던전에서 불러일으킨 피라미드의 망령들도 한몫했고.

【이대로 계속되면 불리하다. 엄호가 필요해.】

"사치스러운 소리 하고 있네."

지금 그런 게 어디 있나?

견지록이 짜증스럽게 쏘아붙이자 그 못지않게 성격 나쁜 그의 성약성이 신경질적으로 받아쳤다.

【네 누이는 어딜 가고?】

"그야……!"

나 때문에 삐져서 튀었지.

부끄러운 건 알아 이실직고 못 하는 견지록의 창끝이 거칠어졌다. 성약성이 혀를 차는 게 들렸다. 물론 그라고 할 말이 없는 건 아니다.

"제기랄, 알아! 내가 잘못했지! 나도 안다고! 그래서 사과하려고 했는데 타이밍이 이따위인 걸 나보고 어쩌라고, 씨발!"

[호옹, 사과하려고 했다구?]

"……?"

언제 들어도 특색이 확실한, 특유의 재수 없는 말투. 사람 성질 돋우는 데 최적화된 허스키 보이스.

견지록은 전투 중인 것도 잊고 얼이 나가 눈을 깜빡였다.

육성이 아니고 머릿속으로 들렸지만, 분명 이건……!

쿠웅-!

[전투 중에 한눈을 팔아? 이거 멀었네, 쯔쯔.]

육안으로 잘 보이지 않을 만큼 옅은 우윳빛 보호막이 그의 정면에 형성된다. 그리고 그대로 튕겨 나가는 거인의 발.

'누나……!'

견지록은 그제야 깨닫고 두리번거렸다.

"너 어디야?"

[님 보이는 곳이용.]

"……도와줄 필요 없거든. 2급 따위 나 혼자서도 충분히 해결 가능해."

【저 사춘기 똥고집이 지금 무슨 헛소리를……!】

"시끄러워!"

죄 없는 성약성한테 일갈한 사춘기 고등학생이 씨근덕거리며 익숙한 마력이 느껴지는 방향을 째려봤다.

[엥, 사과하려고 했다며? 대한 남아가 한 입 갖구 두말해도 됨? 확 안 도와줘 버리는 수가 있어.]

"사과는 전제 조건이 협상되면 그때 하려고 한 거고. 누가 바로 해 준대?"

[조건이 뭔데?]

"……나도 잘못한 건 맞는데, 누나 너도 인정해. 네가 바보 같았다는 거."

사방에서 적들이 달려들고 있는, 절체절명의 순간이라는 핑계하에 할 수 있는 말이다. 맨정신으로는 영 어려울 것 같으니. 견지록은 창대를 움켜쥐고 중얼거렸다.

"모든 게 변하더라도 우린 아냐."

[…….]

"너 없이는 아무것도 아니라는 거. 잘 알고 있잖아. 이런 간단한 것까지 일일이 말로 확인해 줘야 해?"

돌아오는 대답이 없다.

휘익!

견지록은 한 번의 도약으로 거인의 어깨를 뛰어넘으며 채근하듯 다시 불렀다.

"견지오."

[……미안하다는 말을 길게도 하시네.]

투덜거리는 얼굴이 눈에 그려진다.

견지록이 피식 웃자 지오가 타박하듯 쏘아붙였다.

[쪼개지 마. 그리고 집중해.]

"어."

페이즈 전환이시다.

아슬아슬한 공방은 여기까지. 금녹빛이 돌던 견지록의 안광에 금색이 한층 강렬해졌다. 일대를 드넓게 뒤덮기 시작한 황금색 마력 덕이다.

지쳤던 신체에 활기가 돌고, 쌓였던 대미지가 깨끗이 사라진다. 무대가 그렇게 '한 사람'만을 위한 전장으로 변모한다.

누군가의 마법으로 인해.

[빠르게 가보자고. 아직 가족 여행은 진행 중이니까.]

"몇 분 계산해?"

[4분.]

"누나. 나 저 새끼 창도 갖고 싶은데. 되도록 멀쩡하게."

[흐음, 기념품으로 나쁘지 않겠네. 그럼 7분.]

거만한 목소리가 더할 나위 없이 믿음직스럽다.

견지록은 준비 운동 하듯 옆으로 목을 까딱이며 앞머리를 훅 불었다. 텁텁하고 건조한 모래바람에 청명한 향기가 뒤섞이기 시작한다.

부서진 사막 도시 위로 그렇게 광활한 녹음이 펼쳐지고.

도시와 그를 감싸 안는 이 황금빛은 감히 태양이라 불러도 손색이 없다. 견지록은 실소와 함께 창을 쥐고 재앙에게 질주했다.

· ∘ ◖ ● ◗ ∘ ·

"컹, 컹!"

"……이건 이제 늑대라고도 못 부르겠는데? 무슨 덩치가 사자만 하냐. 야. 저리 가, 훠이! 훠이!"

"그러지 마! 얜 아직도 자기가 아가인 줄 안단 말야."

"힝. 금금! 나야 얘야?"

"뭐래, 유치하게. 오빠랑 그렇게 싸우고도 부족해?"

옥신각신하는 자매 대신 황 박사가 리틀 아누비스를 쓰다듬었다. 사자만 하다는 표현이 딱 적절할 만큼 하루 만에 엄청 크긴 했다.

"얘도 얘 나름대로 고생했다는 증거예요. 어제 카이로에 쏟아지던 그 피라미드 망령들 잡아 눌러준 게 얘거든요. 이래 봬도 죽음의 신이 보내 준 선물이니까."

"아. 그래서."

막판에 빠르게 정리되던 현장 상황을 기억한 견지록이 끄덕였다. 황 박사가 흐뭇하게 웃어 보였다.

"덕분에 우리랑은 더 빨리 헤어지게 됐지만요."

원래는 여행 넷째 날 피라미드 앞에서 접촉하기로 했던 이집트 정부와의 만남이 급격히 당겨졌다. 물론 그 배경에는 리틀 아누비스뿐만 아니라 견지록이 세운 공로도 두둑이 한몫 했지만.

"이집트 정부에서 견지록 헌터한테 감사패 수여한다던데요? 듣기로는 동상도 세워질 거라고."

"이여얼, 밤비~ 잘나가네."

"……무슨 그런 쓸데없, 윽!"

등짝을 갈겨 아들의 입을 다물린 박순요가 탄성을 내질렀다.

"어머. 그럴 필요 없는데, 정말 과분하기도 해라! 그래서 박사님, 그 동상은 언제쯤 세워진대요?"

"하하하, 자세한 날짜는 제가 한번 다시 물어볼게요. 저도 유선상으로 나눴던 얘기라, 어? 저기 오네요!"

외부 시선을 의식했는지 평범한 지프였다. 하긴 어제의 대단한 활약으로 이곳 카이로에 전 세계의 시선이 몰리는 중이라 해도 과언이 아니었다.

정부 측 사람으로 보이는 그들이 내려 다가오고, 일행의 대표인 황 박사가 악수와 함께 바삐 얘기 나누기 시작했다.

지오는 굉장한 얼굴로 서 있는 박혁라를 툭 쳤다.

"얼씨구? 표정 봐라."

"······하아. 알아. 웃으면서 보내 줘야 한다는 거. 안다고. 그래도······."

외로운 공시생 생활에 유일한 친구였다. 가족을 잃은 그에게 다시 찾아와 준 가족이기도 했다. 낑낑대는 리틀 아누비스를 쓰다듬으며 박혁라가 눈가를 문지른다.

목메어 말 잇지 못하는 그의 모습을 잠자코 보길 잠시.

지오는 지나가듯 말했다.

"영원한 건 없다며."

"······응?"

"그러니 있을 때 잘하라고, 소중히 여기라면서 잘난 척 온갖 훈수는 다 하더니."

"아. 말했지만, 그건 훈수가 아니라-"

"걔도 님 가족 아냐?"

"······!"

박혁라가 눈을 크게 떴다.

생각도 못한 말인지 한 대 세게 얻어맞은 표정.

이거 바보 아냐? 지오는 그 얼빠진 얼굴을 보며 시큰둥하게 이었다.

"장수생 님아, 삼수 중이라면서요. 두 번이나 떨어지고, 으이구 한심. 뭘 어떻게 하면 삼수씩이나 함? 그 정도면 걍 재능이 없는 거지. 나 같으면 진작 다른 진로 찾아봤다."

한 치 앞을 모르는 미래의 삼수생이 두는 훈수였지만, 누군가에게는 큰 울림이 되는 조언이기도 했다. 그 흔들리는 결심에 못 박듯 지오가 확인 사살했다.

"아랍어과 전공했다며. 그럼 여기서도 밥벌이는 가능한 거 아닌가?"

이쯤 되니 둘의 대화를 조용히 듣고 있던 사람들도 무슨 얘기인지 파악이 끝났다. 박혁라는 떨리는 눈으로 그들 가족을 천천히 둘러봤다.

"……그래도, 그래도 되려나?"

견지록이 툭 뱉었다.

"안 될 거 있나?"

흐뭇한 미소를 머금은 박순요도 보탠다.

"혁라 군 젊잖아. 뭐든 나중에 후회하는 것보다 나아."

"와~ 진짜진짜 잘됐다. 아누야. 그치?"

벌써 결정 난 것처럼 리틀 아누비스의 목을 문질러 주는 견금희까지.

응원들이 든든하다. 박혁라는 다시 일행에게 뛰어오는 황 박사를 상기된 얼굴로 바라봤다.

"여러부운! 얘기 다 끝났어요! 같이 출발하자니까 우리 가기 전에 피라미드 앞에서 기념사진 한번 찍고-"

"박사님! 전 안 가요!"

"느, 네?"

"저도 아누랑 같이 여기에서 한번 지내보려고요! 잠깐

만요! 저 사람들이랑 얘기해 보고 올게요! 가자, 아누!"

"컹!"

"으, 으응?"

달려가는 박혁라의 뒷모습을 황 박사가 얼떨떨하게 돌아봤다. 방금 뭐였지?

"저기, 혁라 씨가 방금 뭐라고……?"

"글쎄요. 그거 폴라로이드죠? 주세요. 우린 사진이나 찍게."

짙은 선글라스를 검지로 추켜올리며 견지록이 씩 웃었다. 엉겁결에 그대로 건네는가 싶더니, 황 박사가 화들짝 정신 차리며 고개를 홱 저었다.

"아뇨, 아니에요! 이런 건 가족부터 찍어야죠. 견지록 헌터도 거기 얼른 서 보세요. 제가 찍어 드릴 테니까!"

"아니……."

"자, 그럼 사양 않고."

"감사합니다! 박사님."

두 자매가 재빨리 견지록의 옷깃을 당기자 박 여사가 자연스럽게 포즈를 잡고 센터에 선다. 그런 그녀의 양옆에는 첫째와 둘째가, 그리고 첫째 옆에는 막내가.

"어, 음, 이거 어디 누르면 된다고 했더라?"

은근히 덜렁거리는 황 박사가 카메라를 잡고 씨름하는 잠깐. 정면을 보던 지오가 무언가 생각난 얼굴로 탄성했다.

"아."

"……왜?"

한쪽 눈썹을 슥 들어 올리는 막내. 아무것도 모르는 어린 그 얼굴이 천진하고.

"금금. 숙여 봐. 해 줄 얘기가 있어. 듣고 화내지 말기."

"……? 뭔데."

의미심장한 말투에 감 잡은 밤비가 웃는다. 씩 웃은 지오도 작당하듯 그와 눈빛을 교환하며 금희에게 속삭였다.

"놀라지 말고 들어. 사실 나……."

"오, 됐다 드디어! 자아~ 그럼 하나 둘 셋 하면 찍을게요! 하나, 두울!"

"꺅! 뭐, 뭐, 뭐라고오오?"

"……셋!"

찰칵–!

〈랭커를 위한 바른 생활 안내서 1부〉

외전 사춘기 完